SWB Krimi

Heiger Ostertag

Hersfelder Totentanz

Ein Bad-Hersfeld-Krimi

SWB

Verlag

Umwelthinweis:
Dieses Buch wurde auf chlor- und
säurefreiem Papier gedruckt

1. Auflage 2013

Lektorat: Catrin Stankov, Bernau

Umschlag und Umschlagillustration:
Caspar Michael Kusmierz / www.caspars-illustrationen.de

Satz: Julia Karl, Oberrot / www.juka-satzschmie.de

Druck und Verarbeitung: E. Kurz + Co.
Druck und Medientechnik GmbH, Stuttgart
www.e-kurz.de
Printed in Germany
ISBN: 978-3-942661-25-6

www.swb-verlag.de

Widmung

Der Hersfelder Zeitung zum 250. Geburtstag
Holger und Andrea zur Silberhochzeit

Danksagung

Ich bedanke mich bei Herrn Markus Pfromm und allen Mitarbeitern der Hersfelder Zeitung sowie bei den auskunftsfreudigen Bürgern der Stadt Bad Hersfeld für ihre hilfreiche Unterstützung. Mein Dank auch an alle, die sich als Mordopfer zur Verfügung gestellt haben.

Nebenbei: Alle Ähnlichkeiten mit lebenden Personen sind Zufall, völlig unwahrscheinlich oder auch gewollt. Die Morddichte in Bad Hersfeld ist angeblich deutlich geringer, als im Roman dargestellt und behauptet.

Inhalt

Vorwort

Wenn der Schwager eines lieben Freundes als Südhesse seine Liebe zu Bad Hersfeld bekennt und wie beiläufig seinen noch viel weiter südlich lebenden Bruder als Kriminalautor ins Gespräch bringt, der erfolgreich schon in anderen Städten mit Lokalkolorit und in Prosa gemordet und ermittelt hat, na, dann ist das Netz schnell geknüpft. Es bedurfte lediglich eines Telefonats und eines kurzen Besuchs und schon war sich die Mannschaft der Hersfelder Zeitung mit Dr. Heiger Ostertag einig, dass es bei tüchtiger Unterstützung des Zeitungshauses, der Hilfestellung von Kurdirektor Christian Mayer, der freundlichen Begleitung durch den 1. Stadtrat Dr. Rolf Göbel und mit Tipps einiger örtlicher Enthusiasten ein wunderbares Projekt wäre, wenn Bad Hersfeld einen originellen und attraktiven Stadtkrimi gewidmet bekäme. Darüber, dass der 250. Geburtstag der Hersfelder Zeitung den Rahmen für die spannende Story bieten sollte, die logistische Lage der Stadt im Herzen Europas Teil des Plots sein müsste und das Lullusfest den unverwechselbaren atmosphärischen Hintergrund liefern könnte, war sich der Autor bald gewiss. Das Ergebnis ist ein mit Augenzwinkern geschriebener und wunderbar süffig zu lesender Krimi, den nicht nur echte »Herschfeller« verschlingen werden. Nein, auch «Hergeloffne« werden ihre mörderische Freude haben.

Ihr
Markus Pfromm alias Markus Kromme

Intro

Im Jahre des Herrn 773, zur Zeit der Herrschaft König Pippins, des Sohns Karl Martells und Vaters des späteren Kaiser Carolus Magnus, war der Sommer heiß in den östlichen Ländern des mächtigen Frankenreichs, so auch in den Wäldern und Hügeln der Chatten. Die Ernte hing schwer auf den Halmen und die Bauern lobten und priesen den allmächtigen HERRN in seiner Gnade und Güte. Mitten im Land der Chatten nun, vor den frisch erbauten Mauern der Abtei Hersfeld, standen an diesem Julitage zwei hagere, in braune Kutten gehüllte Mönche, die sich mit zornig verzogenen Mienen anstarrten.

»Lass ab von Hersfeld, Bruder Styrmi, und zieh deines Weges«, rief der erste und hob streng seine Hand. »Meine Kirche ist größer und prächtiger als deine armselige Kapelle!«

»Ich weiß nicht, worüber ich mehr lachen soll, Bruder Lul«, erwiderte sein Gegenpart, »mehr über deine frevelhafte Anmaßung, mit der du mein Werk schmähest, oder über deine unselige, englische Herkunft!«

»Tacete, Styrmi«, entgegnete Lullus scharf. »Sei still und gehe eilig fort von hier. Reise zu den heidnischen Sachsen oder ziehe meinetwegen gleich nach Fulda. Aber wisse, in meinem Hersfeld wird man künftig besser und gottgefälliger zu leben wissen als dort in Fulda und das noch in mehr als tausend Jahren, so der HERR nicht eher wiederkehret.«

Der Mönch Styrmi aber drehte sich verärgert ab und schritt mit festem Schritt von dannen gen Fulda …

Aus einer alten Chronik. Aus dem Lateinischen ins Neuhochdeutsche übertragen.

1. In Bad Hersfelds dunklen Gassen

Vor vier Jahren gab es eine Mordserie mit drei Toten – eine Frau verschwand unter mysteriösen Umständen. Sie selbst standen als Hauptverdächtiger im Zentrum der Ermittlungen. Glauben Sie nicht, das ist Grund genug, Sie umgehend festzunehmen?

Die Gestalt in der braunen Kutte wanderte schweigend durch die nächtlichen Straßen der nordhessischen Kurstadt, mitten durch das alte Zentrum. Warm war die Nacht, die Hitze des vergangenen Sommertages strahlte von den Mauern und Fassaden der alten Häuser wider. Langsam schritt sie durch die schmalen Gassen. Von irgendwoher war die Gestalt aufgetaucht, keiner sah sie kommen, sie erschien fast wie aus dem Nichts. Jetzt war sie am Klausturm, lief die Löhrgasse entlang und bog in die Klausstraße ein. Von dort gelangte sie zur Weinstraße, kam dabei an liebevoll renovierten Fachwerkhäusern, an zahlreichen Geschäften und Lokalen vorbei. Rechts vorne lag das Renaissance-Rathaus mit dem Lullusbrunnen. Leise plätscherte das Wasser, und der Bischof hob in segnender Geste die rechte Hand über seine Stadt. Der steinernen Figur gegenüber befand sich die Hoehlsche Buchhandlung, die Nr. 21. Kurz verharrte die Gestalt. Ihr Blick wanderte am Rathaus in die Höhe hin zu dem Helm, der oben auf einer Stange ruhte. Eine Erinnerung an die Vitalisnacht, eine alte Geschichte aus ferner Zeit. Bekannt und doch, wie so vieles, beinahe vergessen, aber letztlich doch nicht. Es war schon seltsam, Kämpfe und Kriege, Mord, Streit und Totschlag blieben eher im kollektiven Gedächtnis haften als die kleinen, schönen Dinge des Alltags. Sie lief weiter die Gasse entlang; weitere Eindrücke und Anderes, das in den Blick geriet. So auf der linken Straßenseite das Haus Nr. 11, eine Apotheke. Dort blinkte oben an der Hauswand im Licht der Laternen golden die Skulptur eines Löwen. Löwe, das war das eigene Sternzeichen, ein Zeichen der Kraft und des Mutes, beides Eigenschaften, die die Gestalt derzeit dringend benötigte. Sie ballte unwillkürlich die Fäuste. Jede Menge Ärger und Probleme standen ins Haus. Alles deswegen, weil sie sich damals hatte überreden lassen, Verantwortung zu übernehmen, Verantwortung für etwas, das sie nicht zu verantworten hatte. Dieser unselige Tausch und das, was sich folgend daraus entwickelt hatte. Das Ganze musste umgehend ein Ende finden, hatte sie beim letzten Treffen gefordert und nach einem Termin gefragt, ohne eine Auskunft erhalten zu haben. Aber heute wollte sie eine klare Antwort haben, fest und verbindlich.

Eine Gruppe lachender Menschen kam der Gestalt entgegen und schritt vorüber. Sie grüßten dabei fröhlich. »Segne uns, Bruder Lolls!«, rief eine vorwitzige junge Frau. Der »Mönch« achtete nicht auf die Zurufe und ging, den Blick zu Boden gesenkt und ohne eine Antwort zu geben, rasch weiter. Nun erreichte die Kuttengestalt den Linggplatz – und blieb unter dem Baum vor dem Hotel »Zum Stern« abrupt stehen. Beinahe hätte sie es vergessen. Bevor sie zum Gelände der alten Abtei ging, musste sie noch zur Stadtkirche. Der Anrufer hatte versprochen, das bewusste Päckchen an der hinteren Mauer zu deponieren. Wie konnte man nur so vergesslich sein! Das kam davon, wenn die Gedanken ständig weiterwanderten und gänzlich eigene Wege gingen. Der »Mönch« drehte sich um und kehrte schnellen Schrittes zum Rathaus zurück. Er überquerte den leeren Vorplatz und betrat durch den Ratsherrendurchgang den Kirchplatz. Die Gestalt wandte sich der Kirche zu, da hörte sie einen seltsamen Laut und spürte gleichzeitig eine unerwartete Bewegung direkt im Rücken. Der Kuttenträger wollte sich umdrehen, um zu sehen, wer oder was da wäre; da legte sich etwas um seinen Hals und zog sich als würgendes Band eng zusammen. Die Hände fuhren in die Höhe, versuchten die tödliche Schlinge zu lösen, vergeblich. Er keuchte, rang nach Luft. Wie ein Blitz schoss ein plötzlicher, ungeheurer Schmerz durch das Denken. Der »Mönch« wankte, tat noch einen Schritt, stolperte und brach mit einem leidvollen Seufzer in die Knie. Das Denken schwand und es wurde schwarz um ihn. Von der Kirche tat es zwölf lange Schläge. Mitternacht, der alte Tag war vorbei, und der Tod betrat die düstere, dunkle Bühne.

Hans Venner stand am Fenster seines Hotelzimmers und schaute hinaus in die warme Sommernacht. Er fand keinen Schlaf, zu viel hatte der Tag gebracht, dass er sich noch immer wie aufgedreht fühlte. Morgens hatte ihn in Tübingen sein Vetter Markus angerufen. Markus war der Herausgeber der *Hersfelder Zeitung* und recherchierte gerade die Gründungsgeschichte des Blattes, das im nächsten Jahr 250 Jahre alt wurde. Dabei war er darauf gestoßen, dass 1752 ein gewisser Georg Christoph Mohr von Tübingen nach dem damaligen Hersfeld gezogen war und sich dort als Buchdrucker niedergelassen hatte. Elf Jahre später gründete dieser Mohr zusammen mit dem Pfarrer Jakob Maximilian Stirn das sogenannte »Intelligenz- und Zeitungsblatt von Hessen«, welches im März 1763 das erste Mal erschien.

»Ich muss mehr über diesen Mohr wissen«, sagte Markus am Telefon. »Ich habe einen Stapel von Aufzeichnungen, die ich nicht entziffern kann. Du bist doch Archivar und kannst mir sicher helfen.«

Das stimmte, Hans Venner arbeitete seit Jahren im Tübinger Stadtarchiv am Markt. Seine Arbeitstage füllten Akten und Archivalien, die er landeskundlich verwaltete, sortierte und gruppierte. Ganze Tage konnte er an einem Eingang arbeiten, ihn erfassen, mit Nummern und Ziffernfolgen versehen und archivieren. Er prüfte Papier und Schrift, prüfte Inhalte und kontrollierte die Bindung. Ein zeitloses Tun, eine Arbeit, wie für Ewigkeiten gedacht.

»Komm einfach hoch nach Bad Hersfeld«, lud Markus ihn ein. »Bad Hersfeld ist eine schöne Stadt, und gerade haben wir Festspielzeit, da kannst du das Nützliche mit dem Angenehmen verbinden. Ich buche dir ein Zimmer im ›Stern‹, das geht natürlich auf Kosten des Hauses, wie wäre es?«

Venner hatte um eine kurze Bedenkzeit gebeten, er werde Markus zurückrufen. Rasch ging er mit sich zu Rate. Zurzeit lag im Archiv nichts Dringendes an, und er hatte ohnehin einige Tage nach Thüringen fahren wollen, so sagte er dem Vetter zu. Venner klärte seine Vertretung, packte den Koffer, setzte sich in seinen Wagen und fuhr los. Der Verkehr hielt sich an diesem Donnerstag in Grenzen, obwohl in Baden-Württemberg die Ferien anbrachen und an vielen Stellen, vor allem an Brücken, gebaut wurde; nur bei Würzburg verdichtete es sich etwas. Mittags um halb eins kam er in Hersfeld an und parkte zunächst in dem Parkhaus am Benno-Schilde-Platz, einem futuristisch anmutenden Gebäude. Es war ein herrlicher Julisommertag. Die Temperaturen kletterten auf heiße 30°. Vor ihm lag eine breite Grünanlage mit einem Wasserbecken. Zahlreiche Kinder sprangen in dem Bassin herum und drehten sich laut juchzend unter dem Strahl einer kräftig aufspritzenden Wasserfontäne. Links und rechts standen Backsteingebäude, die nach Werkhallen aussahen. Offenbar handelte es sich um ein altes Industrieareal, das zu einem Freizeitpark umgebaut worden war. Er sollte Markus in einem der neuen, renovierten Gebäude treffen, genauer im Kulturzentrum »wortreich«. Markus, ein schlanker Mann im Alter von Venner mit hoher fliehender Stirn, wartete schon auf ihn im zugehörigen Café »Konrads«. Das heißt, mit ihm waren zwei weitere Herren gekommen, die sich ebenfalls für die »Mohrforschung« interessierten. Markus begrüßte Hans Venner und stellte die beiden Begleiter vor. Der erste war ein bärtiger Brillenträger, Dr. Bögel, Mitglied des Stadtrates, der zweite der Kurdirektor der Stadt, Christoph Müller, ein agiler, blonder Mittdreißiger. Alle drei waren engagierte Hersfelder und speziell an der Vorbereitung des Jubiläums beteiligt, und sie interessierten sich sehr für Venners archivarisches Tun. Möglicherweise, deutete Dr. Bögel an, könne man ja aus Venners Forschungen über besagten Mohr ein eigenes Buch herausbringen. Die Stadt unterstütze dergleichen Projekte gerne.

»Möglicherweise«, antwortete Venner.

Nach dem gemeinsamen Essen führte ihn Kurdirektor Müller kurz durch die Ausstellungen des »wortreichs« sowie durch die rosafarbene Sonderausstellung »Liebesleben« und schließlich auf das Dach des Gebäudes, wo er ihm mit einem gewissen Stolz die Stadtsilhouette präsentierte. Hoch aufragend der Turm der Stadtkirche, fern über den Hügeln sah man industrielle Gebäude, auch das Krankenhaus und weitere Bauten, alles eingebettet in eine grüne, waldreiche Hügellandschaft. Abends folgte die nächste Überraschung; der Vetter hatte eine Karte für die Festspiele, speziell für Hans Magnus Enzensbergers »Untergang der Titanic« in der Schilde-Halle, direkt gegenüber dem »wortreich«, besorgt.

Venner genoss das abwechslungsreiche Geschehen und die amüsante Inszenierung. Vor allem das Industrieambiente der Halle besaß einen eigenen Charme. Er drehte noch eine Runde durch die malerischen Gassen der Innenstadt mit ihren Fachwerkhäusern und den schön gestalteten Fassaden. Bad Hersfeld war eine alte Stadt. Im Jahre 736 hatte der Mönch Sturmius hier eine Einsiedelei errichtet und sein Mitbruder und späterer Konkurrent Lullus gründete 33 Jahre später am selben Ort das Benediktinerkloster Hersfeld. Rund 400 Jahre dauerte es, bis Hersfeld erstmalig als Stadt erwähnt wurde. Im Westfälischen Frieden 1648 gelangte die Reichsabtei Hersfeld zur weltlichen Landgrafschaft Hessen-Kassel. Zahlreiche Brände hatten der Stadt zugesetzt. 1439 wurden nahezu alle Häuser in einem großen Feuer zerstört. Während des Siebenjährigen Krieges brannten die Stiftskirche und die Klostergebäude nieder. Und Napoleon gab 1807 den Befehl, die Stadt an allen vier Seiten anzuzünden, was der badische Oberstleutnant Lingg wortgemäß ausführte, indem er lediglich vier einzelne Gebäude anzünden ließ. Dieses und andere historische Angaben, etwa zum Machtkampf zwischen Abtei und Stadt, zur Vitalisnacht 1378 oder zum Kurbetrieb, hatte Venner in einem Reiseführer gelesen. Eine interessante Stadt, er war gespannt, was sich bei seinen Recherchen alles ergeben würde.

Es war Viertel nach elf, als er endlich müde ins Hotel zurückkehrte – doch er fand trotz seiner Müdigkeit keinen Schlaf. Venner wälzte sich im Bett hin und her, vergeblich, er wurde immer munterer. Schließlich stand er auf und ging ins Bad. Ein schmales Durchschnittsgesicht blickte ihm aus dem Spiegel entgegen, ein paar Falten, dazu wache Augen, zu wach für die späte Stunde und den langen Tag. Er verließ das Bad, trat ans Fenster zur Straße und öffnete es. Zwölf Schläge einer Kirche, Mitternacht. Venner entschloss sich, noch einmal hinauszugehen und eine Runde zu drehen. Am besten, er suchte sich ein nettes Lokal, wo er noch ein Bier trinken konnte, dann würde die Müdigkeit sich schon von selbst einstellen. Er nickte dem Mann an der Rezeption zu, trat auf den Platz vor dem »Stern« hinaus und wandte sich dort nach rechts. Der Vetter hatte ihm das »Alte Brauhaus« am Kirchplatz empfohlen und erklärt, wo der Platz genau liege. Aber ob das »Brauhaus« noch um diese Uhrzeit auf hatte? Wahrscheinlich nicht, trotzdem wollte Venner sein Glück versuchen und lief die Weinstraße hinunter bis zum Rathaus. Dort bog er in den Durchgang zum Kirchplatz ein. Vor ihm lag der massive Bau der Stadtkirche und der Turm ragte hoch in den Nachthimmel. Unter den Bäumen des Runds um die Kirche wandte sich Venner nach rechts. Dort lag das »Alte Brauhaus« – und es war, wie er es vermutet hatte, schon geschlossen. Also kehrte er um, irgendwo am Markt hatte er etwas Neonfarbendes blitzen sehen, vielleicht eine Bar, die offen war? Venner wandte sich wieder zur Kirche und wollte gerade in den Durchgang zum Rathausplatz treten, da hörte er von der Kirche her eine kleine Melodie, ein Stück aus den Slawischen Tänzen von Antonín Dvořák. Wer spielte um die Zeit auf dem Kirchplatz Klavier? Hans Venner drehte sich überrascht um. Die Töne kamen von der Seite, genauer aus der Richtung, wo hinter einem Baum offenbar ein Zugang zur Kirche lag. Im Halbdunkel erkannte er ein Gitter, das sich zwischen einer Säule und der Kirchenaußenmauer befand. Er trat zu dem Eingang, der durch ein mannshohes Gitter versperrt war. Links befand sich eine Grabsäule, auf der ein Wappen thronte. Die Melodie verstummte. Venner beugte sich vor und spähte in das Innere. Stufen führten zum Eingang und ganz oben saß im Schatten eine Gestalt. Nein, korrigierte er sich, sie saß nicht, sie lehnte schräg an der Tür, soweit er es im Dunkeln erkennen konnte. Die Gestalt trug eine Mönchskutte. Sie wirkte seltsam leblos, obwohl sie sich zu bewegen schien. Die Bewegung wurde deutlicher; langsam sackte die Mönchsfigur nach vorne und rutschte wie in Zeitlupe die drei Stufen der Steintreppe hinab. Die Kapuze glitt beim Fall zur Seite und enthüllte das Gesicht einer jungen Frau. Der Fall endete und der Körper lag in einer ungut wirkenden Verrenkung in der steinernen Mitte. Quer über den Hals der Liegenden zog sich ein dunkler Streifen wie von einem Würgemal. Der Blick war starr, und die Frau atmete nicht mehr. Kein Zweifel, sie war tot. Ihn überlief ein kalter Schauer, Dvořáks Melodie war der Totentanz der Frau gewesen. Hans Venner schüttelte das Unbehagen ab und griff zum Handy.

Anderthalb Stunden später, die Uhr ging auf zwei, kroch der Tübinger todmüde in sein Hotelbett. Die herbeigerufene Polizei hatte ihn intensiv zum Geschehen befragt und der ältere Kommissar sich den Ablauf mehrfach schildern und seinen Weg zum und über den Kirchplatz genau erklären lassen. Schließlich wurde er mit der Auflage entlassen, am nächsten Tag um elf Uhr ins Polizeipräsidium zu kommen, damit das Protokoll abgeschlossen werden konnte.

»Es könnte sein, Herr Venner«, sagte Hauptkommissar Härtelmüller, »dass wir weitere Fragen haben, und vielleicht fällt Ihnen selbst noch etwas ein, das Sie im Vorfeld Ihres Fundes gesehen haben.«

Nach dem Frühstück rief er Markus an, um ihm von seinem nächtlichen Abenteuer zu berichten. »Eine schreckliche Angelegenheit, dieser Mord«, meinte der Vetter, zeigte sich aber insgesamt erfreut. »Das ist eine echte Story für unsere morgige Titelseite. Ich schicke gleich unseren Fotografen los, damit er ein paar Bilder von dir und vom Tatort macht. Bad Hersfeld scheint in diesem Jahr geradezu im kriminellen Geschehen zu schwelgen.«

Markus erzählte von einigen aktuellen Fällen, die aber längst nicht das Kaliber des von Venner entdeckten Mordes hatten.

»Wenn sie dich laufen lassen, kommst du am besten gleich in die Redaktion und berichtest. Sollte die Polizei dich allerdings als Täter dabehalten, bekommt die HZ natürlich die Exklusivrechte deiner Geständnisse«, meinte er abschließend und legte auf. Hans Venner konnte über derartige Scherze kaum lachen. Vor einigen Jahren war er in Tübingen in einen Mordfall verwickelt gewesen und hatte alle Hände voll zu tun gehabt, seine Unschuld zu beweisen. Innerlich verfluchte er seinen Einfall, der ihn getrieben hatte, zur späten Stunde das Hotel zu verlassen und durch die schlafende Stadt zu wandern.

Um elf meldete sich Hans Venner missmutig in der Regionalen Polizeiinspektion im hochmodernen Gebäudekomplex in der Industriestraße. Die Fragen, die Hauptkommissar Härtelmüller stellte, trugen nicht gerade dazu bei, seine Stimmung zu heben. Peter Härtelmüller, ein kräftiger Mann Mitte vierzig mit braunem, an den Schläfen grau werdendem Haar und einem ausgeprägten Bauchansatz, thronte hinter seinem Schreibtisch wie eine orientalische Gottheit. Er blätterte demonstrativ in seinen Papieren, um dann wie von ungefähr auf den vor ihm auf einem harten Holzstuhl sitzenden Venner seine Fragen abzuschießen.

»Die Tote ist eine Amelie Sintelbach, wie wir anhand ihres Führerscheins inzwischen festgestellt haben. Kannten Sie Frau Sintelbach?«

Venner verneinte, was der Polizist mit einem beiläufigen Nicken zur Kenntnis nahm.

»Wann, sagten Sie, haben Sie das Hotel ›Zum Stern‹ verlassen?«

»Das muss nach Mitternacht gewesen sein«, erwiderte der Archivar. »Das habe ich gestern beziehungsweise heute Nacht schon zu Protokoll gegeben.«

»Stimmt«, meinte Härtelmüller, »hier steht es und der Nachtportier bestätigt Ihre Angabe. Sie sind um 0:09 Uhr aufgebrochen. Was wollten Sie eigentlich um diese Zeit in der Stadt?«

»Ich konnte nicht schlafen und wollte noch ein Bier trinken gehen.«

»Die Gastwirtschaften sind in Bad Hersfeld nach Mitternacht längst geschlossen«, entgegnete der Hauptkommissar in skeptischem Ton. Venner hatte den Eindruck, dass der Mann ihm nicht glaubte und irgendwie voreingenommen war.

»Das wusste ich nicht«, antwortete er geduldig. »Bei uns ist das anders.«

»Richtig, Sie sind nicht von hier, sondern aus Tübingen. Ein nettes Städtchen, beinahe so hübsch wie Bad Hersfeld. Ich habe im letzten Urlaub einen Kollegen von dort kennengelernt. Hauptkommissar Kappel. Kennen Sie Kappel? Ich habe vorhin mit ihm telefoniert. Er kann sich gut an Sie erinnern. Vor vier Jahren gab es in Tübingen eine Mordserie mit drei Toten und eine Frau verschwand. Sie selbst standen als Hauptverdächtiger im Zentrum der Ermittlungen …«

»Ich hatte mit dem Geschehen nachweislich nichts zu tun«, unterbrach ihn Venner. »Das wird Ihnen Ihr Kollege sicher bestätigt haben.«

»Die Frau ist nie wieder aufgetaucht«, erwiderte der Polizist und sah ihn derart eindringlich an, als ob er ein sofortiges Geständnis erwartete. Venner starrte zurück.

Es wurde an die Tür geklopft. Ein junger Beamter trat ein, der Härtelmüller ein Blatt reichte. Dieser überflog das Geschriebene.

»Die Frau soll warten, ich komme gleich.«

Er wandte sich wieder an Venner.

»Ihr Anruf, mit dem Sie den Fund der Toten meldeten, kam um 0:17 Uhr. Zeitlich sind Sie wohl aus dem Schneider«, meinte der Hauptkommissar. »Innerhalb von sieben Minuten können Sie nicht vom Hotel zum Kirchplatz laufen, das Opfer dort töten und über die Absperrung bugsieren.«

»Was sollte das für einen Sinn ergeben, nach dem Mord am Tatort auf die Polizei zu warten?«, entgegnete Venner.

Härtelmüller lehnte sich zurück und faltete die Hände über der Brust.

»Die Frage nach dem Sinn und damit nach dem Motiv des Mordes ist in der Tat die Frage, mit der wir uns, nach Klärung der genauen Umstände, eingehend beschäftigen werden. Ich danke Ihnen, Herr Venner, für Ihre Geduld. Sie bleiben noch ein paar Tage?«

»Bis zum Sonntag.«

»Dann wünsche ich Ihnen noch einen guten Aufenthalt.«

Der Archivar war entlassen. Er ging durch das Vorzimmer nach draußen. Eine Frau saß dort und wartete offenbar auf den Hauptkommissar. Er schätzte sie auf Mitte, höchstens Ende dreißig, Ihr dunkles Haar fiel in Locken auf ihre Schultern. Das Gesicht war ausgesprochen hübsch, vor allem die großen, überraschend hellen Augen und der volle Mund fielen Venner auf.

Hauptkommissar Härtelmüller öffnete die Tür.

»Frau Meinhard, bitte kommen Sie«, bat er sie in sein Büro. Sie erhob sich und Venner sah, dass sie fast so groß wie er war und, trotz ihrer schlanken Gestalt, sehr weiblich wirkte. Er hatte den Eindruck, als habe er sie erst vor Kurzem gesehen. War das hier in Bad Hersfeld gewesen?

»Ist Ihnen noch etwas eingefallen, Herr Venner?«, fragte der Hauptkommissar scharf, denn Venner war in der Tür stehengeblieben und hatte sich bei seinen Überlegungen zu der Frau umgedreht. Er sah, wie über das Gesicht der Frau ein eigenartiges Lächeln huschte, fast so, als mache sie sich über ihn lustig.

»Nein«, erwiderte er kurz, »einen schönen Tag noch«, und ging.

In den nächsten Tagen studierte Venner die Unterlagen zum Zeitungsgründer Mohr, kam allerdings in der Sache nicht viel weiter. Das vorliegende Aktenmaterial war einfach zu spärlich, um das Leben des Georg Christoph Mohr genauer beleuchten zu können. Die Mordtat, die er entdeckt hatte, war hingegen in aller Munde und der

Redaktionsleiter der HZ, Stradtler, entwickelte einige packende Theorien, was das Opfer in Bad Hersfeld gewollt und wer ein Interesse am Tod Amelie Sintelbachs gehabt haben konnte.

»Vielleicht besteht ein Zusammenhang mit den Festspielen?«, meinte Stradtler abschließend. »Ich sehe die Überschrift schon vor mir: ›Dunkles Geschehen zwischen düsteren Klostermauern!‹«

Aber dies waren, wohlgemerkt, alles Spekulationen. Am Samstag rief Hauptkommissar Härtelmüller nochmals an und teilte dem verblüfften Venner mit, er könne am Sonntag ruhig zurück nach Tübingen fahren. Das Opfer sei gegen 23:55 Uhr von einer Touristengruppe am Rathaus gesehen worden, wodurch er endgültig entlastet sei. Venner, der sich in keiner Weise als Tatverdächtiger gefühlt hatte, dankte mit einem ironischen Spruch und drückte das Gespräch weg. Am Sonntagabend fuhr er nach Hause zurück und kümmerte sich nicht mehr um den Bad Hersfelder Mord.

Einige Wochen vergingen, in London glänzte Olympia, der August zog ein, und die Temperaturen stiegen erneut auf weit über dreißig Grad, ein wahrer Saharasommer. In Tübingen wie in Bad Hersfeld, Fulda, Eisenach, Weimar und anderswo strömten die Touristen in Scharen durch die Straßen. An einem Septemberwochenende fuhr er erneut nach Bad Hersfeld, um Vetter Markus einige Materialien zu überbringen, die er im Stadtarchiv Tübingen ausgegraben hatte. Der Zeitungsgründer Mohr stammte aus einer gutbürgerlichen, angesehenen Familie und hatte in der Universitätsstadt sein Handwerk gelernt. Die Unterlagen, im Grunde nichts Aufregendes, bezogen sich auf diesen familiären Hintergrund, und eigentlich hätte er sie in Kopie schicken können, doch Markus hatte angerufen und ihn gebeten, selbst zu kommen.

»Ich müsste mit dir über eine Angelegenheit reden, die nicht am Telefon besprochen werden kann«, sagte er. »Ich würde mich freuen, wenn du kommen könntest. Die Fahrtkosten übernehme ich natürlich.«

Venner sagte zu. Beide trafen sich am Samstagabend im »Alten Brauhaus«, das heute geöffnet war. Die Gaststube war in einem einfachen Holzstil gehalten, an der Decke sorgte eine Reihe von Kugellampen für das nötige Licht. Sie bestellten je eine Portion Stracke vom Hausmetzger und dazu ein großes »Engelhard Naturtrüb«.

»Hans, ich brauche deine Hilfe«, begann Markus, nachdem die »Stracke Wurst« und das Bier serviert worden waren, das Gespräch. »Du erinnerst dich an den Mord an dieser Frau in der Mönchskutte.«

»Ich habe die Leiche entdeckt, so etwas vergesse ich selten«, antwortete Venner. »Wurde der Mörder inzwischen ermittelt? Ich habe im Netz unter ›Amelie Sintelbach‹ nichts gefunden.«

»Die Polizei nimmt an, es bestehe ein Zusammenhang mit dem Mord an einem Obdachlosen im Februar, was ich nicht glaube. Nein, eigentlich gibt es vom Täter nach wie vor keine echte Spur. Scheinbar ist der ermittelnde Kommissar auch nicht mehr sicher, ob die Tote wirklich Amelie Sintelbach hieß. Deswegen wollte ich dich sprechen«, sagte Markus.

»Ich verstehe nicht, was ich damit zu tun habe, ich kannte die Frau nicht.«

»Es scheint eine Verbindung zur Zeitung gegeben zu haben«, erwiderte Markus zögernd. »Ich bin bei Recherchen in Unterlagen auf den Namen gestoßen und glaube, da steckt mehr dahinter, als man auf den ersten Blick glaubt.«

»Hast du mit der Polizei über deine Befürchtungen gesprochen?«

»Nicht direkt, und ehe du dich wunderst, es gibt dafür gewichtige Gründe. Ich fürchte, in unserer Zeitung geht etwas vor, das mit dem Mordfall zu tun hat. Vielleicht gibt es sogar eine Verbindung des Täters zu unserem Haus.«

»Meinst du zum Redaktionsteam? Das wäre sicher ein Grund, diesen Kommissar einzuschalten«, entgegnete Venner. »Ich wundere mich, dass du das nicht bereits getan hast, wenn du solche Vermutungen anstellst.«

»Vermutungen, das ist das richtige Wort. Versteh, Hans, ich bin mir nicht sicher, und vielleicht sind das alles auch nur Hirngespinste. Ich kann mein Team nicht unter Generalverdacht stellen. Wenn ich mich irre, ist bei uns der Teufel los. Ich möchte schließlich auch nicht grundlos verdächtigt werden. Nein, die Polizei zu holen, ist nicht sinnvoll, zumindest jetzt nicht. Ich will in unserer Zeitung nicht unter Polizeiaufsicht arbeiten. Du musst mir helfen, du hast doch bereits einmal ermittelt. Bei diesen Morden damals in Tübingen.«

»Das ist verdammt schief gelaufen, beinahe wäre ich selbst zum Opfer geworden.«

»Aber du hast es geschafft und den Fall gelöst. Ich kann mich, wie gesagt, auch irren, das hoffe ich jedenfalls. Doch ich will sichergehen, dass die Hersfelder Zeitung mit dem Mord nichts zu tun hat. Komm für eine gewisse Zeit als Mitarbeiter zu uns in die Redaktion, die ›Mohrstory‹ ist eine gute Tarnung. Dann kannst du ungestört ermitteln. Sollte wirklich etwas Gravierendes vorliegen, können wir immer noch die Polizei informieren.«

»So einfach vom Archiv wegbleiben kann ich nicht. Ich müsste Verschiedenes vorher klären.« Venner zog einen Kalender hervor und blätterte darin.

»Es wäre mir frühestens zu Ende des Monats, wahrscheinlich aber erst im Oktober möglich, für länger nach Bad Hersfeld und zur Hersfelder Zeitung zu kommen«, sagte er. »Ich habe noch zwei Wochen Urlaub, die würde ich einsetzen.«

»Wenn du die ersten zwei Oktoberwochen nach dem Nationalfeiertag kommen würdest, wärest du in der Zeit vom Lullusfest hier und könntest echtes Bad Hersfelder Leben mitbekommen. Am 13. beginnt das Fest mit dem Lollsball des Tanzsportclubs ›Rot-Weiß‹ in der Stadthalle.«

»Soll ich Bad Hersfeld wegen eures Stadtfestes besuchen oder undercover in der Redaktion der HZ ermitteln? Ich wüsste gern mehr über die Angelegenheit, bevor ich mich entscheide.«

»Es geht selbstverständlich um die Hersfelder Zeitung«, erwiderte

Markus. »Natürlich musst du Bescheid wissen; ich will dir kurz berichten, was mir aufgefallen ist. Mir kam der Name Amelie Sintelbach irgendwie bekannt vor, ich wusste nur nicht, wo ich den Namen gehört oder gelesen hatte. Ich dachte nicht weiter daran, bis ich vor einer Woche, als ich alte Unterlagen ausmistete, eine Aktennotiz fand mit den Hinweis ›Gespräch mit A. Sintelbach geführt‹.«

»Das war alles? Kein Datum, keine konkrete Aussage, worum es in dem Gespräch ging?«, fragte Venner.

»Nichts dergleichen, doch mir fiel dadurch ein, wer Amelie Sintelbach war. Vor zwölf oder dreizehn Jahren war bei uns eine Praktikantin oder auch Jungredakteurin mit diesem Namen beschäftigt. Sie war eine attraktive junge Frau, die drei Monate bei uns war und wegen der es ziemlichen Ärger gab.«

»Attraktive junge Frauen können Unruhe erzeugen.«

»Darum ging es nur am Rande. Es tauchten anonyme Briefe auf, Unterlagen verschwanden und in der Kasse fehlte Geld.«

»Der berühmte Griff in die Portokasse«, meinte Venner. »Und diese Frau Sintelbach hatte damit zu tun?«

»Es gab keine Beweise, nur Gerede und Gerüchte. Und die Sache mit dem Kollegen Altmann. Die beiden scheinen sich auf einem Ausflug näher gekommen zu sein. Für die Sintelbach war es eher eine kurze Affäre, der Kollege Altmann dagegen nahm das Ganze sehr ernst. Nun ja, nach der Probezeit wurde Frau Sintelbach gekündigt und alles endete. Es gab keine anonymen Briefe und keine verschwundenen Papiere mehr, auch die Kasse stimmte wieder. Es schien klar, wer für das alles verantwortlich gewesen war.«

»Du sagst ›schien‹, gab es später Zweifel?«

»Es gab keine Beweise, und Kollege Altmann hielt die Geschichte für eine Intrige. Er kündigte ein Jahr später und wechselte nach Bonn zum ›Generalanzeiger‹.«

»Die Tote war also vor zwölf oder dreizehn Jahren für drei Monate bei der Zeitung beschäftigt. Hast du sie gesehen?«

»Die Polizei schickte an uns wie an andere Zeitungen ein Bild, da Zweifel an der Identität bestehen. Ich habe sie nicht erkannt, was nichts heißen muss; in diesem Zeitraum kann man sich ziemlich verändern. Amelie Sintelbach hatte rotblonde Haare, und die Haarfarbe der Toten war eher dunkel. Haare lassen sich allerdings schnell färben.«

»Stimmt, bei Frauen verändert sich die Haarfarbe mitunter häufig. Ich verstehe trotzdem nicht, warum die HZ von dem Fall betroffen sein soll.«

»Ich habe versucht, mich an die Frau zu erinnern, wo sie herkam, welche Ausbildung sie hatte und so weiter, aber ich stellte fest, dass ich wirklich nichts mehr über sie wusste. Also ließ ich mir von unserem Sekretariat die Unterlagen zu Frau Sintelbach heraussuchen, um mir die Papiere genauer anzuschauen. Wir haben dort zu jedem, der in der HZ tätig ist oder tätig war, Personaldaten. Es handelt sich nicht um Personalakten, Personalakten werden außer Haus geführt, sondern lediglich um ein paar Adressdaten und Notizen allgemeiner Art. Doch weder die von Amelie Sintelbach noch die vom Kollegen Altmann waren an ihren Platz. Unsere Sekretärinnen Frau Selge und Frau Beck-Sander sind sicher, dass ihre Unterlagen, als sie im Frühjahr alles prüften, komplett waren.«

»Das ist alles? Eine mehr als ein Dutzend Jahre alte Geschichte von einer nur kurz Beschäftigten und ein paar wahrscheinlich längst aussortierte Handakten?«, fragte Venner skeptisch. »Viel Mörderisches kann ich daran nicht erkennen.«

»Es gibt noch etwas«, entgegnete Markus. Er griff in seine Jackentasche und zog einen unbeschrifteten, amtlich wirkenden Umschlag hervor.

»Das Schreiben fand ich vor drei Tagen morgens auf meinem Schreibtisch. Lies selbst, dann wirst du verstehen, warum ich mir Sorgen mache.«

Er reichte Venner den grünen, unverschlossenen Umschlag. Der

Archivar öffnete ihn und las sorgfältig das sich darin befindliche Blatt. Der Text begann unmittelbar ohne Anrede und trug weder ein Datum noch eine Unterschrift. Es waren insgesamt nur vier Zeilen:

Ihr glaubt, dass ich vergessen kann? Niemals, Ihr Narren! Und Ihr, habt Ihr vergessen? Ich werde für Euer Gedächtnis nachhaltig sorgen, so nachhaltig, dass sich die Erinnerung in feurigroten Lettern auf ewig einbrennen wird. Amelie war erst der Anfang, wartet nur balde, Blut wird fließen …

Venner lachte.

»Das ist doch ein schlechter Scherz, Markus! Kein Mensch schreibt einen ernst gemeinten Drohbrief und drückt sich derart schwülstig aus. ›Wartet nur balde‹, der Schreiber parodiert Goethe. Der Mann – oder die Frau – hat offenbar literarische Kenntnisse. Da will dich einer aus der Redaktion veralbern.«

»Das habe ich auch gedacht, zumal mein Zimmer verschlossen war und ein Außenstehender kaum an den Schlüssel käme. Aber als am nächsten Morgen die Kollegen Montfort, Zaplatilek und Neckler erzählten, dass in der Nacht Unbekannte ihre Mülltonnen angezündet hätten, wurde mir mulmig. Daher habe ich den im Fall Sintelbach ermittelnden Hauptkommissar, Horst Härtelmüller, angerufen und von dem Brief und den Mülltonnen berichtet. Der reagierte wie du und hielt das Ganze für einen dummen Scherz.«

»Die brennenden Mülltonnen auch?«

»Es gab in der Nacht mehrere derartige Zündeleien. Härtelmüller, ein alter Hersfelder, ich kenne ihn von einem Empfang bei dem damaligen Innenminister Bouffier, hält Jugendliche für die Täter und sieht keinen Zusammenhang zwischen den Müllbränden und dem Schreiben.«

»Der Hauptkommissar könnte recht haben. Doch ich verstehe, dass du beunruhigt bist. Dass die Frau vor Jahren für die HZ tätig war, hast du nicht erzählt?«

»Ich wollte, aber nachdem Härtelmüller den Brief und die Brände nicht für wichtig hielt, ließ ich es bleiben, zumal ich die Kollegen nicht in die Sache ziehen wollte.«

»Vielleicht wäre eine Reaktion erfolgt, wenn du von ihrer Tätigkeit bei der HZ berichtet hättest. So richtig verstehe ich deine Motive noch nicht.« Venner nahm einen Schluck aus seinem Glas und überlegte. »Die ganze Geschichte kommt mir ziemlich vage vor. Trotzdem werde ich kommen, sei jedoch nicht enttäuscht, wenn bei meiner Undercoveraktion am Ende nichts herauskommt.«

»Ich wäre im Gegenteil sehr beruhigt, wenn es sich wirklich nur um Zufälle und Blödsinn handelt.«

Markus hob sein Glas. »Dann sind wir uns einig. Prost!«

Er leerte das Glas. »Ich weiß nicht, wie es dir geht. Unser Gespräch hat mich durstig gemacht.«

Die Männer bestellten zwei weitere Biere. Sie sprachen über verschiedene Dinge, unter anderem erzählte der Vetter vom geplanten Neubau der Zeitung. »Wir wollen zurück ins Zentrum. Auf einer Grundfläche von rund 1600 Quadratmetern wird zwischen der Schilde-Veranstaltungshalle und dem Jugendhaus ein Bürogebäude mit rund 1200 Quadratmetern Nutzfläche entstehen. Für unsere Leser und Kunden ist das neue Verlagshaus ideal, denn die Wege zur Hersfelder Zeitung werden in Zukunft deutlich kürzer sein.«

Dann wandte sich ihr Gespräch anderen Themen zu.

Einige Tage später, Venner war längst wieder in Tübingen, kam Post von Markus. Es war die Aufstellung der Mitarbeiter der HZ, um die Venner ihn gebeten hatte, denn er wollte sich vorab etwas mit dem Redaktionsteam vertraut machen. Insgesamt gehörten neben Markus elf weitere Personen zum festen Stamm der Zeitung. Drei von ihnen, die Redakteurin für Soziales und Gemeinden, Frau Christine Zaplatilek, den Kreisredakteur Timo Montfort und den Redakteur für Wirtschaft und Gemeinden Fritz Neckler, hatte Markus in Zusammenhang mit den Zündeleien bereits erwähnt. Markus selbst, genauer Markus Kromme, war als Chefredakteur und Herausgeber sozusagen Herrscher aller Reußen. Redaktionsleiter war Uwe Stradtler, der über Jahre hinweg beim »Weserkurier« in Bremen und bei der »taz« in Berlin seine journalistischen Sporen verdient hatte. Des Weiteren gab es noch die Ressorts Kultur, Politik und Sport sowie die Außenredaktion Heringen und die branchenübliche Online-Redaktion. Im Büro agierten zwei Sekretärinnen, außerdem beschäftigte die HZ eine größere Anzahl freier Mitarbeiter sowie zwei Praktikanten. Dazu kamen die Anzeigenabteilung, die Vertriebsabteilung, der Satz und die Verwaltung, die mit gut 30 Mitarbeiterinnen und Mitarbeitern das Verlagsteam der Hersfelder Zeitung ausmachten. Zudem waren 250 Zusteller damit beschäftigt, die druckfrischen Exemplare an die Leserschaft zu bringen. Venner gab den einen oder anderen Namen ins Netz ein, um sich ein Bild von der jeweiligen Arbeit zu machen. Josef Holztenkamp, der Kulturredakteur, bot zum Beispiel eine vielseitige Palette von Artikeln und Beiträgen. Neben diversen Buchkritiken, Berichten zu den Bad Hersfelder Festspielen, zum städtischen Museum und zum »wortreich« entdeckte Venner Sportartikel und zahlreiche Restaurantbesprechungen, unter anderem zum Hotel »Stern«, in dem er kürzlich übernachtet hatte. Ein umtriebiger Mann, Venner hatte das Gefühl, dass sich hinter Holztenkamp mehr verbergen könne, als man auf den ersten Blick ahnte. Eine Begründung hatte er für sein Gefühl nicht. Schreiben konnte der Mann jedenfalls und er hätte sicher mit Leichtigkeit einen solchen Drohbrief entworfen. Aber das traf wohl auch für die übrigen Mitglieder der Redaktion zu.

Wieder und wieder studierte Venner den Text des anonymen Schreibens, das ihm der Vetter in Kopie mitgegeben hatte. Er wurde aus dem Ganzen einfach nicht schlau. Wenn der Brief ernst gemeint war, Venner hatte daran Zweifel, ging es um etwas in der Vergangenheit. Offenbar spielte diese Amelie Sintelbach, die Ermordete, dabei eine wichtige Rolle. Eine Erklärung konnte nur bei der Tat und ihrem Hintergrund zu finden sein. Venner begann, sich intensiver mit dem Mord zu beschäftigen. Als Archivar verstand er sich von Berufs wegen darauf, Quellen aufzustöbern und auszuwerten. Und er besaß die nötige Geduld, dabei auch Irrwege zu beschreiten. Zunächst surfte er kreuz und quer durchs Internet und stellte anhand von Artikeln und Meldungen einige grundlegende Fakten zusammen. Gegen Mitternacht des 28. Juli war einer Frau namens Amelie Sintelbach, 36, die merkwürdigerweise über ihrer sommerlichen Kleidung eine braune Mönchskutte trug, ein Strick oder ein Tuch um den Hals gelegt worden, mit dem sie dann erwürgt wurde. Später entdeckte man unweit des Fundortes ein Seil, das für die Tatwaffe gehalten wurde, Gewebespuren fehlten. Nach dem Mord trug der oder trugen die Täter den Leichnam vom Tatort am Zugang zum Kirchplatz zu einem Nebentor der Stadtkirche, öffneten das Gitter mit Hilfe von Werkzeug und legten die Tote auf der Treppe in halb sitzender Position ab. Er selbst hatte die Frau wegen ihres Handytons entdeckt. Frau Sintelbach war anhand ihres Führerscheins identifiziert worden. Sie hatte seit einem Jahr in einem dieser anonymen Hochhäuser auf dem Fuldaer Aschenberg gelebt, in dem keiner keinen kannte. Als Geburtsort der Toten war Hamburg angegeben. Gemeldet war sie dort nicht gewesen, Verwandte oder Freunde gab es ebenfalls nicht. Letzteres fand Venner besonders auffällig. Dem Bild nach, das von der Toten veröffentlicht worden war, schien sie sehr attraktiv gewesen zu sein. Hier endeten seine Informationen, für einen Außenstehenden war es unmöglich, an die Ergebnisse der internen Polizeiermittlung zu gelangen. Geduldig versuchte er nun, über die unterschiedlichsten sozialen Netzwerke und Chatrooms Näheres zur Toten zu erfahren und stellte zu seiner Überraschung fest, dass unter »Amelie Sintelbach« nirgends ein Text oder Ähnliches zu finden war. Weder in Facebook, Myspace, Xing, StudiVZ, StayFriends, Kwick, Twitter, plus.google oder sonstigen Netzwerken gab es Eintragungen von und zu ihr. Es sah aus, als habe Frau Sintelbach nur in Fulda und Bad Hersfeld gelebt, wenn man von ihrem Geburtsort Hamburg absah, wo sie angeblich niemand gekannt hatte. Also musste es wirklich um eine Angelegenheit gehen, die die Region betraf, genauer, es ging um Bad Hersfeld, nicht ohne Grund war der Mord dort geschehen. Alles kreiste um dieses Geschehen. Venner legte eine Pause ein. Er stand auf und ging in die Küche, um sich einen Tee zu machen. Während er auf das Kochen des Wassers wartete und den Darjeeling in die gewärmte Kanne füllte, überlegte Venner, wie er jetzt vorgehen solle. Wie kam er an weitere Informationen? Er zog verschiedene Möglichkeiten in Betracht und verwarf sie wieder, da fiel ihm der Name eines alten Bekannten, Jörg Melcher, ein. Melcher hätte in seiner Situation sicher einen Weg gewusst. Er war ein freier Fotojournalist, hatte über Jahre investigative Recherchen betrieben und oft erstaunliche Dinge ans Licht der Öffentlichkeit gezogen, besser gesagt gezerrt. Sein letzter Fall vor einem Jahr im Ostallgäu, es handelte sich um Finanzschiebereien und einen Mord im Opernmilieu, kostete Melcher beinahe das Leben. Er wurde bei einer Schießerei schwer verletzt und verbrachte fast sieben Monate in der Klinik und anschließend in einer Reha im Schwarzwald. Im Frühjahr war Melcher aus Stuttgart fort- und nach Berlin gezogen. Er müsse weg von der schwäbischen Provinz, sagte er zu Venner, auf Dauer sei der Aufenthalt im braven Ländle für ihn tödlich. Das mochte wahr sein, Melcher war allzu oft in geradezu mörderische Situationen geraten. Venner hatte den Journalisten im Umfeld einer Mordserie kennen gelernt, in die er selbst verstrickt gewesen war und über die Melcher berichtet hatte. Nachdem der Fall abgeschlossen war, hatten sie sich einige Male getroffen, und es entwickelte sich zwischen den beiden sehr verschiedenen Männern eine eigene Art von Freundschaft.

Wenn einer ihm Hinweise geben konnte, wie zu weiteren Informationen zu kommen wäre, dann Jörg Melcher. Kurz entschlossen wählte der Archivar die ihm bekannte Handynummer Melchers. Er hatte Glück, der Freund war in Berlin unter der alten Nummer erreichbar. »Hallo?«, meldete sich die vom vielen Whiskey und früheren Kettenrauchen rau gewordene Stimme des Fotografen. Hans Venner erzählte von dem Geschehen in Bad Hersfeld und von dem Problem, an das richtige Material zu kommen. Melcher hörte ihm geduldig zu, dann lachte er.

»Hans, du kommst eben nie aus deinem staubigen Archiv. Du musst mehr unter die Leute. Sag mir nicht, du hättest die Leiche gefunden und so weiter. Das führt dich vielleicht in Teufels Küche, sonst nirgendwohin.«

Venner schwieg und wartete ab.

»Eine Ermordete in einer Mönchskutte«, fuhr Melcher fort, »das klingt nach einer interessanten Story. Wo, sagtest du, wurde der Mord begangen?«

»In Bad Hersfeld.«

»Bad Hersfeld«, wiederholte Melcher nachdenklich. »Da finden normalerweise Festspiele statt und, soviel ich weiß, haben ›Libri‹ sowie ›Amazon‹ vor Ort ihre Logistikzentralen. Und es gab irgendeine Sache mit der Sprache.«

»Konrad Duden hat einige Zeit in Bad Hersfeld gelebt«, ergänzte Venner.

»Duden, hm, also, ich mache es kurz. Ich habe vor einigen Jahren auf einer Tagung eine sehr attraktive Dame getroffen, die war Leiterin der Kriminalinspektion Bad Hersfeld. Eine temperamentvolle Frau, du weißt schon, dieser rothaarige Typus, der mir schon immer gefallen hat. Sie hat ziemlich Karriere gemacht und ist jetzt Dozentin für Kriminalistik und Kriminologie. Lea schuldet mir noch einen Gefallen, ich rufe sie an, vielleicht kann ich mit ihrer Hilfe an Informationen über diese Amelie Sintelbach kommen. Wie gesagt, ich versuche es, versprechen kann ich nichts. Ich melde mich.«

Eine Woche später erreichte Hans Venner ein brauner DIN A 4 Brief ohne nähere Absenderangaben. Dem Poststempel nach war das Schreiben über das Briefzentrum 34, also von Kassel aus, verschickt worden. Venner öffnete neugierig den Brief und zog gut zwei Dutzend eng bedruckte Blätter hervor. Es handelte sich um eine Kopie des vorläufigen Abschlussberichts zum Mordfall Amelie Sintelbach sowie die dazugehörenden Anlagen. Melchers Überredungskünste schienen gefruchtet zu haben. Der Archivar setzte sich an seinen Schreibtisch und las die Texte aufmerksam durch. Neben den ihm bekannten Angaben enthielt die Sendung den Obduktionsbericht des Gerichtsmediziners, den mit Fotografien versehenen Bericht der Spurensicherung, einige Vernehmungs- und Befragungsprotokolle sowie Rückmeldungen auf diverse Anfragen an Pass- und Meldebehörden, an Standesämter und Versicherungen und an die BFA-Berlin. Im Eigentlichen erfuhr Venner wenig Neues, lediglich das eine oder andere Detail wurde deutlicher. Frau Sintelbach war mit einem Tuch erwürgt worden, unter den Fingernägeln befanden sich blaue Stoffreste. Die Tote hatte offenbar versucht, das Tuch zu lösen. Eine Überraschung für ihn war der Bericht über die Durchsuchung der Wohnung der Toten. Sie hatte in einer kleinen Zweizimmerwohnung mit Küche und Bad gelebt. Der Beschreibung und den Bildern nach eine spartanisch eingerichtete Behausung. Persönliche Papiere, Briefe, Fotos, Alben oder andere Privatdinge waren nicht zu finden gewesen. Aufgrund gewisser Spuren ging die Polizei davon aus, dass im Wohnzimmer ein PC gewesen war, doch dieser war abgebaut worden und verschwunden. Venner hielt im Lesen inne und überlegte. Der Darstellung nach schien es, als sei in der Wohnung alles, was mehr über die Tote hätte verraten können, systematisch entfernt worden. Er las weiter. Das Handy Frau Sintelbachs zeigte im Speicher nur eine Nummer, von der aus die Ermordete zuletzt angerufen worden war. Die Anrufmelodie hatte Venner das Opfer entdecken lassen. Die Nummer gehörte zu einem Prepaid-Handy, dessen Besitzer nicht feststellbar war und dessen Anbieter in Osteuropa residierte. Der Fall schien ein einziges Mysterium zu sein, zwar wurde noch an ihm gearbeitet, aber offenbar rechnete die Kripo nicht damit, das Mordgeschehen aufklären zu können. Nein, das stimmte nicht; an der letzten Seite befand sich ein handschriftlicher Vermerk: »Abgabe an das LKA.« Das bedeutete wohl, die Untersuchung war auf eine höhere Ebene verlagert worden. Erstaunlich, dass es Melcher trotzdem gelungen war, Kopien der Unterlagen loszueisen. Seine Bekanntschaft mit »Lea« musste wirklich intensiv gewesen sein. Venner las das Ganze ein zweites Mal aufmerksam durch. Dabei fiel ihm auf, dass die Paginierung der Seiten Lücken aufwies. 24 Seiten hatte die Sendung enthalten. Die letzten Blätter aber trugen die Ziffern 22, 27 und 28. Vier fortlaufende Blätter fehlten, »Lea« war vorsichtiger gewesen, als es auf den ersten Blick ausgesehen hatte. Oder die fehlenden Seiten waren bereits vorher aus der Akte entfernt worden. Die Sache wurde immer spannender, Venner merkte, wie in ihm der Forschungsdrang erwachte. Er musste herausfinden, was sich hinter dem Fall verbarg – und wenn er dabei gleichzeitig Vetter Markus helfen konnte, umso besser!

Am Mittwoch, den 3. Oktober, fuhr Venner nach Bad Hersfeld. Es war ein wunderbarer, sonniger Herbsttag, der die alte Stadt mit Licht und milder Wärme geradezu überflutete. Im Autoradio kamen Reden zum Tag der Deutschen Einheit und immer wieder Aussagen zur europäischen Großwetterlage: Krise, Krise, Krise. Venner schaltete auf Musik um. Er kam gegen drei Uhr nachmittags in Bad Hersfeld an und suchte zunächst einen guten Freund von Vetter Markus, Micha, auf. Dessen Haus am Frauenberg besaß eine Einliegerwohnung, in der Venner für die nächsten zwei Wochen wohnen konnte. Die Lage mitten im Grünen war idyllisch, und mit dem Auto kam man von dort in fünf Minuten ins Zentrum, zu Fuß dauerte es eine Viertelstunde. Der einzige Schönheitsfehler bestand in einem Bautrupp, der weiter oben am Hang Reparaturen auszuführte und die Zufahrt und nahezu alle Parkplätze blockierte. Die Gastgeberfamilie bildeten Micha, seine Frau Brigitte und die Kinder Stephanie, Bastian und Sarah. Zwei von ihnen studierten, die jüngste Tochter ging aufs Gymnasium.

Micha, ein groß gewachsener Travoltatyp, arbeitete als Ingenieur in der Computerbranche. Brigitte war mit Vetter Markus in die gleiche Klasse gegangen und erzählte das eine oder andere über »Majo«, wie sie ihn nannte. Brigitte war blond wie ihre Tochter und eine vorzügliche Gastgeberin. Vor dem Abendessen machten Micha und Venner noch einen Spaziergang in das nahe gelegene Waldgebiet.

Sein Zimmer war wie eine normale Gästewohnung eingerichtet. Ein Ausziehschlafsofa, ein einfacher Schrank, eine ältere HiFi-Anlage der Marke Aiwa, ein Fernseher. Dazu ein alter Esstisch nebst Stühlen. An den Wänden hingen Bücherregale sowie die frühen Werke eines unbekannten Künstlers. Unter dem großen Fenster auf dem Boden standen zwei Schalen mit Kakteen sowie ein großer Kerzenständer aus Messing. An der Türseite zum Flur klebte ein Sonnenblumenposter. Auf dem Schreibtisch lag Fachliteratur aus dem Bereich der Wirtschaftswissenschaften, davor stand ein einfacher Drehstuhl. Auf dem Tisch befand sich ein Fotowürfel mit den Bildern einer schlanken jungen Frau mit blondem Haar. Sie sah gut aus, die junge Frau, Venner schätzte sie auf Mitte zwanzig. Es wirkte wie ein Foto von Brigitte aus jüngeren Jahren, nur die Augenpartie stimmte nicht ganz.

Am Donnerstag, den 4. Oktober, begann Venner seine Tätigkeit in der Redaktion der Hersfelder Zeitung. Markus führte ihn durch die einzelnen Räume und stellte das Redaktionsteam vor. Zunächst suchten sie das Zimmer des Redaktionsleiters Uwe Stradtler auf. Stradtler, ein gemütlich wirkender Endvierziger, saß, das Fenster im Rücken, an seinem Schreibtisch und tippte. Das Zimmer war relativ klein, ein Eindruck, der durch die dunklen Möbel verstärkt wurde. In einem Regal links standen zahlreiche Bücher. An den Wänden hingen verschiedene Exponate aus Stradtlers journalistischer Biografie. Ein Plakat des Herzbergfestivals, ein anderes über »Truth, Justice and the Comics«. Am Notizbord rechts des Fensters zeigte ein Foto, wie eine Frau in den Gemäuern der Klosterabtei Stradtler mit einem Schwert

»erstach«. Im Bild daneben lag Stradtler auf Rosen gebettet. Sonst hatten der Raum und sein Bewohner nichts an Mörderischem zu bieten. Im nächsten Zimmer, einem Großraumbüro, trafen Markus und er auf weitere Mitglieder der Redaktion. Josef Holztenkamp stellte sich vor, der Mann, dessen Artikelvielfalt dem Archivar bereits aufgefallen war. Holztenkamp erinnerte auf den ersten Blick an den jüngeren Heiner Müller oder besser, er wirkte wie eine Mischung aus Brecht, Hesse und Müller. Die Redaktion nannte ihn nur den »Mann mit dem Buch«, weil er ständig, wenn er nicht schrieb, als Leser mit einem Buch unterm Arm unterwegs war. Holztenkamp musterte den neuen Kollegen ausgiebig und schien sich über Venners hiesiges Sein ein eigenes Bild zu machen, denn er nickte leicht, als ob er seine Einschätzung bestätigt fände. Venner bekam im rückwärtigen Bereich einen Platz mit PC zugewiesen. An den übrigen PCs im hinteren Raum saßen die aktuellen Praktikanten der Zeitung und bemühten sich um erste kleine Artikel. Sie begrüßten ihn freundlich und erzählten ohne Scheu von ihrer Arbeit. Die überraschendste Persönlichkeit, die er an diesem Vormittag kennen lernte, war Christine Zaplatilek, die für die Bereiche Soziales und Gemeinde zuständige Redakteurin. Frau Zaplatilek kam in das Büro gestürmt, umweht von einer lilafarbenen Jacke und einem Duft nach Chanel, und strahlte dabei eine ungeheure Bewegung und Dynamik aus. Sie grinste und streckte ihm die Hand entgegen.

»Sind Sie unser neuer Praktikant? Ein bisschen zu alt, würde ich sagen. Herzlich willkommen!«

»Einmal muss jeder anfangen«, erwiderte Venner, bevor Markus die Erklärung abgab, Venner würde in den nächste Wochen hier an der Gründergeschichte arbeiten und dabei ein wenig Zeitungsluft schnuppern, was Frau Zaplatilek mit einem spöttischen Nicken zur Kenntnis nahm.

»Gut, Jungs, dann spielt noch schön, ich habe zu tun«, und damit rauschte sie an ihren Platz. Sie entsprach ganz dem Eindruck, den er nach ihren vorab gelesenen Artikeln bekommen hatte; offenbar war sie eine Journalistin, die sich über nahezu jedes Thema amüsant auslassen konnte, wenn ihr der Sinn danach stand. Kurz führte Markus ihn noch zu den Sportredakteuren, die in einem eigenen Büro hausten. Klaus Kastmann war der Sportredaktionsleiter, ein jünger wirkender Mann mit halblangem Haar und Dreitagebart. Zu ihm gehörten die Redakteurin Martha Klee, die sich in einem längeren Urlaub befand und der Kollege Holger Nenzer. Viele Worte wechselten die »Sportler« nicht mit Venner; die Redaktion war zu sehr mit der Aufarbeitung der aktuellen sportlichen Events beschäftigt. Die übrigen Redaktionsmitglieder waren außer Haus, bis auf Mirko Schubert, der seit einem Jahr zur HZ gehörte und sich mit dem Ressort Politik beschäftigte. Ihn bekam der Archivar am Mittag zu Gesicht. Schubert hatte vorher bei der »Stuttgarter Zeitung« gearbeitet. Er war ein echter Schönling, mit dunklem, gelocktem Haar und von schlanker Statur. Er schien übertriebene Gesten und starke Worte zu lieben und legte – der Markenkleidung nach – großen Wert auf sein Aussehen. Venner gefielen weder der Mann noch sein Gehabe besonders. Andererseits fand er den aktuellen Artikel Schuberts zu den sprachlichen Entgleisungen eines SPD-Oberen mit der Überschrift: »Maul zu fürs Interview« durchaus gelungen. Am Ende wurden ihm die Damen vom Sekretariat vorgestellt, Ellen Selge und Annemarie Beck-Sander. Beide hatten ihr Büro direkt unten links vom Eingang und waren ständig mit Anrufern und dem Suchen und Auffinden von Faxen und Briefen beschäftigt, die irgendjemand verlegt hatte.

Insgesamt wirkte die Redaktion in ihrem geschäftigen Treiben wie ein Bienenstock, in dem jeder fleißig, individuell und doch für das Kollektiv der HZ arbeitete und wirbelte. Vielleicht entstand der Eindruck des Wirbelns auch, weil eine gewisse Aufbruchstimmung herrschte. Die Zeitung bereitete sich langsam auf den Umzug in ein neues Gebäude auf dem Schildeareal vor. Dort, nahe zum städtischen Zentrum, mit Blick auf das »wortreich«, sollte ein Licht durchflutetes und vor allem publikumsnahes Zeitungsgebäude gebaut werden. Der Vetter hatte ihn darüber bereits unterrichtet. Für den Entwurf des Neubaus zeichnete der Architekt Tofitz verantwortlich. Gerade wurde das auf dem Gelände stehende Gebäude abgerissen und mit einer Pfahlgründung zur Baugrundverbesserung begonnen. In der Zeitung selbst wurden bereits erste Aktenkartons für den späteren Umzug beladen.

Die Zeit verging an diesem Morgen wie im Flug. Venner unterhielt sich zunächst mit seinen »Nachbarn«, den beiden Praktikanten. Thomas/Tommy, ein lang aufgeschossener, schlaksiger Bursche, studierte in Mainz Publizistik und machte bereits sein drittes Praktikum. Die ausgesprochen hübsche Diana war Studentin der Germanistik und Politologie. Ursprünglich hatte sie in Tübingen studiert, war aber nach dem zweiten Semester an die Uni Kassel gegangen. Tübingen habe ihr gut gefallen, sagte Diana, doch ihre Freunde seien alle hier oben geblieben und Kassel wäre ganz in Ordnung. Sie stritt spaßeshalber ein wenig mit Tommy über ihren letzten Einsatz. Diana hatte einen Seehundzirkus besucht und gemeinsam mit den schwarzen Gestalten in einem Pool gebadet, was aufgenommen und online gestellt worden war. Tommy meinte, der Internetlink der HZ auf Youtube, der sie beim Plätschern im knappen Bikini mit den Seehunden zeige, habe bereits über 7000 Klicks. Die Leute seien eben sehr tierlieb.

»Es lohnt sich, wenn man sich voll einsetzt«, gab Diana unbekümmert zurück. Die Volontärin Rebecca, von allen »Becky« genannt, schüttelte ihre dunkle, wild zerzauste Lockenmähne.

»Ich wäre nicht ins Wasser gesprungen«, meinte sie ernsthaft. »Nicht im Bikini und schon gar nicht bei den aktuellen Temperaturen.«

»Sehr schade«, erwiderte Tommy, »ich wäre an einem Vergleich interessiert gewesen«, und grinste. Becky streckte ihm die Zunge raus.

Ob sie schwimmen gingen oder nicht, die jungen Leute brachten offensichtlich einen frischen Ton in das redaktionelle Orchester, dachte Venner. Und die blonde Diana hatte etwas Frisches, wobei die dunkle Rebecca in ihrem Jeansanzug ebenfalls sehr apart wirkte. Die übrigen Stunden bis zum Mittag nutzte er, im Zeitungsarchiv nach Unterlagen zu Amelie Sintelbach zu suchen, fand aber außer der Dokumentation zum Mord nichts.

»Du bist sicher von der Fülle der Eindrücke erschlagen«, sagte in der Mittagspause Markus zu Venner. »Wie gefallen dir die Kollegen?«

»Ihr habt ein nettes Klima, soweit ich das auf die Schnelle beurteilen kann. Und ein bisschen erschlagen bin ich auch. Hauptsächlich habe ich mich mit dem Fall Amelie Sintelbach beschäftigt, obwohl das Archiv kaum etwas hergibt. Vor allem überlege ich die ganze Zeit, warum die Ermordete als Mönch verkleidet war. Kann das Auftreten etwas mit dem Klostergründer zu tun haben?«

»Vielleicht, natürlich könnte sich das Auftreten als Mönch auf Abt Lullus beziehen«, antwortete der Vetter. »Allerdings glaube ich das nicht. Eine solche Verkleidung bietet sich eher an, wenn man spätabends unerkannt durch die Bad Hersfelder Innenstadt gehen will.«

»Na hör mal, ein Mönchshabit ist doch auffällig.«

»In Bad Hersfeld nicht.«

Der Chefredakteur rief in seinem PC eine Seite auf und drehte dann den Bildschirm Venner zu.

»Schau, da ist ein Artikel vom letzten Jahr zu einer Veranstaltung zur 1275 Jahrfeier. Lies selbst!«

Der Archivar überflog den Artikel:

... Über 30 Vereine und Gruppen haben sich zu diesem Festtag angemeldet und zeigen den Besuchern Arbeiten aus der Vergangenheit, Volkstänze und Trachten und aktuelle Themen. Beginnen wird der Tag mit dem »Mückenstürmerfrühstück« ... Um 10.30 Uhr wird der Bürgermeister die Veranstaltung auf der Bühne am Linggplatz offiziell eröffnen, danach kann die Entdeckungstour in der gesamten Innenstadt vom »Brink« bis zum »Stadthaus« beginnen ... Ein Höhepunkt in diesem Jahr wird die Geschichte des Egloffstein sein. »Obermönch« und Mitorganisa-

tor Klaus Lipple hat mit seinen Männern die Geschichte spielerisch einstudiert …

»Klaus Lipple und sein Amtsbruder Heiner sind häufig in der Stadt als Mönche unterwegs«, erklärte der Chefredakteur. »Dass wir in diesem Jahr ›Im Namen der Rose‹ als Stück bei den Festspielen aufführten, ist sicher auch ihrer Initiative zu verdanken. Lipple ist gerade im Urlaub, du kannst aber Werner Giese fragen, der ist ein Mitstreiter der beiden und ebenfalls ein ›Freizeitmönch‹.«

»Das heißt, die Herren wandeln in Mönchskutte durch die Straßen und Gassen?«, fragte Venner verwundert. »So wie in der alten Reichstadt Esslingen die Nachtwächter?«

»Richtig, unsere ›Mönche‹ bieten für Interessierte historische Stadttouren an.«

»So dass nächtliche Mönche in Bad Hersfeld nicht auffallen?«

»Genau, wobei ich nicht weiß, wie lange die Herren abends aktiv sind. Wende dich am besten an Herrn Giese oder an Heiner Bögel, die können dir alles genauer erklären. Glaubst du, dass die Kuttenfrage wichtig für das hiesige Problem ist?«

»Ich weiß es nicht«, antwortete Hans Venner wahrheitsgemäß. »Doch ich denke, irgendwo muss ich ja mit meinen Nachforschungen anfangen.«

Er ließ sich die Nummer geben und rief Werner Giese an. Giese lud Venner sogleich ein, ihn zu besuchen, da spräche es sich besser. Eine halbe Stunde später klingelte der Archivar am Haus Gieses in der Wallengasse. Frau Giese öffnete, führte ihn eine Treppe hoch in den Wohnbereich und bat ihn, Platz zu nehmen.

»Mein Mann kommt gleich.«

Werner Giese war ein rüstiger älterer Herr mit lichtem, einer Mönchstonsur ähnlichem Haar und einem freundlichen Lächeln. Er setzte sich, rückte seine Brille zurecht und hörte aufmerksam zu, als der Archivar von seinem Anliegen erzählte.

»Ich hoffe, ich verstehe Sie richtig. Sie wollen etwas über unsere

Mönchstouren erfahren, weil Sie einen Zusammenhang mit dem Tod dieser Touristin Ende Juli vermuten, die eine Kutte trug? Für die Polizei ist die Sache doch abgeschlossen. Und wir, das heißt Heiner, Klaus und ich, haben damit nichts zu tun gehabt.«

Herr Giese stand auf und holte ein Ölbild, das ihn und die genannten »Mitmönche« zeigte. »Wir sind völlig harmlos, Bad Hersfeld trägt nicht den ›Namen der Rose‹!«

Venner versicherte, dass ihm jeder Verdacht gegen das Trio fern liege, er sei eben an Hintergründen interessiert.

»Das will ich stark hoffen«, sagte sein Gastgeber lachend. »Ich werde Ihnen ein wenig über die Stadt und ihre Besonderheiten erzählen«, fuhr er fort. »Vielleicht hilft Ihnen das bei Ihren Nachforschungen weiter.«

Der Archivar zog seinen silbernen Stift und ein Notizbuch hervor. Herr Giese legte los und begann, aus dem Hersfelder Nähkästchen zu plaudern. Kurz wurden sie von Frau Giese unterbrochen, die Kaffee und selbstgebackenen Kuchen brachte und sich zu ihnen setzte. Giese nahm einen Schluck und erzählte, assistiert von seiner Frau, eine Vielzahl amüsanter Anekdoten und kleinere wie größere Stadtgeschichten; alles mit ein wenig Tratsch und Klatsch garniert, wie er freimütig zugab. Er berichtete vom Wirken der Ärztedynastie Auel und zeichnete dann ein lebendiges Portrait des Polstermeisters Adolf Otto und des bei ihm im Geschäft regelmäßig tagenden Sesselstammtischs. Giese erzählte von fernen Besatzungszeiten und Besatzungskindern, nannte das Buch »Ursula« und pries das gute Bad Hersfelder Bier. Gekonnt spann er den Faden, beginnend beim Eisvogt, weiter über den Feuermeister Hans Post bis zum Heimatdichter Gerhard Ude. Venner hörte viel über die Stadt und ihre Bewohner und deren Vorlieben, trank Kaffee, lobte den Kuchen, probierte auch das »Lullusfeuer« und erfuhr, dass die Eheleute früher einmal das Hotel »Zum Stern« geführt hatten. Nach zwei Stunden verließ er, von der Fülle des Erzählten leicht verwirrt, das freundliche Paar

– und war im Hinblick auf »seinen« Mordfall kein Deut klüger geworden.

Mittlerweile war es dunkel geworden. Aus Neugier lief der Archivar zur nahen Johannesstraße, wo der Polsterladen lag, den Giese so ausführlich beschrieben hatte. Am Haus hing ein Wappenschild, im Schaufenster standen ein Sessel und Modellfachwerkhäuschen. Sonst war von außen nichts Besonderes zu erkennen. Plötzlich hatte Venner das Gefühl, intensiv beobachtet zu werden. In der Scheibe spiegelte sich die andere Straßenseite wider und ihm war, als stünde dort im Eingang eine dunkle Gestalt. Er fuhr herum, doch vor dem Schaufenster der Brillenschmiede befand sich lediglich ein eng aneinander geschmiegtes Pärchen, das eben weiterging. Sonst war niemand zu sehen, er musste sich getäuscht haben. Venner machte sich auf den Rückweg, wobei er ab und zu vor den Schaufenstern stehen blieb, um festzustellen, ob ihm jemand folgte. Dem schien nicht so. Gut, er würde noch etwas einkaufen, dann zu Abend essen und die Eindrücke seines ersten Tages Revue passieren lassen und sortieren. Nach guten zehn Minuten erreichte er den Parkplatz der Zeitung und blieb wie angewurzelt stehen. Auf der Scheibe seines Wagens prangte in roter Farbe eine unmissverständliche Botschaft: »Verschwinde, Schnüffler!« Seine Tarnung schien nicht lange von Bestand gewesen zu sein. Wer sonst, als jemand aus der Zeitung, konnte wissen, dass der silberne Peugeot ihm gehörte und warum er für zwei Wochen hier war? Er wandte sich zum Zeitungsgebäude und besorgte sich beim Hausmeister Lappen und ein Reinigungsmittel, mit deren Hilfe er das Geschmiere einigermaßen entfernen konnte. Das Ganze dauert fast eine halbe Stunde und trotz kräftigen Rubbelns ging nicht alles weg. Erschöpft und verärgert fuhr Venner in seine Unterkunft.

2. Mordreich ist die hiesige Kultur

Tödliche U-Bahn-Attacke in Berlin, bei der ein Mann aus Polen unter bisher nicht geklärten Umständen ums Leben kam. Der 46-Jährige wurde wahrscheinlich von einem Unbekannten vor den Zug gestoßen, teilte die Staatsanwaltschaft mit. Dabei wurde das Opfer bis zur Unkenntlichkeit verstümmelt. Die Überwachungskamera war zum Zeitpunkt der Mordtat außer Betrieb. Die Polizei ermittelt …

Der Mann trat vom Fenster zurück, sein Gesicht verzog sich zu einem bösen Lächeln. Dieser Archivar hatte einige Zeit gebraucht, bis er die kleine Warnung entfernt hatte. Meist genügte das. Jedenfalls fuhr er jetzt davon, hoffentlich für immer. Der Mann wandte sich vom Fenster ab und kehrte an seinen Schreibtisch zurück. Er nahm das Handy und wählte eine Nummer. Er meldete sich: »Hallo Pawel, ich bin's. Wie ist der Sachstand? … Er will nicht zahlen? … Das sind doch nur Ausreden. Leg den Kerl um, sofort! … Wenn ich sofort sage, meine ich sofort!« Der Mann beendete das Gespräch. Dass Pawel immer Anweisungen brauchte, lästig. Jedenfalls war die Angelegenheit fürs Erste erledigt. Jetzt musste er sich um anderes kümmern. Etwas, das er heute noch erledigen wollte. Per Zufall war er neulich auf eine Sache gestoßen, die ihm bei den kommenden Verhandlungen von Nutzen sein konnte. Er musste das Ganze nur richtig anpacken. Dass das Sinn hatte und etwas an seiner Entdeckung dran war, bewies die Reaktion auf sein kleines Schreiben. Er fuhr den Rechner hoch, loggte sich in das interne Netz ein und begann seine persönliche Recherche. Nach einer Stunde gab er den Schlusscode ein, loggte sich aus und fuhr den PC runter. Der Mann erhob sich, fuhr sich durchs Haar und verließ mit schleppenden Schritten den Raum.

Berlin, Alexanderplatz. Der Mann im hellen Trenchcoat betrat die Rolltreppe und fuhr hinab zur U-Bahnstation. Unten sah er sich forschend um. Um ihn wogten die Massen, die bunte Vielfalt einer Stadt wie Berlin. Businessleute, Angestellte auf dem Heimweg, Touristen, junge Mädchen in schwarzen, verhüllenden Kopftüchern. Bauchfreie Piercingsträger und kurzberockte Studentinnen, Rapper und Hip-Hopper, bunte Punks, Skateboarder, Musiker und irre Poeten. Sudanesen und Nigerianer, Menschen vom Balkan, aus Polen und der Ukraine – alles wimmelte in der Tiefe auf den engen Fluren der U-Bahn. Man kam an und fuhr fort, eilte, simste, diskutierte und telefonierte. Schrie, brüllte – und schwieg. Der Mann stand, die Hände in den Taschen, am Rande dieses Geschehens und betrachtete das Gedränge aus sicherer Distanz. Er ließ seinen Blick über die Menge schweifen. Da hinten, auf der rechten Bahnsteigseite, sah er ihn stehen. Den ganzen Mittag war er ihm gefolgt, jetzt waren sie am Ziel, auch wenn der andere es nicht wusste. Kurz verschwand die Gestalt im menschlichen Strudel und tauchte dann wieder auf. Eine Ansage verkündete, gleich komme die U 8 mit Ziel Kottbusser Tor und Hermannstraße. Dort stand der Verfolgte, stand direkt am Bahnsteig. Der Mann bewegte sich vorwärts, schob sich rasch auf den anderen zu. Nun befand er sich genau hinter ihm, so nahe, dass er das billige Aldi-Deo des Typen riechen konnte. Es rumpelte laut, im Tunnel leuchtete es auf und die angesagte U-Bahn fuhr ein. Der Mann straffte sich und stieß kraftvoll wie eine Kobra zu. Er hörte noch den entsetzten Schrei, als der andere auf das Gleisbett stürzte – dann war er bereits nach hinten gesprungen und drängte sich rücksichtslos zur Treppe hoch hin zum Ausgang. Die Weltzeituhr auf dem »Alex« zeigte zwanzig vor elf, 22:40 Uhr, nicht 16:40 – und sein Ziel war auch nicht »Paddington« gewesen.

Die Frau hatte ein ausgeprägt klares und hübsches Gesicht mit großen, hellen Augen und einem vollen Mund, umrahmt von dunklem, lockigem Haar. Jetzt war sie nach einem langen Tag in Bad Hersfeld auf der Heimfahrt nach Fulda. Während sie durch den abendlichen Verkehr fuhr, Asbach, Beiershausen und Niederaula passierte, ließ sie ihr heutiges Tun noch einmal Revue passieren. Eigentlich hatte sie bei ihren Recherchen wenig in Erfahrung gebracht, nur diese alten Geschichten. Doch die waren rund ein Dutzend Jahre her. Was damals geschehen war, kannte sie längst und es hatte aus ihrer Sicht für die Gegenwart keine Bedeutung mehr. Es war vorbei und erledigt. Es gab ganz andere Dinge, die zu klären waren. Warum war Amelie in Bad Hersfeld gewesen? Wer hatte sie geschickt? Sie hatte Fragen gestellt und in der Vergangenheit gewühlt und Dinge aufgewirbelt, die besser am tiefen Grund des Vergessens geblieben wären. Und sie hatte Forderungen gestellt, die besser nicht gestellt worden wären. Jetzt war sie tot. Ihre neue Existenz, ihr höchsteigenes System, das sie sich über Jahre hinweg mühevoll aufgebaut hatte, war nicht von Amelies Tod betroffen. Aber ihr Fall zeigte die Labilität ihrer eigenen Situation. Andererseits waren über zwei Monate vergangen und die Polizei hatte nichts herausgefunden. Die Frau fuhr sich in einer unbewussten Geste nervös durch das gelockte Haar. Sie musste Ruhe bewahren; nur so konnte es ihr gelingen, dem Unbekannten Paroli zu bieten. Ruhe, das sagte sich so leicht. Denn es gab weitere Nachrichten. Es war Akteneinsicht genommen worden, von wem, hatte sie nicht in Erfahrung bringen können. Zudem war ihr berichtet worden, dass in der HZ ein neuer Kollegen arbeiten würde. Sein Name lautete Venner, und er schien kein Journalist zu sein. Sie musste wissen, wer der Mann eigentlich war und was er in der Zeitung wollte. Konnte er zur Gegenseite gehören? Das hieße, die Anderen hätten bereits einen Fuß in der Tür. Pawel hatte vorgeschlagen, Venner eine Warnung zu verpassen, doch sie hatte abgelehnt. Solche verfrühten Aktionen weckten unnötig Aufmerksamkeit, und das war etwas, das sie in ihrer Branche absolut nicht brauchen konnte. Der Tod der Tamilen hatte genug Unruhe gebracht. Und dann der Berliner »Unfall«.

Nein, es musste anders vorgegangen werden und sie wusste auch, wie. Man musste den Gegner im Blick behalten, dann sah man weiter. Die Frau lächelte und griff, während sie bei Fulda die Ausfahrt Leipziger Straße nahm, zum Handy.

Der Freitag war regnerisch. Auf der HZ prangte die Schlagzeile: »Bahnreisende müssen oft auf Fernzüge warten«. Hans Venner begann den Tag mit einem Telefonat mit Heiner Bögel, den sein gestriger Informant Werner Giese ausdrücklich empfohlen hatte. Das Mitglied des Mönchsterzetts war zunächst etwas wortkarg, informierte ihn aber dann, dass es außer ihren speziellen Mönchstouren auch offizielle Führungen durch die Stadt gebe, welche zum Teil durch Fremdenführerinnen in Mönchsgewand durchgeführt würden. Diese Variante schien Venner eher zu erklären, weshalb die Ermordete nicht aufgefallen war; eventuell konnte sie sogar Opfer einer Verwechslung geworden sein. Venner seufzte. Um diese Frage zu klären, würde er feststellen müssen, wer an diesem Tag offiziell als »Führerin« unterwegs gewesen war. Das musste warten, jetzt hatte er sich seinen hiesigen Pflichten zu widmen.

Gegen zehn Uhr brach er mit Josef Holztenkamp zu einer Außenreportage auf, die sie ins »wortreich«, das Bad Hersfelder Kulturzentrum, führte. Holztenkamp, sonst eher leger gekleidet, trug heute einen eleganten grauen Anzug, den er, wie er sagte, bei »offiziellen Gesprächen« anzuziehen pflegte. Im Vergleich zu ihm kam sich Hans Venner mit seiner englischen Barbourjacke und den Kordhosen etwas rustikal vor. Die Ausstellung im Kulturzentrum war ihm bereits im Juli durch Kurdirektor Müller präsentiert worden, nun ging es darum, einen Bericht über die Annahme der aktuellen Ausstellung durch die Besucher zu schreiben.

»Es ist so«, erläuterte Holztenkamp, während sie zum »wortreich« liefen. »Hinter dem Bad Hersfelder ›wortreich‹ stecken sowohl die Idee als auch die Kalkulation von Petri & Tiemann, das ist ein Bremer

Unternehmen. Eigentlich zählen die Bremer zu den führenden Freizeitspezialisten für die Beratung und Realisierung themengebundener Wissenswelten. Doch in letzter Zeit haben negative Schlagzeilen erheblich am Lack der Firma gekratzt. Erst geriet das Vorzeigeobjekt Petri & Tiemanns, das im September 2000 eröffnete ›Universum‹, durch einen drastischen Besucherschwund in finanzielle Schieflage. Dann passierte das Gleiche mit der naturwissenschaftlichen Mitmach-Ausstellung ›Welios‹ im österreichischen Wels. Dort kam nur ein Viertel der prognostizierten 400.000 Besucher. Hier in Bad Hersfeld sollten im ersten Jahr 120.000 durch die elf Ausstellungs-Kapitel zum Thema Kommunikation und Sprache strömen. Die bisher kommunizierten Zahlen geben das nicht her. Jetzt ist die Ferienzeit um, und ich bin sehr gespannt, was die Leitung des ›wortreich‹ über die Entwicklung der Zahlen zu berichten hat, zumal gestern Abend eine Aufsichtsratssitzung der ›wortreich GmbH‹ stattgefunden hat.«

Sie betraten das »wortreich«, die »Mitmach-Ausstellung«, wie sich die Einrichtung selbst bezeichnete, durch ein großes Buch, um anhand der Fantasiefigur Konrad das Phänomen Sprache aktiv zu betrachten und zu erleben. Venner erinnerte die »Buchstory« ein wenig an »Tintenherz« und vor allem an Jasper Ffordes »Thursday Next« Zyklus; der alte Traum von der Reise nach »Phantásien«, den vor über dreiunddreißig Jahren Michael Ende erzählt hatte. Die Idee, in den historischen Stockwerkshallen der ehemaligen Schilde AG einen solchen Versuch zu starten, hatte einen Reiz, dem sich auch der kritische Kollege Holztenkamp nicht völlig zu entziehen vermochte. Bevor er sich näher mit den effektiven Besucherzahlen beschäftigte, wanderten Venner und der Journalist durch die elf Kapitel des Lebens Konrads. Es gab in der Tat viel zu sehen und noch mehr auszuprobieren.

»Wie wäre es mit einem Wortschatzduell?«, meinte Holztenkamp plötzlich. »Zeitung gegen Buch oder Autor im Wettstreit mit einem Kulturjournalisten?«

»Ich bin Archivar und kein Schriftsteller«, erwiderte Venner überrascht.

»Arbeiten Sie nicht an einer Biografie des Zeitungsgründers Georg Christoph Mohr?«, fragte der Journalist. »Oder sind Sie wegen der Toten hier, die Sie neulich gefunden haben? Ich habe mir sagen lassen, Sie hätten in Sachen Mord gewisse Erfahrungen.«

»Wer hat das gesagt?«, hakte der Archivar nach.

»Informantenschutz«, entgegnete Holztenkamp grinsend. »Also, was ist, machen Sie mit? Als Thema schlage ich ›Mord‹ vor!«

Sie standen vor einem mit Buchstabenbällen gefüllten Spielareal. Venner überlegte kurz, dann nickte er. Offenbar wollte der Journalist ihm auf den Zahn fühlen, eine solche Zahnbefühlung ließ sich gegebenenfalls umdrehen. Nachbohren konnte er zur Not auch.

»Sie sind Gast, Sie fangen an!«, forderte ihn Holztenkamp auf.

Venner bückte sich und griff zu den Buchstaben B, U, T und L, »BLUT«.

»Ah, Sie beginnen mit den Folgen, ich kontere mit den Methoden: GIFT!«

Die beiden Männer warfen sich nun mit Hilfe der Ballbuchstaben mörderische Begriffe an den Kopf. In immer schnellerer Abfolge ging es über tödliche Instrumente wie BEIL, STRICK, DOLCH, AXT etc. zu den Motiven HASS, RACHE, NEID, WUT, EIFERSUCHT und anderen Erbaulichkeiten, bis sie schließlich bei ANGST, SCHMERZ, TOD und SARG landeten. Aus einer Eingebung setzte Venner schließlich noch das Wort MÖNCH zusammen.

»Mönch«, wiederholte Holztenkamp nachdenklich. »Die Frage, die Sie implizieren, ist in der Tat berechtigt«, fuhr er fort. »Warum trug die tote Amelie Sintelbach eine braune Mönchskutte? Darüber habe ich auch nachgedacht. Aber ich weiß die Antwort nicht, die kann Ihnen nur der Mörder geben«, fügte er hinzu.

»Das heißt, Sie sind nicht der Mörder, oder?«, fragte Venner ruhig.

»Nein, der bin ich nicht, auch wenn ich Amelie Sintelbach gekannt habe«, erwiderte Holztenkamp und wies auf die gelben Buchstabenbälle, die er eben in die Wortröhre geworfen hatte.

»ALIBI«, las Venner laut vor.

»Richtig, ich habe ein Alibi. Am Mordabend war ich im Urlaub, kann also nicht der Täter sein. Ihre Tote war vor zehn oder zwölf Jahren für einige Monate Mitglied der Redaktion. Ein echter Rotfuchs mit wildem Temperament. Es gab ein paar komische Geschichten, ich weiß nicht mehr, worum es sich dabei handelte. Gehen wir weiter, der Artikel über das ›wortreich‹ muss heute noch fertig werden«, sagte Holztenkamp, »und wir haben Termine bei dem Aufsichtsratsvorsitzenden Esser und eventuell noch beim Bürgermeister. Zuvor sollten wir uns mit Kurdirektor Müller unterhalten.«

Mit schnellen Schritten machte er sich auf den Weg. Nachdenklich folgte Venner. Warum in aller Welt hatte der Mann dieses Wortduell vorgeschlagen? Woher wusste er von seinem Auftrag? Was wusste er wirklich über die Tote? Und warum betonte Holztenkamp, dass er für die Mordnacht ein Alibi habe?

Am späten Mittag, nach einem längeren Gespräch mit Kurdirektor Müller und einem Besuch bei Bürgermeister Kehling, es ging um die Rechtmäßigkeit der vom Land der Stadt aufgezwungenen doppischen Buchführung, kehrten die Männer in die Redaktion zurück. Beim Kaffeetrinken diskutierten sie mit Uwe Stradtler die recherchierten Tatsachen.

»Es ist, wie ich es vermutet habe«, sagte Holztenkamp. »Die Firma Petri & Tiemann bekommt ihre Finanzlage nur schwer in den Griff. Günther Esser meinte, man brauche mehr Effizienz in der Gesellschaft und werde sich daher von den Bremern trennen.«

»Wie sind die Zahlen?«, fragte Stradtler.

»Allein im laufenden Jahr fehlen rund 400.000 Euro für den Betrieb des ›wortreichs‹«, erwiderte Holtzenbrink. »Statt der prognostizierten 120.000 Besucher jährlich sind seit der Eröffnung im letzten Oktober nur rund 65.000 Gäste in der Ausstellung gewesen. Ein

Grund für Bürgermeister Kehling, einzugreifen. Kehling wird zunächst gemeinsam mit Kurdirektor Müller die operative Führung des Museums übernehmen. Ich frage mich allerdings, ob sich der Bürgermeister mit der Aufgabe nicht übernimmt, zumal das ›wortreich‹ nicht sein ›Kind‹ war, sondern vom Vorgänger installiert wurde. Hauptaufgabe wird wohl sein, einen auf die deutlich nach unten korrigierten Besucherzahlen zugeschnittenen Wirtschaftsplan zu erstellen. Dabei kommt es hundertprozentig zu Stellenkürzungen.«

»Dabei ist das ›wortreich‹ ein tolles Museum«, meinte Venner. »Ist vielleicht die Stadt zu klein für ein solches Projekt?«

»Nein, Bad Hersfeld ist für die Region ein echtes Zentrum«, erwiderte Stradtler prompt. »Die Zahlen waren einfach nicht belastbar, vielleicht auch kommunalpolitisch gewollt. Lassen wir das Thema. Es finden sich genug andere Probleme, mit denen sich unser lieber Kurdirektor herumschlagen muss.«

»Es gibt einigen Unmut bei ›Bad Hersfeld liest ein Buch‹«, erklärte Holztenkamp Venner. »Die Organisatoren der von der Stadt veranstalteten Lese-Aktion und der 1. Vorsitzende des Vereins ›sehreich‹ haben sich absolut verkracht. Daher droht ein Teil des geplanten Programms, darunter eine Zuse-Ausstellung im ›wortreich‹, auszufallen. Die Literatur-Aktion beschäftigt sich nämlich in diesem Jahr mit dem Roman »Die Frau, für die ich den Computer erfand« von F.C. Delius und Konrad Zuse spielt darin die Hauptrolle. Der Vorsitzende der Vereins wirft ›wortreich‹-Geschäftsführer Müller ›Sabotage‹ vor. Müller dagegen hat die Zusammenarbeit am Montag dieser Woche wegen nicht eingehaltener Absprachen sowie geschäftsschädigendem Verhalten durch den Vorsitzenden aufgekündigt. Sie sehen, im Kulturbetrieb ist einiges in Bewegung.«

Damit endete das Gespräch. Holztenkamp machte sich an einen Artikel zur Haushaltsfrage: »*Ganz Gallien ist von Römern besetzt. Ganz Gallien? Nein, denn Bad Hersfeld und Heringen sind die letzten beiden hessischen Kommunen, in denen im städtischen Haushalt noch nach der erweiterten Kameralistik gebucht wird. Doch damit soll 2015 Schluss sein …«*

Es geht immer um Geld, dachte Venner. Oft um viel Geld. Und es geht um persönliche Eitelkeiten. Konnte es einen Zusammenhang mit dem Fall Sintelbach geben? Wo waren die konkreten Verbindungen? Der Hintergrund des »Wortreichproblems« war öffentlich bekannt, es gab nichts zu vertuschen. Oder war bereits etwas unter den Teppich gekehrt worden, von dem auch die HZ nichts wusste, fragte sich Hans Venner. Er zog seinen Stift und ein schwarzes Notizbuch hervor und machte einige Eintragungen.

Am späteren Nachmittag lernte er Eugen Herbst, den Leiter der Außenredaktion Heringen, und Kreisredakteur Timo Montfort kennen. Montfort und Herbst waren von ihrem ruhigen Typus und von ihrem runden Äußeren einander ähnlich. Beide Männer galten als erfahrene Lokalredakteure, die über alles und jedes im Verbreitungsgebiet der Hersfelder Zeitung informiert waren und entsprechend schreiben konnten. Ob sie Prognosen über die Chancen einzelner Lokalpolitiker bei den unterschiedlichsten Wahlen aufstellten, ob Konzertveranstaltungen, Vereinsfeiern, Unfälle oder sonstige regionale Ereignisse betrachtet, beschrieben und mitunter kritisch reflektiert wurden; das Duo Montfort und Herbst schwang die Feder wie ein Florett, wobei Herbst sich mehr für das Kulturelle interessierte und dort seinen Degen führte. So gesehen stellten die beiden Journalisten in der Region eine gewisse Macht dar, was Reaktionen hervorrufen konnte. Vor allem Montforts Schreibe schien da und dort im Kreis anzuecken. Die Freien Wähler Waldhessen zum Beispiel hatten sich mehrfach beschwert, der Hersfelder Zeitung mangle es an einer objektiven, neutralen Berichterstattung, sodass sich der Leser kein unzensiertes Bild über die Kreispolitik machen könne. Venner musste schmunzeln. Der Vorwurf bezog gleichzeitig Vetter Markus mit ein, mit dem Hinweis, Markus Kromme sei Schwiegersohn einer lokalpolitischen Größe. Offenbar war es für die HZ unmöglich, es allen Lesern recht zu machen – ganz sicher war dies auch nicht die Absicht einer regionalen, politisch neutralen Tageszeitung. Ein Grund, aktuelle oder ehemalige Redaktionsmitglieder zu ermorden, war ein solcher Disput jedenfalls nicht, zumal sich Timo Montfort und der Vetter bester Gesundheit erfreuten. Montfort war jedenfalls ein alter Fuchs, der sich elegant durch die Fährnisse der Lokalpolitik und der ländlichen Vereinslandschaft bewegte. Und wenn ihm jemand zu sehr auf den Leib rückte, gab er augenzwinkernd den warnenden Hinweis: »Vorsicht, denk an die Gewichtsklasse!«

Später schaute Nadja Nanz vorbei, eine ständige freie Mitarbeiterin. Frau Nanz war Ende zwanzig. Sie hatte nach dem Abitur als Praktikantin beim »Westfälischen Anzeiger« gearbeitet. Mit einem Bachelor-Abschluss in Anglistik und Sozialpsychologie in der Tasche und einigen journalistischen Praktika. Später wurde sie dort Volontärin. Danach folgte ein Zweitstudium am Institut für Journalistik. Für die Hersfelder Zeitung war sie seit einigen Jahren als freie Mitarbeiterin tätig; die Artikel von Frau Nanz hatten den Ruf, Biss zu haben. Sie stellte sich locker als »Nadja« vor, und sie unterhielten sich kurz. Dann eilte Nadja Nanz zu Venners Bedauern weiter. Ihm gefiel die Dame mit den grün-grauen Augen auf Anhieb. Er fühlte sich an seine frühere Freundin Maria Krehl erinnert, wenn auch die Haarfarbe eine andere war. Aber er war nicht hier, um kollegiale Bekanntschaften zu vertiefen. Nadja war gegangen und Venner nutzte die Zeit, sich mit dem Zeitungsarchiv und der Zeitungsgeschichte zu beschäftigen. Das heißt, er las, was im Archiv bereits vorhanden und ihm zum Teil auch schon bekannt war:

Am 20. März 1763 war die erste gedruckte Nummer des »Intelligenz- und Zeitungsblat von Hessen«, auf Büttenpapier gedruckt, erschienen. »Chefredakteur« vom Dienst war ein gewisser Jakob Maximilian Stirn gewesen, der die politischen Nachrichten gern mit spöttischen Kommentaren schmückte; ein Mann, der heute sicher beim »Spiegel« oder bei der

»Titanic« arbeiten würde. Offenbar hatte es aber nach einiger Zeit Probleme mit dem Absatz gegeben. Herausgeber Mohr begann schließlich zu trinken und starb bereits 1790. Sein Sohn, Johann Daniel, schon ein gebürtiger Hersfelder, versuchte in zwei Anläufen in den Jahren 1802 und 1813 die Zeitung neu zu etablieren – und stand 1818 vor dem Ruin. Auch eine spannende Geschichte.

Gegen 18 Uhr hatte Holztenkamp seinen Artikel »HB-Männchen und ein Kandidat, der keiner ist« sozusagen »im Kasten« und in der HZ endete die redaktionelle Tätigkeit. Venners Nachforschungen im Hinblick auf die geführten Mönchstouren hatten nichts ergeben und er machte ebenfalls Feierabend. Nun überlegte er, was er am Abend unternehmen könne. Morgen hatte ihn der Vetter eingeladen, aber heute? Mit halbem Ohr hörte er, wie die beiden Praktikanten darüber sprachen, später in das »Nachtcafé«, eine Diskothek in Unterhaun, zu fahren. Der Sportredakteur Kastmann riet von dem Besuch ab, da es dort ab und zu Schlägereien gebe und Türsteher überfallen würden. Aber sonst gab es nichts für junge Leute in Bad Hersfeld, und nach Kassel oder Fulda wollten Tommy und Diana heute Abend nicht fahren. Keck wandte sie sich an Venner, ob er nicht mitkommen wolle, was er dankend ablehnte.

»Seien Sie nicht so spießig. Mirko und Hans kommen auch ab und zu mit«, bat Diana. »Oder kommen Sie am Samstag mit zur ›Mega Zumba Party‹!«

»In meinen Alter geht man nicht mehr in die Disco oder auf ›Rambazamba-Partys‹«, antwortete Venner.

»Sind Sie schon so alt?«, erwiderte sie. »Schade, dann kam man nichts machen.«

Lachend drehte sie sich um und ging mit Tommy davon. Sinnend blickte Venner ihrem wippenden Pferdeschwanz nach. Für eine Diskothek fühlte er sich mit seinen 44 Jahren tatsächlich zu alt, besonders im Anblick der fröhlichen Jugend. Er hatte zudem das Gefühl, heute zu wenig an seinem Fall gearbeitet zu haben, wobei er nicht zu sagen vermochte, wo und wie er hätte ansetzen können. Am besten, er fuhr in seine Unterkunft, machte sich frisch und ging dann zum Essen. Vielleicht ergab sich morgen eine Möglichkeit, den einen oder anderen aus der Redaktion über Frau Sintelbach zu befragen. Beginnen würde er mit Josef Holztenkamp, immerhin hatte er zugegeben, die Tote gekannt zu haben. Da er aufgrund seines Alibis nicht der Täter sein konnte, war es denkbar, dass der Journalist ihm Hinweise zu geben vermochte. Irgendetwas schien er jedenfalls zu wissen, das hatte sein Verhalten deutlich gemacht.

Es war kurz vor acht, als Venner sich vom Frauenberg zu Fuß auf den Weg in das Zentrum machte. Er hatte zunächst mit dem Gedanken gespielt, in das Hotel »Zum Stern« zu gehen, dessen Speisekarte sehr vielversprechend schien. Insbesondere die Fischgerichte wie das gebratene Rotbarbenfilet mit Mascarponerisotto oder das Filet vom Schottischen Wildlachs reizten ihn. Aber er verschob derartige Schlemmereien auf das Wochenende. Heute würde er sich mit etwas Einfacherem begnügen, ein Italiener tat es für den normalen Hunger auch. Während er durch die abendlichen Straßen lief, hatte er erneut das Gefühl, jemand verfolge ihn. Doch da er niemanden erkennen konnte und die fremden Gesichter unbekannt blieben, tat er das Ganze als Einbildung ab. Er kehrte schließlich im »Ristorante Garda« ein, einem Restaurant am Neumarkt. Innen war das Lokal im Stil einer Enoteca eingerichtet. Das »Garda« zeigte sich gut besucht, aber nicht überfüllt, und Venner fand im hinteren Bereich einen guten Platz. Die Karte war vielseitig und umfangreich; er fühlte sich angesichts des breiten Angebots etwas ratlos. Venner bestellte fürs Erste einen Negroamaro aus Salice Salentino und studierte dann weiter die Speisekarte.

»Es ist schwierig, sich zu entscheiden«, sagte eine weibliche Stimme vom Nebentisch. »Ich weiß nicht, was ich bestellen soll und Ihnen scheint es ähnlich zu gehen.«

Venner blickte auf. Am Nachbartisch saß eine Dame, die in der Hand ebenfalls die Karte hielt und ihm zulächelte. Sie musste unmittelbar nach ihm gekommen sein, denn bei seinem Eintritt war der Tisch unbesetzt gewesen. Die Dame schien, soweit er das im dämmrigen Kerzenlicht erkennen konnte, recht gut aussehend zu sein. Er schätzte sie auf Mitte, Ende dreißig, und sie entsprach dem dunkelhaarigen Typus, der ihn stets, und auch jetzt, an Maria Krehl erinnerte. Offenbar war heute ein Tag der Begegnungen.

»Ich denke, ich werde die ›Tagiatelle Scampi e Rucolla‹ nehmen«, sagte er, »obwohl mich die Kategorie Pizza Moderne ebenfalls reizen würde.«

»Pizza Moderne«, wiederholte die Dame und blätterte in der Karte. »Die Namen der angebotenen Pizzen klingen anregend.«

Venner gab es einen Stich. Die Art, wie die Unbekannte beim Sprechen ihre Lippen bewegte und ihr warmer Sprachton erinnerten wiederum an Maria.

»Pizza Afrodisiaca oder Pizza Bandiera, Pizza Lussuria und Pizza Bresaola«, zählte sie auf und fuhr mit dem Finger die Karte entlang. »Ich glaube, nein, ich bin sicher, ich nehme die Pizza Cinghiale mit Wildschweinschinken.«

»Das klingt gut«, bestätigte Venner. »Wollen Sie sich nicht zu mir setzen, oder erwarten Sie jemanden?«

»Das tue ich nicht«, erwiderte seine Nachbarin, »und ich nehme gerne Ihr Angebot an. In Gesellschaft isst es sich einfach angenehmer.«

Sie wechselte an seinen Tisch. Gekleidet war seine neue Bekanntschaft in ein gut geschnittenes Businesskostüm, das ihre schlanke Figur dezent betonte. Außer der Uhr und einem Armband trug sie keinen Schmuck. Als sie sich setzte, wehte ihm ein Hauch eines Parfüms entgegen, das er schon lange nicht mehr gerochen hatte.

»Hans Venner«, stellte er sich vor.

»Ich bin Isabel Meinhard«, antwortete die Dame und setzte sich.

Dann sah sie ihn aus ihren hellen Augen beinahe prüfend an. »Ich habe den Eindruck, als hätten wir uns schon einmal gesehen.«

Venner überlegte, ihm ging es ähnlich, aber er vermochte ihr Gesicht im Augenblick keiner Situation zuzuordnen.

»Ich meine auch, Sie irgendwoher zu kennen, kann jedoch nicht sagen, woher«, entgegnete er, »zumal Sie einer guten Freundin ähneln.«

Das Kommen des Kellners unterbrach ihr Gespräch und sie bestellten.

»Ich bin also einer Freundin ähnlich«, nahm seine neue Bekannte den Gesprächsfaden wieder auf. »Hoffentlich ist das ein Kompliment.«

»Es ist für beide ein Kompliment«, sagte Venner, wobei er ihr Gesicht musterte. Sie war ausgesprochen hübsch, die Linien waren klar, vor allem die großen, überraschend hellen Augen und der volle, dennoch fein geformte Mund zogen den Blick auf sich. »Jetzt fällt mir ein, wo wir uns gesehen haben. Waren Sie nicht die Dame, die dieser Kommissar«, er überlegte kurz.

»Härtelmüller«, half sie ihm aus.

»Die Kommissar Härtelmüller ebenfalls vernommen hat? Hat er Sie verdächtigt?«

»Das nicht«, erwiderte sie und lachte. »Ich war mit Freunden abends unterwegs. Eigentlich wollten wir uns ›Antaevka‹ ansehen, bekamen jedoch keine Karten mehr. Wir waren stattdessen etwas trinken. Jedenfalls begegnete uns auf dem Heimweg das Opfer beziehungsweise eine Gestalt in Mönchskutte. Das habe ich ausgesagt, wobei ich sogar die Uhrzeit wusste.«

»Und mir dadurch ein Alibi verschafften, denn ich habe später die Tote entdeckt«, sagte Venner.

»Das muss schrecklich gewesen sein«, meinte die Dame und schüttelte sich. »Ich möchte keine Tote finden.«

»Das kann man sich nicht aussuchen, Frau Meinhard«, erwiderte

Venner. »Mitunter hat das Leben für einen die eigentümlichsten Überraschungen bereit.«

»Zum Beispiel, dass wir uns hier erneut getroffen haben«, entgegnete seine »Tischdame« lächelnd, »sagen«, sie erhob ihr Glas, »sagen Sie doch Isabel zu mir, Frau Meinhard ist für einen netten Abend zu förmlich.«

»Gern«, sagte Venner, »wenn Sie darauf bestehen, ich heiße Hans.«

Sie stießen an. Hans fiel auf, dass ihre Hände kräftig wirkten, als ob sie eine Kampfsportart betriebe. Er fand keine Zeit, danach zu fragen, denn der Keller brachte das Bestellte, Venners »Tagliatelle« und die »Pizza Cinghiale« für Isabel Meinhard. Die Scampi waren frisch und die Sauce gab den Nudeln den rechten Biss, er war mit seiner Wahl zufrieden.

»Leben Sie in Bad Hersfeld, Hans?«, fragte »Isabel« ein wenig später.

»Nein, ich bin nur für ein paar Wochen in Bad Hersfeld und arbeite während der Zeit in der Redaktion der hiesigen Zeitung an einem Projekt. Und Sie, Isabel?«

»Ich bin in einer Handelsfirma tätig, Sie wissen schon, Import-Export. Bad Hersfeld ist seit der Wiedervereinigung logistisch von der Zonenrandlage sozusagen ins Zentrum der Ost-West- und Nord-Süd-Achse gerückt.«

»Und womit handelt Ihre Firma?«

»Die Palette reicht von Elektronik über Stoffe bis hin zu Schmuck und Früchten, Import-Export eben. Aber lassen Sie uns abends nicht über Geschäftliches sprechen; wo sind Sie sonst zu Hause?«

Venner berichtete von Tübingen und von seinem archivarischen Tun. »Isabel« fragte das eine oder andere nach und kam dabei auf seine Zeitungstätigkeit, die sie sehr interessierte. Dann kehrten sie thematisch wieder zu Bad Hersfeld und zu den im August stattgefundenen Opernfestspielen zurück. »Isabel« erzählte, sie habe Verdis »Rigoletto« als auch die Aufführung von »Don Giovanni« besucht.

»Zur Verdi-Premiere kann ich nur sagen, dass dem einfühlsamen Dirigenten Stolle ein nahezu perfekter Ausgleich zwischen Verdis kraftvollem Orchesterprofil und der akustischen Beschränkung der Sänger in der Stiftsruine gelungen ist. Kronthaler als Rigoletto hat mich gesanglich und darstellerisch wirklich beeindruckt.«

»War nicht ein Sänger überraschend ausgefallen?«

»Ja, die Rolle des Herzogs von Mantua übernahm kurzfristig Omar Garrido, eine schwierige Aufgabe. Ich denke, er hat die Rolle stimmlich versiert durchgetragen, wenn auch eine gewisse Strahlkraft fehlte. Jedenfalls fand ich den Verriss der ›Fuldaer Zeitung‹, die von einer desaströsen Veranstaltung schrieb und behauptete, die Verantwortlichen hätten allen Grund, Verdi für diesen missratenen ›Rigoletto‹ inständigst um Verzeihung zu bitten, ziemlich daneben.«

»Zwischen den beiden Städten scheint eine gewisse Konkurrenz zu bestehen«, erwiderte Venner lächelnd. Das Gespräch wandte sich endgültig der Kunst und Literatur zu und beide plauderten angeregt über Theaterinszenierungen und die neuesten Erscheinungen auf dem Buchmarkt. Schließlich blickte »Isabel« auf ihre Uhr. »Mein Gott, es ist drei viertel elf«, rief sie. »Ich muss morgen ziemlich früh raus.«

»Am Samstag?«

»Ich muss für die Firma nach Berlin.«

»Das ist ein schönes Stück Weg«, sagte Venner, »zahlen wir, der Kellner wird schon ganz unruhig.«

»Hier schließen die Lokale unter der Woche sehr pünktlich«, erwiderte »Isabel« mit einem Lächeln.

Venner nickte und winkte dem Ober, der die Rechnung brachte. Sie zahlten und verließen das Lokal.

»Mein Wagen steht um die Ecke, kann ich Sie ein Stück mitnehmen?«, fragte »Isabel«.

»Danke, das ist nett, aber ich laufe gerne noch etwas«, antwortete Venner. »Das war ein schöner Abend. Ich würde mich freuen, Sie mal wieder zu treffen.«

»Vielleicht ergibt sich eine Gelegenheit«, erwiderte »Isabel« unverbindlich. »Vielen Dank für das interessante Gespräch. Kommen Sie gut nach Hause, Hans.«

Sie drehte sich um und ging davon. Venner blickte ihr nach. Ein etwas überraschendes Ende, dachte er. Doch eigentlich entsprach das dem Anfang des Abends. Nun, vielleicht sah er sie wieder. Venner wandte sich ab und machte sich auf den Heimweg. Es schlug elf. Das Parfüm war »Clinique« gewesen, das gleiche hatte Maria benutzt. Es gab schon merkwürdige Parallelitäten.

Die Hintertür des »wortreichs« öffnete sich geräuschlos und zwei Gestalten schlüpften ins Innere des Gebäudes. Ein wenig später standen sie in einem weiten Vorraum.

»Wo führst du mich hin?«, fragte die junge Frau kichernd. »Müssen wir die Treppen hoch? Na gut.«

Sie stiegen im Schein einer Taschenlampe nach oben. Die Frau sah sich um und pfiff anerkennend.

»Das ist wirklich ein cooler Ort für ein nächtliches Treffen. Alles in Rosa, ein echter Hype!«

Sie trug eine helle Jeansjacke, darunter ein graues Top und ein passendes Halstuch, einen kurzen Rock, Netzstrümpfe mit Laufmasche und High Heels. Dazu eine Umhängetasche. Das dunkelblonde Haar war zu einem Pferdeschwanz gebunden, der jede ihrer Bewegungen mit einem kleinen Schlenker unterstrich. Die junge Frau ließ sich auf die roten Polster fallen, warf ihre Tasche daneben und streckte ihre Beine mit einem Lachen von sich, wobei sich der Rock nach oben verschob.

»Wirklich, ein heißer Ort, was machen wir jetzt? Wortspiele?«

»Vielleicht«, antwortete der zweite Besucher. »Ich spiele leidenschaftlich gern.«

Isabel Meinhard fuhr heim nach Fulda. Im Autoradio dudelte HR3. Es hatte geklappt, sie lächelte zufrieden. Sie hatten sich getroffen und er hatte offenbar angebissen. Es war einfach gewesen. Ein kleiner Austausch über aktuelles Theater, über Kunst und Literatur, ein bisschen Wein. Männer in einem bestimmten Alter waren dafür empfänglich. Sie musste es sich eingestehen, irgendwie gefiel ihr Hans Venner. Er war ein bisschen Kavalier alter Schule, freundlich und gebildet und in seiner Art durchaus attraktiv. Aber er wirkte auch ein wenig langweilig in seiner steifen Korrektheit. Eben ein typischer Archivar aus Tübingen. Er stellte wahrhaftig keine Gefahr dar und schien insgesamt völlig harmlos zu sein. Auch wenn die Gründe, warum er bei der Hersfelder Zeitung arbeitete, eindeutig vorgeschoben waren. Gut, ein bisschen Geheimniskrämerei brauchten die Leute. Von dem eigentlichen Geschehen wusste Venner jedenfalls nichts. Eigenartig war allerdings, dass ausgerechnet er Amelie entdeckt hatte. Hauptkommissar Härtelmüller hatte ihn zunächst sogar für den Täter gehalten und erst durch ihre Aussage war Venner entlastet worden. Ein netter Zufall. Sie runzelte die Stirn. Das waren eigentlich zu viele Zufälligkeiten. Was war, wenn Hans Venner doch mit der Sache zu tun hatte und das ganze altmodische Gehabe lediglich eine Tarnung war? Was wusste sie wirklich von dem Mann? Ein Schauder überlief Isabel. Vielleicht war er auf sie angesetzt worden? Wenn er wirklich Bescheid wusste, musste sie an dem Mann dran bleiben und mehr über ihn und sein wahres Ich erfahren. Es mochte gefährlich sein, doch Gefahr hatte sie noch nie von etwas abgehalten. Am Sonntag, wenn sie zurück war, oder am Montag würde sie ihn anrufen. Am besten, sie war schneller als jeder andere und kümmerte sich direkt um Venner und sein Tun und Lassen.

Der »Verdächtigte« wanderte währenddessen durch die Straßen der nächtlichen Stadt. Erst durch die Johannesgasse, vorbei am besagten Polstergeschäft und der Brillenschmiede hin zum Linggplatz. Innerlich war Hans Venner bei Isabel und dem Abend mit ihr. Sie war eine wirklich schöne und geistvolle Frau, schade, dass am Ende alles im Ungefähren blieb; er hätte von sich aus das nächste Treffen vorschlagen sollen. Gedankenverloren lief er weiter. Statt den Weg quer über den Markt und hin zur »Oberen Frauenstraße« zu nehmen, bog er unwillkürlich in die Weinstraße ein. Er passierte den Ratskeller, wobei er sich hütete, etwa zum Kirchplatz zu gehen. Rechts lag die Buchhandlung, Fachwerkhäuser und Geschäfte folgten und – natürlich geschlossene – Restaurationen wie die »Nordsee« sowie weitere Cafés und Bäcker und das Süßwarengeschäft »Hussel«. Venner hielt inne. Eigentlich hätte er anders gehen müssen, er war zu weit nach Osten abgekommen. Kurz entschlossen bog er in Höhe des Eiscafés »Pergola« in die Benno-Schilde-Straße ein und gelangte so zur Dippelstraße. Er stand an der Ecke, die Fußgängerampel zeigte Rot, Venner blickte nach rechts, wo sich der Museumsbau erhob. Er stutzte, täuschte er sich oder sah er dort ein Licht? Nur einen kurzen Augenblick war es zu sehen gewesen und von seiner Position aus ohnehin kaum ausmachbar. Rot oder nicht, Venner überquerte die Straße, lief am Café »Konrads« vorbei und zum Eingang des »wortreichs«. Die Tür war verschlossen, alles lag dunkel und leer; er hatte sich offenbar getäuscht. Venner wandte sich ab und ging quer unter den Bäumen über den Platz zurück zur Kreuzung. Ein Pärchen lief vorbei, ganz in der eigenen Welt eingesponnen, ein Stück weiter begegnete ihm ein älterer Mann mit einem Schäferhund. Venner folgte der Dippelstraße bis zur Mündung »Alter Kirchweg« und der Straße »Am Frauenberg«. Von hier hatte er noch gut eine Viertelstunde Fußmarsch vor sich, bis Venner gegen drei viertel zwölf endlich seine Wohnung erreichte.

Der Samstag war zunächst sonnig, später bewölkt und gegen Abend fiel Regen. Die Hersfelder Zeitung berichtete über ein nächtliches Feuer in der Rotenburger Altstadt. Hans Venner aß mittags bei Vetter Markus. Am Nachmittag schaute er sich die Gegend um Bad Hersfeld an und machte dann einen Abstecher nach Eisenach. Er besuchte das Lutherhaus und das Bachhaus und wanderte hoch zur Wartburg.

Ein Blick übers weite Thüringer Land. Anschließend fuhr er weiter nach Weimar, wo er im »Hotel Amalienhof« übernachtete und abends ein Theaterstück anschaute. Der Sonntag war zunächst kühl und verregnet, Venner besuchte Goethes Haus »am Frauenplan« und Schillers karges Domizil. Zu Mittag rissen die Wolken auf. Er fuhr bis Erfurt, wo er in einem guten Restaurant in der Nähe des Rathauses speiste, und kehrte nach einem Stadtrundgang am Spätnachmittag nach Bad Hersfeld zurück. Auf der Rückfahrt hielt er auf einem Rastplatz mit Sanitäranlage. Außer einem LKW-Transporter war der Platz leer. Umso mehr war Venner über den im WC-Bereich herrschenden Betrieb erstaunt. Mehr als ein Dutzend Menschen drängte sich dort, der konsonantenreichen Sprache und der Kleidung sowie den leicht teigigen Gesichtszügen nach stammten sie aus Osteuropa. Venner zog sich vorsichtig zum Auto zurück. Sicher waren das friedliche Leute, auch wenn sie auf sein Erscheinen eigenartig unruhig reagierten. Besser, er fuhr rasch weiter. Gegen halb acht erreichte er den Frauenberg. Seine Gastgeber befanden sich auf einem Konzert in der Konrad-Duden-Schule. Er machte noch einen Spaziergang, stellte fest, dass der gesamte Marktplatz wegen Vermessungsarbeiten für das Lollsfest gesperrt war. Er trank noch ein Bier im Abtschlößchen und aß eine Kleinigkeit. Das kleine Lokal lag in einer Gasse zwischen Marktplatz und Stiftruine. Drei oder vier Stufen führten nach unten und man saß am Fenster in der Höher des Straßenniveaus. Eine Stunde später kehrte Venner müde heim zum Frauenberg, wo er sich zu Bett legte.

»Tierärzte konkurrieren um Kühe im Kreis«, verkündete ein Artikel von Nadja Nanz in der Hersfelder Zeitung am Montag. Konkret ging es um den »Kampf um die Kuh«, wie Frau Nanz in »zum Tage« ergänzte. Die Feuerwehren des Landkreises löschten mehrere Brände. Die Dayton Quince erklärten, fit wie die Rolling Stones und musikalisch ganz auf der Höhe der Dire Straits zu sein, und am Hattenbacher Dreieck hatte es wieder einmal einen schweren Unfall gegeben. Venner lernte heute Holger Ties kennen, einen ebenfalls freien Mitarbeiter, der vor allem Gerichtsreportagen schrieb. Meist handelte es sich um Täter aus sozial schwierigem Milieu. Ties, in Venners Alter, von sportlicher Gestalt und mit einer blonden Lockenmähne ausgestattet, erzählte von einem seiner letzten Fälle:

»Ein Vierundvierzigjähriger wurde beschuldigt, seine ehemalige Lebensgefährtin und die gemeinsame Tochter schwer misshandelt zu haben. Über die Frage, ob sie einen neuen Liebhaber habe, kam es zum heftigen Streit, zunächst schlug der Angeklagte die Frau und dann die Tochter. Anschließend warf er die Mutter zu Boden, packte ihren Kopf und schlug ihn mit beiden Händen fünf- bis siebenmal auf die Dielen. Zudem würgte er sie mit beiden Händen.«

»Das scheint mir ein eindeutiger Sachverhalt zu sein«, meinte Venner. »Wo war da das Problem?«

»Nun«, antwortete Ties, »die zentrale Frage war, ob der Angeklagte und sein früheres mutmaßliches Opfer mittlerweile miteinander verlobt waren oder nicht. Bei der Verhandlung lehnte der mehrfach vorbestrafte Mann jede Aussage zur Tat ab und verwies darauf, er sei mittlerweile mit seiner früheren Lebensgefährtin verlobt. Das hieße, das mutmaßliche Opfer hätte dadurch ein Zeugnisverweigerungsrecht erlangt und wäre nicht zu Aussagen zu zwingen gewesen. Die misshandelte Tochter hatte ohnehin das Recht, nicht gegen ihren Vater auszusagen. Wann genau die Verlobung gewesen sei, wisse er nicht, behauptete der Angeklagte. Nach einigem Hin und Her schilderte er doch das Verlöbnis, sagte aber, einen Ring habe man nicht ausgetauscht. Die Frau schilderte die Umstände dagegen anders. Sie behauptete, der Angeklagte habe ihr einen Ring geschenkt. Die Kammer entschied sich nach Abwägung der Aussagen dafür, von einem Verlöbnis auszugehen. Damit hat das mutmaßliche Opfer ein Zeugnisverweigerungsrecht, von dem es wie die Tochter Gebrauch machte. Die Aussage der Polizeibeamtin, die die Zeugenaussage der

Tochter aufgenommen hatte, durfte damit nicht genutzt werden. Weil die Tat nun nicht mehr nachzuweisen war, sprach das Gericht den Angeklagten frei.«

»Was für Verhältnisse«, sagte Venner. »Wie halten Mutter und Tochter das nur aus?«

»Das kann ich Ihnen nicht sagen«, erwiderte Ties. »Jedenfalls leben alle drei in einem schlimmen Milieu. Immerhin kam es nicht zu einem Totschlag oder Mord wie im Fall Rafael K.s.«

»Ein Mord in Bad Hersfeld?«, fragte Venner neugierig.

»Nicht nur Sie finden Leichen«, erwiderte Ties trocken. »Ich werde Ihnen kurz berichten: Rafael K., ein 37-jähriger Mann, brach nach einem Streit die abgeschlossene Tür des Wohnzimmers, in das sich seine 42-jährige Lebensgefährtin zurückgezogen hatte, auf und stach auf das auf dem Sofa liegende, in eine Decke gehüllte Opfer mit einem Fleischermesser mit zwanzig Zentimeter langer Klinge insgesamt fünfzig Mal ein. Die Frau hatte keine Chance, sich aus der Decke zu befreien oder Gegenwehr zu leisten. K. behauptet, es habe sich um einen Suizid gehandelt!«

»Ein typischer Suizid, sich selbst fünfzig Messerstiche zuzufügen!«

Ties nickte. »Der Richter war ähnlich skeptisch und glaubte der ›Erzählung‹ K.s nicht. Messer sind zurzeit als Tatwaffe überhaupt sehr beliebt. Der nächste Messermord begann als Internetromanze. Ein junger Mann aus Bad Hersfeld lernte eine junge Frau über soziale Netzwerke kennen und zog kurzerhand in ihren Wohnort. Er suchte sich eine Arbeit und quartierte sich unweit der Wohnung der Frau in ein Hotel ein. Die Frau aber erwiderte seine Gefühle nicht und zeigte ihn sogar wegen Belästigung an. Darauf tötete er sie mit drei Stichen vor ihrer eigenen Wohnungstür. Vor Gericht legte der Anwalt ein psychiatrisches Gutachten vor, nach dem der Täter unter einer erheblichen Persönlichkeitsstörung und einer schweren seelischen Abartigkeit leide und daher nur bedingt schuldfähig sei«, schloss Ties den Bericht.

»Wir hatten vor Jahren in Tübingen den Fall eines Studenten, Mitglied einer schlagenden Verbindung, der mehrere Studentinnen umbrachte. Ein Gutachter hat ihm ebenfalls Unzurechnungsfähigkeit attestiert, nur war der Mörder leider schon vorher ums Leben gekommen«, erzählte Venner.

»Ein Fall von Lynchjustiz?«, fragte Holztenkamp, der hinzugekommen war.

»Nein, der Täter wurde bei einem nächtlichen Mordversuch gestellt. Er floh in einem Stocherkahn auf dem Neckar, geriet in eine Strömung, kenterte und ertrank, weil er sich in einem Netz verfing. Es hieß, es seien die langen, blonden Haare seiner Opfer gewesen, die ihn fassten, fesselten und unerbittlich in die kalte Tiefe zogen.«

»Ich verstehe«, sagte Holztenkamp und rezitierte: »Stille führet uns der Nachen, nach dem unbekannten Land, wo die Sonne nicht wird tagen, an dem ewig finstern Strand.«

»War das Goethe?«, fragte Diana, die Holztenkamps Worte gehört hatte, bewundernd.

»Nein«, korrigierte Venner. »Die Worte stammen von einem echten Tübinger Dichter, von Friedrich Hölderlin.«

Am Nachmittag beschäftigte sich Venner wieder mit der Vergangenheit: *Nach dem Scheitern des jungen Mohrs hatte Ludwig Happich 1822 die Zeitung unter dem Namen »Hersfelder Intelligenzblatt« neu entstehen lassen. Die Zeitung hielt sich diesmal über Wasser, kam allerdings rund fünfzig Jahre später, inzwischen hatte Happichs Sohn die Nachfolge angetreten, nur auf eine Auflage von gerade 318 Exemplaren. Es schien, als sei das Bedürfnis nach Lesestoff in der Bevölkerung damals noch gering gewesen, obwohl die Zeitung seit 1848 zweimal in der Woche und seit 1874 sogar dreimal herauskam. Der Nachfolger Happichs, der Drucker Eduard Hoehl, führte die Schnellpresse ein und taufte die Zeitung 1885 in den heutigen Namen um. Seit der Jahrhundertwende erschien die »Hersfelder« täglich und brachte es in den nächsten Jahren einschließ-*

lich der Nebenausgabe »Hessischer Bote« auf 5.300 Exemplare. Venner betrachtete die verschiedenen Annoncen aus der Zeit, die das Netz bot: ein mit einem Bild versehener Hinweis auf eine Hutausstellung, eine Verkaufsanzeige für einen »Motorwagen« sowie die Werbung für das Militärkonzert der Kapelle des Husarenregiments aus Kassel.

So weit war er gekommen, da öffnete sich die Tür und die Praktikanten nebst der Volontärin kamen herein. Alle drei debattierten lautstark über die aktuelle Tagespolitik, sodass an ein ruhiges Arbeiten nicht mehr zu denken war. Venner stand auf und wollte gerade den Raum verlassen, da kam der Politikredakteur Mirko Schubert von der anderen Seite ins Zimmer.

»Bitte mehr Ruhe, die Herrschaften! Ihr macht einen Lärm, als ob das Lollsfest bereits im vollen Gang wäre. Aber das ist erst nächste Woche.«

Während Becky lachte und Tommy übertrieben brav nickte und beide dann ihren PC hochfuhren, wurde Diana rot, wie Venner überrascht feststellte.

»Im Übrigen«, sprach Schubert weiter, »hat jemand von euch einen blauen Schnellhefter gesehen? Ich habe ihn irgendwo hingelegt und kann ihn nicht finden. Es ist wichtig!«

»Der lag auf meinem Tisch«, sagte Diana. »Ich habe reingeschaut, um festzustellen, wem er gehört und fand deinen Namen. Ich wollte ihn dir gerade bringen.«

»So«, erwiderte der Redakteur barsch, »waren wir wieder neugierig? Offenbar eine Berufskrankheit. Ich hasse es, wenn man in meinen Unterlagen schnüffelt.«

Schubert riss Diana den Hefter, den sie ihm reichte, fast aus der Hand. Er strich sich mit einer affektierten Geste das Haar aus dem Gesicht und wandte sich zur Tür. Diana, deren Röte geradezu Purpurfarbe annahm, schaute ihm bestürzt nach.

»Ich konnte doch nicht wissen, wem der Hefter gehört, warte doch, Mirko!«

Mirko Schubert achtete nicht auf sie und verließ den Raum.

»Der ist vielleicht geladen«, meinte Rebecca Schill. »So ein Aufhebens wegen irgendwelcher Papiere zu machen!«

Interessant, dachte Venner, ihren Reaktionen nach scheint sich Diana in den Herrn von der Politik verguckt zu haben. Doch viel Glück hatte sie damit augenscheinlich nicht. Was wohl in dem Hefter war, dass Schubert sich derart aufregte?

Immerhin war es jetzt ruhiger, er setzte sich wieder an seinen Platz und arbeitete weiter:

Am 1. Oktober 1906 hatte sich Eduard Hoehl zur Ruhe gesetzt und Wilhelm Bächstädt seine Nachfolge angetreten. 1914 übergab dieser die Leitung seinem Sohn Karl, und die Zeitung zog in die Klausstraße. Doch schon im gleichen Jahr fiel der junge Bächstädt und nun führte seine Witwe Änne den Betrieb weiter. Änne Bächstädt heiratete 1920 Hans Ott und wurde 1934 erneut Witwe. Es folgte die Zeit des III. Reichs und die Zeitung, jetzt gleichgeschaltet, erreichte eine Auflage von 12.500 Exemplaren.

Am Abend machte sich Venner auf Stadterkundungstour. Er lief vom Frauenberg hinab ins Zentrum. Dort wandte er sich zur »Badestube« 20, wo, sozusagen auf der Rückseite des früheren Verlagsgebäudes der Hersfelder Zeitung, das »Buchcafé« zu Hause war, das ihm Josef Holztenkamp empfohlen hatte. Im Café könne man ruhig sitzen, in Büchern blättern, sich unterhalten oder Billard spielen, dazu Buchcafé-Fladis essen und guten Wein trinken. Parallel gebe es häufig Kleinkunstbühne, ab und zu Bauchtanz und jede Menge Musikauftritte. Ein buntes Programm, fand Venner, genau das Richtige, um von der Fülle des Tages auszuspannen. Als er im »Buchcafé« ankam, war es halb neun. Ein Programm gab es an diesem Abend nicht, erst am Freitag wurde ein »Stresstest Deutschland« angeboten. Das Café war relativ leer, zwei Pärchen saßen an der Bar, ein dicklicher Jüngling hockte tippend vor seinem PC und weiter hinten übte ein einsamer Billardspieler mit seinem Queue Karambolagestöße. Venner bestellte ein Bier und trat zu einem Bücherregal, das die sogenannte Kleine Bibliothek des Wissens und des Fortschritts offerierte. Die Titel fand er weniger spannend, nur der »Delius« sagte ihm zu, aber »Die Frau, für die ich den Computer erfand« kannte er schon. Er setzte sich also ohne Buch, dafür mit Bier in einen der Korbstühle und hörte der Musik zu, die im Hintergrund spielte. Nach einer halben Stunde zog er weiter und kehrte, nach einem Bogen durch die Stadt, zum Frauenberg zurück.

»Bad Hersfeld rüstet sich fürs Lullusfest«, vermeldete die HZ am Dienstag. Ursula Krechel bekam den Deutschen Buchpreis und auf der A 4 war wieder freie Fahrt. Hans Venner war bereits um 8 Uhr in der Redaktion und machte sich an seine Archivrecherchen. Er kam auf die neue Zeitungszeit nach 1945 unter Verlegerin Änne Ott und dem Verleger Hans-Joachim Ott. Bei seinen Scrollaktivitäten durch das Online-Archiv stieß Venner auf einen Artikel, der mit der Zeitungsgeschichte nichts zu tun hatte, ihn jedoch interessierte:

Klosterschüler aus Hersfeld war Papst! Sensationelle Entdeckung in alten Unterlagen: Leo IX., Papst von 1049 bis 1054, war als junger Mann Klosterschüler in der Abtei Hersfeld, somit ist die Lullusstadt die erste deutsche Papst-Stadt. Dies belegen alte Unterlagen, die Klaus Lipple wiederentdeckte. Bruno von Egisheim-Dagsburg, ein Verwandter des deutschen Königshauses, besuchte als Schüler des bekannten Bischofs Berthold von Toun die Hersfelder Klosterschule, eine der führenden Schulen des Reiches. Nahezu der gesamte Hochadel schickte seine Kinder zu dem Hersfelder Abt Godehard, der für einen hervorragenden Ruf seines Klosters gesorgt hatte. Bruno von Eisheim-Dagsburg nun war der spätere Papst Leo IX. Dies lässt sich anhand einer ›Dorsualnotiz‹ zu einem Privileg belegen, das der Papst der Abtei Hersfeld im Jahre 1054 ausgestellt hat. Leo IX. reformierte die Kirche, war im Volk sehr beliebt und verbrachte einen Großteil seines Pontifikats auf Reisen durch Europa. Später wurde er sogar heiliggesprochen.

Venner war es als Archivar gewohnt, derartigen Angaben nachzugehen – und das tat er. In der »Vita Leonis IX papae« fand er lediglich die Erziehung des Papstes in der Domschule von Toul erwähnt, was zu seiner Elsässer Herkunft passte. Die sich auf die Abtei Hersfeld beziehende Quelle war jünger und stammte aus dem 15. Jahrhundert. Die »Dorsualnotiz«, das heißt, eine Anmerkung, befand sich an einem Privileg des Papstes für Hersfeld angeheftet. »Et iste Leo studens fuit in dicto monasterio tempore, quo rexerat ibidem beatissimus confessor Christi Albewinus conventualis monasterii eiusdem, ut credo et estimo«, hieß es im Text. Papst Leo konnte sich danach als »Studierender«, sprich »studens« für eine gewisse Zeit oder vielleicht auch nur auf einer Durchreise wegen spezieller Studien im Monasterium, also im Kloster aufgehalten haben, wobei der Autor dies glaubte beziehungsweise mutmaßte. Ein Beitrag des Historikers Struve in der Zeitschrift »Deutsches Archiv für die Erforschung des Mittelalters« aus dem Jahre 1971 widmete sich der Bedeutung der Hersfelder Klosterschule und ging von der Richtigkeit der Angaben der Quelle aus. Tatsache aber war, dass Papst Leo seine eigentliche Ausbildung in Toul erhalten hatte. Ob »Herschfeller« oder ob nicht, die angebliche Zeitungssensation war wissenschaftlich ein alter Hut, stellte Venner schmunzelnd fest.

»Womit beschäftigen Sie sich denn gerade?«, unterbrach ihn die Stimme der Kollegin Zaplatilek. »Mit Mord und Totschlag?«

»Sie werden es nicht glauben, mit einem Heiligen«, erwiderte Venner und erzählte von seinen Recherchen.

»Seien Sie vorsichtig mit solchen Geschichten«, warnte ihn die Redakteurin. »Die Leute in der Stadt sind stolz auf ihre Vergangenheit und auf die historischen Größen, denen Bad Hersfeld Raum und Herberge geboten hat. Darunter Kaiser und Könige, warum nicht auch ein Papst?«

»Ich bestreite nicht die Tatsachen als solche, obwohl mir der Quellentext etwas suspekt ist«, verteidigte sich Venner. »Nur das ›Erstgeburtsrecht‹ der Entdeckung stelle ich in Frage. Aber sagen Sie mir bitte, wieso hier jeder glaubt, ich hätte mit Morden zu tun?«

»Sie haben im Juli die Tote entdeckt, oder?«

»Das stimmt, dennoch …«

»Das kommt von der Story«, fuhr sie ungerührt fort, »die Story, die wir für die Samstagsausgabe geplant haben. Die Bad Hersfelder Kunst des Mordens: ›Tod durch die Stracke!‹«

»Herr Stradtler hat mir davon erzählt.«

»Wahrscheinlich nicht alles. Wir planen, in unregelmäßigen Abständen eine Krimiseite zu bringen, die sich dieses Genres aus verschiedenen Perspektiven annimmt.«

»Mit Morden lassen sich Leser akquirieren«, sagte Venner.

»So ist es. Man kann als Leser darüber spekulieren, wie man selbst besser gemordet hätte. Die Menschen sind von Natur aus blutdürstig und lieben derartige Kicks!«

»Sehen Sie das nicht etwas zu schwarz?«

»Nein, die Beschäftigung mit literarischen Morden ist durchaus anregend«, entgegnete Frau Zaplatilek.

»Das kann ich nur bestätigen«, warf der Redaktionsleiter Stradtler ein, der gerade ins Zimmer kam. »Stieg Larson und Henning Mankell laufen bestens. Ganz unter uns: Wie und wo würden Sie jemanden umbringen?«

»Jedenfalls nicht in der Hoehlschen Buchhandlung«, sagte seine Kollegin, »da ist mir zu viel Publikum. Ich könnte mir eher das ›wortreich‹ als Schauplatz vorstellen. Zum Beispiel während einer Lesung. Eine Dame liest aus ihrem neuesten Werk und während sie die Geschichte vorträgt, wird das Gelesene im Publikum real vollzogen.«

»Oder der Mord geschieht nachts«, überlegte Stradtler. »Das scheint mir realistischer. Wenn alles schläft, schlägt der Mörder mitten im ›wortreich‹ zu.«

»Wie kommt er ins ›wortreich‹?«, hakte Frau Zaplatilek nach. »Und vor allem, wie lockt er das Opfer dorthin?«

»Das wäre genauer zu überlegen«, antwortete Stradtler. »Er könnte einen Zweitschlüssel haben oder so. Ich finde sicher eine Lösung.«

»Aktuell gibt es doch diese Ausstellung zum Thema Liebe«, sagte Venner. »Vielleicht könnte der Täter sein potentielles Opfer dorthin führen und das Ganze als romantischen Ausflug tarnen.«

»Mit Ihnen sollte eine Frau besser nicht ausgehen«, meinte die Kollegin Zaplatilek.

»Sie werden lachen, meine ›Gefährlichkeit‹ scheint die Damenwelt eher zu reizen«, erwiderte Venner, »dabei bin ich völlig harmlos. Und Sie, wen würden Sie umbringen?«

»Für Morde habe ich keine Zeit. Meistens sitze ich den Tag über an meinem Schreibtisch und produziere Nachrichtenseiten. Das lässt sich anhand der Bearbeitungszeiten im System jederzeit überprüfen. Für meine Mittagspause, die ich zumeist mit einem Spaziergang im Kurpark verbringe, habe ich natürlich kein Alibi.«

»Ich verstehe, Sie sind unschuldig«, sagte Venner todernst, »aber wenn Sie dies nicht wären, wer könnte Ihnen zum Opfer fallen?«

»Wenn es sich bei dem Opfer um eine unfähige Praktikantin handeln würde«, erwiderte Frau Zaplatilek nachdenklich, »dann könnte es sein, dass sie mich mit Besserwisserei oder Nichtbeachten meiner Hinweise zur Weißglut getrieben hat. Meist sind Praktikanten, die dies tun, männlich. Der letzte von ihnen hätte eher ein Motiv gehabt, mich zuzubringen; ich war nicht immer wirklich nett zu ihm«, sagte sie und lachte. »Verdächtig macht sich im Zweifelsfall immer der Chef, der seinen Charme bei hübschen Praktikantinnen versprüht.«

»Was ist mit Kollege Stradtler?«

»Stradtler ist per se verdächtig und Holztenkamp und natürlich auch Schubert und Neckler, also alle Männer. Natürlich auch der unfähige Zweitpraktikant, der es nicht ertragen kann, dass die Mitbewerberin immer die schönen Geschichten machen darf, während er ständig zu Umfragen in die Stadt geschickt wird; eine sehr unbeliebte Aufgabe. Manchmal lassen wir solche Kandidaten auch die

›Schweinekiste‹, also die Kiste mit den reingereichten Manuskripten, bearbeiten. Der unfähige Bursche, von dem ich rede, konnte nicht mal das!«

»Was ist mit Tommy?«

»Er ist höchst verdächtig. Er hält sich für superschlau und spricht deshalb so hochgestochen, wie unsereiner nicht einmal schreiben würde. Tommy ist Ihr idealer Kandidat sowohl als Opfer wie auch als Täter!«

Stradtler protestierte gegen die Unterstellung, er würde »Charme versprühen«, dann endete die »mörderische« Debatte und jeder wandte sich wieder seinem eigentlichen Tun zu.

Am Nachmittag schickte der verdächtigte Uwe Stradtler an Venners Mailbox einen Artikelentwurf über den Aufbau des Riesenrades für das am Wochenende beginnende »Lollsfest« mit dem Hinweis, ein Riesenrad sei, richtig eingesetzt, eine »ideale Mordwaffe«! Venner musste schmunzeln und studierte aufmerksam den Text:

Schon rollen die ersten »Budewähn« in die Stadt und es steht fest, welche Überraschungen uns beim 1160. Lollsfest erwarten. Zum Jubiläums-Lullusfest, das vom 15. – 22. Oktober stattfindet, konnte die für die Platzvergabe zuständige Festkommission die Besten unter den Fahr- und Schaugeschäften aus 427 Bewerbungen wählen. Den Kirmesbesuchern, die zur 5. Jahreszeit in die Lullusstadt reisen, wird in einem ausgewogenen Branchenmix ein eindrucksvolles Erlebnis vermittelt. Von der Großmutter bis zum Enkel soll das Volksfest alle ansprechen. Für die Lullusfestkommission hat Wilhelm Hossbach das Konzept und verschiedene Gestaltungsalternativen entwickelt. Das fand alles im Vorfeld statt, doch nun hat auf dem Marktplatz der Aufbau des Riesenrads begonnen. Von wegen Oktoberfest. Vergesst München, Lolls überragt alles! Denn »unser« Riesenrad ist fünf Meter höher als das auf der Wiesn. Gestern ist auf dem Marktplatz mit zwei riesigen Kränen damit begonnen worden, das 55 Meter hohe Bellevue aufzubauen. Viele Schaulustige verfolgten das Schauspiel gespannt. In Bad Hersfeld läuft jetzt wieder der Lolls-

Countdown. Auf 17 Lastwagen war das 350 Tonnen schwere Riesenrad zuvor von der Schueberfouer in Luxemburg nach Bad Hersfeld gekommen. Riesenrad-Chef Oscar B. saß gestern persönlich auf dem Kranwagen und ließ die Stahlträger durch die Luft schweben. Eine kostbare Luftfracht, denn so ein Riesenrad kostet rund 5,5 Millionen Euro. Rund 50.000 umweltfreundliche LED-Energiesparlampen bringen das Bellevue zum Strahlen. Dafür müssen allerdings zuvor zwei Kilometer Kabel verlegt und tausende von Einzelteilen an ihren Platz gebracht werden. Erst dann werden die 42 Kabinen mit dem schönsten Ausblick über das älteste Volksfest der Welt eingehängt. Das Riesenrad sei das einzige Fahrgeschäft für alle vom »Säugling bis zum 100-Jährigen«. Nach der Lolls-Woche wird das Riesenrad übrigens ins Winterquartier in den Europa-Park nach Rust bei Freiburg transportiert.

Venner legte den Artikel zur Seite. Er war gespannt auf das Fest und wie sich die Stadt in der »Lollswoche«, der 5. Jahreszeit Bad Hersfelds, verändern würde. Er stand auf, um in die Stadt zu gehen. Trotz des schlechten Wetters tat ein Rundgang gut. Auch war das mitgebrachte Notizheft voll, und er brauchte ein neues Büchlein. Auf dem Marktplatz wurde fleißig für das Lollsfest gewerkelt. Am Mittag waren die Betreiber der »Wilden Maus« und des »Autoscooters« direkt vom Oktoberfest in die Stadt gekommen und jetzt damit beschäftigt, ihre Fahrgeschäfte aufbauen. Venner begegnete Herrn Giese, der mit einem anderen älteren Herrn im Gespräch war.

»Guten Tag, Herr Venner. Kommen Sie, ich stelle Ihnen einen der zurzeit wichtigsten Leute der Stadt vor: ›Mister Lolls‹, also eigentlich Wilhelm Hossbach von der Stadt. Herr Hossbach ist für die Lolls-Organisation verantwortlich.«

Venner schüttelte die Hand des Herrn.

»Seit 33 Jahren bin ich im Geschäft«, sagte Hossbach, »aber es gibt immer wieder neue Herausforderungen. Jede Veranstaltung ist anders, auch weil die Schausteller variieren. Wir tun unser Bestes, damit alles reibungslos läuft. In diesem Jahr müssen zum Beispiel vier Strahler am Lichtmast für die Marktplatzbeleuchtung abmontiert werden, um die herum die ›Wilde Maus‹ gebaut wird. Die sind sonst im Weg. Beim Lullusfest wird die Straßenbeleuchtung ohnehin nicht gebraucht. Nach Lolls hängen wir alles wieder auf. Dann gab es das Problem mit dem Karussell ›Break Dance‹. Vor einem Monat löste sich auf der Frankfurter Dippemess eine Gondel, zwei Personen wurden verletzt. Das Unfall-Karussell ist jedoch nicht dasjenige, das jetzt beim Lullusfest gastiert. Alle ›Break Dancer‹ sind übrigens per Ultraschall auf Materialermüdungen überprüft worden«, versicherte Hossbach. Dann eilte er geschäftig weiter.

»Sind Sie mit der Suche nach dem Mörder der Frau in der Mönchskutte weiter gekommen?«, fragte Giese. »Mir, also eigentlich meiner Frau, ist nämlich etwas eingefallen. Meine Frau und ich waren im letzten Jahr in Berlin. Wir haben eine Spreebootfahrt gemacht, und ich glaube, da haben wir die Dame, die ermordet wurde, gesehen.«

Venner dankte für die Information und verabschiedete sich. Er hatte seine Zweifel an derartigen Erinnerungen, machte sich aber eine Notiz.

Der nächste Tag war ein Mittwoch, der 10. Oktober. Wie üblich war um 9:15 Uhr Redaktionssitzung in der Cafeteria, gegen 9:20 Uhr waren endlich alle da. Uwe Stradtler hatte die Leitung. Links neben Venner saß Christine Zaplatilek, neben ihr Holger Nenzer aus der Sportredaktion, ein ruhiger Mann, der kaum ein Wort sagte. Dann folgten der Praktikant Tommy und die Volontärin Rebecca Schill. Stradtler gegenüber hatte Josef Holztenkamp Platz genommen. Auf der anderen Seite saßen Timo Montfort und Bernhard Lilienberg, der für die Videoauftritte der Online-Redaktion verantwortlich zeichnete. Rechts von ihnen blätterte Mirko Schubert in irgendwelchen Papieren. Der Wirtschaftsredakteur Fritz Neckler war außer Haus unterwegs. Von den »Freien« war Nadja Nanz anwesend, die morgen für ein paar Tage in Urlaub ging. Nachdem die »Kaffeedame«,

Frau Amatu, die Kannen gefüllt und den Raum verlassen hatte, begann die Sitzung. Auf der Tagesordnung standen die Wochen- und Terminplanung, die Aufmacherfrage, Dienstpläne und die Blattkritik der aktuellen Tagesausgabe. Montfort übernahm heute die Aufgabe des Kritikers.

»Ich denke, der Aufmacher und das Titelfoto haben den Leser wirklich berührt. Der Text: ›Rot schimmert der Frühherbst‹ und das Bild mit den Ahornblättern sind gelungen. Auch den Rest der Seite mit einer Mischung aus Politik, ›Verdi droht Amazon mit Arbeitskampf‹, und Kultur, ›Nathan der Weise eröffnet Festspiele 2013‹, haben wir gut getroffen. Was mich stört, ist das Bild auf der dritten Seite. Der Schnitt stimmt nicht, auch wenn das Foto auf den Clip im Internet verweisen soll.«

»Das Bild wurde kurz nach fünf auf die Seite gestellt«, meinte jemand.

»Ich kann mir vorstellen, wie das geschehen ist«, warf Frau Zaplatilek ein, »das musste schnell gehen.«

»Das Bild mit den Dorfbuchautoren auf der Lokalseite hat ebenfalls Schwächen«, meinte Kollege Stradtler. »Die zweite Dame von links schaut drein wie drei Tage Regenwetter, der Mann neben ihr ist seitlich abgeschnitten und bei dem Herrn rechts wurde der Kopf zum Teil abrasiert.«

»Mehr war aus den vier wirklich nicht rauszuholen«, brummte Bernhard Lilienberg.

»Und der Text ist sehr umfangreich«, sagte Holztenkamp. »Das gleicht das andere aus.«

»Unser Bericht über die Konzertreihe im Luther-Haus hat mir gut gefallen«, brachte Frau Zaplatilek wieder etwas Positives in die Diskussion ein.

»Das sehe ich ebenso«, bestätigte Stradtler. »Aber ich habe mich auch ziemlich geärgert«, wechselte er das Thema. »Dieser Artikel im ›Anzeiger‹ über Heiderich. Ich frage mich, wer gibt wo ein Interview?

Die Politiker wollen ständig etwas von uns, kommen jedoch nicht auf die Idee, einen bei wichtigen Fragen zu informieren.«

»Alles muss zuerst bei uns erscheinen«, sekundierte Frau Zaplatilek. »Kollege Stradtlers Artikel zum Arbeitskampf bei Amazon fand ich übrigens sehr gelungen. Kritisch, aber objektiv.«

»Danke«, sagte Uwe Stradtler und deutete eine Verneigung an. »Kommen wir zur morgigen Ausgabe. Nebenbei, wo ist Diana?«

Tommy zuckte mit den Schultern. »Ich habe sie heute noch nicht gesehen.«

»Wenn sie kommt, schicke sie zu mir«, wies Stradtler ihn stirnrunzelnd an. »Was sind die Themen?«

»Bad Hersfelder Kostendruck trifft die Festspiele.«

»Ein Bericht über unseren Feuermeister Udo Rosenberg.«

»Ein Autounfall bei Sterkelshausen.«

»Die Geschichte eines Au Pair Mädchens in New York.«

»Beschneidung bleibt erlaubt.«

»Nee, zum Thema Islam haben wir genug berichtet.«

»Jugendhilfe, am besten Frau Künholz ansprechen.«

»Die Bürgermeisterwahlen erst später«, kamen Vorschläge und Kommentare von allen Seiten.

»Was ist mit dem DRK?«, fragte Kollegin Zaplatilek. »Nach der Homepage des Kreisverbandes Bad Hersfeld haben die einen gewissen Tobias Ries als neuen Geschäftsführer an Land gezogen, sozusagen als Nachfolger für den geschassten Karl-Georg Mittat.«

»Den kenne ich«, rief Montfort, »Ries ist aus Schenklengsfeld und hat eine Sportgaststätte. Der wollte schon mal Bürgermeister werden.«

»Das Ganze scheint mir ziemlich ungeklärt«, meinte Holztenkamp. »Wie kann ein Nachfolger präsentiert werden, wenn der Vorgänger rechtlich noch im Amt ist. Überhaupt sollte das DRK uns derartige Personalien mitteilen.«

»Wer kümmert sich darum?«, fragte Stradtler.

Keiner meldete sich. »Wir haben einfach zu wenig Leute«, sagte Frau Zaplatilek. »Kannst du nicht dranbleiben?«, fragte sie Montfort. »Du kennst doch Tobias Ries.«

»Nein, ich binde mir diesen Klotz nicht auch noch ans Bein«, erwiderte der Redakteur.

»Hilft nix, dann muss ich mich drum kümmern«, sagte Stradtler seufzend.

»Dann wäre noch der Termin mit Kehling. Um 16 Uhr die neue Linienführung mit dem Stadtbus. Abends dann die neue Abwassergebühr in Haunetal und ebenfalls um vier die Wärmepumpenaktion mit Leuten aus dem Ministerium.«

»Schon wieder das Problem der neuen Abwassergebühr in Haunetal«, seufzte Holztenkamp. »Das Thema kenne ich in- und auswendig. Ich muss mich zudem mit dem Spielplan der Festspiele 2013 beschäftigen.«

»Haunetal ist nicht schlechter als Dr. House«, tröstete Stradtler.

»Und diese nichts sagenden Vielredner aus dem Ministerium«, warf jemand ein.

»Alles Labersäcke.«

»Was uns alles zugemutet wird.«

»Überall Nullen.«

»Von nichts eine Ahnung, aber in die Politik gehen!«

»Schluss, Leute«, rief Stradtler zur Ordnung. »Das ist alles schön und gut, hilft uns aber momentan nicht. Also, weiter im Programm. Wer schreibt etwas über den Ausflug des Wanderverbandes?«

Die Außentür ging auf und die Praktikantin eilte herein.

»Tut mir leid, es ist gestern spät geworden«, entschuldigte sie sich und nahm rasch Platz.

»Darüber sprechen wir nachher«, sagte Stradtler. »Ich habe hier ein paar Aufgaben, die du erledigen kannst. Es geht um den 100. Geburtstag einer Frau Elly Seelig. Gerade das richtige Thema für dich!«

Zehn Minuten später endete die Sitzung.

Beim Hinausgehen bekam Venner mit, dass Stradtler Diana zur Seite zog und auf sie einredete. Er ging an seinen PC, um wieder ein wenig zur Zeitungsgeschichte zu recherchieren; andere Anhaltspunkte hatte er zurzeit ohnehin nicht. Sehr weit kam er nicht, denn seine Studien wurden durch die Rückkehr Dianas unterbrochen, die wie ein begossener Pudel dreinschaute. Offenbar hatte ihr Stradtler eine kräftige Gardinenpredigt über Pünktlichkeit gehalten. Sie setzte sich an ihren Arbeitsplatz und starrte trübe vor sich hin. Tommy und die Volontärin Rebecca waren unterwegs und konnten daher nicht trösten; so erbarmte sich Venner und nahm sich des »Häufchen Elends« väterlich an.

»War die ›Aussprache‹ so schlimm?«, fragte er Diana.

»Herr Stradtler war ziemlich verärgert und das Schlimmste ist, er hat recht. Keiner schaut hier ständig auf die Uhr, aber am Mittwoch wird einfach erwartet, dass du pünktlich bist, besonders wenn man eine Praktikantin ist. Dabei wollte ich wirklich rechtzeitig da sein, doch ich habe einfach verschlafen.«

»War so viel los in der Disco?«

»Der normale Trubel eben, ich war anschließend noch mit jemandem unterwegs …« Diana brach ab. »Was texte ich Sie mit meinen Geschichten zu, das interessiert ohnehin keinen und ist auch privat. Ich muss jetzt los. Ich darf die ›Hundertjährige‹ besuchen und soll anschließend eine Fotoserie schießen. Da kommt man wenigstens ein wenig raus.«

»Eine Fotoserie, worüber?«, fragte Venner neugierig.

»›Bad Hersfelds malerisch-dunkle Flecken‹ lautet der Arbeitstitel. Wollen Sie mitkommen?«

»Warum nicht?«, erwiderte Venner. »Später können wir irgendwo einen Kaffee trinken und Sie erzählen mir ein bisschen über das Leben in der Reaktion.«

Sie fuhren in Diana Herders schwarzem Fiat Bravo in die Innenstadt. Während der Fahrt ließ sich Diana über die Freizeitmöglichkeiten der Stadt aus.

»Klar, da gibt es die Festspiele und die Opernsaison mit ihren tollen Aufführungen. Dann unsere Museen und der grüne Kurgürtel sowie die schönen Fachwerkhäuser. Alles wunderbar, doch eigentlich sind das Dinge für alte Leute ab vierzig. Lutherfestival, Rosenzüchten und so.«

Sie unterbrach sich schuldbewusst.

»Entschuldigen Sie, Sie sind sicher auch über vierzig, aber Sie verstehen schon, was ich meine. Für junge Leute gibt es kaum was, das uns wirklich interessiert. Vielleicht das ›News Café‹, aber meist heißt es ab nach Fulda oder Kassel!«

Diana schwieg und parkte endlich auf dem Marktplatz. Beide stiegen aus.

»Wohin gehen wir zuerst?«, fragte Venner.

»Eigentlich ist alles schon x-fach fotografisch festgehalten worden«, antwortet Diana. »Es geht mehr darum, ein besonderes Stimmungsbild einzufangen, hat Herr Stradtler gesagt. Es könnte ruhig etwas dunkel und mysteriös wirken.«

»Das klingt, als ob es ihm um die finsteren Seiten der Stadt gehen würde.«

»Nicht finster, sondern eben mysteriös und geheimnisvoll. Am besten beginnen wir mit der Stadtkirche. Dort drüben gibt es übrigens die bekannte Ortsspezialität zu kaufen, die Stracke.«

Sie zeigte auf einen Laden, auf dessen grüner Markise der mit englischem Genitivzeichen geschriebene Name »Wendt's Dorfladen« prangte.

»Das Gemüse und das Obst täuschen, innen hängt alles voller Würste.«

Sie liefen an der Volksbank vorbei und zum Durchgang in Richtung Kirche, da hielt Diana jäh inne. »Verflixt, jetzt habe ich die Kamera im Auto liegen gelassen. Einen Augenblick bitte, ich hole sie rasch.«

Belustigt schaute ihr Venner nach, wie sie mit wippendem Pferdeschwanz davon eilte. Freund Melcher wäre so etwas nicht passiert. Atemlos kehrte die Praktikantin zurück, und sie nahmen den Weg zur Stadtkirche. Dort schoss Diana einige Bilder, beziehungsweise, sie versuchte es, musste aber einige Zeit mit der Speicherkarte herumhantieren, bis es endlich klappte. Weiter ging es mit dem Rathaus und dem einen oder anderen Fachwerkhaus.

»Das ist es alles nicht.« Diana schüttelte ärgerlich den Kopf. »Das Rathaus und die Fachwerkhäuser sind malerisch, doch mir fehlt das Geheimnisvolle. Und so etwas geht schon gar nicht.«

Sie deutete auf die Fassade des Fachwerkhauses, an dem breit ein Firmenschild mit der Aufschrift »Vina-Shop Textilien und Geschenkartikel« hing.

»Es gibt in Bad Hersfeld bestimmt auch schmale und enge Gassen?«, fragte Venner. »So eine Enge erzeugt sicher Atmosphäre.«

»Das ist eine gute Idee«, entgegnete Diana und überlegte einen Augenblick. »Wir könnten ins Kettengäßchen gehen«, sagte sie dann, »das bietet eine gewisse Dichte.«

Sie gingen zur Breitenstraße und bogen auf Höhe der Grünanlagen nach links in das genannte Kettengäßchen ein. Diana begann eine Serie von Aufnahmen zu schießen, schien jedoch noch immer nicht zufrieden.

»Da fehlt noch etwas«, sagte sie schließlich.

»Was wäre, wenn ich mich als dunkle Gestalt zur Verfügung stelle?«, schlug Venner spaßeshalber vor. »Ich bin darin geübt, geheimnisvoll zu wirken.«

»Na ja«, erwiderte sie skeptisch, »eigentlich war von Personen nicht die Rede. Wir können es mal versuchen«, meinte sie dann, wobei Venner den Eindruck hatte, dass Diana von seinem Vorschlag nichts hielt, ihn aber nicht enttäuschen wollte. »Drüben vor der Geschäftsstelle der Grünen oder bei dem Tattooladen wäre eine gute Stelle.«

Venner stellte sich in Pose und setzte aus einer Eingebung heraus seine Sonnenbrille auf.

»Krass«, rief Diana, »das ist wirklich gut. In dem Gegenlicht und mit der Brille sehen Sie total gefährlich aus. Augenblick, ich mach gleich noch ein paar Bilder.«

Venner und seine Fotografin wiederholten das Spiel an der Stiftsruine. Diana war mit ihrer Ausbeute sehr zufrieden.

»So, nun können wir beruhigt ins Café gehen«, schlug Venner vor.

»Gern«, antwortete Diana und blickte auf die Uhr. »Oh, nee, doch nicht. Es ist gleich zwei. Ich muss zu der hundertjährigen Dame. Soll ich Sie schnell in der Redaktion absetzen?«

»Danke«, entgegnete Hans Venner. »Ich bleib in der Stadt und trinke erst einmal einen Kaffee. So weit ist es nicht zur Redaktion.«

»Bis später«, sagte Diana und lief zurück zum Marktplatz. Wieder sah Venner ihr hinterher. Eine Homo-Faber-Situation. Zum Gespräch über die Redaktion war es nicht gekommen, eine Praktikantin hätte ohnehin kaum etwas zu erzählen gehabt; zumindest glaubte er das. Jedenfalls war das Fotoshooting ein nettes Zwischenspiel seiner Recherchen gewesen. Zwei Uhr, Zeit, etwas zu essen und später einen Cappuccino zu trinken. Venner lief ein Stück in Richtung Innenstadt und stieß auf das »News Café« am Linggplatz, von dem Diana gesprochen hatte. Draußen standen wegen des schönen Wetters Stühle, aber er setzte sich lieber nach innen. Die Einrichtung war in Brauntönen gehalten und das Interieur wirkte eher spartanisch. Ab und zu schien es Veranstaltungen zu geben und die Speisekarte war gut bestückt. Er wählte Flammkuchen mit Champignons aus und bestellte dazu eine »Holunder Bionade«. Während er aufs Essen wartete, zog er das neue Notizbuch, das er sich gestern in der Hoehlschen Buchhandlung gekauft hatte, hervor. Venner hatte begonnen, darin die Mitglieder der Redaktion aufzulisten und bei jedem zu notieren, wenn ihm etwas zur Person auffiel. Er blätterte durch die Einträge, hier stand ein bisschen was zu Uwe Stradtler und zu Josef Holztenkamp, da waren Kommentare zu Fritz Neckler, Mirko Schubert und Frau Zaplatilek. Im Eigentlichen hatte er kaum etwas erfahren, obwohl alle sehr offen gewesen waren. Das Bestellte kam, und Venner widmete sich dem Pilzgericht. Anschließend trank er seine Holunder Bionade, machte noch ein paar Notizen und kehrte gegen halb vier in die Redaktion zurück.

Später trat Redakteur Stradtler zu Venner an den Tisch.

»Sie haben eine wunderbar dunkle Silhouette auf dem Kettengäßchenbild abgegeben. Wir werden das Foto, wenn Sie nichts dagegen haben, für die Illustration unseres Samstagskrimis in zwei Wochen verwenden.«

»Worum geht es denn im Samstagskrimi?«, fragte Venner. »Ich würde schon gern wissen, was ich mit meiner dunklen Erscheinung illustriere.«

»Mord mit einer Stracke, das ist die hiesige Hartwurstspezialität.«

»Und das funktioniert?«

»Lassen Sie sich überraschen«, antwortete Stradtler, »aber etwas anderes. Wie wäre es, Kollege Holztenkamp einmal in eine Sitzung des Stadtrats zu begleiten?«

»Warum nicht, wenn die politische Konstellation interessant ist?«, erwiderte Venner.

»Jedenfalls wird dort gern und häufig kontrovers diskutiert«, antwortete Stradtler, »und das ist immer eine packende Angelegenheit. Die nächste Sitzung ist morgen.«

Venner kam nicht dazu, zu fragen, worüber die Fraktionen sich aktuell stritten, denn Frau Selge erschien und bat ihn, ans Telefon zu kommen. Zu seiner Überraschung meldete sich Isabel Meinhard.

»Hier ist Isabel. Haben Sie Lust, heute Abend Fulda zu besuchen? Ich habe überraschend zwei Karten für ein Stück in der Esperantohalle geschenkt bekommen und suche eine nette Begleitung.«

»Das ist ein unerwartetes Angebot«, erwiderte Venner. »Was wird denn gespielt?«

»Das Stück heißt ›Hart Backbord – Noch ist die Welt zu retten!‹, worum es geht, weiß ich selbst nicht, es klingt nach Comedy.«

»Etwas Leichtes, warum nicht? Ich sage gerne zu, wenn ich Sie nachher zum Essen einladen darf. Woher hatten Sie eigentlich meine Nummer?«

»Die Hersfelder Zeitung ist leicht zu erreichen«, antwortete die Anruferin lachend, »und die Einladung nehme ich gerne an. Treffen wir uns um drei viertel acht vor der Esperantohalle. Bis dann.«

Damit legte sie auf.

Isabels Anruf war eine nette Überraschung gewesen, und er, ja, er gestand es sich ein, er freute sich auf das Treffen mit ihr. Er stand auf, holte sich einen Kaffee, kippte Milch und zwei Teelöffeln Zucker hinein und trank. Dann wandte er sich wieder der Arbeit zu. Langsam vertickte die Zeit, schließlich war alles für die nächste Ausgabe vorbereitet. Hans Venner fuhr in seine Unterkunft, um sich für sein abendliches Rendezvous umzuziehen. Zuvor duschte er ausgiebig und rasierte sich sorgfältig. Gegen drei viertel sieben fuhr er mit seinem Peugeot nach Fulda. Heute nahm er die Landstraße – trotz der vielen Blitzer, vor denen ihn Kollege Stradler gewarnt hatte.

3. Totentanz

Sie merkte, wie die Wärme ihren Leib durchfloss, die Brust durchströmte und schließlich den Kopf erreichte. Die Welt wurde bunt und bunter, drehte sich schneller und schneller, bildete Kreise; dann hob eine ferne Musik an zu klingen und zu singen.

»You're my river running high, run deep run wild, wild, wild ...«, sang sie mit – jetzt war es an der Zeit, richtig abzutanzen. Sie sprang mitten auf die Tanzfläche und begann sich in der Menge zu drehen. Immer lauter dröhnte die Musik, durch den Raum zogen silberne Blitze. Schwere Beats hämmern im Sekundentakt. *Euphoria.* »Why, why can't this moment last for evermore? Tonight, tonight eternity's an open door ...« Sie wiegte sich wie in Trance. Plötzlich war er neben ihr und griff nach ihrer Hand. Sie sah ihn an und kurz schien in seinem Gesicht ein Ausdruck von Härte zu liegen, der sie erschrecken ließ. Dann lächelte er und beide tanzten und tanzten. »Du nur du und nichts anderes liegt mir so nah am Herz. Und ich kenne keinen anderen Zustand, als für dich da zu sein. Du bist einfach unersetzlich, du bist wie ein Teil von mir ...« *Silbermond,* Mond voll Silber. Sie fühlte die Hitze, sie schmeckte die Luft, sie lachte und tanzte und lachte.

Er musterte sie ohne Regung, sollte sie nur tanzen, später würde sie mit ihm gehen und dann – sie tanzte ihren Totentanz.

»Für dich schlägt mein Herz, für dich schlägt mein Herz«, Diana sang und lachte.

Das Theaterstück, in welches ihn Isabel geführt hatte, »machte« wirklich auf Comedy. Ob Ölkatastrophen, Medienmüll, Partnersuche im Internet oder Eisbären mit Sonnenbrand, alles wurde zu einem großen Brei vermatscht. Isabel und Venner beschlossen in der Pause, früher zum Essen zu gehen.

»Das war wohl ein Reinfall, tut mir leid, Sie in das Stück gelockt zu haben«, entschuldigte sich Isabel. Allein das dunkelblaue, leicht dekolletierte Kleid, das sie trug und das ihre Figur deutlich unterstrich, war in Venners Augen eine in jeder Hinsicht genügende Entschädigung für die Blödeleien des Stücks. »Dann gehen wir eben früher essen«, befand er. »In den ›Goldenen Karpfen‹ oder in den ›Dachsbau‹, Sie haben die Wahl.«

»Dann bin ich für den ›Goldenen Karpfen‹«, entschied Isabel, »aber ohne Tischreservierung könnte es schwierig werden.«

»Ich habe reserviert«, erklärte Venner, der am Nachmittag im Netz recherchiert und Vetter Markus befragt hatte.

»Alle Achtung, und wenn ich jetzt den ›Dachsbau‹ vorgezogen hätte?«

»Ich darf den Darmstädter Dichter Ernst-Elias Niebergall und seinen ›Datterich‹ zitieren: ›Ja, wann is kah Keeskorb‹«, erwiderte lachend der Archivar und behielt für sich, dass er in beiden Restaurants einen Tisch reserviert hatte.

Das Restaurant »Goldener Karpfen« lag mitten in der Fuldaer Altstadt am Simpliziusbrunnen direkt neben der »Heilig Geist Kirche« und war vom Ambiente atmosphärisch sehr ansprechend. Ein distinguiert wirkender Ober brachte die Karten und entzündete die Kerze auf dem Tisch.

»Ein Candle-Light-Dinner«, meinte Isabel lächelnd, »sind Sie Romantiker, Hans?«

»Mitunter schon«, erwiderte Venner, »doch ich denke, die Kerzen gehören hier zum normalen Service.«

Beide studierten die Karte. Isabel wählte das Rehmedaillon mit Pfifferlingen im Kräutercrêpe, dazu Mandelbroccoli und geeiste Preiselbeeren. Venner bestellte ein Lammcarré in Rotwein-Schalottensauce mit einem Erbsen-Minzpürree. Dazu tranken sie einen rheinhessischen Riesling.

»Ich bin angenehm überrascht, Sie so bald wiederzusehen«, sagte Venner und stieß mit seinem schönen Gast an. »Vielleicht erfahre ich auf diese Art mehr über Sie. Ich meine, nicht nur Berufliches …«

»Ich habe Ihnen schon viel erzählt, Hans«, entgegnete Isabel Meinhard, »was wollen Sie noch hören?«

»Alles«, hätte Venner beinahe gesagt, hielt sich aber gerade noch zurück; »alles« wäre zu aufdringlich gewesen. »Dass Sie Theater, Bücher und die Oper lieben, weiß ich«, begann er, »doch sonst …«

»Sie meinen, Sie wollen einfach mehr über mich selbst erfahren«, erwiderte Isabel lächelnd. »Vielleicht erzähle ich Ihnen heute noch etwas, vielleicht auch nicht.«

Die Gerichte wurden serviert und beide genossen die exzellente Küche, besonders das Lamm zerging butterweich auf der Zunge. Während sie speisten, plauderte Isabel über dies und das, streifte verschiedene Themen, ohne sich länger bei einem aufzuhalten und gab im Eigentlichen nicht mehr über sich preis, als sie es bereits getan hatte. Wohingegen Venner, durch ihre geschickte Art zu fragen bewegt, mehr erzählte, als er vorgehabt hatte. Sie waren gerade beim Dessert, gebrannte Cocoscrème mit Mangosorbet beziehungsweise Rotweinbirnenfächer mit karamellisiertem Tahiti-Vanilleeisparfait, als in Isabels Handtasche eine Melodie ertönte.

»Oh, mein Handy, Sie entschuldigen Hans, ich erwarte eigentlich keinen Anruf, aber …«

Sie stand auf und ging hinaus. Einige Minuten später kehrte Isabel Meinhard zurück. Sie war bleich und wirkte ziemlich aufgewühlt.

»Was ist?«, fragte Venner. »Ist etwas passiert?«

»Ich muss sofort los, ich erkläre Ihnen das später«, erwiderte sie und griff zur Handtasche. »Danke für die Einladung. Ich melde mich.«

Schon war sie gegangen. Aufs Äußerste irritierte blieb Venner noch eine Weile sitzen. Schließlich trank er seinen Wein aus, winkte dem Ober und bat um die Rechnung. Er prüfte sie kurz, legte einen Hunderteuroschein in die Mappe und brach ebenfalls auf. Langsam lief er zurück zur Rittergasse, wo er den Wagen geparkt hatte. Vom Dom her schlug es halb zwölf. Was für ein abrupter Abschluss eines schönen Abends. Während er zurück nach Bad Hersfeld fuhr, ging ihm das seltsame Ende ihres Essens nicht aus dem Kopf. Warum war Isabel so plötzlich aufgebrochen? Zumindest eine kurze Erklärung hätte sie geben können, dachte Venner. Und dann war da noch etwas, was ihn sehr irritierte; das Klingelsignal ihres Handys. Er hatte die Melodie schon einmal gehört. Es handelte sich um das gleiche Dvořák-Stück, das auch auf dem Handy der von ihm vor der Bad Hersfelder Stadtkirche entdeckten Toten erklungen war. Ein Zufall? Ein sehr seltsamer Zufall! Venner glaubte nicht an Zufälle. Langsam fuhr er zurück. Weit nach Mitternacht war er zu Hause.

Die junge Frau lächelte, alles war gut, wie hatte sie nur glauben können, das es nicht so war? »Ich bin dir nicht böse«, hatte er gesagt, »ganz bestimmt nicht! Wie kommst du nur darauf?« Er hatte sie sanft in die Arme genommen und ihr alles erklärt. So ganz verstand sie die Sache nicht, aber das machte heute Abend auch nichts. Sie tanzten und lachten. Sie trank auch einiges. Er musste kurz gehen, sie trafen sich später wieder, fuhren gemeinsam los und jetzt waren beide erneut an ihrem »geheimen Ort« angekommen. Er gab ihr eine kleine runde Kapsel.

»Nimm das«, sagte er, »du wirst die Welt mit anderen Augen sehen.«

»Was ist das?«, fragte sie.

»Etwas Gutes, du wirst es erleben!«, versicherte er.

Etwas in ihr wollte sie warnen, doch sie hörte nicht auf die innere Stimme und schluckte gehorsam die Pille. Auch er nahm eine der bunten Kapseln in den Mund. Sie gingen weiter und weiter. Überall war es dunkel und geheimnisvoll schummrig. Sie wanderten durch die stillen Räume und ließen sich schließlich in ihrer Lieblingsnische nieder. Während er sich umschaute, streckte sie sich zufrieden aus. Er hob plötzlich den Kopf und lauschte. »Hast du das gehört?«, fragte er und leuchtete nach links und rechts, nach oben und hinten.

»Ich habe nichts gehört«, sagte sie schläfrig. »Da ist nichts.«

»Schließ die Augen«, befahl er. »Ich komme gleich wieder«

Seine Schritte entfernten sich. Sie legte sich gehorsam zurück. Es war ganz still und sie merkte, wie es langsam von den Beinen in ihr aufstieg, wie die Wärme ihren Leib durchfloss, den Bauch aufwärts glitt, die Brust durchströmte und jetzt ihren Kopf erreichte. Die Welt wurde bunt und bunter, drehte und kreiselte und eine ferne Musik hob an zu singen. Nun war ihr, als gleite der Strahl einer Lampe über ihren Körper, führe wie liebkosend über ihre Brust und bliebe dann voll auf ihr Gesicht gerichtet.

»Lass das«, bat sie, »es blendet!«

Das Licht erlosch und sie fühlte wieder die Musik, fühlte ihr Pulsen und Dröhnen, dunkler, schriller, gefährlicher und näher. Sie öffnete den Mund zum Schrei, konnte aber nicht schreien, öffnete nur mühsam die Augen. Sie starrte erneut in das grelle Licht, das eben wieder aufstrahlte. Nun glitt der helle Schein zur Seite, jetzt legte sich etwas um ihren Hals. Es zog sich zu, wurde enger und enger, fester und fester, umgab den Hals wie ein stählerner Ring. Sie versuchte sich röchelnd zu wehren, griff nach dem Strang, schlug mit den Armen um sich, strampelte wild mit den Beinen. Eine erbarmungslose Kraft drückte sie brutal nach unten, harte Knie pressten ihren Leib fest in die Polster. Schmerzhafte Gewalt durchfuhr sie und mischte sich mit dem rotglühenden Dröhnen in ihrem Kopf. Der Atem wurde eng. Die Sinne schwanden und mit ihnen der Wille. Ihre Arme, die sie zur Abwehr erhob, sanken ermattet zurück und fielen taub zur Seite. Der letzte Atem erstarb. Mit dumpfem, stolperndem Pochen verlor sich der Herzschlag; wurde matter und matter in versiegenden Bahnen und stand endlich still. Die Augen erstarrten und brachen. Der Körper lag leblos, gleichsam grotesk verrenkt. Nichts weiter mehr, das Denken zerfiel in fließenden, rotschwarzen Nebel.

Er hatte sie in der Disco getroffen. Sie fragte ihn nach den Namen auf den Blättern, und er gab ihr irgendeine Erklärung, die ihm gerade einfiel, und beruhigte sie, nein, er sei ihr nicht böse. Dann tanzten sie, und während des Tanzens überlegte er fieberhaft, was er tun könne. Wenn sie über das Ganze nachdachte, und er war ziemlich sicher, dass sie dies früher oder später tun würde, konnte er in Schwierigkeiten geraten. Dumm war sie nicht. Er kam zu einem Entschluss, er würde heute handeln. Zuerst sagte er ihr, er müsse wegen eines Termins leider gehen. Die Enttäuschung stand ihr im Gesicht geschrieben, womit er gerechnet hatte.

»Wir treffen uns später«, versprach er. »Auf dem zweiten Parkplatz. Dort warte ich, und wir fahren mit meinem Wagen in die Stadt.«

Dankbar willigte sie ein, schlug aber vor, ihr Auto zu nehmen. Das passte in seinen Plan, so konnte er ungesehen agieren. Sie vereinbarten, dass er auf dem Parkplatz hinter dem ehemaligen Schlecker wartete. Als er aufbrach, war es elf; sie hatten sich um halb zwölf verabredet. Sie war pünktlich, und er stieg in ihren schwarzen Fiat. Sie gab ziemlich Gas und hatte wohl einiges getrunken; schon zehn Minuten später waren sie am Ziel. Der Zugang ins »wortreich« war auch heute ein Kinderspiel. Beide betraten das Gebäude durch die Hintertür, gut, dass er im letzten Herbst den Schlüssel kopiert hatte. Die junge Frau fand das Ganze abenteuerlich und war, wie beim letzten Mal, ohne weitere Fragen zu stellen, sofort mitgegangen. Sie hatte sogar den Trip eingeworfen, und er auch. Dann war es geschehen, mitten in diesem rosafarbenen Plüschraum, obwohl er sich nicht recht daran erinnerte. Eigentlich wollte er sie nur ein wenig gefügig machen und dann … jedenfalls hatte er sie erwürgt, denn da lag sie und war tot! Eine schnelle Methode, eine wirksame Form der Problemlösung. Gut, dass er die Kapsel wieder ausgespuckt hatte und die Droge nur leicht zur Wirkung gekommen war. Genug jedenfalls, um sie zu töten. Jetzt aber brauchte er alle Sinne. Der Mann trat einen Schritt zurück und betrachtete die Tote nachdenklich. Sie war recht hübsch, eigentlich war ihr Tod eine Verschwendung von Ressourcen, dachte er. Aber sie wusste entschieden zu viel und hätte mit ihrem Wissen eine Gefahr bedeutet. Genaugenommen war das seine Schuld, er hätte sie nicht um diesen Gefallen bitten und sorgfältiger mit den Unterlagen umgehen sollen. Hätte, hätte – es war unsinnig, über das Geschehene noch länger nachzudenken. Vergangenes ließ sich nicht mehr ändern. Jetzt musste er sich mit der Zukunft beschäftigen und er hatte einen Plan. Er bückte sich und nahm das Kreuz an sich, das um ihren Hals hing. Sicher würde er es bald verwenden können. Nun aber sollte er von hier verschwinden, er war schon viel zu lange hier. Er sah sich aufmerksam um, war etwas übersehen worden? Nein, er glaubte nicht. Er warf noch einmal einen Blick auf die tote Frau und plötzlich fröstelte ihn. Spontan neigte er sich zu ihr und schloss mit der behandschuhten Linken behutsam die starren Augen. Nun drehte der Mann sich um und verschwand leicht schwankend im trüben Licht der Nachtbeleuchtung. Er verließ das Haus und holte tief Luft. Ein älterer Mann mit einem Schäferhund kam um die Ecke. Auf der Straße fuhr ein Auto vorbei, dessen Scheinwerfer ihn kurz erfassten. Mist! Hastig zog er sich das Halstuch hoch vors Gesicht und wandte sich ab. Er eilte zum Parkhaus und in dessen Schatten schlug er den Weg zum Vlämenweg ein, wo er am Mittag sein Rad abgestellt hatte. Es war dunkel gewesen und selbst, als diese Scheinwerfer aufleuchteten, war er nur für einen kurzen Augenblick im Licht gewesen. Der Mann hatte ihn sicher nicht genau betrachten können. Nein, der würde ihn nicht beschreiben oder gar erkennen können, beruhigte er sich. Er schwang sich aufs Rad und fuhr im schnellen Tempo nach Hause. Die kalte Luft tat ihm gut, und als er zur Hause ankam, waren auch die letzten Auswirkungen der Droge verschwunden.

Der Donnerstagmorgen begann freundlich, wenn es auch deutlich kühler geworden war. Holztenkamps kleiner Artikel zum Tage »Mit viel Augenmaß«, in dem er die Etatsituation der kommenden Festspiele kommentierte, fand einigen Anklang. Das Titelbild der Zeitung zeigte Feuermeister Udo Rosenberg, der vor dem Feuerholz für die »Fierche« posierte.

Alle saßen an ihrer Arbeit, als gegen halb elf die Sekretärin Frau Beck-Sander aufgelöst in Stradtlers Büro gestürmt kam.

»Was ist denn?«, fragte Stradtler ärgerlich, der gerade telefonierte. »Ich bin in einem wichtigen Gespräch!«

»Es ist die Polizei, Herr Stradtler. Frau Herder ist etwas passiert.« Sie brach in Tränen aus.

Die nächsten Stunden gehörten Kommissar, richtiger Hauptkommissar Härtelmüller, und seiner rothaarigen Kollegin Oberkommissarin Tüller. Sie versammelten die Redakteure sowie die Praktikanten und alle anderen aus der Redaktion in der Cafeteria.

Heute früh war die Praktikantin Diana Herder in einem Ausstellungsraum des »wortreichs« tot aufgefunden worden, stranguliert, wie der Polizeikommissar präzisierte. Die Angehörigen befanden sich im Urlaub, daher suchte er zuerst den Arbeitsplatz Dianas, die »Hersfelder Zeitung« auf. Härtelmüller hatte die Tote aufgrund von Zeitungsbildern erkannt, zudem hatte die Handtasche der jungen Frau mit ihren Papieren neben der Toten gelegen. Das alles erfuhren sie erst später; zunächst fragte Härtelmüller, ob jemand wisse, was Diana Herder im »wortreich« gesucht habe und ob sie dort im Auftrag der Zeitung gewesen sei.

»Von mir hat sie keinen Auftrag gehabt«, sagte Stradtler. »Um das ›wortreich‹ haben sich kürzlich die Kollegen Holztenkamp und Venner gekümmert.«

Jetzt erst bemerkte der Polizist Venner und wandte sich direkt an ihn.

»Sie waren nicht zufällig auch gestern Abend im ›wortreich‹? Vielleicht, um noch etwas zu recherchieren und haben dabei Frau Herder getroffen?«

Ehe Venner antworten konnte, meldete sich der Praktikant

»Tommy« zu Wort. »Wir waren gestern wie schon am Dienstag in der Disco, im ›Nachtcafé‹, drüben in Unterhaun. Diana ist gegen halb zwölf gegangen.«

»Mit Herrn Venner?«

»Herr Venner war nicht dabei. Diana hatte ihn neulich spaßeshalber gefragt, ob er mitkäme, aber er wollte nicht mit.«

»Können Sie meiner Kollegin den Ablauf des Abends im ›Nachtcafé‹ genau schildern, Herr … «

»Tommy, genauer Thomas Unrau«, nannte der Praktikant hastig seinen Namen.

»Herr Unrau, und wer alles dabei gewesen ist?«

Tommy folgte der Kommissarin in den Sitzungsraum im ersten Stock, den der Redaktionsleiter nebst einem kleineren Büroraum Härtelmüller für die Vernehmungen zur Verfügung stellte.

»Jetzt darf ich Sie ersuchen, dass Sie mir und meiner Kollegin jeweils ein paar Angaben zur Person Diana Herders und ihren Aufgaben in der Zeitung machen. Aus Routinegründen muss ich zudem fragen, wo Sie gestern Abend waren. Herr Venner, wenn wir anfangen könnten.«

Sie gingen in ein Zimmer des Anzeigenbereiches, Härtelmüller ließ sich in einen Stuhl fallen, der unter dem Gewicht des schweren Mannes »protestierend« knarrte. Der Polizeikommissar nahm einen Block vor und sah ihn erwartungsvoll an.

»Können Sie mir erst einmal erklären, was Sie hier machen, Herr Venner. Ich dachte, Sie seien Archivar und in Tübingen beschäftigt?«

Venner berichtete, er sei für zwei Wochen ins Team der Zeitung aufgenommen worden und habe am letzten Donnerstag mit seiner Arbeit begonnen. Er forsche nach dem Gründungsvater der Hersfelder Zeitung und nehme dabei aus Interesse auch an Außenreportagen teil.

»Das klingt plausibel, dennoch ist es seltsam, dass Sie gerade acht Tage hier tätig sind und schon kommt es zu einem Mord. Dabei hatten Sie bei Ihrem letzten Aufenthalt in Bad Hersfeld bereits mit einem Mord zu tun.«

»Ich habe ein Mordopfer entdeckt, mehr nicht, Herr Härtelmüller!«, erwiderte der Archivar ärgerlich. »Dass ich von Ihnen mit dem Mord in Zusammenhang gebracht werde, ist eine glatte Unterstellung!«

»Sie hatten damals ein Alibi«, räumte der Kommissar ein. »Bleiben wir bei dem aktuellen Mord. Wie gut kannten Sie die Tote?«

»Ich bin Diana am Montag das erste Mal begegnet.«

»Und warum wollte Frau Herder, dass Sie in die Disco mitkommen? Sie nennen sie Diana, das klingt für eine angeblich so kurze Bekanntschaft recht vertraut.«

»Die Praktikanten werden hier alle beim Vornamen genannt, Sie haben ›Tommy‹ vorhin selbst gehört«, gab Venner zur Antwort. »Und zu Ihrer ersten Frage. Mein aktueller Arbeitsplatz liegt im Praktikantenbereich, vielleicht deswegen. Doch ich glaube eher, Diana hat das nicht ernst gemeint. Da Sie sicher mein Alibi haben wollen«, fuhr er fort, »ich war mit Frau Isabel Meinhard bis kurz vor halb zwölf im ›Goldenen Karpfen‹ in Fulda. Danach bin ich zurück nach Bad Hersfeld gefahren und dürfte deutlich nach Mitternacht in meiner gegenwärtigen Unterkunft am Frauenberg gewesen sein.«

»Frau Meinhard«, überlegte Härtelmüller, »war das nicht die Dame, die Ihnen ein Alibi für den ersten Mord gab? Und jetzt haben Sie den Abend mit eben dieser Frau Meinhard in Fulda verbracht? Das ist wirklich ein Zufall«, sagte der Kommissar und seiner Stimme war die Skepsis deutlich anzuhören. »Wir werden das überprüfen. Ist Ihnen sonst etwas aufgefallen?«

»Von dem Drohbrief und den brennenden Mülltonnen wissen Sie bereits.«

»Natürlich«, erwiderte Härtelmüller und diesmal klang er verärgert. »Das wäre es fürs Erste.«

»Hat der Kommissar Sie nicht mitgenommen?«, begrüßte ihn Frau

Zaplatilek, als er in das Redaktionsbüro zurückkehrte. »Ich hätte Sie gleich verhaftet, Sie haben doch gestern genau erklärt, wie und wo ein Täter morden könnte«, erklärte sie düster. »Gestehen Sie, Sie haben Ihre Theorie in die Tat umgesetzt!«

»Nein, ich war es nicht«, entgegnete Venner ruhig. »Wenn Sie sich erinnern, haben wir zu dritt über das ›wortreich‹ als potentiellen Tatort gesprochen. Ich meine sogar, dass Sie das Museum ins Spiel gebracht haben und Praktikanten als potentielle Opfer vorschlugen.«

»Das war doch nicht ernst gemeint«, gab Frau Zaplatilek entrüstet zurück.

»Natürlich nicht und es glaubt auch niemand, dass Sie oder Herr Venner mit dem Mord zu tun haben«, kam ihr Josef Holztenkamp zu Hilfe, der von seiner Vernehmung zurückkehrte und ihren Wortwechsel gehört hatte »Das Thema ist zu ernst, um schlechte Witze zu machen«, tadelte er beide.

Schließlich waren die Anwesenden befragt worden, und die beiden Polizisten fuhren davon. Stradtler holte umgehend alle zu einer Sondersitzung zusammen.

»Das ist ein tragisches Geschehen, und ich bin sicher, wir alle sind über den Mord an Diana Herder sehr betroffen«, begann er. »Aber, liebe Kollegen, wir sind in erster Linie Journalisten und es ist unsere Pflicht, über das schreckliche Ereignis umfassend und ausführlich zu berichten. Besonders, wenn wir so dazu beitragen können, dass der Fall aufgeklärt wird. Tommy, Sie schreiben einen kleinen Artikel über Diana. Wie sie war, der letzte Abend mit ihr und so weiter. Frau Zaplatilek, Sie haben die Praktikanten betreut, stellen Sie mir zusammen, woran Diana alles gearbeitet hat und machen Sie bitte eine Kopie für die Polizei. Ein nettes Bild von ihr wäre auch nicht schlecht. Josef, du schnappst dir Bernhard Lilienberg und fährst mit ihm zum Tatort ›wortreich‹. Ich will einen Bericht mit Zeugenaussagen, Tatortfotos und allem Pipapo.«

»Der Mord könnte den Besucherstrom ins ›wortreich‹ anschwellen lassen«, meinte Timo Montfort, »in der gegenwärtigen Situation nicht das Schlechteste.«

»Ich finde es unmöglich, wie ihr mit dem Tod Dianas umgeht«, empörte sich die Volontärin Becky. »Sie ist umgebracht worden, versteht ihr? Sie wurde Opfer eines Gewaltverbrechens! Und ihr schaut nur, wie ihr Tod journalistisch optimal genutzt werden kann!«

Rebecca Schill brach in Tränen aus, sprang dann auf, wobei ihr Stuhl umkippte und rannte hinaus.

»Was ist denn in die gefahren?«, fragte der Wirtschaftsredakteur Fritz Neckler, der eben zur Tür hereinkam und von ihr zur Seite gestoßen wurde. »Überhaupt, was ist hier los? Die Sekretärinnen sind völlig aufgelöst, Frau Beck-Sander erzählte etwas von einem Todesfall?«

»Diana Herder wurde ermordet«, erklärte Stradtler. »Becky hat recht, wir dürfen nicht vergessen, dass Diana unsere Kollegin war. Aber gerade deswegen müssen wir alles daran setzen, dazu beizutragen, dass der Fall aufgeklärt wird und in geeigneter Form über das Geschehen berichten. Ich reserviere zwei Seiten der morgigen Ausgabe für den Bericht über den Mord und über Diana Herder. Ihr wisst, was ihr zu tun habt, an die Arbeit. Wenn jemand Herrn Schubert trifft, schickt ihn zu mir. Ich habe ihn heute noch nicht gesehen.«

Die andern nickten, dann machte sich jeder an seine Aufgabe. Stradtler wandte sich Venner zu. »Sie sollen zum Chef, Herr Kromme möchte Sie sprechen.«

Venner ging zum Büro des Vetters, klopfte und trat ein. Markus saß am Besprechungstisch, und Venner setzte sich ihm gegenüber. Der Herausgeber war blass und wirkte nervös.

»Mein Gott, Hans, wie konnte das passieren? Jetzt ist jemand aus der Redaktion ermordet worden, eine junge Frau!«

»Du tust gerade so, als ob ich dafür verantwortlich wäre«, erwiderte Venner überrascht.

»Das liegt doch auf der Hand. Du fängst in der Redaktion an und eine Woche später wird eine Praktikantin ermordet.«

»Sicher nicht, weil ich hier bin«, gab Venner zurück. »Hast du inzwischen dem Kommissar reinen Wein eingeschenkt?«

»Ich habe ihm erzählt, dass Amelie Sintelbach vor Jahren bei uns tätig war. Es macht keinen Sinn mehr, darüber zu schweigen. Die Polizei ist im Haus und es geht um Mord.«

»Wie reagierte der Kommissar auf die Mitteilung?«

»Härtelmüller will der Spur nachgehen, glaubt aber an einen Zufall. Von dir habe ich nichts erzählt. Er fragte mich zwar, ob du als Undercover-Agent in der Hersfelder Zeitung arbeiten würdest, tat dies jedoch als Scherz ab und meinte, ich würde sicher nicht den Bock zum Gärtner machen. Hat der Mann etwas gegen dich?«

»Ich habe fast den Eindruck. Vergiss mal für einen Augenblick den Kommissar. Wenn du recht hast und der Mord an dem armen Mädchen mit meiner Tätigkeit zu tun hat, muss ich jemanden aufgeschreckt haben und dieser Unbekannte kann nur aus dem Kreis der Mitarbeiter der Hersfelder Zeitung stammen. Und er muss irgendwie mit Diana Herder zu tun gehabt haben oder sie mit ihm.«

»Das ist unmöglich, für meine Leute lege ich die Hand ins Feuer!«

»Für jeden?«

»Für jeden!«, bestätigte der Vetter.

»Also auch für die Freien Mitarbeiter, die Anzeigenabteilung, die Sekretärinnen und das ganze übrige Personal? Du kennst sie alle?«

»Natürlich nicht, aber Frau Herder hatte als Praktikantin primär mit der Redaktion zu tun.«

»Dann gehen wir alle durch und du sagst mir, was du über den jeweiligen Kandidaten weißt«, schlug Venner vor.

»Leute wie Holztenkamp, Neckler, Montfort, Herbst, Kastmann und Nenzer gehören seit Jahren zur Zeitung. Das gilt auch für Frau Zaplatilek. Der Redaktionsleiter Stradtler kam vor vier oder fünf Jahren vom ›Weserboten‹, der Jüngste im Haus von der Stehzeit her ist

Mirko Schubert, der letztes Jahr von der ›Stuttgarter Zeitung‹ zu uns gewechselt ist.«

»Stradtler und Schubert gehören am kürzesten zur Zeitung«, wiederholte Venner nachdenklich, »dann fange ich bei den beiden an.«

»Bitte sei vorsichtig, eine Tote ist mehr als genug!«

Venner stand auf, auch Markus erhob sich, wobei er sich sehr behutsam bewegte. »Ich habe es zurzeit ein wenig im Kreuz«, sagte er erklärend. »Man wird eben alt.«

»Das sieht man dir nicht an«, meinte Venner trocken und ging.

Er verließ die Hersfelder Zeitung; er brauchte zunächst einmal Ruhe, um über alles nachzudenken. Später wollte er sich ganz auf seine Recherchen konzentrieren. Es war Mittag, am besten, er suchte sich ein Lokal, wo er etwas essen und ungestört sitzen konnte.

Eine halbe Stunde später saß Venner wie gestern im »News Café« und aß eine Kleinigkeit. Das heißt, er nahm ein, zwei Gabel voll, dann schob er den Teller zur Seite. Alles schmeckte wie Stroh, er hatte einfach keinen Appetit, der Tod Dianas war ihm ziemlich auf den Magen geschlagen. Am Mittwochmittag waren sie noch unterwegs gewesen und sie hatte die Bilder geschossen; in der Nacht war sie ermordet worden. Diana war eine hübsche, engagierte junge Frau gewesen, warum hatte sie sterben müssen? Bestimmt nicht, damit die Zeitung zu Schlagzeilen kam, dachte er bitter. Aber bestimmt auch nicht wegen ihm und seinen »Recherchen«. Er hatte kaum mit Diana gesprochen, viel zu wenig, wenn er daran dachte, was passiert war. Er konnte nicht die Ursache für den Mord sein und auch nicht der Anlass. Irgendetwas musste Diana gewusst, gesehen oder getan haben, weswegen sie ermordet worden war. Oder stand ihr Tod gar nicht im Zusammenhang mit der ersten Toten und den Geschehnissen, weswegen ihn der Vetter geholt hatte? Angesichts der vielen offenen Fragen fühlte sich Venner hilflos. Er wusste nicht, wie er weiter vorgehen und wie er irgendetwas herausbekommen sollte. Ja, er wusste nichts, hatte nichts Konkretes gefunden oder erreicht; nur dass Diana Herder ermordet worden war. In trüber Stimmung kehrte er in die Redaktion zurück.

Dort war die Stimmung nicht viel besser. Die Kollegen saßen zusammen und diskutierten mit gedämpften Stimmen das Geschehen. Frau Zaplatilek hatte ihren Auftrag erledigt und war nach Hause gegangen, da sie sich zur weiteren Arbeit einfach nicht mehr in der Lage sah. Auch Kollege Schubert hatte sich krank gemeldet. Er lag mit hohem Fieber im Bett. Bereits gestern Abend sei es ihm nicht besonders gegangen, erzählte Tommy. Er habe ihn vor dem »Nachtcafé« getroffen und Schubert habe über starke Kopfschmerzen geklagt und sei heimgefahren, um sich hinzulegen.

»Wann war das?«, fragte Venner.

»Gegen elf, unsere Clique blieb bis halb eins, Diana ist, wie gesagt, um halb zwölf aufgebrochen. Wenn sie doch mit uns gefahren wäre«, sagte Tommy, »ich weiß nicht, warum sie früher los ist.«

»Wollte sie noch jemanden treffen?«, hakte Venner nach.

»Ich weiß es, wie gesagt, nicht, sie war den ganzen Abend so merkwürdig. Erst ganz trübsinnig und plötzlich wie ausgewechselt. Sie tanzte und alberte rum, tanzte sogar mit Mirko Schubert, der am Montag ziemlich unfreundlich zu ihr gewesen war. Sie fragen fast so viel wie der Kommissar, obwohl der hauptsächlich wissen wollte, ob ich ganz sicher sei und Sie wirklich nicht in der Diskothek gewesen wären.«

»Zum Glück war ich in Fulda und habe ein hieb- und stichfestes Alibi«, erwiderte Venner.

»Auch für die Zeit von Mitternacht bis 0:30 Uhr?«, fragte Josef Holztenkamp, der eben ins Zimmer trat. »Mein Informant bei der Kripo erzählte mir, der Mord sei in dem Zeitraum zwischen Mitternacht und 0:30 Uhr geschehen.«

Uwe Stradtler kam hinzu. »Hast du überhaupt selbst für diese halbe Stunde ein Alibi, Josef?«, forschte er.

»Ich war im Bett und habe geschlafen, meine Frau auch, die kann das bestätigen.«

»Wie soll das gehen, wenn sie selbst geschlafen hat? Ehefrauen gelten in Sachen Alibi nicht als verlässliche Zeugen, da sie befangen sind«, erklärte Timo Montfort. »Du könntest gewartet haben, bis Johanna schläft und dich dann auf leisen Sohlen davongestohlen haben.«

»Dann hätte ich auch kein Alibi«, meinte Uwe Stradtler, »wahrscheinlich geht das den meisten hier so, der normale Mensch schläft nachts.«

»Ich habe ebenfalls geschlafen«, bestätigte Venner, und Klaus Kastmann und Holger Nenzer von der Sportredaktion versicherten das Gleiche.

»Das heißt, wir alle haben geschlafen oder waren krank wie Mirko Schubert oder auf einer After-Dance-Party wie Thomas Unrau«, fasste Stradtler zusammen. »Was haben eigentlich die Damen gemacht? Frau Zaplatilek können wir jetzt nicht fragen, die ist zuhause, aber Rebecca könnte uns Rede und Antwort stehen.«

»Das ist einfach«, erwiderte Rebecca. »Ich war mit Thomas unterwegs, und Christine, also Frau Zaplatilek, hat gerade ihre Schwester mit den Kindern zu Besuch.«

»Das ist nicht viel anders, als wenn ich nur meine Ehefrau als Zeuge habe«, brummte Josef Holztenkamp. »So kommen wir nicht weiter, wir müssen nach dem Motiv fragen. Im Normalfall wird nicht ohne Grund gemordet.«

»Es sei denn, der Mörder ist ein Psychopath«, warf Rebecca ein. »Nur ein Psychopath kann so etwas getan haben.«

»Ein Psychopath als Täter? Diese Konstellation ist höchst selten«, meinte Holztenkamp. »Lediglich schlechte Krimis operieren mit durchgeknallten Perversen. Im realen Leben gibt es lediglich eine Handvoll Motive, die sich seit Kain und Abel wiederholen: Eifersucht, Neid, Habsucht, Hass und Liebe, Rache und Angst.«

»Sie meinen, wir müssten nach den Emotionen fragen«, sagte Venner nachdenklich, »und dazu, wer einen Nutzen vom Tod Diana Herders hat beziehungsweise hätte.«

»Exakt«, bestätigte Holztenkamp, »das sollten wir; nur so kommen wir dem Täter auf die Spur.«

»Gut, fragen wir nach den Beweggründen. Hätten Sie ein Motiv gehabt, Diana zu töten?«, hakte Venner im gleichen, sachlichen Tonfall nach.

»Wenn Sie so fragen«, erwiderte der Redakteur ohne mit der Wimper zu zucken, »ob ich ein Motiv gehabt hätte? Eins? Nein, mehrere! Ich könnte mit Diana Herder zuerst geflirtet haben, wir männlichen Wesen reagieren immer auf hübsche Weiblichkeit. Es wurde mehr daraus, und plötzlich merkte ich, dass ich mich in Diana unsterblich verliebt habe – die typische Mittlife-Krise. Doch ich stellte fest, es gab Konkurrenz; Diana hatte bereits einen Freund! So habe ich sie aus enttäuschter Liebe und in einem Anfall von rasender Eifersucht ermordet. Eine klare Sache, oder? Ich kann weitere Alternativen bieten: Diana hat mich bei etwas Verbotenem beobachtet, wusste von meiner Affäre mit einer der Sekretärinnen, von Bestechung oder gar von meinem exzessiven Rauschgiftkonsum, und der Mord war eine Verdeckungstat aus Angst, sie könne mich auffliegen lassen. Das zu meinen denkbaren Motiven; ich könnte euch noch ein weiteres Dutzend nennen, aber ich muss Sie enttäuschen, Herr Venner, mangels entsprechender Vorgeschichten greifen diese Motive nicht. Und, unter uns, ich habe Frau Herder nicht ermordet.«

Holztenkamps Geschichten zeigten seine Ader fürs Dramatische. Eine andere Antwort hätte Venner auch nicht erwartet. Es wurde weiter diskutiert, selbst Rebecca, die sich am Morgen vehement gegen derartige Gespräche gewehrt hatte, beteiligte sich, wenn auch zurückhaltend, an den Spekulationen. Kollege Stradtler dagegen meinte, er habe neulich zur Genüge unsinnige Überlegungen angestellt, für ihn zählten nur noch blanke Tatsachen. Er vertraue auf die Fähigkeit der Polizei, den Mord rasch aufzuklären und fahre im Übrigen jetzt nach Hause.

Hauptkommissar Härtelmüller saß in seinem kargen Büro in der Regionalen Polizeiinspektion, das unweit des Redaktionsgebäudes der Zeitung in der Industriestraße lag. Das Amtszimmer war mit den üblichen Fiskalmöbeln eingerichtet. Ein Aktenbock und ein Aktenrollschrank, dessen Inneres dienstlich, das heißt als Formularablage, oder privat, für die Tupperdose mit dem Frühstück, genutzt wurde. Ferner gehörte zum Inventar ein Schreibtisch mit einem privat erworbenen Drehstuhl auf glattem Plastikboden. An der Wand der übliche Polizeikalender, daneben Ansichtskarten von Urlaubern, ein paar kümmerliche Topfpflanzen am Fenster, darunter zwei vergilbte Kakteen. In der Ecke Härtelmüllers ganzer Stolz, sein eigenes Kopiergerät. Daneben, auf einem braun lasierten Holzregal, eine Kaffeemaschine, halb mit inzwischen erkaltetem Kaffee gefüllt. Es roch nach billigem Bohnerwachs und Papierstaub. Im Schein einer Rundlichtlampe las Härtelmüller zum wiederholten Mal die verschiedenen Aussagen der Zeitungsleute. Er hatte das Gefühl, dass die Lektüre ihn nicht viel weiter brachte. Keiner wollte Näheres über den Tod Diana Herders wissen, geschweige mit dem Geschehen zu tun gehabt haben, was nicht verwunderlich war. Es konnte natürlich stimmen und zwischen dem Mord und der Zeitung gab es keine wie immer geartete Verbindung. Obwohl in der Regel der Täter aus dem näheren Umfeld des Opfers stammte. Irgendwelche Wahnsinnigen, die ohne Sinn und Verstand durch die Gegend liefen und junge Frauen ermordeten, waren Fantasieprodukte skandinavischer Krimis. Nein, hinter dem Tod der Praktikantin steckte etwas anderes. Zwei Fakten gaben dem Kommissar besonders zu denken. Zum einen die Tatsache, die ihm der Herausgeber Markus Kromme berichtet hatte. Die Tote vom 26. Juli, Amelie Sintelbach, hatte vor zwölf Jahren ebenfalls für die Zeitung gearbeitet. Das war die Frau, die von Hans Venner, dem Tübinger Archivar, aufgefunden worden war. Damit war Härtelmüller beim zweiten Fakt. Venner gehörte aktuell zum Team der Hersfelder Zeitung, und Venner war vor vier

Jahren in einen undurchsichtigen Mordfall verstrickt gewesen. Zwar war der angebliche Mörder überführt worden, aber dieser kam kurz vor der Verhaftung, im Beisein des Archivars und einer gewissen Maria Krehl, in einer sogenannten Notwehrsituation ums Leben. Eine eigenartige Geschichte, und Grund genug, diesen Venner als Verdächtigen näher in den Blick zu nehmen. Genau das würde er tun. Inwieweit hatte der Mann mit dem Opfer zu tun gehabt, was war mit seinem Alibi? Um halb zwölf war Diana Herder von der Diskothek aufgebrochen, also musste sie etwa zehn bis fünfzehn Minuten vor Mitternacht am »wortreich« gewesen sein. In der Nähe war ihr Fiat Bravo entdeckt worden. Laut Gerichtsmedizin war die Tat zwischen Mitternacht und 0:30 Uhr, wahrscheinlich sogar deutlich vor 0:30 Uhr geschehen. Und sie schien Drogen genommen zu haben, irgendeine von den Modedrogen, die auf dem Markt waren, Ecstasy oder einen ähnlichen Dreck. Morgen früh bekam er den Bericht. Dann würde Härtelmüller die Alibis auf einer realistischen Basis prüfen können; als Erstes das des Herrn Venner. Doch der Kommissar war Profi und setzte nicht nur auf ein Pferd. Immerhin war die Tote bereits sechs Wochen in der Zeitung tätig gewesen, Zeit genug, um mit dem einen oder anderen der Redaktion in nähere Bekanntschaft zu kommen. Vielleicht entpuppte sich das Ganze als eine »normale« Beziehungstat? Auch »Außenvarianten« ließ er untersuchen, daran arbeitete die Kollegin Tüller. Eine Zeitung machte sich mit ihren Reportagen nicht immer Freunde, kritische Berichte konnten durchaus Folgen haben. Aber die Hersfelder Zeitung hatte keine Mohammedkarikaturen nachgedruckt oder investigative Studien zum Rechtsterrorismus betrieben; Extremismus fiel damit flach. Dennoch konnte es sein, dass jemand sich falsch dargestellt oder nicht gewürdigt sah. Frau Tüller klärte deswegen ab, woran die Praktikantin mit gearbeitet hatte. Die Uhr ging auf sieben. Für heute machte der Kommissar Schluss.

Um sieben war die Freitagausgabe druckfertig und das Wichtigste für die kommende Samstagausgabe und speziell zum Bericht über das Saisonereignis, den Lollsball, vorbesprochen. Trotz des Mordes ging das Leben weiter. Hans Venner kehrte mit seinem Wagen zum Frauenberg zurück. Er aß eine Kleinigkeit und machte eine Flasche Mosel auf, die er neulich vom Einkauf mitgebracht hatte. Was für ein Tag! Der zweite Mord binnen kurzer Zeit, diesmal war das Opfer eine Person, die er gekannt hatte, ein beklemmendes Gefühl. Er hätte gern mit jemandem über alles gesprochen, der nicht in irgendeiner Weise mit dem Geschehen verbunden war. Zum Beispiel mit Isabel. Aber Venner wusste nicht, wie er mit ihr in Kontakt treten konnte. Warum hatte er sich nicht ihre Handynummer geben lassen? Vielleicht konnte er ihre Daten im Internet entdecken. Er klappte seinen Laptop auf und ging online. Aber im Netz war kein Eintrag von ihr zu finden. Nur unter isabel-meinhard.blogspot.de stieß er auf einen äußerst obskuren Hinweis aus dem letzten Monat: *Isabel Meinhard heißt in Wirklichkeit Sarah Schmidt und ist eine üble Verleumderin und angebliche Zahnärztin, die unter den Namen Isabel Meinhard alias Isabella Meinhardt diverse Betrugsserien durchgezogen hat. In Wahrheit handelt es sich bei dieser Person um eine Verbrecherin mit einem runderneuerten Namen. 2011 buchte sie eine Reise in die USA unter dem Namen Lois Joanne Lane …*

Lois Joanne Lane, das war eine Comicfigur! Venner, der erst gedacht hatte, er sei auf etwas Interessantes gestoßen, schloss die Seite. Dieser Blödsinn brachte ihn nicht weiter, ein typischer Bloggeintrag, wie ihn irgendwelche Spinner ins Netz stellten. Er schaltete den Laptop aus und leerte sein Glas. Dann duschte und rasierte er sich und zog ein frisches Hemd an. Venner hielt es in seiner »Bude« nicht länger aus. Er musste in die Stadt, um unter Leute zu kommen. Und er brauchte frische Luft. Er schlüpfte in seinen Mantel und verließ das Haus. Draußen war es für einen Oktoberabend erstaunlich mild, fast war er zu warm gekleidet. Den Kopf voller Gedanken lief er durch die leeren Straßen. Sein Blick wanderte über die Häuserfassaden hoch zum Nachthimmel. Dunkle Wolken zogen auf, es sah nach Regen aus. Auch wurde es deutlich kühler, geradezu empfindlich kühl. Jetzt stand er vor einem Mauerwerk, auf dessen rechter Seite sich ein Turm aus grob behauenen Steinen erhob, den einen rundes Dach krönte. Das musste der Klausturm sein, von dem ihm sein Gastgeber Micha erzählt hatte. Auf den Stufen zur seitlich gelegenen Mauer saß jemand. Es war die Volontärin Rebecca, wie er überrascht feststellte.

»Guten Abend, Herr Venner«, begrüßte sie ihn. »Können Sie auch keine Ruhe finden? Ich muss dauernd an Diana und ihren Tod denken. Setzen Sie sich doch zu mir!«

Venner nahm neben ihr auf den kalten Stufen Platz.

»Diana wurde ermordet, ich verstehe das einfach nicht«, fuhr Rebecca fort. »Sie hat doch niemandem etwas getan. Wer macht so etwas Schreckliches?«

»Ich weiß es nicht«, antwortete Venner. »Sie kannten Diana und ihren Freundeskreis doch viel besser. Gibt es vielleicht in ihrem Umfeld jemanden, mit dem sie Streit hatte? Zum Beispiel mit einem eifersüchtigen Freund?«

»Nein, Diana war überall beliebt. Wir waren eine richtig gute Clique, es gab keinen Streit oder Eifersucht. Einen Freund hatte sie aktuell nicht, obwohl ich glaube, dass sich gerade etwas anbahnte.«

»Wieso glaubten Sie das?«

»Wir haben neulich allgemein über Freundschaften gesprochen. Diana meinte, die meisten Typen ihres Alters seien langweilig und hätten nur Spaß und Sex im Kopf. Damit hatte sie nicht einmal Unrecht.«

»Wieso?«

»Da war dieses Seehundvideo, wo sie mit den Robben in einem Becken planschte.«

»Darüber hat Tommy neulich gesprochen«, bestätigte Venner.

»Genau. Das Video war ziemlich populär, Diana bekam jede Menge Anrufe und Angebote und wurde mehrfach dumm angemacht. Sie hat das jedoch locker genommen und die Typen abblitzen lassen. Ein echter Freund, sagte sie, sei jemand, der nicht nur an ›Seehundskleidung‹ interessiert sei, sondern mit dem sie über alles reden könne und wenn es um die verschiedenen Varianten von Rosenblüten oder japanische Gedichte gehen würde.«

»Und Sie meinen, Diana hatte einen festen Freund?«

Rebecca überlegte einen Augenblick.

»Ich glaube, da gab es jemand«, bestätigte sie. »Jedenfalls hatte ich den Eindruck, und die Beziehung muss ziemlich frisch gewesen sein. Vielleicht war es sogar jemand aus der Redaktion. Die männlichen Kollegen machen einer Praktikantin fast immer schöne Augen, vor allem wenn sie attraktiv ist, und sehen dabei über mögliche journalistische Defizite großzügig hinweg. Nur Holztenkamp hat kürzlich bei der allmorgendlichen Blattkritik eine echt hässliche Bemerkung über einen Beitrag Dianas gemacht. Später kam es sogar zu einem richtigen Streit, Diana war echt sauer. Aber ich glaube nicht, dass er etwas mit Dianas Tod zu tun hat.«

Es fing an zu nieseln und es wurde ungemütlich.

»Es wird richtig kalt«, sagte Rebecca. »Ich geh dann mal. Danke für das Gespräch.«

»Grübeln Sie nicht so viel, Rebecca!«, erwiderte Venner.

Sie hob die Hand zum Gruß und bog um die Ecke. Venner nahm die andere Richtung. Der Weg führte an einer alten Schule mit einem schön angelegten Spielepark sowie an einem kleinen Fußballfeld und einer Laufbahn vorbei bis hin zum Schwimmbad. Der Regen wurde stärker. Er nahm den rechten Fußweg und lief eilig hoch zum Frauenberg, wo er ziemlich durchnässt ankam. Er trat in sein Zimmer und hängte den Mantel zum Trocknen auf. Dabei fiel sein Blick auf den Laptop, hatte er ihn offen gelassen? Venner sah sich prüfend um. Irgendetwas schien im Raum anders zu sein als vorhin, und er hatte den Eindruck, als habe jemand alles durchsucht. Er öffnete den Schrank und prüfte seine Unterlagen; doch soweit er es sehen konnte, fehlte nichts. Wahrscheinlich täuschte er sich. Die Uhr zeigte halb elf, Venner gähnte, ging ins Bad und dann zu Bett. Erstaunlich schnell schlief er ein.

Am Freitagmorgen weckte Venner das Handy. »Isabel«, war sein erster schlaftrunkener Gedanke. Er drückte die grüne Taste: »Hallo?«

»Jörg Melcher«, meldete sich überraschend die raue Stimme des Freundes. »Habe ich dich geweckt?«

»Allerdings«, erwiderte Venner und blickte auf die Uhr; es war kurz nach sieben, »aber es ist Zeit, aufzustehen. Warum rufst du an?«

»Ich bin in der Gegend und dachte, wir treffen uns und du erzählst mir, was dein Mord macht.«

»Du bist in Bad Hersfeld?«

»Nein, ich bin in Kassel. Ich schreibe an einem Artikel über die Brüder Grimm wegen des 150. Todestages und bin kurz hierher gefahren. Nebenbei besuche ich noch eine alte Freundin. Was ist mit dir, hast du Zeit? Wir könnten uns in Kassel treffen.«

»Das ist eine gute Idee, ich muss mal aus Bad Hersfeld raus«, entgegnete der Archivar. »Es ist eine nette Stadt, doch zurzeit fällt mir die Decke auf den Kopf. Heute Vormittag will ich noch in die Redaktion, später werden sie auf mich verzichten müssen. Hier ist in den letzten Tagen einiges passiert.«

»Ein weiterer Mord?«, fragte Melcher locker.

»Ich erzähle dir alles, wenn wir uns sehen.«

»Schön, wann wollen wir uns treffen?«

»Um zwölf, nein besser um eins ?«

»Ich habe bis eins im Hessischen Rundfunk zu tun, sagen wir um halb zwei oben auf der Wilhelmshöhe im Schloss-Café?«

»Das finde ich, bis dann.«

Hauptkommissar Härtelmüllers Freitagmorgen war von Arbeit erfüllt. Zunächst ging er akribisch die Ermittlungsakten durch und verglich die bisher gemachten Aussagen. Dann las er ausführlich den Bericht der Gerichtsmedizin und der Spurensicherung. Dr. Feinholds Analysen waren eindeutig. Es lag keine Vergewaltigung vor, und es gab, bis auf die Strangulationsmale am Hals, keine weiteren Anzeichen von Gewalt. Unter den Nägeln befanden sich winzige Stoffreste, die einzigen Abwehrspuren. Wahrscheinlich hatte die Droge im Blut, das Psilocybin, sie schnell außer Gefecht gesetzt. DNA-Spuren gab es hingegen jede Menge, doch sie waren nutzlos. Diana Herder hatte vorher eine Disco besucht und im Gedränge sowie beim Tanzen direkt und indirekt mit Dutzenden von Leuten Kontakt gehabt. Ärgerlich schob er die Berichte zur Seite.

Am späten Vormittag meldete sich überraschend ein Hundehalter, der sicher war, am späten Mittwochabend, genauer am frühen Donnerstagmorgen kurz nach Mitternacht, beim Ausführen seines Schäferhundes einen aus Richtung »wortreich« kommenden Mann gesehen zu haben. Der sei hoch zum Parkhaus gelaufen. Die Beschreibung des Verdächtigen blieb eher vage; Mitte dreißig bis Ende vierzig, von mittlerer Größe, normal gekleidet. Natürlich würde er den Mann wiedererkennen, behauptete der Zeuge. Ein Auto sei vorbeigefahren, und im Scheinwerferlicht habe er ihn für einen Augenblick deutlich sehen können. Der Kommissar misstraute diesem »Sehen«; dennoch wies die Zeugenaussage auf den möglichen Täter hin, und zur Sicherheit bat er den Mann, am Nachmittag wegen einer Phantomzeichnung ins Präsidium zu kommen. Die Zeitangabe »kurz nach Mitternacht« hatte der Zeuge auf Nachfrage präzisiert. Nachdem der Mann verschwunden sei, erklärte er, habe es viertel geschlagen. Diese Einschränkung der Tatzeit auf eine knappe Viertelstunde würde der Untersuchung deutlich weiterhelfen. Als Nächstes stand das Umfeld der Toten auf den Programm. Härtelmüller wollte seinen gestern Abend aus dem Urlaub zurückgekehrten Assistenten Inspektor Fritz Weber anrufen, um ihn zu bitten, heute ins Büro zu kommen, damit sie gemeinsam im Freundes- und Bekanntenkreis Diana Herders weitere Erkundigungen anstellten. Bevor er den Hörer abnehmen konnte, klingelte es; ein Anruf des zuständigen Staatsanwalts Wilker. Der Kommissar stöhnte innerlich auf, als dieser sich mit knarrender Stimme meldete. Harald Wilker war ein typischer Einserjurist und absolut karriereorientiert, der von seinen Leuten eine gnadenlose Selbstausbeutung erwartete und dem nichts schnell genug gehen konnte. Am liebsten wäre es Wilker gewesen, wenn die Polizei jeden Täter unmittelbar nach der Tat und direkt am Ort des Geschehens verhaftet hätte. Zudem stammte Wilker aus Fulda, was Härtelmüller als geborener »Herschfeller« noch weniger schätzte.

»Was gibt es Neues, Herr Härtelmüller?«, fragte Wilker als Erstes. »Haben Sie einen Tatverdacht?«

Der Kommissar berichtete von dem neuen Zeugen und dass er gerade dabei sei, Frau Herders Umfeld näher zu untersuchen.

»Gut«, sagte Wilker, »dann rechne ich bald mit einem klaren Ergebnis. Ich gehe davon aus, dass wir bis Mitte nächster Woche eine Verhaftung vornehmen können. Ich erwarte am Montagmorgen Ihren Bericht. Härtelmüller, ich verlasse mich auf Sie.«

Damit legte der Staatsanwalt ohne Gruß auf. Typisch Wilker, er stellte eine Forderung auf, ohne zu prüfen, ob diese erfüllbar war und ohne Rücksicht auf die Wochenendsituation und das beginnende Lollsfest. Und die Anrede »Härtelmüller« gefiel dem Kommissar ebenfalls nicht. Etwas verstimmt rief er Inspektor Weber an. Der junge Kollege versprach, gleich vorbeizukommen. Er wirkte, als könne er es gar nicht erwarten, sich wieder in die Arbeit zu stürzen, wie Härtelmüller missmutig feststellte, obwohl er sich eigentlich über den Diensteifer hätte freuen sollen.

In der Zeitung ging es an diesem verregneten Morgen zu wie in einem Bienenkorb. Der Mord an Diana Herder stand groß auf der Titelseite:

»Praktikantin im ›wortreich‹ stranguliert!«, hieß es. Im Haus diskutierten jetzt auch die Anzeigenabteilung, der Druck und die Verwaltung über das Geschehen und die wildesten Gerüchte machten die Runde.

»Guten Morgen, Herr Venner«, begrüßte ihn Frau Selge, die heute am Empfang saß, »stimmt es, dass die Polizei von einem Serientäter ausgeht, der seine Opfer stranguliert und es vor allem auf die Mitarbeiter der HZ abgesehen hat?«

»Ich habe gehört, dass auch Herr Schubert attackiert worden sei und auf der Intensivstation liege«, schob Frau Beck-Sander, die aus dem Sekretariat hinzukam, nach. »Glauben Sie, der Mörder gehört zur Redaktion?«

»Herr Schubert ist meines Wissens nach ganz normal erkrankt«, korrigierte Venner die Sekretärin. »Und was die Mitarbeiter betrifft, hätten Sie jemand Bestimmtes in Verdacht?«, fragte er vorsichtig nach. Frau Selge schüttelte den Kopf. »Hier kann man zwar nichts im Kühlschrank lassen, weder Wurst noch Käse oder Joghurt, ohne das sich sofort ein Interessent findet …«

»Das Gleiche gilt für Stifte und Radiergummis«, ergänzte Frau Beck-Sander. »Richtig«, fuhr Frau Selge fort, »aber Mörder gibt es im Haus sicher nicht!«

»Hat die Geschichte mit dem Kerl in Frauenkleidern zu tun, der in der Ausnüchterungszelle gelandet ist?«, fragte Frau Richter von Vertrieb. »Das stand heute auch in der Zeitung.«

»Das glaube ich nicht«, erwiderte Venner. »Es wird sich um einen Täter von außen handeln«, schloss er das Gespräch und nahm die Treppe nach oben zur Redaktion. Dort herrschten, wie gesagt, ziemliche Turbulenzen. Ständig riefen besorgte HZ-Leser und neugierige Kollegen anderer Blätter an, auch der Hessische Rundfunk meldete sich und wollte ein Live-Interview mit den Kollegen inklusive deren Statements zum Mord aufzeichnen. Schubert fehlte noch immer und Stradtler hatte sich in den schon lange geplanten Familienkurzurlaub an die Ostsee abgemeldet. Die Kollegin Zaplatilek und die Volontärin Becky liefen mit Trauermiene umher und waren kaum ansprechbar. Ein neuer Praktikant namens Mohl saß im Eingang herum und wartete auf eine Einweisung. Schließlich erbarmte sich Becky und zeigte ihm seinen Arbeitsplatz. Es herrschte, gelinde gesagt, ein ziemliches Durcheinander. Doch Josef Holztenkamp machte sich energisch daran, zusammen mit Timo Montfort, der extra aus Heringen in die Redaktion gekommen war, Ordnung in das Ganze zu bringen. Artikel wurden umverteilt und neu geschrieben: über den Friedensnobelpreis der EU, über den Schilde-Park, über »Bierkistenrennen – Wette und Konnexitätsprinzip« und »heiß umkämpfte Straßen«, ein quirliges Durcheinander, ein wahres Kreuz und Quer. Venner hatte, als er sich für den Nachmittag bei Holztenkamp entschuldigte, ein richtig schlechtes Gewissen. Der winkte nur lässig ab.

»Gehen Sie ruhig, mit oder ohne Ihre Hilfe ist die Lage heute absolut bescheiden – aber keine Panik, wir bekommen alles in den Griff!«

Also fuhr Venner mittags nach Kassel hoch zum Schloss Wilhelmshöhe. Er stellte den Wagen auf dem Parkplatz ab und lief hinüber zu dem mit Säulen bestückten Ziegelbau, der das Schloss-Café beherbergte. Er trat in das Innere des Cafés und sah sich zunächst um. Die gediegene Atmosphäre eines Cafés der gehobenen Mittelklasse kam ihm entgegen. Eine hohe Decke mit Holzintarsien und Sternen, an den Wänden große, goldgerahmte Spiegel, dazu Orientteppiche und Stühle mit Peddigrohrlehnen. Gäste waren kaum im Raum. Von einem seitlichen Fensterplatz her winkte ihm Jörg Melcher zu. Venner hatte den Freund seit zwei Jahren nicht mehr gesehen und war über dessen Aussehen erschrocken. Melchers Gesicht wirkte eingefallen, tiefe Linien hatten sich um den Mund gebildet. Er war sehr hager geworden und das an den Schläfen ergraute Haar hing ihm in wilden Strähnen ins Gesicht. Er trug wie früher eine abgewetzte, dunkle Lederjacke und ausgebeulte Jeans. Nein, Jörg Melcher passte nicht in das Café – eigentlich hatte der Journalist und Fotograf nie irgendwo »hineingepasst«.

»Starr mich nicht so an, ich weiß, wie ich aussehe«, begrüßte ihn sein Freund. Venner erwiderte nichts, sondern reichte ihm nur die Hand und setzte sich an den Tisch.

»Bei dir scheint einiges los zu sein«, fuhr Melcher fort. »ich habe es im Radio gehört, Mord in der Hersfelder Zeitung! Eine strangulierte Praktikantin, eine weitere Leiche auf deinem Weg, mein Freund, ein brandneuer Mord. Ich bin echt gespannt, was genau passiert ist. Erzähle!«

»Lass mich erst bestellen«, bremste Venner, »dann fange ich an.«

Die Bedienung kam, und er bestellte bei der Kellnerin einen Cappuccino und ein Stück Mohnkuchen. Dann wandte er sich wieder Melcher zu.

»Also, hör zu. Du weißt, dass ich im Juli die tote Frau an der Kirche gefunden habe und wissen wollte, was ermittelt worden ist. Aber das war erst der Anfang …«

Venner berichtete ausführlich von den Befürchtungen und Vermutungen seines Vetters Markus und dessen Bitte, nach Bad Hersfeld zu kommen. Dazu von seiner ersten Woche bei der Hersfelder Zeitung und schließlich von dem Mord an der Praktikantin. Als er endete, pfiff Melcher durch die Zähne.

»Du bist offensichtlich in eine gefährliche Sache geraten«, meinte er, »es sieht aus, als hätte dein Auftauchen in Bad Hersfeld schlafende Hunde geweckt.«

»Du meinst, Markus hat recht mit seiner Aussage, ich sei Ursache für den Mord an der Praktikantin?«, fragte Venner bestürzt.

»Nein«, beruhigte ihn Melcher, »das bist du sicher nicht. Dich trifft keine moralische Verantwortung, obwohl ich nach deinen Beschreibungen einen Zusammenhang zwischen dem Mord und deinen Recherchen vermute. Ich bin auch ziemlich sicher, dass es sich bei den Mordfällen um ein und denselben Täter handelt und er im unmittelbaren Umfeld der Zeitung, wenn nicht gar in der Redaktion selbst, zu suchen ist.«

Der Cappuccino und der Kuchen wurden gebracht und sie unterbrachen kurz ihren Austausch.

»Wenn deine Vermutung stimmt«, sagte Venner und nahm einen Schluck, »wäre das für Markus ein herber Schlag. Ein Mörder aus der Redaktion! Abgesehen davon, was hat die Zeitung mit dem Ganzen zu tun?«

»Dass die Opfer mit der Hersfelder Zeitung in Verbindung standen beziehungsweise bei der Zeitung gearbeitet haben, könnte natürlich auch ein Zufall sein«, meinte Melcher.

Venner schüttelte den Kopf.

»Das glaube ich nicht. Der Grund für ihre Ermordung muss etwas sein, das unmittelbar im Zusammenhang mit der Zeitung steht, was nicht zwingend bedeutet, dass der Täter im Kollegenkreis zu suchen ist.«

»Bei dem Fall damals in Aalen«, überlegte Melcher, »du erinnerst dich, der Brauereimord, ich habe dir davon erzählt. Mimi und ich hatten Streit und waren für eine Zeit getrennt. Sie war mit einem Medizinerkollegen, diesem Schönling Beyer, zusammen, und ich hatte ein kurzes, eher harmloses Techtelmechtel mit Carolin Setlinger von der ›SchwäPo‹.«

Melcher schwieg und blickte einen Augenblick melancholisch in die Ferne. Er war mit »Mimi«, genauer Dr. Miriam Köppen, über Jahre eng befreundet gewesen; eine temperamentvolle Beziehung mit vielen Aufs und Abs, die im letzten Jahr durch den tragischen Tod Miriams geendet hatte.

»Jedenfalls«, fuhr Melcher fort, »war bei dem Fall in Aalen die ›Schwäbische Post‹ mit in das Geschehen einbezogen und das alles, weil ich diese Fotos vom Flugzeugabsturz geschossen hatte. Der Täter kam aber von außen.«

»Du meinst, die ›Hersfelder Zeitung‹ besitzt ebenfalls Material, mit dessen Hilfe ein Skandal oder ein Verbrechen aufgedeckt werden könnte, und die Morde sind deswegen verübt worden?«

»Das kann ich mir gut vorstellen. Der Mörder will verhindern, dass die HZ seine Verbrechen oder seine Skandale aufdeckt.«

»Diese Kombination ergibt tatsächlich einen Sinn«, überlegte Venner, »ein Außenstehender will verhindern, dass durch die Zeitung etwas publik oder aufgedeckt wird. Aber warum wurde dann eine einfache Praktikantin ermordet und nicht ein etablierter Journalist wie zum Beispiel Uwe Stradtler oder Josef Holztenkamp? Ich verstehe nicht, warum der Mörder das schwächste Glied der Kette ausschalten sollte.«

»Das musst du selbst herausfinden«, erwiderte Melcher. »Ich kann schließlich nicht alles für dich tun und du kennst den Fall. Vielleicht sind die Herren später dran?«

»Das glaube ich nicht. Könntest du herausfinden, was in den fehlenden Unterlagen aus der Akte Sintelbach steht?«, bat Venner den Freund.

»Das ist schwierig. Meine Verbindungen ins LKA sind nicht sehr ausgeprägt. Eher ins BKA, aber das ist derzeit nicht involviert. Doch ich kann es versuchen. Hast du eigentlich die ermordete Praktikantin näher gekannt?«

»Nein, ich war zwar am Mittwoch mit ihr auf einer Fototour, sonst gab es keinen persönlichen Kontakt.«

»Ihr wart zusammen auf Fototour«, wiederholte Melcher. »Was sagt der Kommissar dazu?«

»Ich habe ihm davon nichts erzählt, ich fand es nicht weiter wichtig.«

»Verlass dich darauf, der Mann wird es irgendwoher erfahren und dann wird er dich verdächtigen. Das ist immer so, ich selbst habe Entsprechendes mehrfach erlebt. Zuletzt voriges Jahr in Heidenheim«, sagte der Freund und ein bitterer Unterton schwang in seiner Stimme mit.

»Ich habe für beide Morde ein Alibi«, erwiderte Venner. »Ich falle als Mörder mit Bestimmtheit aus.«

»Das muss nichts heißen, die Polizei hat ihre eigenen Methoden und zweifelt Alibis grundsätzlich an. Lassen wir das; erzähl' mir alles über deine Kollegen, vielleicht findet sich außer dir ein weiterer, besonders Verdächtiger.«

»Ich dachte, wir schließen den inneren Zirkel aus?«, entgegnete Venner.

»Wir sollten sicher gehen, dass unsere Annahme stimmt, also fang an!«

»Da wäre zunächst Uwe Stradtler, der Redaktionsleiter …«, begann Hans Venner und gab dem Freund einen raschen Überblick der Redaktionsmitglieder und ihr Tun. Gemeinsam gingen sie akribisch alle Kollegen durch, doch auch Melcher konnte keine überzeugenden Verdachtsmomente entdecken. Stradtlers und Zaplatileks lockerer Umgang mit dem Thema Mord – vor dem Tod Dianas – hielt er für journalistisches Understatement. Holztenkamp dagegen bot sich als potentieller Täter an, die Sprachspiele im »wortreich«, dem späteren Fundort der Toten, wirkten verdächtig, mehr aber auch nicht. Und der Streit mit der Toten, vom dem die Volontärin berichtet hatte, schien von seiner Seite her sachlich geführt worden zu sein.

»Timo Montfort hat mir heute früh erzählt, er glaube an eine Beziehungstat.«

»Und, wer ist seiner Meinung nach der Täter?«

»Er meinte, es könne der, wie er sagte, ›Schürzenjäger‹ Klaus Kastmann gewesen sein oder der, wieder wörtlich, ›Visualerotiker‹ Josef Holztenkamp«, erklärte Venner.

»Wieder Holztenkamp!«, sagte Melcher. »Was meint dein Informant mit ›Visualerotiker‹?«

»Montfort erzählte, Holztenkamp rezensiere alle mögliche Literatur, darunter häufig erotische Bildbände, deswegen der Neologismus!«

»Das klingt nach Futterneid. Jedenfalls wurde Holztenkamp von dir mehrfach erwähnt«, meinte Melcher. »Dieser Herr Kastmann war doch mit den Praktikanten in der Disco, oder?«

»Du hältst ihn ebenfalls für verdächtig?«

»Ich würde beide überprüfen«, antwortete Melcher kategorisch.

»Über Kastmann gibt es in der Tat Gerüchte«, erwiderte Venner nachdenklich. »Er stammt hier aus Kassel und hat einige Zeit mit dem Kollegen Neckler eine Art Junggesellen-WG betrieben. Dort gab es die eine oder andere feucht-fröhliche Fete mit Volontären und vor allem Volontärinnen. Von der Zeit hat Kastmann seinen speziellen Ruf weg.«

»Na ja«, meinte Melcher, selbst kein Kind von Traurigkeit, »was einem da nicht alles nachgesagt wird. Deinen Kollegen Mirko Schubert finde ich weitaus verdächtiger. Er ist die kürzeste Zeit bei der Hersfelder Zeitung beschäftigt und hatte offenbar ein Problem mit Diana. Ich kenne ihn von Stuttgart; er gilt als absoluter VFB-Fan, der ständig mit Fußballern und blonden Miezen abhing.«

»Du hast ein klares Feindbild, aber Schubert scheidet aus, er ist am Mordabend krank geworden.

»Vielleicht war es auch ein freier Mitarbeiter? Einer von den ganz Ruhigen?«, meinte Melcher. »Oder jemand aus der Anzeigenabteilung? Oder ein Beschäftigter aus der Vertriebsabteilung? Oder der großer Unbekannte von außen!«

»Denkbar ist alles«, antwortete Venner. So richtig weiter waren sie seiner Meinung nach nicht gekommen, obwohl die Überlegungen im Hinblick auf Holztenkamp und Klaus Kastmann durchaus weiterführen konnten. Sie beendeten ihre Spekulationen und fuhren ins Zentrum Kassels, wo seit gestern der »Französische Markt« stattfand, der mit seinen Düften und Gerüchen und den vielfältigen Speiseangeboten den Archivar an den »Provinzialischen Markt« in Tübingen erinnerte. Melcher erzählte von seiner Arbeit in Berlin, wo er wieder als freier Journalist unterwegs war. Aktuell beschäftige er sich mit dem Schleuserunwesen und habe einige brisante Details entdeckt. Gerade versuchte er, Informanten zur sogenannten Doppellinie Warschau-Berlin-Frankfurt und Istanbul-Wien-München aufzutun, bislang ohne Erfolg. Während er dies erzählte, zündete sich Melcher eine Gauloises an und inhalierte tief. Nach den Ereignissen des letzten Jahres habe er wieder mit dem Laster angefangen, erklärte er, er könne nicht anders. Immer noch besser, als sich tot zu saufen – und in Berlin sei man in diesen Dingen ohnehin viel großzügiger als in der Provinz.

Während ihres Rundgangs über den Markt fiel Venner eine Frau auf, die ihm irgendwoher bekannt vorkam. Sie mochte Mitte, Ende vierzig sein, wirkte aber weitaus jünger. Wo hatte er das Gesicht schon einmal gesehen? Nach längerem Nachdenken fiel es ihm wieder ein. Das war Anna Tierse, eine Eurythmistin, die er einmal bei einer Veranstaltung in Stuttgart auf der Uhlandshöhe kennengelernt und mehrfach in Tübingen getroffen hatte. Er grüßte, sie stutzte, grüßte dann lächelnd zurück, ging weiter und verschwand in der Menge. Eine zufällige Begegnung ohne weitere Bedeutung. Später aßen Melcher und er noch eine Kleinigkeit. Abends war der Freund eingeladen, Hans Venner kehrte in die ruhigere Idylle Bad Hersfelds zurück.

Während der Rückfahrt überlegte er, was er mit dem angebrochenen Abend anfangen könne. Unter anderen Umständen hätte er sich einen Besuch im Hotel »Zum Stern« vorstellen können. Allerdings nur in Begleitung Isabel Meinhards, doch seine neue Bekannte hatte sich noch nicht gemeldet. Schade, er hätte sie gern wiedergetroffen. Ob sie geschäftlich unterwegs war? Vielleicht war sie wieder in Berlin, er hätte Melcher nach ihr fragen sollen, Jörg kannte Gott und die Welt. Isabel fiel also aus, vielleicht startete er stattdessen einen erneuten Versuch mit dem »Buchcafé« und besuchte dort die Vorstellung oder er ging irgendwohin allein zum Essen. Nächste Woche würde in Bad Hersfeld mehr los sein, da »tobte« das Lullusfest. Mist, jetzt hatte er nicht aufgepasst und war rechts zum Zeitungsgebäude abgebogen. Dann drehe ich eben eine Ehrenrunde, dachte Venner und lenkte den Peugeot in die Gutenbergstraße. Dort lag der Parkplatz, auf dem ein Opel Corsa neben einem silbergrauen Fiat Croma stand. Wer war um die Zeit noch hier? Oder gehörten die Fahrzeuge zu Druckereiangehörigen? Aus einem ihm zunächst nicht erklärlichen Impuls, vielleicht war es Neugier oder das Gefühl, dass etwas nicht stimme, fuhr er ebenfalls hinein und parkte seinen Peugeot neben den beiden Wagen. Venner stieg aus und sah sich um. Vor ihm befand sich das weiße Zeitungsgebäude. Links leuchtete das Zeitungsemblem der »Hersfelder Zeitung«, rechts das der Druckerei Hoehl. Sonst lag das Gebäude im Dunkeln, nur hinten im zweiten Stock unter dem Dachdreieck brannte Licht; die Hausmeisterwohnung, der Privatbereich von Frau Amatu und ihrem Mann, einem ehemaligen GI. Daneben wohnte, wie er erfahren hatte, noch ein weiteres Ehepaar. Im Eingangsbereich schimmerte das Nachtlicht. Venner wandte sich zur Doppelglastür; was er eigentlich erwartete, wusste er nicht, aber ein unbestimmtes Gefühl trieb ihn weiter. Er fasste nach dem Griff der Tür. Diese ließ sich zu seiner Überraschung ohne Probleme öffnen. Neun Uhr, sollte das Haus um diese Stunde nicht verschlossen sein? Venner trat kurzentschlossen ein. Rechts von ihm standen die Litfasssäule und der Zeitungsständer, eine weitere Tür lag vor ihm, auch diese ließ sich öffnen. Jetzt gelangte er in die Eingangshalle mit dem weiten Treppenhaus. Wieder schaute er sich aufmerksam um. Auf der linken Seite, eingerahmt von zwei Grünpflanzen in weißen, viereckigen Kübeln, standen der Besuchertisch und vier blau bezogene Stühle. Direkt vor ihm lag der mit einer Holztheke eingefasste, abends unbesetzte Empfang. An seiner Rückwand hing das Bild einer großen, modern gemalten Stadtansicht. Rechts befanden sich die grauschwarzen Metallungetüme des alten Druckmaschinenparks. Links lag der mit Pflanzen und einer hellen Skulptur ausgestattete Lichthof. Ein leises Sirren erklang und verstummte. Venner blieb wie angewurzelt und lauschte. Wieder der sirrende Klang, der sogleich abbrach. Er blickte nach oben. Das Geräusch musste aus der Redaktionsetage gekommen zu sein. Venner wandte sich dem Treppenaufgang zu und stieg in den ersten Stock. Oben ging er nach rechts. Das Konferenzzimmer und die Tür zum Büro Uwe Stradtlers waren geschlossen, doch die Tür der Lokalredaktion stand halb geöffnet. »Frau Zaplatilek, Frau Nanz, Herr Holztenkamp«, stand auf dem gelbweißen Schild neben dem Reitergruppenbild. Nicht das Schild interessierte Venner, sondern das Licht, welches aus der Türöffnung fiel. Leise bewegte er sich durch den Korridor und öffnete weit die Tür. Soweit er sehen konnte, war der Raum vor ihm leer. Er trat hinein und blickte forschend nach allen Seiten. Links von ihm sah er die bekannte Schrankwand, Postkarten an Holzpaneele gepinnt. Vorne standen die Schreibtische, an der einen Wand hing ein großer Kalender. Auf dem Boden befanden sich mehrere Aktenkartons, Boten des künftigen Umzugs, und auf den Tischen lag der übliche Papierwust. An der anderen Wand hing eine Zugankunftsanzeige. Über allem lag der kalte Geruch von Arbeit und trockenem Papier. Die Lampen brannten nicht, im Raum herrschte ein graues Dämmerlicht und in den Ecken lag ein diffuses Halbdunkel. Nur durch die Fenster fiel das Licht der Straßenlaternen und ein breiter Strahl reichte bis zur Tür. Dieser Schein hatte ihn wohl getäuscht; hier war niemand. Venner durchquerte trotzdem das Büro und wandte sich zum Nebenraum, in dem die Praktikanten und er selbst ihre Arbeitsplätze hatten. Die gleiche Leere, es roch nur stark nach Sandelholz, und der Bildschirm des PCs in der Ecke, an dem Platz, an dem Diana gearbeitet hatte, zeigte überraschend Leben. Auf dem hellen Lichthintergrund waren Tabellen auszumachen; jemand musste bis vor Kurzem an Dianas Computer gewesen sein. Neugierig trat Venner näher, was hatte der Unbekannte hier gesucht? Er beugte sich vor, um die Grafik besser studieren zu können, da traf seinen Hinterkopf ein fürchterlicher

Hieb. Ein schrecklicher Schmerz durchzuckte ihn wie ein Stromschlag. Alles wurde dunkel, Venner stürzte besinnungslos zu Boden.

Er sah nicht, wie eine dunkel gekleidete Gestalt über ihn stieg und zum PC trat. Sie zog einen Stick aus dem USB-Anschluss, löschte die geöffnete Datei und gab zusätzlich einen Befehl zur Formatierung der Festplatte ein. Dann wandte sich die Gestalt zur Tür, wo sie kurz stoppte. Sie bückte sich, nahm den silberfarbenen Stift, der dort lag, steckte ihn ein und verließ endlich den Raum.

4. Lollsball

Weber hatte recht, dort war ein Schatten zu sehen. Ein dunkler, hässlicher Schatten. Das Opfer war zusammen mit dem Mörder zum Tatort gefahren!

»Herr Venner, wachen Sie auf!«

Eine Hand rüttelte ihn, langsam öffnete er die Augen. Alles war verschwommen, und es dauerte einen Moment, bis er wieder klar sehen konnte. Jemand beugte sich über ihn, er erkannte das Gesicht Josef Holztenkamps.

»Was ist passiert? Ist Ihnen schlecht geworden? Was machen Sie überhaupt um die Zeit hier in der Redaktion? Heute Mittag waren Sie nicht da und jetzt tauchen Sie mitten in der Nacht auf? Warum?«, schoss Holztenkamp eine ganze Kette von Fragen auf ihn ab. Mühsam erhob sich Venner und setzte sich auf einen Stuhl. Sein Kopf fühlte sich an, als ob ihn eine Horde kleiner Teufel als Trommelboden benützte, und ihm war einfach nur übel.

»Ich habe Licht gesehen, und dann hat mich jemand niedergeschlagen«, gab er mühsam zur Antwort. »Und was haben Sie hier gemacht?«

»Die Samstagsausgabe endgültig für den Druck vorbereitet«, entgegnete Holztenkamp knapp. »Kollege Stradtler hat zum Glück das Lolls-Journal noch auf den Weg gebracht, bevor er mit seiner Familie an die Ostsee gefahren ist, und ich habe für ihn die Leitung übernommen. Die Hersfelder Zeitung muss erscheinen und wenn die Welt untergeht! Jemand hat Sie also niedergeschlagen?«, wiederholte er zweifelnd. »Ich war den ganzen Abend in der Redaktion und müsste mitbekommen haben, wenn hier jemand eingedrungen wäre und …«

Auf einmal wurde es ihm unbeschreiblich schlecht. Er schaffte es gerade noch, sich zu erheben und nach draußen auf den Gang zu taumeln, wo er sich erbrach. Holztenkamp, der ihm überrascht gefolgt war, stützte ihn.

»Sie scheint es wirklich erwischt zu haben«, sagte er. »Ich fahre Sie nach Hause, darum«, er zeigte auf den Boden, »kümmert sich später die Putzfrau.«

Mit Holztenkamps Hilfe stieg Venner langsam die Treppen hinab. Dieser führte den Schwankenden aus dem Gebäude und zu dem Opel Corsa, der jetzt allein neben Venners Peugeot stand.

»Ich bringe Sie heim, wo sind Sie untergebracht?«

Venner nannte seine Adresse und ließ sich dankbar zum Frauenberg fahren. Dort fiel er ins Bett und schloss ermattet die Augen.

Am Samstagmorgen weckte ihn ein lautes Klopfen an der Tür. Venner fuhr auf. Der Wecker zeigte kurz vor neun, durchaus ein Zeitpunkt, an dem man aufstehen konnte. Aber er erwartete keinen Besuch, wer konnte das sein? Wieder klopfte es, diesmal energischer und eine barsche Stimme rief seinen Namen: »Herr Venner, machen Sie auf, Polizei!«

Er warf seinen Bademantel über und öffnete die Außentür.

Hauptkommissar Härtelmüller hatte am Freitag zusammen mit Inspektor Weber alle nur denkbaren Freunde und Bekannten Diana Herders aufgesucht und nach der Toten und ihrem Alltag befragt, ohne dabei Nennenswertes zu erfahren. Frau Herder war eine normale Studentin gewesen, die gerne ausging, mit Freunden abhing und mit großem Engagement studierte. Natürlich hatte sie Beziehungen gehabt, doch sie schienen nicht besonders fest oder dauerhaft gewesen zu sein. Nils, mit dem sie im Frühjahr einige Monate zusammen gewesen war, befand sich seit Ende August in den USA. Ein gewisser Jan, der, laut Aussagen einiger Freundinnen, mit ihr im

Sommer verschiedene Feste und Partys besucht hatte, war am letzten Sonntag nach Spanien in den Urlaub geflogen. Die beste Freundin der Toten, Elfi, erzählte, sie habe den Eindruck gehabt, dass es jemand Neues gäbe. Diana sei in der Hinsicht ziemlich verschwiegen gewesen, daher könne sie keine weiteren Angaben machen. Von Drogen wusste natürlich auch keiner was.

So weit waren gestern die Untersuchungen gediehen und jetzt war es Samstagmorgen, halb neun. Härtelmüller saß mit den beiden Kollegen, dem braun gebrannten Inspektor und der wegen des Samstagstermins missmutig dreinblickenden Kollegin Tüller im Büro und ging nochmals alles durch.

»Was ist mit der Liste der Aufgaben, Projekte und Artikel, mit denen die Praktikantin zu tun hatte, Frau Tüller?«, fragte er die Oberkommissarin.

»Die habe ich hier«, antwortete die Kollegin und legte ihm zwei eng beschriebene Blätter vor. Härtelmüller studierte die Liste genau und stieß bei seiner Lektüre auf den Fototermin vom Mittwoch, dem Tag, an dem Diana ermordet worden war. Frau Tüller hatte dazu »Venner« angemerkt.

»Was meinen Sie mit ›Venner‹?«, fragte der Hauptkommissar.

»Frau Herder wurde aus der Redaktion von einem Herrn Venner begleitet«, erklärte die Kollegin.

»Von Herrn Venner«, wiederholte Härtelmüller. »Das ist eine interessante Nachricht. Herr Weber«, wandte er sich an den Inspektor, »können Sie nachfragen, ob die Phantomzeichnung fertig ist?«

Ein paar Minuten später lag das Phantombild auf dem Schreibtisch. Härtelmüller studierte es eine Zeitlang, schließlich reichte er das Papier an seine Kollegin. »Was halten Sie von dem Bild? Könnte das Hans Venner sein?«

Frau Tüller betrachtete die Zeichnung und zuckte die Schultern.

»Das kann sein oder kann auch nicht sein«, sagte sie.

»Wir machen eine Gegenüberstellung«, beschloss der Hauptkommissar, »und wir werden den Herrn in seiner Behausung aufsuchen. Er soll uns den Fototermin erklären und warum er uns nicht davon berichtet hat.«

»Was ist mit seinem Alibi?«, fragte Inspektor Weber.

»Ich konnte diese Frau Meinhard bislang nicht erreichen«, erwiderte Härtelmüller. »Am besten, Sie fahren nach Fulda und fragen direkt in dem Lokal nach, in dem Venner gewesen sein will. Es ist das Restaurant ›Goldener Karpfen‹ in der Innenstadt.«

»Ein teurer Laden, ohne Reservierung gibt es sicher keinen Tisch«, warf Frau Tüller ein.

»Das erleichtert die Arbeit«, meinte der Hauptkommissar. »Wenn der Mann wirklich dort gewesen ist, wird sich der Oberkellner an die Reservierung erinnern, zumal diese in der Regel in einem Buch eingetragen wird. Also, machen Sie sich an die Arbeit, Herr Weber! Wir fahren zum Frauenberg.«

Hans Venner öffnete und schaute überrascht in die Gesichter Hauptkommissar Härtelmüllers und seiner Kollegin Frau Tüller.

»Guten Morgen, Herr Venner. Wir haben noch einige Fragen, wenn Sie sich bitte anziehen und uns begleiten!«

»Wollen Sie mich verhaften? Warum?«

»Nein, es geht nur um ein paar Fragen, die zu klären wären«, erwiderte der Kommissar. »Wenn Sie mitkommen und kooperieren, kann die Angelegenheit sicher gleich erledigt werden.«

»Ganz korrekt scheint mir Ihr Verfahren nicht«, entgegnete der Archivar. »Ich helfe Ihnen trotzdem. Aber erst kleide ich mich an, wie Sie empfahlen.«

Damit schlug er dem verdutzten Härtelmüller die Tür vor der Nase zu. Er achtete nicht darauf, dass dieser ungeduldig mehrfach klopfte, sondern zog sich in aller Seelenruhe an.

Eine halbe Stunde später saß Hans Venner in Härtelmüllers Büro in der Polizeidirektion und erklärte, langsam etwas ungeduldig, wie

Diana Herder und er am Mittwoch auf Fototour gewesen waren und worüber sie gesprochen hatten. Nein, er habe sonst nichts weiter mit ihr unternommen, habe nichts mit ihr »gehabt« und wisse auch nicht, mit wem die Praktikantin befreundet gewesen sei. Von Drogen wisse er schon gar nichts und habe dem Mädchen natürlich auch keine Drogen verabreicht, um sie gefügig zu machen. Er habe sie nicht mit einem Tuch stranguliert und verbitte sich derartige Unverschämtheiten.

Das Telefon läutete, Härtelmüller nahm ab. Er gab ein, zwei »Jas« und mehrere »Sosos« von sich. Dann stand er auf und verließ ohne Erklärung das Büro. Einige Minuten vergingen, Härtelmüller kehrte nicht zurück.

Venner begann sich in dem kargen Raum zu langweilen, zu sehen gab es außer Kakteen nichts. Einige Akten lagen auf einem seitlich stehenden Holzregal. Venner blickte zur Tür, überlegte kurz, erhob sich und griff einen der grünen Aktenhefter unter der Rubrik »Eingang«. Er schlug ihn auf und blätterte in dem Hefter. Er beinhaltete die Vernehmungsprotokolle zum Fall »Herder«; im Eigentlichen stand in diesen nichts Neues; in der Redaktion war ausführlich erzählt worden, was jeder gegenüber der Polizei ausgesagt hatte. Dass wirklich Drogen im Spiel gewesen waren, überraschte Venner. Er hatte das Ganze für einen Verhörtrick des Kommissars gehalten. Der nächste Ordner beschäftigte sich mit dem Fall des ersten Opfers, also mit Amelie Sintelbach. Sein Inhalt war zum Teil neu für Venner, denn Härtelmüller hatte vor der Abgabe des Falls an das LKA von allen Unterlagen Kopien anfertigen lassen. Darunter befanden sich auch die in der an den Archivar abgegangenen Sendung fehlenden Seiten. Venner las sie akribisch durch, fühlte sich aber leicht enttäuscht. Es handelte sich um mehrere Arbeitszeugnisse der Toten aus den Jahren 2004 – 2011. Frau Sintelbach hatte offenbar das Zeitungswesen aufgegeben und als Sekretärin bei verschiedenen, teils internationalen Logistikunternehmen gearbeitet. Überall waren ihr gute Leistungen und besonderes Engagement bestätigt worden, wobei Venner auffiel, dass sie viermal in diesen sieben Jahren ihre Stelle gewechselt hatte. Er notierte sich die Namen der Unternehmen. Eine Viertelstunde war vergangen; Venner entschied, sich noch einen Aktenhefter anzuschauen und dann einfach zu gehen. Er wählte eine Akte aus, die ganz unten im Sektor »Ausgang« lag. Sie war rot, im Gegensatz zu den anderen Akten, und mit einer Schnur verschlossen. Der Aufschrift nach gehörte sie zur Abteilung Wirtschaftskriminalität und schien nur zufällig in das Aktenfach gelangt zu sein, denn der Dokumentenknoten an der Verbundsschnur war, im Gegensatz zu den übrigen, grünfarbigen Akten, ganz offensichtlich schon länger nicht gelöst worden. Fachmännisch öffnete Venner die Schnur und schlug die Akte auf. Wieder enttäuschte ihn der Inhalt, es handelte sich lediglich um eine Sammlung von Pressenachrichten. Er überflog die einzelnen Artikel. Bei dem ersten ging es um Verstöße gegen die Lenk- und Ruhezeiten bei Lkws. Die übrigen waren Berichte über Verkehrskontrollen im Schwerlastverkehr. Das hatte nichts mit Mord zu tun. Dennoch notierte sich Venner einige Namen, immerhin hatte Amelie Sintelbach für Logistikunternehmen gearbeitet, vielleicht gab es Zusammenhänge, von denen er nichts ahnte. Während er dies tat, fiel sein Blick auf den Kopierer in der Ecke und spontan kopierte er sich die Artikel. Zum Glück war das Gerät heute bereits benutzt worden, sodass das Ganze nur zwei Minuten dauerte. Als er fertig war, steckte er alles ordentlich zurück, verschloss mit großer Sorgfalt die Akte und legte sie wieder an ihren alten Platz.

Drei Zimmer weiter saßen Hauptkommissar Härtelmüller, seine Kollegin Tüller und Inspektor Weber. Der Kommissar war mit der Entwicklung, die der Fall Herder gerade nahm, unzufrieden. Erst hatte ihn ein Anruf von Staatsanwalt Wilker mitten in der Vernehmung gestört und eine gute Viertelstunde festgehalten und jetzt bestätigte Inspektor Weber das Alibi Herrn Venners. Ein Anruf hatte genügt.

Der Mann war tatsächlich bis kurz vor halb zwölf im Restaurant »Goldener Karpfen« in der Innenstadt gewesen. Von dort nach Bad Hersfeld war man mit dem Wagen gute fünfunddreißig bis vierzig Minuten unterwegs. Auf der Bundesstraße konnte Venner wesentlich schneller unterwegs gewesen sein; aber als Ortsunkundiger wäre er bestimmt in eine der vielen Radarfallen geraten. Nun saßen sie zu dritt zusammen und gingen gemeinsam die Fakten durch.

»Herr Venner hat exakt um 23:26 Uhr die Rechnung bezahlt und ist somit eine Viertelstunde nach seiner Begleitung, einer dunkelhaarigen Dame Mitte/Ende dreißig, aufgebrochen«, berichtete Inspektor Weber. »Wenn man drei oder vier Minuten bis zum Parkplatz rechnet, muss er dort etwa um 23:30 Uhr angekommen sein.« Härtelmüller nickte.

»Das hieße, Venner wäre um 0:05 bis 0:10 Uhr am ›wortreich‹ angekommen. Er parkte, verschaffte sich wie auch immer Zutritt zum Gebäude, wo er oben im zweiten Stock Diana Herder traf, die auf ihn bereits wartete.«

»Das glaube ich nicht«, meinte die Kollegin Tüller. »Diana Herder hat unten vor dem Gebäude auf den Täter gewartet oder ist vielleicht sogar zusammen mit ihm dort erschienen. Jedenfalls glaube ich, dass das Pärchen gemeinsam in das ›wortreich‹ eindrang. Beide begaben sich darauf in den zweiten Stock, wo sich Frau Herder ohne Gegenwehr umbringen ließ.«

»Zumindest nach dem Bericht der Gerichtsmedizin«, bestätigte Härtelmüller. »Es gibt unter den Nägeln nur winzige Stoffreste, ansonsten keine Abwehrverletzungen oder Hautpartikel. Die Stoffreste können auch von einem normalen Tanzkontakt stammen. Für den ganzen Ablauf müssen wir jedenfalls weitere fünf bis zehn Minuten ansetzen. Nach der Zeugenaussage des Herrn Kiesler kann der Mörder nicht später als 0:10 Uhr, allenfalls 0:11 Uhr aus dem ›wortreich‹ gekommen sein, denn es braucht zwei oder drei Minuten, bis er hoch zum Parkhaus laufen und außer Sicht gelangen konnte. Damit wären für das Eindringen, für den Treppenauf- und -abstieg und für die Tat maximal zwei oder drei Minuten anzusetzen. Das haut hinten wie vorne nicht hin, Venner hätte sehr, sehr schnell sein müssen beziehungsweise es gar nicht schaffen können!«

Es klopfte an der Tür. Ein Beamter brachte einen DIN A4 Umschlag, den er dem Inspektor reichte. Weber öffnete den Umschlag und zog ein Schwarz-Weiß-Foto hervor, das er nach kurzem Betrachten Hauptkommissar Härtelmüller reichte.

»Ich habe mit den Kollegen von der Verkehrspolizei gesprochen«, erklärte Weber, »ob in der Zeit von halb zwölf bis 0:45 Uhr ein Blitzer im Einsatz gewesen ist. Tatsächlich stand in der Höhe des Autohauses Fink an der Carl-Benz-Straße eine Kamera, die das Fahrzeug von Frau Herder mit 85 km/h geblitzt hat. Sie ist auf dem Foto eindeutig zu erkennen. Sie fährt den Wagen und neben ihr sitzt eine zweite Person, doch diese bückt sich leider.«

Weber hatte recht, neben Frau Herder war ein Schatten zu sehen. Das Opfer war zusammen mit dem Mörder zum Tatort gefahren! Dem Aufdruck nach war die Aufnahme um 23:36 Uhr gemacht worden. Damit entspannte sich der Zeitplan deutlich, und der Archivar war aus dem Schneider.

»Schicken Sie den Mann nach Hause, Weber«, wies Härtelmüller den Inspektor an. Zwar hätte er Venner gern noch länger vernommen, aber dafür gab es zurzeit keine rechtliche Basis. Weber ging nach draußen, um den Auftrag auszuführen.

Hans Venner blickte auf die Uhr, es war gleich halb elf. Es reichte ihm, er hatte genug gewartet. Seit gestern Nachmittag hatte er nichts gegessen und getrunken, nicht mal eine Tasse Kaffee war ihm angeboten worden. Und der Kopf begann wieder zu schmerzen. Er ging zur Tür und öffnete, auf dem Gang war niemand zu sehen. Venner trat hinaus und marschierte zum Ausgang. Dort stieß er auf einen jüngeren, braun gebrannten Mann, der ihn mit »Sie sind Herr Venner?« begrüßte.

»Ja?«, erwiderte er kurz.

»Mein Name ist Weber, Inspektor Weber. Ich habe Ihr Alibi in Fulda überprüft und Hauptkommissar Härtelmüller sofort mitgeteilt, dass alles in Ordnung ist. Er sagte mir eben, Sie könnten gehen.«

»Das hätte er sich früher überlegen können, jetzt habe ich hier meine Zeit für nichts totgeschlagen«, entgegnete Hans Venner ärgerlich.

»Verstehen Sie bitte, wir mussten Ihr Alibi überprüfen«, entschuldigte Weber sich. »Ein Mann behauptete zudem, er habe Sie zur Tatzeit beim ›wortreich‹ gesehen. Aber das war wohl ein Irrtum.«

»Das denke ich auch«, erwiderte Venner kurz, ließ Weber stehen und trat hinaus. Vor dem Gebäude stand ein älterer Mann und rauchte. Venner hatte ihn bereits bei seiner Ankunft gesehen; da hatte ihn der Mann angestarrt und den Kopf geschüttelt. Er wirkte verärgert und witterte in Venner wohl einen Leidensgenossen, denn er sprach ihn unvermittelt an.

»Hatten Sie auch mit diesem Kommissar zu tun? Ein unangenehmer Mensch. Ich überlege es mir künftig dreimal, bevor ich der Polizei zu helfen versuche.«

»Was war denn los?«, fragte Venner. »Durften Sie auch stundenlang warten?«

»Nein, das musste ich nicht. Ich habe eine Beobachtung im Zeitungsmordfall gemacht und rief deswegen bei der Polizei an«, erklärte der Mann mit einem gewissen Stolz.

Das musste der Zeuge sein, der am Mittwoch ihn beziehungsweise den Täter gesehen haben wollte. Venners Interesse erwachte. »Kommen Sie mit«, sagte er, »ich lade Sie auf einen Kaffee ein, dann können wir uns ausführlich unterhalten.«

Ein Viertelstunde später saßen Venner und der ältere Herr, der sich als Helmut Kiesler vorstellte, im »Café Klingelhöfer« und tranken Kaffee. Herr Kiesler erzählte, er habe am späten Mittwochabend seinen Hund ausgeführt, eigentlich sei es schon Donnerstag gewesen, und dabei einen Mann aus dem »wortreich« kommen gesehen, der zum Parkhaus gelaufen sei.

»Sie könnten den Täter gesehen haben, darüber müsste der Kommissar doch begeistert gewesen sein.«

»Das Problem ist, ich gehe stets die gleiche Runde und habe in letzter Zeit nachts mehrfach Personen in der Nähe des ›wortreichs‹ gesehen. Als ich heute früh geholt wurde, um jemanden zu identifizieren, gelang das nicht. Ich sehe ohne meine Brille schlecht und im Flur war es einfach zu dunkel. Als ich das dem Kommissar sagte, wurde der richtig pampig.«

»Sie sollten nicht zufällig mich identifizieren?«, fragte Venner geradeaus.

»Das weiß ich nicht«, gab der Alte zurück. »Ich sehe heute zu wenig. Neulich bei Nacht hatte ich aber meine Brille dabei und konnte den, den ich aus dem ›wortreich‹ habe kommen sehen, ziemlich genau beschreiben. Es war ein Mann zwischen dreißig und vierzig, gut gekleidet, mit braunem oder schwarzem, jedenfalls lockigem Haar.«

»Konnten Sie das Gesicht sehen?«

»Eigentlich schon, ein Auto kam vorbei und die Scheinwerfer beleuchteten den Mann kurz. Ich dachte, ich hätte sein Gesicht gesehen, bin mir aber nicht mehr ganz sicher. Ich glaube, er zog im gleichen Augenblick ein Tuch bis über die Nase. Dann ist er hoch zum Parkhaus gelaufen, wo er verschwunden ist. Kurz danach schlug es viertel. «

»Das alles haben Sie Hauptkommissar Härtelmüller erzählt?«

»Gewissermaßen«, erwiderte der Alte. »Das mit dem Tuch ist mir allerdings erst später wieder eingefallen. Aber den Gang des Mannes, den könnte ich unter Tausenden erkennen.«

»Das soll es geben«, meinte Venner. Der ältere Herr schien insgesamt ein leicht wirrer Zeuge zu sein. Er konnte verstehen, dass Härtelmüller über dessen unterschiedliche Angaben nicht gerade begeistert gewesen war. Tatsache war, dass dieser den Mörder gesehen hatte und das machte ihn zu einem wichtigen Zeugen. Herr Kiesler verabschiedete sich. Venner blieb sitzen und warf noch einen Blick in die Hersfelder Zeitung. »Mit dem Lollslauf in Hersfelds tollste Woche« lautete die Überschrift, darüber prangte ein Bild der Deutschen Nationalelf. Die Zeitung war gut gefüllt, vor allem war das Lolls-Journal, an dem Kollege Stradtler eifrig gearbeitet hatte, erschienen. Das Redaktionskollektiv hatte es – trotz Mord und Chaos – wieder einmal geschafft!

»Der Täter muss jemand gewesen sein, mit dem Frau Herder in der Disco war oder den sie dort kennen gelernt hat«, meinte Frau Tüller.

»Oder sie hat unterwegs jemanden getroffen und im Auto mitgenommen«, sagte Weber.

»Und ist mit ihm sofort in das ›wortreich‹ gegangen?«, fragte Härtelmüller zweifelnd. »Das glaube ich nicht, es sei denn, sie hat sich mit ihm bereits vorher verabredet.«

»Warum sind wir eigentlich so sicher, dass es sich um einen Täter und nicht um eine Täterin handelt?«, stellte die Oberkommissarin eine neue Frage in den Raum.

»Möglich ist heutzutage alles«, erwiderte Härtelmüller. »Jedenfalls sollten wir uns jetzt intensiv mit dem Diskothekenabend und allen Beteiligten beschäftigen. Alles deutet auf einen Mord aus Eifersucht hin. Die Droge, offenbar Psilocybin, die wir im Blut der Toten gefunden haben, spielte sicher auch eine Rolle. Nach der Analyse der Gerichtsmedizin hatte Diana Herder mit Drogen nichts zu tun. Es sieht ganz aus, als habe der Täter ihr das Psilocybin absichtlich verabreicht, um sie gefügig zu machen.«

»Was ist Psilocybin?«, fragte Inspektor Weber.

»Psilocybin kommt in einigen Pilzarten vor. Der Konsum bewirkt einen Rausch, der einem LSD-Rausch ähnelt, in der Regel jedoch kürzer ist.«

»Dann war der Tod wahrscheinlich sehr bunt für sie«, sagte Frau Tüller, »besonders bei akutem Sauerstoffmangel, obwohl das kein großer Trost ist.«

Hans Venner kehrte in seine Unterkunft zurück, um sich zu rasieren und zu duschen; zu beidem war er heute früh nicht gekommen. Auf dem Weg klingelte sein Handy und es meldete sich – endlich – Isabel.

»Hallo Hans, hier ist Isabel!«

»Isabel, schön, dass Sie anrufen, wo haben Sie gesteckt?«

»Ich musste dringende Geschäftsangelegenheiten klären, das Übliche. Aber deswegen rufe ich nicht an. Was machen Sie heute Abend?«

»Noch nichts«, gab Venner zurück.

»Dann lassen Sie uns auf den Lollsball in der Stadthalle gehen. Ich habe zwei Karten von meiner Freundin Vera bekommen, die im Tanzsportclub ›Rot-Weiß‹ aktiv ist. Es gibt Tanzvorführungen, Verlosungen und mehr. Und es wird getanzt. Sie können doch tanzen, Hans?«

»Selbstverständlich!«

»Gut, der Einlass ist ab halb sieben, wir haben reservierte Plätze. Ich schlage vor, wir treffen uns direkt am Eingang der Stadthalle.«

»Einverstanden, ich freue mich!«

»Ich mich auch.«

Eine Balleinladung – und sein Abendanzug befand sich in Tübingen. Sein Gastgeber Micha war einen guten Kopf größer und sowohl in den Schultern als auch sonst breiter; er konnte ihm also nicht aushelfen. Vielleicht wusste Vetter Markus Rat?

Hans Venner und Isabel saßen an einem Tisch am Rande der Tanzfläche. Isabel trug ein dunkelblaues, vorn hochgeschlossenes Abendkleid, das am Rücken tief dekolletiert war. Markus hatte Venner ausgeholfen, der dunkelgraue Anzug passte gut zu Isabels Äußerem. Sie betrachteten die in den Saal strömenden Gäste. Alles, was in Bad Hersfeld Rang und Namen hatte, schien zu kommen.

»Guten Abend, Herr Venner!«, grüßte jemand vom Nachbartisch. Er drehte sich zum Sprecher und erblickte ein bekanntes Gesicht. Es war Josef Holztenkamp, neben ihm saß seine Frau in einem elegant wirkenden, cremefarbigen Kleid. »Geht es Ihnen wieder besser?«

Venner antwortete nicht weiter, sondern nickte nur. Er wollte heute Abend nicht über sein gestriges Erlebnis sprechen, schon gar nicht in Anwesenheit von Isabel. Holztenkamp schien ihn zu verstehen, denn er wechselte umgehend das Thema.

»Schauen Sie sich gut um«, sagte er und wies mit der Hand auf das übrige Publikum. »So konzentriert werden Sie der hiesigen Prominenz nur selten begegnen. Bürgermeister Kehling kennen Sie bereits, er gehört der FDP an. Die blonde Dame an seiner Seite ist Gabriele. Seit Kehling im Amt ist, hat er mit ihr auch eine ›First Lady‹ gefunden. Beide sind begeisterte Skifahrer und haben sich sozusagen im Schnee kennengelernt. Verheiratet sind die beiden nicht, aber was nicht ist, kann noch kommen«, erklärte Holztenkamp grinsend. »Überhaupt werden Sie hier einer großen Anzahl von Parteiaktivisten begegnen. Allein von der SPD habe ich bereits ein Dutzend Stadträte getroffen, darunter Dr. Bögel, den Sie, glaube ich, bereits kennen gelernt haben. Die CDU, dort sehen Sie Gunther Texner, der zur Lullusfestkommission gehört, die CDU also, stellt nicht ganz die Hälfte der Stadträte. Die Grünen, drüben die streng wirkende Dame ist Maria Schmidel, die Fraktionsvorsitzende, sind wie die FDP und die Neue Bürgerliste mit jeweils fünf Sitzen vertreten. Da links die beiden Herrn, die sich so friedlich unterhalten, sind Hans Zänker von der Linken und Max Kescher von der Bürgerliste – im politischen Leben praktizierende Antipoden. Aber genug von der schnöden Kommunalpolitik. Schauen wir uns weiter um!«

Im Folgenden stellte ihm Holztenkamp die »unpolitische« Prominenz vor. Den Präsidenten des Lions Club Dr. Ginges, den Kreishandwerksmeister Stöckel, den Vorsitzenden des TC Blau-Weiss Dr. Boknecht und andere Persönlichkeiten mehr, bis hin zum ersten Mann der Sparkasse Gerd Tess. Namen über Namen, Venners Kopf rauchte geradezu, und er war froh, als die offizielle Eröffnung die Promipräsentation beendete. Vetter Markus und seine Frau Jutta nahmen natürlich ebenfalls am Ball teil. Letztere in einem fliederfarbenen Abendkleid in eleganter, bodenlanger Form mit einem Wasserfallausschnitt gekleidet. Das Tanzturnier und Showeinlagen folgten, endlich gab es Gelegenheit, selbst das Tanzbein zu schwingen. Hans Venner war immer ein guter Tänzer gewesen, im Zusammenspiel mit einer attraktiven Partnerin fiel es ihm leicht, seine Kenntnisse zu demonstrieren. Mit Isabel ließ es sich wirklich gut tanzen. Wie eine Feder schwebte sie übers Parkett und wiegte sich im Rhythmus der Musik. Venner genoss ihre Nähe und den warmen Hauch ihres Parfüms. Während sie tanzten, erzählte Isabel von ihrem Berlinaufenthalt. Sie scherzte über die üblichen Pannen des Verkehrsnetzes und berichtete über eine Lesung im »Ozelot«, einer neuen Buchhandlung in der Nähe des Weinbergparks. Ganz nebenbei war sie zum »Du« übergegangen. Dann, mitten in einem Walzer, blieb Isabel in der Drehung wie angewurzelt stehen.

»Was ist los?«, fragte Venner besorgt.

»Ich habe jemanden gesehen, der …«

Sie schüttelte den Kopf und tanzte langsam weiter. Venner drehte sich so zur Seite, dass er in die Richtung schauen konnte, in die sie vorher geblickt hatte. Er sah tanzende Paare, die meisten in den mittleren Jahren, auch ein paar jüngere, und den einen oder anderen »Promi«, den ihm Holztenkamp gezeigt hatte. Unter diesen vielen Gesichtern konnte er niemanden ausmachen, den er als anders oder gar bedrohlich erlebt hätte. Oder hatte Isabels Besorgnis den sitzenden Gästen gegolten? Venner versuchte, Isabel auf die andere Seite zu dirigieren, um nach den Tischen schauen zu können, und trotz des Andrangs auf der Tanzfläche gelang es ihm. Dabei musterte er die

Sitzreihen. Weiter hinten entdeckte er zu seiner Überraschung Mirko Schubert, der mit zwei Damen an einem Tisch saß. Er winkte Venner zu. Die beiden Frauen neben ihm waren auffällige Persönlichkeiten. Die eine trug zu ihrem feuerroten Haar ein blassgrünes, tief ausgeschnittenes Kleid, das ihre üppigen Formen deutlich betonte. Die Frau daneben war dunkelblond und von schlanker Gestalt. Ihr Gesicht war, soweit Venner das im Vorbeitanzen erkennen konnte, glatt und klar konturiert. Eben trat ein Herr im taubenblauen Maßanzug an den Tisch, dessen dunkles Haar im starken Kontrast zu seiner Blässe stand. Er trug einen schmalen Schnurrbart, was seinem Gesicht einen unangenehmen Zug verlieh. Bei seinem Anblick zuckte Isabel zusammen und drängte ihren Tanzpartner unwillkürlich in eine entgegengesetzte Richtung.

»Ich brauche eine Pause, Hans«, bat sie und Venner führte sie zurück an ihren Tisch. Dort leerte Isabel hastig ihr Glas, nahm ihre Handtasche und entschuldigte sich für einen Augenblick.

»Ihre Tanzpartnerin ist sehr attraktiv, Herr Venner«, meldete sich Holztenkamp vom Nachbartisch. »Sie kommt mir bekannt vor, aber ich weiß nicht woher. Jedenfalls mein Kompliment für Ihren guten Geschmack!«

»Danke«, erwiderte Venner. »Apropos ›kennen‹. Kennen Sie die Damen und den Herrn, in dessen Begleitung Herr Schubert ist?«

»Mirko ist hier?«, wunderte sich der Redakteur. »Ich dachte, er wäre krank.«

»Er ist offenbar wieder gesundet«, sagte Venner, »und scheint sich prächtig zu amüsieren.«

»Das muss ich mir aus der Nähe anschauen«, meinte Holztenkamp. »Wo sitzt die Gruppe?«

Venner zeigte ihm die Richtung. Holztenkamp entschuldigte sich bei seiner Frau und steuerte die andere Seite der Tanzfläche an. Nach wenigen Minuten kehrte er zurück.

»Das ist ein bemerkenswertes Duo, mit dem Mirko unterwegs ist.

Seine beiden Damen sehen aus, als stammten sie aus einer US-Serie. Früher hätte ich ›Denver‹ gesagt, heute wohl ›Desperate Housewives‹. Zu amüsieren schienen sie sich nicht, eher zu langweilen, denn die drei sind gerade am Gehen.«

»Drei?«, fragte Venner. »War nicht noch ein Mann dabei? Dunkelhaarig, sehr blass, mit einem Menjou-Bärtchen, und der Anzug ist gewiss nicht von der Stange!«

»Bedauere, diesen Herrn habe ich nicht gesehen. Die Damen sind mir übrigens nicht bekannt, Mirko wird am Montag einiges zu beichten haben.«

Ein Kellner trat an den Tisch und überreichte Venner ein gefaltetes Blatt. Etwas irritiert öffnete er das Schreiben.

Lieber Hans! Mir ist nicht gut, ich will dich aber nicht damit belasten und breche daher allein auf. Amüsier dich bitte weiter. Ich melde mich. Deine Isabel

Schon wieder brach Isabel unterwartet einen Abend ab und – Venner schlug sich gedanklich an die Stirn – er hatte nach wie vor nicht ihre Telefonnummer. Vielleicht war sie noch nicht abgefahren und er konnte sie vor der Stadthalle einholen? Er sprang auf und drängte sich durch die Menge zum Ausgang. Draußen sah er sich um, Isabel war nirgends zu sehen. Venner eilte zum Parkplatz und atmete auf. Der Wagen, mit dem sie gekommen war, ein blauer BMW, stand auf dem Platz, wo sie ihn geparkt hatte. Sie war also noch da, aber wo war sie? Isabel hatte gesagt, ihr sei unwohl. Vielleicht war sie in den Kurpark gegangen, um vor der Fahrt ein wenig frische Luft zu atmen? Er wandte sich in die Richtung.

Der Park war still und ruhig. Nur die Brunnen vor der Stadthalle plätscherten leise, und von innen erklang Musik. Isabel sah er nicht. Wolken zogen über den Himmel. Venner ging nach links und lief den Weg unter den Bäumen entlang bis zum Kurhaus. Da lag das gelbe Gebäude, ebenfalls ganz dunkel und still. Ein flatterndes Geräusch ließ Venner zusammenzucken. Es war ein Nachtvogel, der sich aus den Büschen in die Luft erhob und mit kehligem Krächzen davonflog. Dann war es wieder still. Niemand war weit und breit zu sehen – Isabel war nicht hier. Er wollte schon umkehren, da hörte er aus dem hinteren Teil des Parks einen gellenden Schrei, den Schrei einer zu Tode erschrockenen Frau! Hans Venner eilte los, rannte am Kurhaus und am Hotel Aqua Vita vorbei in die Richtung, aus der der Angstschrei erschollen war.

»Isabel«, rief er laut und nochmals: »Isabel!«

Keine Antwort.

Rechts von ihm zeigte sich dunkel glitzerndes Wasser, der Kurparksee. Bäume und weitere Bäume folgten, eine breite Rasenlandschaft schloss sich an, an deren hinterem Ende Nebelschwaden aus dem Boden stiegen. Wieder rief er laut Isabels Namen. Plötzlich war ihm, als höre er sich schnell entfernende Schritte. Rasch eilte Venner auf den mysteriösen Nebel zu. Da erkannte er, dass dieser seinen Ursprung in einem Becken von mehreren kreisförmigen Erdwellen hatte. Das musste die Magische Quelle sein, von der ihm kürzlich Kollege Stradtler erzählt hatte. Er trat näher an das Becken und hielt in der Bewegung inne. Nahe der Einfassung der Quelle sah er in den wabernden Schwaden eine schlanke Frauengestalt liegen, es war Isabel! Neben ihr befand sich eine halboffene Handtasche, ein Notizbuch und ein Brief waren herausgefallen. Völlig regungslos lag sie da, ganz leblos, gerade so als wäre sie tot. Venners Herz tat einen harten Schlag. Er beugte sich rasch über sie, berührte ihre Stirn, da bewegte sie sich – Isabel lebte! Venner zog sie vor Erleichterung an sich. Sie öffnete die Augen und schaute ihn an, als würde sie ihn nicht kennen.

»Isabel, ich bin es, Hans! Was ist passiert?«

»Ich weiß es nicht, ich bin gelaufen …«, erwiderte sie matt. Dann stockte ihre Stimme und sie wurde erneut ohnmächtig.

Der Rest des Abends schien Venner wie eine sich schnell bewegende, dunkle Bilderfolge. Sein Handy hatte er vergessen, ihres fand er in der Aufregung nicht. Also nahm er Isabel auf die Arme und trug sie zurück. Irgendwie schaffte er es, die junge Frau mitsamt ihrer Tasche zum Parkplatz zu bringen, wo er Hilfe holen wollte. Auf dem Parkplatz begegnete ihm zum Glück Markus, der ihn und Isabel mit seinem Wagen rasch ins Klinikum im Seilerweg fuhr. Dort wurde die junge Frau in die Notaufnahme eingeliefert. Venner, der nichts weiter tun konnte, ließ ihre Tasche zurück und nahm ein Taxi, das ihn heim zum Frauenberg brachte.

Am nächsten Morgen rief er gegen halb zehn in der Klinik an und erfuhr, dass es Isabel wieder besser gehe. Sie sprach mit ihm und meinte, ein Besuch sei nicht nötig. Sie werde die Klinik auf eigene Verantwortung verlassen und sofort nach Fulda zurückkehren. Ihr sei schlecht gewesen, sonst könne sie sich, wie sie sagte, an nichts erinnern. Nein, überfallen sei sie bestimmt nicht worden, wahrscheinlich sei sie gestürzt.

»Ich danke dir herzlich für deine Hilfe gestern, heute brauche ich einfach meine Ruhe. Ich melde mich bei dir.« Damit legte sie auf.

Venner ärgerte sich. Isabels Verhalten war ihm unverständlich, und er fand für das Geschehen im Park keine vernünftige Erklärung. Um sich abzulenken, beschloss er, zum 13. Lollslauf zu gehen.

Das Gelände um den Schildepark war von Läufern, Organisatoren und Helfern sowie Schaulustigen geradezu übersät. Sportanzüge und bunte Trikots, aber auch lustige Kostümierungen aller Art waren zu sehen und es herrschte eine wahre Volksfeststimmung. Venner interessierte sich vor allem für die Halbmarathonstrecke. In jüngeren Jahren hatte er selbst mehrfach am Tübinger Stadtlauf teilgenommen. Seine persönliche Bestzeit über diese Distanz lag bei einer Stunde und siebenundzwanzig Minuten. Er betrachtete eine aushängende Karte. Die Strecke führte über die obere und untere Frauenstraße, an der Stadtkirche und dem Lullusbrunnen vorbei bis zum Stadthaus. Weiter ging es in einem Bogen zum Peterstor und beinahe bis zum Hallenbad. Am Umspannwerk vorbei liefen die Läufer schließlich an der Fuldaaue und dem Fuldasee entlang. Sie überquerten beim Bootshaus den Fluss, bis sie in den Kurpark einbogen, diesen durcheilten und sich nach Nordwesten zum Finanzamt und an der Stiftsruine vorbei auf die letzten anderthalb Kilometer und an den »Endspurt« machten.

Um 9:35 Uhr waren die Nordic-Walking Läufer gestartet, um halb elf ging es auf die 5 km Strecke und um 10:40 Uhr begann der Halbmarathon. Der Zieleinlauf interessierte ihn weniger, auch waren die besten Plätze bereits belegt. Venner machte sich daher auf den Weg in den Kurpark, um sich das Rennen dort anzusehen und vor allem, um den Ort des nächtlichen Geschehens noch einmal in Augenschein zu nehmen. Der Kurpark war zum Teil abgesperrt, was Venner in der Nacht nicht aufgefallen war. Es gelang ihm, auf die Westseite zu kommen und dort den Weg zum Platz der dampfenden Quelle zu nehmen. Es war gerade der Zeitpunkt, an dem das Rennen startete. Die ersten Läufer würden in knapp einer Stunde erscheinen. Außer eine paar Streckenposten war niemand zu sehen. Er wollte eben aus dem Baumschatten treten und zu dem dampfenden Rund gehen, als er den blassen Mann mit dem Menjou-Bärtchen sah. Es war derselbe, der gestern Abend zum Tisch Mirko Schuberts gekommen war. Er ging von rechts auf die Quelle zu. Aus einem Impuls heraus zog sich Venner in den Baumschatten zurück. Der Fremde, heute in einer beigen Barbourjacke und dazu passenden Kordhosen gekleidet, schien etwas zu suchen. Er betrachtete aufmerksam den Boden rings um die Quelle. Vor Venners Augen trat das Bild des gestrigen Abends: Isabels lebloser Körper neben der dampfenden Quelle. Hatte der Mann mit dem Bart sie überfallen? Waren es seine Schritte gewesen, die Venner gehört hatte? Es konnte sein, dass Isabel den Mann beim Ball gesehen hatte und deswegen so überstürzt aufgebrochen war. War er ihr gefolgt? Wenn ja, warum? Neben Isabel hatten ihre halboffene Handtasche sowie ein Notizbuch und ein Brief gelegen. War sie wegen des Notizbuchs oder wegen des Briefes angegriffen worden? Venners

Kommen hatte den Fremden wahrscheinlich gehindert, das eine oder andere an sich zu nehmen.

Gerade bückte sich der Mann. Schon wollte Venner losstürmen und sich den Kerl kaufen, hielt aber in der Bewegung inne. Er musste mit kühlem Kopf handeln, es war gescheiter, dem Mann zu folgen, um herauszubekommen, wer er war. Isabel würde nichts erzählen, sie schien Angst vor ihm, eine geradezu tödliche Angst zu haben.

Der Fremde schien nicht fündig zu werden. Er gab nach einigen Minuten seine Suche auf und wandte sich schnellen Schrittes in die Richtung Venners. Dem Archivar gelang es gerade noch, sich hinter dem Baum zu verbergen, als der Mann den Weg erreichte. Er verließ den Park, Venner folgte ihm. Der Blasse überquerte die Straße und ging zu einem dunklen Mercedes, der auf dem dortigen Parkplatz geparkt war. Er stieg ein und fuhr davon. Venner notierte sich rasch das Kennzeichen, *B-VC 2350*. Nachdenklich kehrte er in den Park zurück und schlug die Richtung zur Innenstadt ein. Sein Handy klingelte, es war Isabel.

»Hans, entschuldige die Störung, ich habe nur eine Frage. Hast du zufällig einen Brief gesehen oder gefunden, der in meiner Handtasche war? Er könnte mir heute Nacht herausgefallen sein.«

»Nein«, antwortete Venner, »aber ich weiß, wer ebenfalls deinen Brief sucht. Ein blasser Mann mit einem schmalen Bärtchen, der einen dunklen Mercedes mit Berliner Kennzeichen fährt. Meinst du nicht, wir sollten miteinander reden?«

Isabel schwieg einige Augenblicke, Venner dachte schon, sie hätte aufgelegt. Schließlich antwortete sie: »Ja, wir sollten reden. Nicht heute, heute muss ich noch einiges klären. Es kann sein, dass wir uns heute Abend beim Fackelzug treffen. Doch ich weiß nicht, ob ich es schaffe, dort hinzukommen, und zum Reden ist das nicht der richtige Ort. Aber morgen sehen wir uns bestimmt.« Sie schien kurz zu überlegen, dann ergänzte sie. »Wir treffen uns am besten am Nachmittag bei mir in Fulda. In der Leipziger Straße 31.«

Venner war von der Einladung derart überrascht, dass er beinahe vergaß, nach der Uhrzeit zu fragen.

»Um wie viel Uhr soll ich kommen?«, erkundigte er sich. »Wo ist überhaupt die Leipziger Straße?«, schob er nach.

»Die Leipziger Straße ist leicht zu finden, sie kreuzt die Eisenbahn. Ich erwarte dich morgen um vier. Ich wohne im zweiten Stock in der Mitte. Bis dann!«

Das Gespräch endete. Gut, dachte Venner, er würde sie treffen, und er hoffte, dass Isabel ihm wirklich erzählte, in was für eine Geschichte sie verwickelt war. Dass diese problematisch war, daran bestand für Venner kein Zweifel.

Er erreichte die Schilde-Plaza. Hier trafen immer wieder Läufer und Läufergruppen ein, die vom Publikum gefeiert und bejubelt wurden. Mittlerweile war es Mittag geworden und in der Innenstadt herrschte ein großes Gedränge.

»Haben Sie sich vom gestrigen Abend erholt?«, sprach Venner jemand an. »Sie waren plötzlich verschwunden. Ist etwas passiert?«

Vor ihm stand Josef Holztenkamp in Begleitung von Timo Montfort. Ehe er antworten konnte, sprach Holztenkamp weiter. »Kommen Sie mit, wir sind auf dem Weg zum Frühschoppen. Es ist halb zwölf, gerade die richtige Zeit. Kollege Kastmann wird auch dazu stoßen und später Uwe Stradtler.«

»Ich dachte, Herr Stradtler wäre mit der Familie an der Ostsee?«

»Er ist heute früh zurückgefahren, pünktlich zum Lollsfest muss jeder echte ›Herschfeller‹ daheim sein.«

Sie gingen in den Ratskeller, der um die Zeit bereits gut besucht war. Ein Kellner trat auf sie zu und bedauerte, es gebe keine Plätze mehr. Da erschien der Hausherr, begrüßte die Herrn von der Hersfelder Zeitung und besonders Josef Holztenkamp, und führte die Gruppe persönlich an einen für besondere Gäste reservierten Tisch.

»Sie scheinen hier gut bekannt«, sagte Venner.

»Josef ist in den Gaststätten in und um Bad Hersfeld bekannt und gefürchtet«, erklärte Klaus Kastmann. »Das ist das Los eines Restaurantkritikers.«

»Ich gebe zu, ich habe vor mehr als zwei Jahren einen kleinen Artikel über die Wiedereröffnung des Ratskellers geschrieben«, sagte Holztenkamp. »Im Ratskeller gibt's solide Hausmannskost und Wildgerichte, mitunter auch Sushiabende und seit letztem Jahr die Märchenmenüs. Aber heute sind wir hier zum Frühschoppen und nicht zur Restaurantkritik.«

Der Wirt schien ihn gehört zu haben, denn er brachte soeben vier Krüge bestes Engelhardter Festbier, das er von dem Kneipier Walter Zassler aus dem »Kleinen Versteck« am Marktplatz bezog. »Wohl bekomm's, die Herrn!«

Man trank, das Bier war in der Tat süffig und irgendwie rauchig, fand Venner. »Ein Bier wie das Lollsfest«, erklärte Montfort. »Wissen Sie eigentlich, dass unser Fest das älteste in Deutschland ist? Es erinnert an den Gründer der Stadt, an Erzbischof Lull, und wurde erstmals im Jahre 852 gefeiert. Seitdem findet das Heimatfest in der Woche statt, in die der 16. Oktober, der Todestag des ›Heiligen Lullus‹ fällt.«

»Das feierliche Anzünden eines Holzstoßes, des Lollsfeuers, auf dem Marktplatz«, fuhr Holztenkamp fort, »geht auf einen mittelalterlichen Brauch zurück. Das ›Fierche‹ war Symbol für die Befreiung von den gemeindlichen Abgaben für die Dauer des Festes, für die ›Lullusfreiheit‹. Als einziges Volksfest beginnt es montags und mit ihm ein neues ›Lollsjahr‹.«

»Ringsherum gibt es jede Menge Fanartikel«, sagte Klaus Kastmann. »Anstecknadeln, die Lolls Pins, T-Shirts, Taschen, Teddybären, Fanschals, Lolls Prosecco und sogar ein Lolls-Parfüm auf der Basis von Sandel- und Zedernholz, das an den Geruch des Lollsfeuers erinnern soll. An das Feuer erinnert auch das Kult-Getränk, das ›Lullus-Feuer‹, ein 38-prozentiger Kräuterlikör.«

»An der Getränkefrage«, mischte sich jetzt Montfort ein und nahm einen tiefen Schluck aus seinem Glas, »erhitzten sich in den letzten Jahren besonders die Gemüter. Es wurde gemeldet, dass das Getränk aus dem thüringischen Ritschenhausen nur noch als Restbestand in einigen ausgewählten Märkten der Stadt erhältlich sei. Der für die Region zuständige Einkaufschef der Lebensmittelkette tegut reagierte sofort und beauftragte die Schlitzer Korn- und Edelobstbrennerei, ein Ersatzgetränk zur alkoholischen Versorgung der Lolls-Gemeinde zu kreieren. Doch der neue Thüringer Kräuterlikör unter dem Namen ›Lolls-Feuer‹ kam beim letzten Lollsfest überhaupt nicht gut an. Das ursprüngliche ›Lullus-Feuer‹ war ein herber Kräuterlikör mit über 40 Prozent Alkohol. Nach dem Verkauf der Markenrechte wurde die Rezeptur verändert. Das ›Lullusfeuer‹ der zweiten Generation wurde milder und damit ›frauentauglicher‹ gebrannt – für viele Fans ein Sakrileg. Das neue ›Lolls-Feuer‹ wurde nochmals auf 35 Prozent Alkohol reduziert. Was dabei herausgekommen ist, ist eine Art Arznei und hat einen üblen Nachgeschmack wie Hustenmedizin. Ich habe das ›Lolls-Feuer‹ selbst getestet und kann nur sagen, gelungen ist die neue Rezeptur nicht. Anfangs schmeichelt leckerer Kräutergeschmack dem Gaumen, aber der bittere Nachgeschmack kommt überhaupt nicht gut an. Das ursprüngliche ›Lullusfeuer‹ aus Bad Hersfeld war weitaus geschmackvoller und einfach feurigerer. Als Ausweichmöglichkeit bleibt noch ein 30-prozentiger Likör, der das schönste Etikett von allen trägt: der Lolls-Teufel. Geschmacklich ist der Likör voll in Ordnung, er ist sogar ›frauentauglich‹ und bekömmlich. Doch der ›Lolls-Teufel‹ ist nur in ausgewählten Lokalitäten verfügbar. Wie ich hörte, wird hinter den Kulissen heftig an einer Renaissance des ursprünglichen Lullusfeuers gearbeitet.«

Als er seinen Vortrag endete, begann Klaus Kastmann laut zu lachen.

»Mensch, Timo, du glaubst jeden Mist! Dein schöner Schnapsexkurs stimmt hinten und vorne nicht. Weißt du, Hans«, wandte er sich an Venner, »das Gerücht, dass es das originale Lullusfeuer nicht mehr gäbe, taucht jedes Jahr neu auf. Das Ganze ist eine Ente, Lullusfeuer gab es immer und gibt es immer noch. Timo wollte dir einen Bären aufbinden.«

Montfort versuchte dagegenzuhalten, winkte dann aber ab.

»Wenn du alles besser weißt …«, sagte er und leerte sein Glas. Die anderen zogen lachend nach. Neue Gläser wurden gebracht.

»Was wollte eigentlich der Kommissar gestern von Ihnen?«, wechselte Holztenkamp das Thema. »Ich habe gesehen, wie Sie in ›Polizeigewahrsam‹ durch die Stadt fuhren.«

»Der gute Mann glaubte, mein Alibi geknackt zu haben«, erwiderte Venner trocken.

»Und, hat er?«, fragte Klaus Kastmann neugierig.

»Mensch, denk doch nach«, antwortete Montfort für Venner. »Hier sitzt er und trinkt Lollsbier mit uns! Offenbar hielt das Alibi den polizeilichen Attacken bestens stand.«

»Nun ja«, meinte der Archivar, »so ganz falsch liegt Ihr Kollege nicht. Es hat sich tatsächlich jemand gemeldet, der einen Mann, wahrscheinlich den Mörder, beim ›wortreich‹ gesehen hat. Hauptkommissar Härtelmüller und seine Truppe dachten wohl, der Zeuge könnte mich identifizieren. Dem war nicht so, und mein Alibi wurde zudem bestätigt.«

»Dieser Herr Härtelmüller scheint ganz schön im Dunkeln herumzutappen«, sagte Holztenkamp. »Dennoch gefällt mir die Sache nicht. Ich habe mir in den letzten Tagen ziemlich den Kopf darüber zerbrochen, was die Hersfelder Zeitung mit dem Ganzen zu tun haben könnte. Ich denke, ich bin zu einem Ergebnis gekommen. Sagt selbst, was ist die Hauptaufgabe einer Zeitung?«

»Die Leute zu informieren«, antwortete Montfort wie aus der Pistole geschossen, »und zu werben«, fügte er hinzu.

»Stimmt, aber bevor wir informieren, müssen wir an Informationen kommen. Wir müssen Leute befragen, Fakten vergleichen, mit einem Satz, wir müssen recherchieren – auch wenn es dem einen oder anderen nicht immer gefallen mag.«

»Hallo zusammen!«, ertönte eine Stimme. »Redet ihr etwa über die Zeitung, heute, wo das Lollsfest so gut wie beginnt?«

Es war Uwe Stradtler. Er setzte sich zu der Runde an den Tisch. »Melde mich vom Urlaub zurück«, parodierte er Militärisches. »Jetzt brauche ich erst einmal ein Bier und dann erzählt ihr mir, was es Neues gibt.«

Das Bier kam und Stradtler löschte seinen Durst, der gewaltig sein musste, denn er bestellte gleich ein zweites Glas. Nebenbei zog er einen Briefumschlag aus der Tasche und schob ihn über den Tisch zu Venner.

»Herr Kromme sagte, Sie oder Ihre Begleitung hätten gestern Abend den Brief im Auto liegen gelassen.«

»Danke«, erwiderte Venner und steckte den Umschlang, ohne auf die neugierigen Blicke der Runde einzugehen, wortlos ein.

»Ihr wart gerade«, nahm Stradtler den Gesprächsfaden wieder auf, »ihr wart dabei, unseren Beruf neu zu definieren? Ich meine, ich bin seit einigen Jahrzehnten Journalist, aber vielleicht hat sich unser Profil schlagartig verändert?«

Holztenkamp schüttelte den Kopf.

»Du warst nicht da und hast nicht mitbekommen, worüber unser Gespräch ging. Ich habe überlegt, ob die Ermordung Dianas nicht doch mit unserer Zeitung zu tun hat. Könnte es nicht sein, dass sie in unseren Archiven auf einen Sachverhalt gestoßen ist, der für jemanden so gefährlich ist, dass er sie ermordet hat?«

»Das Thema hatten wir bereits ausführlich betrachtet«, erwiderte Stradtler, »was soll daran neu sein?«

»Zum Beispiel wurde Herr Venner am Freitagabend in der Redaktion niedergeschlagen …«

Jetzt stand der Archivar im Mittelpunkt des Interesses, worauf er gern verzichtet hätte. Doch er musste den Ablauf genau erzählen und sich den verschiedenen Fragen stellen. Betroffen überlegte die Gruppe, was der Angriff zu bedeuten habe und wer Venner niedergeschlagen haben könnte.

»Ich kann es nicht gewesen sein«, sagte Stradtler, »ich war an der Ostsee, dafür gibt es Zeugen.«

»Ich war beim fünfzigsten Geburtstag meiner Cousine«, erklärte Montfort und fügte grinsend hinzu, »natürlich habe ich jede Menge Zeugen.«

Klaus Kastmann war mit Holger Nenzer sowie Fritz Neckler und Freunden abends in Fulda unterwegs gewesen und hatte dabei Frau Zaplatilek getroffen, so waren die meisten Redaktionsmitglieder aus dem Schneider.

»Kollege Schubert war krank, wenn es jemand aus der Redaktion war, bleibst eigentlich nur du übrig, Josef«, sagte Uwe Stradtler.

Holztenkamp schüttelte ärgerlich den Kopf.

»Warum habe ich Herrn Venner dann geholfen und nicht gleich ganz ausgeschaltet?«

»Weil alle wussten, dass du am Freitagabend in der Redaktion gearbeitet hast, damit wäre der Verdacht sofort auf dich gefallen«, entgegnete Stradtler.

»Warum warst du eigentlich nicht im Büro, als Herr Venner seine Schnüffeltour begann?«, hakte Montfort nach.

»Toilette«, erwiderte der »Verdächtige« kurz.

»Es ist unwahrscheinlich, dass Herr Holztenkamp mich niedergeschlagen hat«, schaltete sich Venner ein. »Er brauchte nicht zu warten, sondern hätte vorher in aller Ruhe an Frau Herders PC gehen können und die entsprechenden Daten löschen oder kopieren oder was immer dort gemacht wurde. Da war auch ein merkwürdiger Geruch nach einem indischen Parfüm in der Luft …«

»Wollt ihr jetzt an mir herumriechen?«, empörte sich Holztenkamp.

»Das ist nicht nötig«, sagte Venner. »Sie benutzen *Acqua di Giò* von Armani, das riecht gänzlich anders. Sie waren es nicht, zumal ich glaube, dass der Mord an Diana Herder und an der früheren Mitarbeiterin Amelie Sintelbach vom gleichen Täter begangen worden ist und Ende Juli befanden Sie sich im Urlaub!«

»Was ich bestätigen kann«, erklärte Stradtler und Montfort kommentierte:

»Freispruch, Euer Ehren! Ich denke, Josef, das ist eine Runde wert.«

Holztenkamp konnte sich dem Vorschlag schlecht entziehen und winkte der Kellnerin. »Marleen, noch eine Runde!«

Die Gläser kamen und die Herren tranken. »Geben Sie es endlich zu, Herr Venner«, meinte Stradtler. »Sie sind Privatdetektiv und ermitteln im Auftrag vom Chef.«

»Du meine Güte, Sie haben recht«, erwiderte der Archivar locker. »Was hat mich verraten?«

»Die Professionalität, mit der Sie Josef ein Alibi gegeben haben.«

»Nichts zu machen, Uwe«, schaltete sich der »Verdächtige« ein. »Ich hab Herrn Venners Identität überprüft, weil ich ähnliche Vermutungen hatte, das heißt, im Eigentlichen hielt ich ihn für jemanden von der Konkurrenz, der bei uns eingeschleust werden sollte, um unsere Großkunden auszuspionieren und abzuwerben.«

»Ist das nicht ein bisschen weit hergeholt?«, warf Montfort ein.

»Sag das nicht«, meinte Stradtler, »was ich alles bei der taz und beim Weserkurier erlebt habe, Josef könnte recht haben.«

»Ich komme nicht von der Konkurrenz«, versicherte Venner, »weder vom Spiegel, noch von der ZEIT oder vom Focus.«

Die Nennung der »Konkurrenz« rief Gelächter hervor, und man einigte sich darauf, dass Venner kein Detektiv, sondern wahrhaftig ein Archivar sei.

»Wisst ihr eigentlich schon, mit wem Mirko Schubert gestern Abend unterwegs war?«, schnitt Klaus Kastmann ein neues Thema an. »Ich habe vorhin unseren Fotografen und Kameramann Bernhard Lilienberg getroffen. Bernhard machte gestern beim Lollsball

Aufnahmen und da fielen ihm die beiden Damen am Tisch Schuberts auf.«

Klaus Kastmann legte eine Pause ein und nahm in aller Seelenruhe einen Schluck aus seinem Glas.

»Mache es nicht so spannend«, drängte Holztenkamp. »In welchem Film haben die Damen mitgespielt?«

»In keinem Film«, wehrte Kastmann ab, »aber die Richtung stimmt. Die beiden gehören zur Berliner Schickeria und sind bevorzugt auf der Berlinale und im Dunstkreis von Babelsberg zu finden. Reine Glamourwesen und sehr kostspielig im Unterhalt, wie mir Bernhard versicherte.«

»Wie ist denn Schubert an solche Frauen geraten?«, fragte Montfort.

»Und was wollen die in Bad Hersfeld?«, fügte Holztenkamp nachdenklich hinzu. »Das sieht mir nach einer wunderbaren Story aus. Journalist in den Fängen von Berliner Szenedamen.«

»Oder, rassige Ukrainerinnen für Bad Hersfeld'!«, meinte Kastmann trocken.

Sie debattierten ausführlich über das Thema und nach dem vierten – oder war es schon das fünfte – Glas und vielen launigen Bemerkungen endete der »Frühschoppen«. Hans Venner verließ den Ratskeller und lief beschwingt zum Frauenberg. Dort zog er Jacke und Schuhe aus und warf sich aufs Bett. Eine wohlige Müdigkeit packte ihn und er schloss die Augen.

Isabel Meinhard saß am Fenster ihrer Wohnung und schaute hinaus auf das Treiben der Friedrichsstraße. Sonntägliche Spaziergänger flanierten in Richtung der Stadtpfarrkirche, darunter einige Touristen, die Häuser fotografierten und sich am Fachwerk erfreuten. Eine trotz Kindergeschreis beschauliche Atmosphäre der Stille und des Friedens, so gänzlich verschieden von der dunklen Unruhe in ihrem Inneren. Sie wandte sich vom Fenster ab und ließ sich in einen Sessel fallen. Warum musste das alles geschehen? Warum konnten die Dinge nicht ruhen und Vergangenes vergangen bleiben? Es war alles so harmlos gewesen, sie selbst hatte von dem eigentlichen Geschehen nichts gewusst, höchstens etwas geahnt. Jetzt wusste sie Bescheid, und sie hatte beschlossen, sich aus allem zu lösen und einen völligen Neuanfang zu wagen. Sie war noch nicht zu alt, sie konnte es schaffen. Es war eigentlich ganz einfach, sie nahm ihr Geld und stieg aus. Es waren nicht nur Angst und Sorge, die sie zu diesem Schritt trieben. Auch dass sie Hans kennengelernt hatte, war, wie sie sich eingestand, ein Motiv für ihr Handeln. Sie hatte, als sie neulich in Berlin war, mit Pawel darüber gesprochen. Er schien nicht überrascht zu sein und meinte nur, es werde wohl schwierig werden, er wünsche ihr viel Glück. Sie hatte die »Zentrale« über ihre Entscheidung informiert und – wahrscheinlich war das ein Fehler gewesen – auf den Brief verwiesen. Der Brief, wenn er auch für Außenstehende auf den ersten Blick unverständlich schien, war ihr Schutz, wie sie geglaubt hatte. Doch gestern war unerwartet Pawel aufgetaucht und hatte, ganz im Gegensatz zu seinen Aussagen von neulich, plötzlich unerwartete Forderungen gestellt. Er war ihr nach dem Verlassen des Balls gefolgt, es war zum Wortwechsel gekommen und – wer weiß, was passiert wäre, wenn Hans nicht im gleichen Augenblick nach ihr gerufen hätte und zu ihr geeilt wäre. Sie hatte ihn nicht in die Geschichte ziehen wollen, schon gar nicht, weil sie ihn zunächst verdächtigt hatte, im Auftrag ihrer Feinde zu agieren. Das war natürlich Blödsinn. Dennoch, jetzt hatte er den Verfolger gesehen und sich einiges, zum Glück nicht alles, zusammengereimt. Nun konnte sie nicht anders und musste ihm die Geschichte erzählen und die Zusammenhänge, soweit es ging, erläutern. Zumindest eine Geschichte, denn es gab so viele Wahrheiten – und hoffen, dass er trotzdem zu ihr stand. Aber es ging nicht anders, es musste ein Ende gemacht werden. Zu viel wissen sollte er allerdings auch nicht. Es gab Dinge und Sachverhalte, die durfte er nicht wissen, denn er würde sie nie verstehen.

Daher war sie so vorsichtig gewesen, das Treffen mit Hans in ihre alte Studentenbude zu verlegen, wo sie vor rund fünfzehn Jahren mit Hennig gewohnt hatte.

Hennig studierte damals an der Fachhochschule BWL und war mehr im Studentenparlament und in Kneipen zu finden als in den Hörsälen und Seminaren. Er sei eben ein wahrer Wirtschaftswissenschaftler und engagiere sich gerne, antwortete er auf ihre Vorwürfe. Sie hatte sich damals echte Sorgen gemacht, denn im dritten Stock wohnte eine alkoholkranke Frau mit ihrem Sohn von Anfang dreißig, der wie Ende fünfzig aussah und ebenfalls ein Säufer war. Die beiden tranken bereits vormittags Schnaps und Whisky aus Wassergläsern, waren aber ansonsten harmlos. Später hatte Henning auf dem Lullusfest diese Blondine aus Bad Hersfeld kennen gelernt – und zog einige Wochen später bei ihr aus. Heute leitet Henning die Logistikabteilung von Porsche und lebt in Stuttgart-Zuffenhausen. Männer, ein untreues Geschlecht! Das Haus hatte einem entfernten Onkel Hubert gehört, den sie und der sie nie gesehen hatte. Als er vor fünf Jahren starb, erbte sie alles, u. a. das Haus. Niemand wusste davon, sie hatte das Ganze völlig geheim abgewickelt. Sie vermietete die Wohnungen, ihre alte Behausung behielt sie als Erinnerung und als sichere Alternative für sich. Sie hatte sogar versucht, die frühere Einrichtung wiederherzustellen. Eine Form der Nostalgie. Jedenfalls würde sie Hans dort ungestört treffen und ihm alles erzählen. Was dann geschehen würde, kam ganz auf ihn an. Henning war ihr untreu geworden, noch einmal würde ihr das nicht passieren. Ob Hans treu war? Sie hoffte es, hoffte es für sich und für ihn.

Isabel erhob sich und trat wieder ans Fenster. Täuschte sie sich oder beobachtete der Mann da drüben mit dem Hut ihr Haus? Nein, er hatte sich lediglich eine Zigarette angezündet und lief nun weiter. Keiner kannte ihre Wohnung, sie musste sich beherrschen, um nicht überall Gespenster zu sehen. Die Uhr zeigte halb sechs. Eigentlich hatte sie heute in Bad Hersfeld sein und sich mit Hans den Fackelzug ansehen wollen. Aber bis sie nicht alles geklärt hatte, hielt sie sich besser von der Stadt fern. Oder sollte sie vielleicht doch nach Bad Hersfeld fahren? Morgen Mittag wurde dort das Lollsfeuer entzündet, eine Chance, in der Menge unterzutauchen und ungestört mit Hans zu reden. Am besten, sie überlegte sich das Ganze noch mal. Isabel ging in die Küche, um sich etwas zu essen zu machen. Ein Veggiburger und dazu ein harmloser Tatort: »Borowski und der freie Fall«, ein passender Titel für ihre momentane Gefühlslage. Nochmals trat Isabel ans Fenster. Der Mann vorhin mit dem Hut, irgendwie machte der Kerl sie nervös. Sie hatte den Eindruck, ihn zu kennen. Vielleicht sollte sie Hans doch eher treffen? Ja, das würde besser sein. Die andere Wohnung war nicht mehr sicher. Isabel griff zum Telefon und verharrte in der Bewegung. Wenn Hans selbst hinter allem steckte und er nur nach einer passenden Gelegenheit suchte? Nein, das war Unsinn. Wenn er ihr in irgendeiner Weise hätte schaden wollen, dann wären dafür am Samstag die beste Chancen gewesen. Nein, Hans konnte sie vertrauen. Trotzdem musste sie strategisch denken; vielleicht gab es eine andere Lösung. Eigentlich gab es immer eine andere Lösung. Isabel Meinhard wählte. Noch einmal warf sie einen Blick aus dem Fenster – und erschrak. Da war er wieder, der Mann mit dem Hut. Sie schaute genauer hin; jetzt wusste sie, wer dort stand. Ein Plan nahm Konturen an. Isabel Meinhard lächelte, dann meldete sie sich.

Rauchend lief der Mann zur Ecke und drehte dann um. Sie war zu Hause, keine Frage. Und sie war allein. Er ging vorsichtig, den Hut tief ins Gesicht gedrückt, zurück zur Toreinfahrt schräg gegenüber ihrer Wohnung und schob sich dort in die verbergende Dunkelheit. Sollte er heute Nacht zuschlagen? Pawel wollte, dass sofort gehandelt würde. In Berlin sei so etwas kein Problem, hatte er gesagt. Der hatte gut reden, in einer Millionenstadt kannte sich niemand und alles blieb anonym. Ein schneller Stoß, schon fiel das Opfer vor die

U-Bahn. Alles wie gehabt. Aber hier, hier achteten die Menschen aufeinander, man konnte nicht so einfach jemanden töten. Nach dem gestrigen Abend war es wichtig, dass er sich zunächst ein ordentliches Alibi verschaffte und es erst morgen versuchte. Morgen war die ganze Stadt auf den Beinen und mitten im »Lolls«. Da fiel es nicht auf, wenn er mal kurz nach Fulda verschwand. Was war, wenn sie sich abzusetzen versuchte? Eine denkbare Option, aber bestimmt würde sie vorher nochmals mit Venner sprechen oder, noch wahrscheinlicher, ihn treffen wollen. Er war überzeugt, die beiden hatten etwas miteinander. Er hatte sie gestern zusammen auf dem Ball gesehen. Das konnte die Sache vereinfachen, er musste eigentlich nur Venner im Auge behalten – vielleicht ließ sich noch ein weiterer Vorteil aus diesem Sachverhalt ziehen. Also fuhr er am besten zurück nach Bad Hersfeld, um rechtzeitig zum Fackelzug in der Stadt zu sein. Der Mann wollte gerade seinen Posten verlassen, da wurde gegenüber die Haustür geöffnet und ein Pärchen trat heraus. Beide liefen Arm in Arm davon und achteten nicht weiter auf die Tür, die halb offen blieb. Das war die Chance, die er nutzen musste. Wie ein Schatten glitt der Mann über die Straße und ins Haus. Er stieg, ohne Licht zu machen, eilig in den zweiten Stock hinauf, wo sie wohnte. Rechts war der Eingang zur ihrer Wohnung. Mit einer Art Dietrich öffnete er sacht die Etagentür.

Hans Venner schreckte aus seiner »Mittagsruhe« auf. Der Frühschoppen hatte ihn fast drei Stunden schlafen lassen. Die Uhr zeigte halb sechs, wenn er rechtzeitig zum Fackelumzug kommen wollte, musste er sich auf den Weg machen. Er wusch sich kurz das Gesicht ab, warf den Mantel über, denn die Abende waren herbstlich frisch, und lief den Berg hinab in die Stadt. Dort war alles bereits in vollem Gange. Um 18 Uhr trafen sich Groß und Klein, Alt und Jung in der Stadtmitte und am Lullusbrunnen, um von dort den Fackelzug zu beginnen. Er war auf dem Weg, als sein Handy klingelte.

»Ich bin es, Isabel. Du, ich möchte dich doch eher sprechen … Nein, bleib du in Bad Hersfeld. Ich komme zu dir. Jetzt ist es kurz nach sechs, sagen wir um acht Uhr an der Schilde-Halle?«

Venner willigte ein, vielleicht konnte er mit Isabel sogar noch zum Rockfestival gehen. Ab halb neun spielten in der Stadthalle die *Dayton Quince*. So viel er wusste, würden Markus mit seiner Frau Jutta und seine Gastgeber Micha und Brigitte ebenfalls dort sein. Aber erst würden Isabel und er miteinander reden, und er war gespannt, was sie ihm zu sagen hatte.

Der große Lolls-Fackelumzug hatte begonnen. Der Regen, der fiel, konnte die Stimmung nicht trüben. Voran marschierte der Bad Hersfelder Stadt-Musik-Verein und musizierte, was das Zeug hielt. Männer und Frauen mit brennenden Fackeln folgten, neben ihnen Kinder mit bunten Lampions. Dazwischen lief der Musikzug Eiterfeld & Arzell. In der Luft lag der würzige Geruch von Feuer und frischem Brand. Venner stand am Rand und betrachtete fasziniert den lebendigen Glühwurm. Menschen über Menschen, die durch die gespenstisch dunklen, nur vom roten Brand erhellten Straßen zogen. Dort lief Uwe Stradtler mit seinen Kindern und winkte ihm fröhlich zu. Drüben vor dem Brunnen stand Josef Holztenkamp mit einem kleinen Jungen an der Hand. Venner ging weiter. Langsam schob sich der flackernde Feuerwurm durch die alten Straßen und Gassen. Winkende, lachende, jubelnde Menschen. Das Tor zum Innern der Ruine war geöffnet und die Menge strömte hindurch. Venner schloss sich an und drängte sich ebenfalls durch das Tor hinein. Im Innern platzierte er sich rechts vom Eingang, wo er einen guten Überblick hatte. Vorne hielt der Gast aus Luxemburg, Steve Kayser, die Eröffnungsrede. Am Ende wurde das Feuerwerk gezündet, ein imposantes Ereignis, das gut zehn Minuten dauerte. Im Publikum sah Venner Timo Montfort und Frau Zaplatilek, weiter drüben standen der Praktikant Tommy und die Volontärin Becky. Menschen und Menschen, rötlicher Feuerschein, rußende Fackeln und Musik. Die bunten Lichter des Jahrmarkts – und jetzt hörte er das metallene Läuten der Lullusglocke, der ältesten Glocke Deutschlands. Verhallende Klänge, Venner drängte durch die Menge und eilte zum Schilde-Park, wo er Isabel treffen sollte. Kurz nach acht stand er vor der Schilde-Halle, Isabel war noch nicht da, also wartete er. Zehn Minuten vergingen, eine Viertelstunde, langsam wurde ihm kalt. Aus der Innenstadt tönte Festmusik zu ihm herüber, jetzt schlug die Stadtkirche halb. Hatte Isabel es sich anders überlegt? Venner zog sein Handy hervor. Seit den letzten Anrufen hatte er ihre Festnetznummer gespeichert; er wählte, ließ es gut ein dutzend Mal läuten, dann meldete sich der AB. Isabel war nicht zu Hause, vielleicht war etwas mit ihrem Wagen? Hoffentlich hatte sie keinen Unfall gehabt! Unruhig kehrte er in die Innenstadt zurück. Obwohl das Fest offiziell erst morgen begann, waren die Straßen nach wie vor belebt. Venner hatte keinen Blick für das Geschehen. Er lief zum Parkplatz der Zeitung, wo er am Freitag seinen Wagen hatte stehen lassen. Er wollte nach Fulda und Isabel direkt aufsuchen. Vielleicht war sie gar nicht losgefahren, und ihr war etwas in ihrer Wohnung zugestoßen.

Er stieg in seinen Peugeot und fuhr los. Er nahm die Strecke über Asbach und Niederaula, bog auf die leere A 7 ein und verließ die Autobahn bei der Ausfahrt Fulda Nord. Einheimische nahmen die Landstraße an Hünfeld vorbei; er fuhr lieber Autobahn. Weiter ging es über die B 27 und die Magdeburger Straße, am Gasthaus »Drei Mohren« und in einem Bogen an einer Aral Tankstelle vorbei. Unter einer Eisenbahnunterführung durch und nach rechts auf die Kurfürstenstraße. Links und rechts hohe Bäume, schließlich das Hotel Ibis und wieder nach rechts in die Leipziger Straße. Eine erneute Eisenbahnunterführung, und nun war er da. Ein wenig einladendes Viertel, sehr abgewrackt wirkend; nicht gerade die Gegend, wo er Isabels Wohnung vermutet hätte. Ein Blick auf die Uhr, vom Parkplatz der Zeitung bis hierher hatte er knapp vierzig Minuten gebraucht. Er parkte den Wagen ein Stück die Straße hoch und wandte sich zum

Haus Nummer 31. Auf dem Klingelschild konnte er unter den zwölf Parteien Isabels Namen nicht finden. Der Eingang befand sich in der Mitte, daneben war eine Toreinfahrt in den Innenhof. Die Eingangstür stand offen und Venner trat ein. Am Telefon hatte sie gesagt, sie würde im zweiten Stock wohnen, also stieg er die Stufen hoch nach oben. Im zweiten Stock gab es drei Türen. An der linken war ein Namensschild angebracht: »A. Lasser« stand dort, rechts wohnte Familie »Maus«, Isabel musste in der Mitte wohnen. Er wollte gerade läuten, da merkte er, dass die Tür nur angelehnt war. Venner wusste, dass er das, was er jetzt tun wollte, besser nicht tun sollte. Aber er konnte nicht anders, er stieß die Tür auf und schlüpfte in die Wohnung. Innen zog er die Tür hinter sich zu und suchte an der Wand nach einem Schalter. Das Licht flammte auf, vor ihm war ein schmaler Gang, zwei Türen führten nach links und zwei nach rechts. Hinter der ersten lag eine Wohnküche. Dort stand ein Schreibtisch mit an der Rückseite befindlichen Bücherfächern, davor ein Drehstuhl. Dazu ein kleiner Küchentisch mit vier Stühlen, in der Ecke ein alter Kohleofen, ein uralter Elektroherd, ein Einbauschrank mit einem daneben stehenden Kühlschrank aus den fünfziger Jahren sowie ein niedriger Topfschrank unter dem zur Straße gehenden Fenster und eine Spüle. Die zweite Tür rechts führte in das Bad. Gegenüber befand sich ein größeres Wohn- und Schlafzimmer. Venner machte Licht und sah sich im Raum um. Das Bett, ein Flachgestell, war unbezogen, im Schiebetürenschrank mit Jugendstilpostern hingen zwei ältliche Mäntel und ein blauer Schal, sonst nichts. Die Einrichtung wirkte studentisch auf ihn, ein paar Bretterregale, ein IKEA-Tisch mit Korbstuhl, die Deko ganz im Stil der 90er Jahre. Ein Plakat der Gruppe *Oasis* und ein Cover der LP *Voodoo Lounge* der Stones aus dem Jahre 1994. Die Bücher sowie der Inhalt des Schreibtischs und einige Ordner lagen kreuz und quer im Zimmer. Jemand war vor ihm hier gewesen und hatte etwas gesucht. Venner griff nach einem Ordner, da hörte er draußen ein Martinshorn. Er trat ans Fenster und sah das Blinken von Blaulicht. Verflixt, ein Nachbar musste die Polizei gerufen haben, höchste Zeit, dass er aus der Wohnung kam. Auch wenn er nicht eingebrochen war, würde es schwierig werden, seine Anwesenheit zu erklären. Er hastete aus der Wohnung, zog die Tür zu und wandte sich instinktiv nach oben in den dritten Stock. Im gleichen Augenblick ging das Treppenhauslicht an und feste Schuhe hasteten in den zweiten Stock.

Unten wurde Sturm geklingelt. Venner lief langsam die Treppe hinunter. Zwei Polizisten standen an der Tür und klopften laut.

»Was ist denn hier los?«, fragte er.

»Hier ist ein Einsatz. Gehen Sie bitte weiter!«, forderte ihn der eine Beamte barsch auf. Venner ließ sich das nicht zweimal sagen, eilte die Treppe nach unten und verließ das Haus. Er wandte sich nach links, lief einmal um den Block und stieg in seinen Wagen. Er fuhr zurück. Was war das mit der Wohnung? Warum hatte Isabel ihn in die Leipziger Straße eingeladen? Er hatte nicht den Eindruck gehabt, dass sie dort wohnte. Vor allem aber fragte er sich, wo war Isabel?

Gegen halb elf kam Hans Venner in Bad Hersfeld an. Er versuchte noch einmal, Isabel telefonisch zu erreichen, doch sie meldete sich wieder nicht. Unruhig legte er das Handy zur Seite. Etwas war geschehen, wenn er auch nicht wusste, was.

5. Lollsfeuer

Wieder ging es um Geld, um verdammt viel Geld; seit biblischen Zeiten das beliebteste Motiv für Mord und Totschlag und alle Formen von Gewalt.

Jemand war in Isabels Wohnung eingedrungen, das schien eindeutig zu sein. Ob der Einbrecher gefunden hatte, was er suchte, war nicht zu sagen. Hatte er den Brief gesucht, der gestern in Markus' Wagen liegen geblieben war? Venner nahm die Jacke vom Mittag und holte den Brief aus der Innentasche. Er betrachtete den Umschlag. Ein normaler, weißer Briefumschlag ohne Anschrift und ohne Absender. Sollte er ihn öffnen? Aber mit welchem Recht? Was konnte in ihm stehen, dass jemand deswegen bei Isabel einbrach? Und wenn er ihn doch las? Nein, entschied Venner. So etwas tat er nicht. Er würde den Brief ungeöffnet an Isabel zurückgeben. Er zog die Schublade des Nachttisches auf, der neben seinem Bett stand. Gerade wollte er den Brief hineinlegen, da fiel ihm etwas Glitzerndes auf, das sich weiter hinten im Schubfach verbarg. Es handelte sich um eine schmale Kette mit einem Goldkreuz. Diana Herder hatte einen solchen Schmuck getragen. Wie kam das Kreuz in seine Schublade? Venner holte es hervor und betrachtete den Schmuck von allen Seiten. Auf der Rückseite des Kreuzes war der Name »Diana« eingraviert! Ganz sicher, der Schmuck gehörte der ermordeten Praktikantin. Jemand war während seiner Abwesenheit eingedrungen und hatte den Schmuck in das Zimmer geschmuggelt, um ihn verdächtig zu machen. Das Schloss war mit jeder Bankkarte leicht zu öffnen. Er erinnerte sich an einen Abend, als alles im Raum irgendwie anders dagelegen hatte. Keine Frage, er hatte einen ungeladenen Gast zu Besuch gehabt. Venner überlegte, was er tun sollte. Am besten, entschied er, am besten informierte er Hauptkommissar Härtelmüller über seinen Fund. Aber ob der ihm glaubte? Für den Brief suchte er besser ein anderes Versteck. Er grübelte hin und her, was geschehen sein könnte, gelangte jedoch zu keiner Lösung. Tief beunruhigt legte er sich schließlich ins Bett; es brauchte heute lange, bis Hans Venner eingeschlafen war.

Am nächsten Morgen, es war Montag, der 15. Oktober, rief Venner im Polizeipräsidium an und verlangte Hauptkommissar Härtelmüller.

»Guten Morgen, Herr Venner«, meldete sich der Kriminalbeamte seltsam gut gelaunt. »Schön, dass Sie anrufen, Sie sind mir knapp zuvor gekommen. Wollen Sie mir erklären, was Sie gestern Abend um 21:40 Uhr in Fulda gemacht haben? Einer Streife ist Ihr Wagen aufgrund der Tübinger Nummer aufgefallen. Die Kollegen wurden wegen eines Einbruchs in die Leipziger Straße gerufen. Und nun raten Sie einmal, wem das Haus gehört, in dem sich der Einbruch ereignet hat? Frau Isabel Meinhard, Ihrem Leib- und Magenalibi. Leider konnten wir Frau Meinhard bislang nicht erreichen. Haben Sie eine Ahnung, wo sie sich aufhält?«

Es war ein denkbar schlechter Augenblick, um von Diana Herders Goldkreuz zu berichten, wie Hans Venner sofort begriff, und er versuchte, sich auf die neue Situation einzustellen.

»Genau darüber mache ich mir Sorgen«, sagte er. »Frau Meinhard wollte mich gestern Abend in Bad Hersfeld treffen, sie kam aber nicht. Telefonisch konnte ich sie nicht erreichen, deswegen bin ich nach Fulda gefahren, um sie aufzusuchen. Aber da Ihre Kollegen vor Ort waren …«

Er schwieg, bislang entsprach seine Aussage im Prinzip der Wahrheit und alles musste er schließlich nicht erzählen.

»Sie sind nicht in Frau Meinhards frühere Wohnung eingebrochen?«

»Nein, das bin ich nicht«, konnte Venner mit Fug und Recht behaupten. »Ist die Tür zur Wohnung denn aufgebrochen worden?«

»Das nicht«, antwortete der Kommissar, »und ich habe fast den Verdacht, dass Sie das wissen«, fügte er ärgerlich hinzu. »Sie waren nicht in der aktuellen Wohnung von Frau Meinhard in der Friedrichsstraße?«

»Ich wusste nicht, dass sie dort wohnt«, entgegnete Venner verblüfft.

Der Kommissar musste am Tonfall Venners Überraschung gehört haben und fragte nun, etwas besänftigter, nach dem Grund seiner Beunruhigung.

»Frau Meinhard könnte doch auf Geschäftsreise sein, das ist sie, unseres Wissens nach, öfter?«

Venner erzählte von dem Zwischenfall am Samstag, beschrieb das von ihm beobachtete Fahrzeug und nannte die Autonummer: B-VC 2350. Härtelmüller hörte aufmerksam zu und versprach, dass Inspektor Weber der Angelegenheit nachgehen würde. »Aber nicht mehr heute, Herr Venner. Heute beginnt offiziell das Lollsfest und da herrscht sozusagen ab 11:45 Uhr in Bad Hersfeld der völlige Ausnahmezustand.«

Der Hauptkommissar legte auf. Venner betrachtete das Kettchen und zuckte mit den Schulten. Wahrscheinlich hatte der Kommissar recht und Isabel war kurzfristig verreist. Dass sie eine Frau von großer Spontanität war, hatte er bereits mehrfach festgestellt. Bei aller Attraktivität und Anziehungskraft, die sie besaß, ging ihm dieses Gehabe auf die Nerven. Dieses Hin und Her hatte er alles bereits erlebt, und er war, ehrlich gesagt, auf eine Wiederholung nicht besonders scharf. Er hatte jedenfalls getan, was er tun konnte. Am besten, er ließ die Sache los. Es war ja auch bisher nichts weiter zwischen ihnen passiert.

Blieb das Schmuckproblem. Venner beschloss, das Kettchen mit dem Anhänger mit in die Redaktion zu nehmen und irgendwo zu deponieren. Dass Diana ihr Kreuz dort verloren oder liegengelassen hatte, war durchaus wahrscheinlich und würde niemanden in irgendeiner Form belasten.

Venner fuhr in die Redaktion, die Kopien, die er am Samstag von den Polizeiakten angefertigt hatte, nahm er ebenfalls mit.

Im hinteren Büroraum sah er den neuen Praktikanten Mohl. Ein leicht anämisch wirkender junger Mann mit irischroten Haaren. Er saß am alten Arbeitsplatz Diana Herders und tippte eifrig auf der Tastatur. Das war schnell gegangen, dachte Venner, keine Woche nach Dianas Tod war sie buchstäblich ersetzt. So war das Business, das Los traf wahrscheinlich jeden. Mohl verließ für einen Augenblick den Raum. Venner nutzte die Gelegenheit, das goldene Kreuz in der Schublade an Dianas altem Platz verschwinden zu lassen. Als er sich wieder umdrehte, kam Klaus Kastmann herein. Er schien von der Aktion nichts bemerkt zu haben, legte ein paar Papiere auf den Platz von Rebecca Schill und verließ das Zimmer.

An diesem Morgen herrschte in der Zeitung wie auch in ganz Bad Hersfeld der absolute Ausnahmezustand; Härtelmüller hatte das richtig festgestellt. Alles drehte sich um Lullus/Lolls. »Lolls ist eine Lebenseinstellung«, verkündete ein Artikel von Elisabeth Zaplatilek. Nadja Nanz machte mit der »Kultfigur mit viel Herz«, dem Feuermeister Udo Rosenberg, ein Interview und schrieb über die »Lollssicherheit«; doch das stand schon alles in der heutigen Ausgabe. An geregelte Zeitungsarbeit war kaum zu denken. Rasch wurden die anstehenden Tagesgeschäfte erledigt. Josef Holztenkamp war bereits zum Lolls-Empfang im Rathaus, wo ihm ein schönes Foto zweier fröhlicher Stadträte mit dem ebenso fröhlichen Bürgermeister von Malmesbury gelang, das am nächsten Tag die Titelseite der Zeitung zieren sollte. Schließlich begab sich die komplette Redaktion um halb zwölf, bis auf einen Not- und Telefondienst, zu dem der neue Praktikant eingeteilt worden war, geschlossen zur Lollsrede Bürgermeister Kehlings an der Feuerstelle und vor allem zum Anzünden des Lullusfeuers. Trotz kühler, aber trockener Witterung waren Tausende von nah und fern in die Innenstadt geströmt. Am Marktplatz begann Bürgermeister Kehling seine Rede: »Werter Herr Feuermeister, sehr geehrter Herr Stadtverordnetenvorsteher, liebe Bürgerinnen und Bürger, liebe Kinder, verehrte Gäste! Ich begrüße ganz besonders unsere Freunde aus den Partnerstädten Šumperk, L`Hay-les-Roses und Bad Salzungen sowie von unserem Patenboot Zobel. A dedicated and very warm welcome to Mr. Sanderson, the mayor of Malmesbury, Great Britain. Malmesbury is the city were Lullus, the holy founder of Bad Hersfeld we honor with this great folk festival, grew up …« Im Folgenden nutzte er die Lollsrede zur ganz persönlichen Bewertung der vergangenen zwölf Monate und schlug dabei einen weiten Bogen über den Windpark auf dem Wehneberg, das Schilde-Park-Projekt und das Problem der Gewerbesteuer bis hin zur Gegenwart. Endlich kam Kehling zu dem von allen Zuhörern lang ersehnten Schluss: »Und nun, Herr Feuermeister, hören Sie: Wir zünden an uralten Brand, was soll er künden dem deutschen Land?«

Feuermeister: »Am guten Alten woll'n fest wir halten!«

Bürgermeister: »Und warum hüten in treuer Hut wir Tag und Nacht des Feuers Glut?«

Feuermeister: »Wie die Väter in Ehren woll'n wir uns bewähren!«

Bürgermeister: »Das Feuer brennt mit hellem Schein, was soll der Bürger Losung sein?«

Feuermeister: »Hersfeld, die Stadt, sie trägt im Schild, ein Kreuz und einen Löwen wild. Im Kreuz und Leid hab' Löwenmut und trau auf Gott, es wird wohl gut.«

Die vom Bürgermeister geworfene Fackel verfehlte knapp das Ziel. Aber die hilfreichen Hände seiner Magistratskollegen sorgten dafür, dass das »Fierche« wieder brennen konnte. Mit Glockenschlag zwölf begann das 1160. Lullusfest und um 12:05 Uhr startete der Festzug. Schon von weitem kündeten Trommeln vom Herannahen des Festzuges. Das Gedränge am Straßenrand nahm stetig zu. Allen voran zogen zwei Reiter hoch zu Ross, gefolgt von Lullus' Novizen mit dem Lolls-Schild »Wir sind Lolls … seit 1160 Jahren!«. Nun erschienen die jungen Stadtsoldaten mit ihren roten Kragen, dumpfe Trommelschläge begleiteten ihren Tritt. Nach den Herolden marschierte der Bad Hersfelder Stadtmusikverein. Danach kam »Abt Lullus« mit seinem Gefolge und endlich der Feuermeister in Amtstracht und flaniert von der Obrigkeit, dem Magistrat und den Delegationen der Partnerstädte. Der Magistrat, bereits etwas heiser, grüßte immer wieder mit »Bruder Lolls«. Mit Mantel und Degen warben die drei Musketiere für die kommenden Festspiele. Venner fröstelte, es war heute trotz der Sonne etwas frisch. Eben kam der Wagen des Handwerks vorüber. Von dort wurde, in der Kenntnis, wie man ordentlich schmierte und ölte, kräftig Schnaps verteilt, das half ein wenig. Zusätzlich konnte Bewegung nicht schaden. Eigentlich könnte er die Position wechseln, dachte Venner, und einen neuen Standort suchen, um den Festzug auch von einer anderen Seite zu erleben. Er lief hinüber zur Oberen Frauenstraße. Auch hier war alles voller Zuschauer, und ein guter Platz schien schwer zu finden. Während er sich suchend umsah, rief jemand seinen Namen. Es war Markus, der ihm von einem Balkon zuwinkte.

»Komm hoch, von hier oben ist die Aussicht ideal«, lud er ihn ein.

Der Balkon gehörte zur Privatwohnung der Familie des Architekten Frank Tofitz. Der grauhaarige Mittfünfziger begrüßte Venner freundlich und drückte ihm gleich eine Flasche des Festbiers in die Hand. Auf dem Balkon verbreitete ein Grill wohlige Wärme und das Bier sowie das »Lullus-Feuer« trugen dazu bei, die Stimmung zu heben. Unten lief der Festzug vorüber. Motivwagen über Motivwagen folgte mit den jeweiligen Fußgruppen.

»Wie findest du den Umzug?«, fragte der Vetter. »In 1160 Jahren kam schon so einiges zusammen.«

»Das sehe ich«, sagte Venner. »Wirklich, ein tolles Treiben.«

Auf der Straße liefen die unterschiedlichsten Gruppen vorüber. Mönche und Schlümpfe, Hippies und Hüpfmädchen, Bauchtänzer, Flic-Flac-Turner, Fahnenschwenker, Tennisspieler und Radfahrer. Ein Trommelwirbel kündete den Auftritt des Musikzuges Eiterfeld/

Arzell an. Der Musik folgten die blumenbekränzten Tänzerinnen des Tanzsport-Clubs Rot-Weiß und die Tänzerinnen von der Bauchtanzgruppe Balady. Jetzt kamen Dudelsackbläser und eine Abordnung der Marine. Nun präsentierte sich die Hersfelder Schützengilde von 1252, die gleich mit mehreren Wagen und tannengrüner Fußgruppe unterwegs war. Es folgte ein lärmender Party-Truck und dann, mit Beifall begrüßt, die leicht geschürzten, feurigen »Lolls-Flämmchen«. Ein Blitzlichtgewitter ging über die tanzenden Schönheiten nieder. Sie boten wirklich einen niedlichen Anblick – Venner stutzte. Die schlanke Blonde in der Mitte sah aus wie Diana! »Das ist doch …«, begann er. »Nein, das ist nicht Diana«, unterbrach ihn Markus Kromme. »Die junge Dame dort unten ist ihre Cousine; ebenso hübsch und, im Gegensatz zu Diana, quicklebendig.«

Schon waren die Mädels vorüber und das fröhliche Lärmen ging weiter.

Als endlich alle vorübergezogen waren, verabschiedete sich Venner von seinem Gastgeber und kehrte zurück in die Redaktion, wo der Druck der nächsten Ausgabe vorbereitet wurde. Alles darin drehte sich um »Lolls«!

»Wie war es?«, fragte Josef Holztenkamp Venner, um sich im gleichen Atemzug darüber zu beschweren, man habe ihn gezielt mit Karamellbonbons beworfen; die Rache der Politiker! Venner setzte sich an seinen Platz, um einen »Außenbericht« zum Lollsfeuer zu schreiben, um den ihn Josef – seit dem Frühschoppen schienen er und Holztenkamp sowie Stradtler und Montfort per Du zu sein – gebeten hatte.

»Gab es etwas in der Redaktion, Herr Mohl?«, fragte Frau Zaplatilek den im Hause gebliebenen Praktikanten.

»Nein, kein Anruf oder dergleichen. Ich habe aber etwas gefunden.«

Mohl zog das Kettchen mit Diana Herders Kreuz hervor.

»Das gehörte Diana«, sagte Klaus Kastmann, der gerade zur Tür hereinkam, »nicht wahr Mirko?«

Mirko Schubert antwortete nicht, sondern starrte auf das Kettchen.

»Stimmt, das gehörte Diana«, bestätigte Frau Zaplatilek. »Wo haben Sie das Kreuz gefunden?«

»Dort im Schubfach«, antwortete Mohl.

»Das ist eigenartig«, meinte Frau Zaplatilek. »Ich hatte alles herausgeräumt. Geben Sie mir das Kettchen, ich werde es Frau Herders Angehörigen zukommen lassen.«

Klaus Kastmann warf Venner einen forschenden Blick zu und verließ zusammen mit Schubert das Zimmer. Mohl sah verständnislos die übrigen Personen im Raum an.

»Deine Vorgängerin Diana wurde letzte Woche ermordet«, erklärte ihm Becky von ihrem Platz aus. »Ihre Beerdigung war am Samstag«, sagte sie zu Venner gewandt. »Die Eltern wollten nur die Verwandten und engsten Freunde dabei haben.«

»Ermordet«, wiederholte Mohl ungläubig. »Das ist ja schrecklich. Ich wusste nicht, dass die Arbeit bei der Zeitung so gefährlich ist.«

»Im Allgemeinen nicht«, erwiderte Becky, »oder, Herr Venner?«

Hans Venner nickte stumm. Ihm ging der Blick Klaus Kastmanns nicht aus dem Kopf. Er hatte ihn angeschaut, als ob er wüsste, dass die Kette mit dem Kreuz von Venner ins Büro gebracht worden sei. Das konnte er nur wissen, wenn er selbst den Schmuck im Zimmer am Frauenberg deponiert hatte. Hatte Kastmann etwas mit der Sache zu tun? Er war mit Diana tanzen gewesen und war, laut Aussagen von Timo Montfort, als »Schürzenjäger« bekannt. Oder bedeutete der Blick etwas ganz anderes und Kastmann verdächtigte Venner, der Mörder Dianas zu sein? Auch das war denkbar. Möglicherweise hatte er ihn vorhin beobachtet. Mirko Schuberts Reaktion war ebenfalls seltsam gewesen, warum war der Mann so erstarrt? Zwei neue Verdächtige – plötzlich stieg ihm ein Geruch in die Nase, den er kannte. Venner schnupperte

»Hier riecht es«, überlegte er laut, »nach Feuer …«

»Da ist das neue Lollsparfüm«, sagte Becky. »Ein Geruch nach Sandelholz und Gewürzen. Ich habe es mir gleich gekauft.«

Es war der gleiche Geruch, den er am Freitag wahrgenommen hatte, bevor er niedergeschlagen worden war!

»Becky, wo waren Sie am Freitag?«, fragte Venner frei heraus.

»Wo war sie wohl?«, antwortete an ihrer Stelle Tommy, der gerade von der anderen Büroseite auftauchte. »Mit mir auf einer Party! Sie sind doch nicht eifersüchtig, Herr Venner?«

»Antworteten Sie das Richtige«, riet ihm Becky und streckte demonstrativ die langen Beine aus, die ihr kurzer Rock kaum verhüllte. Venner warf einen anerkennenden Blick auf die Beine und auf die lächelnde Becky.

»Ein Mann muss wissen, wann er verloren hat«, gab er orakelnd zurück. Offenbar war dies die richtige Antwort.

»Ein wahres Wort!«, sagte Becky und zog die Beine, wie eine Katze ihre Krallen, wieder ein, um weiter an ihrem Artikel zu tippen. Tommy dagegen verschwand mit stolzem Lächeln. Praktikant Mohl, der das Ganze mit offenem Mund verfolgt hatte, erkannte, dass das Gespräch vorüber war und machte sich ebenfalls wieder an seine Arbeit, Leserbriefe zu sichten.

Diese Jugend, dachte Venner. Es ist einfach wunderbar, jung und unbeschwert zu sein. Dann fiel ihm die tote Diana ein und ein Schatten legte sich über sein Gemüt. Er tippte weiter, brach dann ab und zog die Unterlagen vom Samstag hervor. Es waren die Angaben zu den Unternehmen, bei denen Amelie Sintelbach beschäftigt gewesen war und die Kopien der Artikel aus der Wirtschaftsakte. Bei den Unternehmen handelte es sich um die »Stratiner Transport & Logistik Berlin. Goldenes Horn 33, 12107 Berlin«, die Firma »Cargo Logistics Polska« in Warschau mit einer Filiale ebenfalls in Berlin und Frankfurt. Dazu die »DDS-Express GmbH« in einem Ort, der nach seiner Postleitzahl in Bayern liegen musste und endlich ein türkisches

Logistikunternehmen mit Sitz in Istanbul, Wien und Kassel namens »Zeytinburnu«.

Frau Sintelbach schien international oder zumindest bundesweit tätig gewesen zu sein. Kein Wunder, dass die Akten an das LKA abgegeben worden waren, bislang offenbar mit wenig Ergebnis. Und sie war in Berlin gewesen, womit sich ein weites Feld an Möglichkeiten öffnete. Venner machte sich einige Notizen. Mist, jetzt war der Kuli leer und seinen eigenen Stift hatte er wohl in der Unterkunft gelassen. Tippte er eben alles direkt ein. Venner wandte sich dem Netz zu. Obwohl er nach allen Seiten recherchierte, fand er kaum Angaben zu den in Amelie Sintelbachs Biografie angeführten Firmen; es gab lediglich einige Kontaktangaben und dazu Bilder der Lkws des jeweiligen Anbieters. Die kopierten Zeitungsartikel aus der Wirtschaftsakte halfen nur bedingt weiter. Sie hatten inhaltlich alle mit der Logistikbranche zu tun, passten aber irgendwie nicht ins Bild. Typisch schien Venner der folgende Bericht:

Bad Hersfeld … Vor dem Amtsgericht Bad Hersfeld musste sich in dieser Woche ein Spediteur verantworten, in dessen Unternehmen im vergangenen Jahr zahlreiche Gesetzesverstöße aufgedeckt worden waren. Die Staatsanwaltschaft sprach von dem wohl umfangreichsten Fall dieser Art in Deutschland.

So seien Verstöße gegen die Lenk- und Ruhezeiten an der Tagesordnung gewesen. Nach der Auswertung aller Fahrtaufzeichnungen durch die Polizei summierten sich die Bußgelder für den Spediteur auf rund 1,3 Mio. Euro. Auch die Fahrer, die sich dieser Verstöße schuldig gemacht haben, müssen mit Bußgeldern in Höhe von bis zu 20.000 Euro rechnen.

Auch die übrigen Artikel handelten von derartigen Vergehen. Aber was hatten nicht korrekte »Fahrtaufzeichnungen« und ähnliche Verstöße mit dem Tod Amelie Sintelbachs oder gar mit dem von Diana Herder zu tun? Hans Venner schickte Jörg Melcher eine Mail mit den Namen der Firmen. Vielleicht konnte der Freund etwas mit den Unternehmen anfangen und ihm weiterführende Hinweise liefern.

Inzwischen würde er versuchen, mehr Informationen zu Klaus Kastmann und Mirko Schubert herauszufinden.

Mit einer ähnlichen Fragestellung beschäftigte sich das Team von Hauptkommissar Härtelmüller. Auf der großen Pinnwand im Besprechungszimmer hatte er neben dem Foto Diana Herders und – im Abstand – einem zweiten von Amelie Sintelbach die Namen der bisher Verdächtigen beziehungsweise der Personen notiert, die in irgendeiner Beziehung zu einem der beiden Opfer gestanden hatten. Viele der Namen waren durchgestrichen und das Wort »Alibi« daneben notiert. Derzeit konzentrierten sich die Ermittlungen auf die Personen, die die ermordete Praktikantin in die Diskothek begleitet hatten. Klaus Kastmann, Thomas Unrau, Mirko Schubert und Rebecca Schill schrieb Inspektor Weber in Großbuchstaben an. Darunter stand, trotz der Notiz »Alibi«, nach wie vor der Name Hans Venner.

»Der Mann ist und bleibt mir verdächtig«, erklärte Härtelmüller. »Meinetwegen kann er alle Alibis der Welt heranbringen, ich traue diesem Archivar nicht über den Weg. Die von ihm genannte Berliner Autonummer gibt es übrigens auch nicht.«

»Verrennst du dich nicht etwas?«, entgegnete seine Kollegin Claudia Tüller. »Er kann weder das erste Opfer noch das zweite getötet haben. Das haut zeitlich einfach nicht hin.«

»Weil ihm diese Meinhard in beiden Fällen ein Alibi gibt.«

»Das ist nicht richtig«, erwiderte die Oberkommissarin. »Ganz unabhängig von den Aussagen Isabel Meinhards gibt es etliche Zeugen, die seine Angaben bestätigen. Seine Alibis sind hieb- und stichfest.«

»Er könnte die Morde in Auftrag gegeben haben!«

»Das ist möglich, derzeit jedoch wenig wahrscheinlich. Die ›Disco-Spur‹ ist entschieden heißer. Lass uns erst einmal den Alibis der Discobesucher nachgehen!«

Der Hauptkommissar, der durchaus wusste, dass Claudia Tüller recht hatte, stimmte brummend zu.

»Da haben wir zunächst die Aussage des Praktikanten Thomas Unrau. Ich lese vor: ›Unsere Clique, also Diana, Rebecca, Klaus Kastmann und ich, dazu noch zwei Freundinnen Rebeccas, Lea Goldschmitt und Ruth, den Nachnamen kenne ich nicht, wir alle waren am Mittwochabend wie am Dienstag und am Freitag zuvor in der Disco, im ›Nachtcafé‹, das ist drüben in Unterhaun. Ja, Mirko Schubert kam dazu, ging aber früher. Ich habe ihn vor dem ›Nachtcafé‹ getroffen. Mirko hat über Kopfschmerzen geklagt und ist nach Hause gefahren, um sich hinzulegen. Das muss gegen elf gewesen sein. Wir blieben bis halb eins und sind dann zu mir. Das heißt, eigentlich nur die Mädels und ein Freund von mir, der Jimmy. Keine Ahnung, wie der richtig heißt. Diana ist gegen halb zwölf gegangen. Was Klaus Kastmann gemacht hat, weiß ich nicht. Mirko Schubert hat sich am nächsten Tag krank gemeldet.‹«

»Die erwähnten Freundinnen Goldschmitt und Rebecca Schill bestätigen die Aussage Unraus in vollem Umfang«, ergänzte Frau Tüller. »Frau Schill sagte zusätzlich, Diana Herder sei den ganzen Abend merkwürdig gewesen. Erst ganz trübsinnig und melancholisch, dann wie ausgewechselt. Sie hätte ausgelassen getanzt, sogar mit Mirko Schubert, der einige Tage zuvor ziemlich unfreundlich zu ihr gewesen sei. Einen Grund oder ein Motiv für den Mord kann sie sich nicht vorstellen. Diana sei überall beliebt gewesen, Streit oder Eifersucht habe es nicht gegeben. Von einem Freund wisse sie nichts. Sie glaube, dass sich gerade etwas Neues angebahnt habe. Vielleicht jemand aus der Redaktion. Die männlichen Kollegen würden Praktikantinnen immer schöne Augen machen. Einen Namen konnte sie nicht nennen, schloss aber Holztenkamp und Stradtler aus, die seien zu alt. Dass Klaus Kastmann etwas mit Diana hatte, könnte sich Rebecca Schill allerdings vorstellen.«

»Mirko Schubert gibt an, er sei bis gegen elf in der Disco gewesen und dann heimgefahren«, berichtete Inspektor Weber. »Am Donnerstagmorgen habe er 39,2° Fieber gemessen und einen Arzt aufgesucht und sich krankschreiben lassen. Nein, ihm sei nichts Besonderes aufgefallen. Er wisse auch kaum etwas von Diana Herder. Es stimme, er habe sie ein oder zwei Tage zuvor zurechtweisen müssen, was er heute sehr bedauere. Worum es eigentlich gegangen war, wisse er nicht mehr. Ein Attest des Arztes, das die Krankschreibung bestätigt, liegt vor.«

»Bleibt uns noch Klaus Kastmann«, sagte der Hauptkommissar. »Wenn es die anderen nicht waren, kann nur er es gewesen sein.«

»Oder der große Unbekannte«, warf Weber ein.

»An den glaube ich nicht«, erwiderte Härtelmüller scharf. »Also, wie lautet die Aussage des Herrn Kastmann?«

»Er war mit der Clique bis halb eins in der Disco, sei dann müde gewesen und nach Hause gefahren«, antwortete Weber. »Diana Herder habe ihm gefallen, sie sei, ich zitiere, ›ein scharfes Geschoss‹ gewesen, aber er könne gut zwischen Arbeit und Privatleben trennen und hätte nie im Leben etwas mit einer Praktikantin angefangen.«

»Gibt es Zeugen, die seine Anwesenheit im ›Nachtcafé‹ bestätigen?«, fragte Frau Tüller.

»Die Clique. Meines Erachtens könnte jederzeit jemand für eine halbe oder gar Dreiviertelstunde verschwinden und niemand würde es bemerken«, sagte Weber.

»Theoretisch könnte es also jeder der vier gewesen sein, obwohl es zeitlich sehr knapp würde«, meinte Härtelmüller.

»Und wir dürfen nicht vergessen, dass der Täter bei Diana Herder im Wagen saß. Ihr Auto wurde in der Nähe des ›wortreichs‹ gefunden. Wie ist er oder sie ohne Auto zurückgekommen?«, fragt Claudia Tüller.

»Nicht mit einem Taxi, das habe ich überprüft«, sagte Weber. »Höchstens als Tramper, wobei das zu der Uhrzeit schwierig ist.«

»Die Nachtstreife ist dort zwischen Mitternacht und halb eins zweimal lang gefahren. Die Kollegen haben keinen Tramper gesehen«, erklärte Härtelmüller. »Es sieht so aus, als sei die Gruppe aus dem Schneider. Wir müssen wohl von vorne anfangen. Das heißt, bei der ersten Toten, bei Amelie Sintelbach.«

»Du gehst davon aus, dass die Fälle miteinander in Verbindung stehen?«, fragte Claudia Tüller.

»Sagen wir, das ist eine Arbeitshypothese«, erwiderte Peter Härtelmüller. »Inspektor Weber, holen Sie mir bitte die Akte Sintelbach aus dem Büro. Wir wollen sehen, ob uns beim erneuten Lesen etwas Neues auffällt.«

»Was ist mit Drogen?«

»Unwahrscheinlich. Die Drogenfahndung konnte uns bisher jedenfalls nicht weiterhelfen.«

Während Hans Venner überlegte, wie er die Alibis der Herren Kastmann und Schubert überprüfen könnte, öffnete sich die Tür und Nadine Nanz kam herein. Venner hatte sie ein paar Tage nicht gesehen, da sie auf Urlaub gewesen war. Sie wirkte frisch und erholt und – durch ihre Abwesenheit – in keiner Weise von den Vorgängen berührt, welche die Redaktion aufgewühlt hatten. Natürlich hatte sie bereits von dem Mord erfahren und zeigte offen ihre Betroffenheit.

»Ich verstehe nicht, warum jemand eine Praktikantin umbringt«, sagte sie zu Frau Zaplatilek, die mit ihr ins Zimmer trat. »Das ergibt keinen Sinn.«

»Ich glaube nicht, dass der Mord mit unserer Zeitung zu tun hatte«, erwiderte Frau Zaplatilek. »Diana Herder wurde getötet und nicht eine Praktikantin der Hersfelder Zeitung.«

»Ihr werdet das alles wahrscheinlich bereits diskutiert haben«, sagte Nadja Nanz. »Die Polizei hat bestimmt jede Menge Fragen gestellt, aber seid ihr wirklich sicher, dass das Motiv und der Mörder außerhalb der Zeitung zu suchen sind?«

»Frag' Herrn Venner, was er dazu meint«, entgegnete die Kollegin. »Ich habe noch mit einem Artikel zu tun und der Herr hier ist unser Mordexperte.«

»Das ist die These von Frau Zaplatilek«, wehrte Venner ab. »Ich bin kein ›Mordexperte‹. Trotzdem habe ich natürlich zur Tat und zu den möglichen Motiven eine eigene Meinung.«

»Und die wäre?«

Nadja Nanz setzte sich auf Venners Schreibtisch und schlug die Beine übereinander. Venner überlegte kurz und entschloss sich dann, ohne begründen zu können, warum er es tat, Nadja ein Stück weit ins Vertrauen zu ziehen.

»Ich glaube«, sagte er, »die Angelegenheit ist komplexer, als sie zunächst aussieht. Ich gehe von folgendem Sachverhalt aus …«

Hans Venner berichtete, was er über den Fall Sintelbach wusste und dass er einen Zusammenhang mit dem Mord an Diana Herder vermute, ohne dies faktisch genügend belegen zu können. Von seinem Verdacht gegenüber Klaus Kastmann und Mirko Schubert erzählte er nicht. Zum einen war dieser zu vage, zum anderen wusste er nicht, in welchem Verhältnis Nadja Nanz zu den beiden stand.

»Frau Sintelbach war also vor zwölf Jahren in der Hersfelder Zeitung beschäftigt«, sagte Nadja Nanz nachdenklich, »das war deutlich vor meiner Zeit. Später hat sie hauptsächlich in Speditionsfirmen gearbeitet. Bad Hersfeld wird wegen seiner zentralen Lage von vielen Speditionen als Umladeort genutzt, Amazon und Libri haben je eine große Niederlassung vor Ort. Vielleicht gibt es da Zusammenhänge, aber ich weiß nicht, was die Zeitung damit zu tun haben könnte.«

Beide schwiegen.

»Hat jemand aus der Zeitung mit dem Bereich zu tun gehabt? Eine Reportage über die innerbetrieblichen Zustände bei Amazon geschrieben oder dergleichen?«, fragte Hans Venner schließlich.

»Ich glaube, Klaus war mal an so etwas dran. Natürlich auch Josef Holztenkamp, der schreibt über alles, was mit Büchern zu tun hat.«

»Und Mirko Schubert?«

»Das weiß ich nicht, ich könnte nachschauen. Fritz Neckler wäre als Wirtschaftsredakteur der zuständige Fachmann und ich kann mich erinnern, dass er im letzten Jahr zum bundesweiten Tag der Logistik etliche Firmen in der Region aufgesucht hat.«

Fritz Neckler, der ruhige Wirtschaftsredakteur, war bislang völlig unverdächtig erschienen, und er hatte, soweit Venner sich erinnerte, für die verschiedensten Situationen ein Alibi. Aber vielleicht konnte der Mann ihm weiterhelfen.

»Danke für den Tipp, an Kollege Neckler habe ich gar nicht gedacht. Ich werde ihn morgen fragen.«

»Tu das, ich schnüffle auch ein wenig herum, mir als Frau erzählen die Leute vielleicht mehr. Genug von Mord und ähnlichen Schrecknissen. Heute Abend geht die ganze Truppe aufs Lollsfest, du kommst doch mit, Hans, oder?«

Venner sagte zu, meinte aber, er müsse noch etwas recherchieren. Ihm war eingefallen, dass Uwe Stradtler sich erst letzte Woche mit dem Thema befasst und sehr offen über Lohndumping und Ausbeutung im Logistikgewerbe geschrieben hatte. Er suchte den Artikel heraus und las ihn durch. Wieder ging es um Geld, um viel Geld, seit ewigen Zeiten das beliebteste Motiv für Mord und Totschlag.

Das Goldkettchen war in der Redaktion aufgetaucht, genauer in Dianas altem Schreibtisch. Venner hatte es entdeckt und offenbar zurückexpediert. Er hätte die Polizei eher auf seine Spur bringen sollen. Langsam wurde der Bursche lästig. Warum Pawel ihn nicht längst ausgeschaltet hatte? Wahrscheinlich ging er davon aus, dass er sich selbst um Venner kümmerte. Doch er hatte keine Lust, sich erneut die Hände schmutzig zu machen. Aber es musste etwas geschehen. Der Mann überlegte. Ja, es gab etwas, was er tun konnte. Zum Glück hatte er am Freitag den Stift eingesteckt. Vielleicht sollte er nochmals der Friedrichsstraße einen Besuch abstatten, auch wenn das riskant sein mochte.

Venner saß in der »Wilden Maus«. Fahrspaß für die gesamte Familie sei garantiert, hatte die Hersfelder Zeitung berichtet und ausführlich die Achterbahn vorgestellt. Vor ihm waren Thomas Unrau und Rebecca Schill und neben ihm saß Nadja Nanz. Die Tour startete und ihr Viersitzer schoss über Steilabfahrten und enge 180° Kurven über die 185 Meter lange Strecke. Um sie laute Musik, kreischende Teenager und das laute Rattern des Fahrwerks. Mit der Fliehkraft konnte er sich anfreunden, fand Venner, als Nadja näher an ihn gedrückt wurde, ansonsten fühlte er sich für derartige Späße entschieden zu alt. Währenddessen hatte Klaus Kastmann Christine Zaplatilek zu einer Fahrt im »Breakdance« überredet. Ohne Probleme meisterte die Kollegin den »Karussellhit«; sie war aber nicht bereit, eine Tour in einer der Hängegondeln der 22 Meter hohen Überkopfschaukel »Intoxx« mitzumachen.

»Alles hat seine Grenzen, Klaus, such' dir jemand anderes zum Spielen!« Ein paar Schießübungen an den Buden folgten, und Stradtler, Venner und Kastmann präsentierten den Damen stolz ihre »erlegten« Blumen. Dann schleppte Josef Holztenkamp die ganze Mannschaft in die Lollspremiere »Krumm und Schief«. »Das ist ein sogenanntes ›Belustigungsgeschäft‹«, sagte er. »Ihr werdet euch schief lachen.« »Krumm und Schief« war eine Art Kletter- und Hindernisparcours, mit Rutschen, einem Glas- und Spiegelirrgarten und anderen Effekten. Venner verzichtete auf einen Gang. Die Kollegen allerdings amüsierten sich köstlich über die tapsigen Schritte des einen oder anderen Besuchers. Schließlich landeten sie im Festzelt und setzten sich an einen der Tische. Eine dralle Kellnerin brachte Bier und eine Kapelle spielte gnadenlos »fröhlich schmissige« Weisen.

»Ich habe mich nach unserem Gespräch heute Mittag mit Frau Richter von der ›Anzeige‹ unterhalten«, berichtete Nadja Venner im Schutz der Musik. »Über Verbindungen zu Speditionsfirmen wusste sie nichts. Sie glaubt an ein Eifersuchtsdrama und behauptet, Mirko Schubert und Klaus Kastmann hätten sich beide um Diana Herder bemüht.«

»Wie kommt Frau Richter zu der Aussage?«

»Sie hat Diana einmal mit Klaus in Kassel und rund eine Woche vor ihrem Tod mit Mirko Schubert in Fulda gesehen!«

»Man sieht viele Leute«, meinte Venner.

»Nicht eng umschlungen!«, konterte Nadja Nanz.

»Das ist ein deutliches Zeichen«, gab er zu. »Doch kein Grund, jemanden umzubringen.«

»Wer weiß«, mutmaßte Nadja Nanz. »Eifersucht ist eine gefährliche Leidenschaft.«

Venner blickte sich um. Er hatte das Gefühl, als würden sie beobachtet. Das Gefühl hatte er schon während des Umzugs gehabt. Er konnte aber niemand Bestimmtes ausmachen. Wahrscheinlich täuschte er sich. »Wo ist eigentlich Kollege Schubert?«, fragte er Nadja.

»Ich habe ihn eben noch gesehen«, antwortete sie. »Vielleicht ist ihm der Trubel zu viel.«

»He, ihr beiden Turteltäubchen«, mischte sich Timo Montfort ins Gespräch. »Flirten könnt ihr in der Redaktion. Hier wird gefeiert. Denkt daran, am Feuer muss man sich in Acht nehmen. Schon mancher ist auf dem Fest unter die Räder gekommen und am nächsten Morgen im falschen Bett erwacht.«

»Ich muss ohnehin gehen, ich lande nirgends«, gab Nadja zur Antwort und blinzelte Venner schelmisch zu. »Ciao und trinkt nicht zu viel, Jungs!«

Sie ging und Frau Zaplatilek schloss sich an. Hans Venner schaute Nadja mit einem unbestimmten Bedauern nach.

»Beim Lollsfest wird nicht Trübsal geblasen«, rief Montfort, der manchmal das Gemüt eines Droschkengauls hatte und hieb Venner kraftvoll auf die Schulter. »Jetzt trinken wir erst mal zur Stärkung einige Fläschchen Lullus-Feuer.« Mit diesen Worten stellte er vor jeden der Männer ein »Sixpack« von den Flaschen des teuflischen Kräuterlikörs. »Brüder, stoßt an! Enner, zwon, dräi, Bruder Lolls!«

Schließlich landeten sie wieder beim Lollsfeuer, wo ihre Tour den

Anfang genommen hatte. Kinder warfen Kastanien ins Feuer, die Erwachsenen schauten zu und tranken Bier. Auch der Vetter war da. Er erklärte Venner, dass das Kastanienwerfen ein alter Brauch sei. Wochen vor dem Fest sammeln die Kinder bereits Kastanien, um sie zu Lolls ins Feuer zu werfen, damit sie in den Flammen laut knallend zerplatzen.

»Ich habe das als Kind genauso gemacht und werde den Brauch meinen Kindern weitergeben. Wartet einen Augenblick, die Hitze macht durstig!«

Markus ging rüber zum Sportlereck und kehrte gleich mit vier Gläsern in jeder Hand zurück, die er in der Gruppe verteilte.

Am Dienstag fühlte sich Venner ziemlich verkatert. Er duschte heiß und kalt, aß Rühreier mit Speck und trank eine Kanne schwarzen Kaffee. Als er gegen neun in der Redaktion eintraf, kamen weitere Tassen Kaffee und eine Flasche Wasser hinzu; allmählich sah er klarer. Auch anderen schien es weniger gut zu gehen. Nadja Nanz war bei ihrem Aufbruch vom Fest den Kollegen von der Sportredaktion begegnet und hatte sich doch noch zu einem kleinen Getränk überreden lassen. Dem kleinen folgten größere Getränke und jetzt kämpfte sie mit einem veritablen Kater. Zum Glück war es weder ihr noch Venner so ergangen wie dem Fotografen einer bekannten Frankfurter Tageszeitung. Den Kollegen hatte seine Redaktion nach Bad Hersfeld geschickt, damit er die besondere Lollsatmosphäre fotografisch einfangen sollte. Als er am Abend zu ihnen gestoßen war, hatte der Mann schon einiges intus gehabt. Holztenkamp und Stradler sorgten dafür, dass dem Frankfurter, er hieß übrigens Karl-Jürgen, den Nachnamen hatte Venner nicht verstanden, dass Karl-Jürgen also der Stoff nicht ausging. Anschließend schleppte ihn Timo Montfort mit zum traditionellen Eisbeinessen der Kreishandwerkerschaft im Hotel am Kurpark. Was in den nächsten Stunden geschah, entzog sich der allgemeinen Kenntnis. Montfort behauptete Wochen später, er sei in Florida im Urlaub gewesen und könne folglich mit dem Ganzen nichts zu tun gehabt haben. Zeugen hingegen wollen ihn und Karl-Jürgen um drei Uhr nachts beim Zechen gesehen haben. Was auch immer stimmen mochte: Als Venner an diesem Morgen vor dem Redaktionsgebäude stand und eben hineingehen wollte, kam ein Wagen mit quietschenden Reifen auf den Hof gefahren und stoppte abrupt. Die Hintertür wurde aufgestoßen – und Karl-Jürgen aus Frankfurt fiel wie ein nasser Sack aus dem Auto direkt in die Blumenrabatte. Der Mann war voll wie eine Strandhaubitze, hickehacke zu. Irgendjemand musste ihm einige Luftballons an seine Jacke geknotet haben; er sah völlig verblödet aus. Trotzdem hatte der Mann fleißig fotografiert. Auf seiner Chipkarte, erzählte Uwe Stradtler, der ihm zusammen mit der Sekretärin Annemarie Beck-Sander auf die Beine half, seien satte 500 Bilder gewesen – aber nur drei davon waren scharf.

Venner wollte sich also gerade an seine Recherchearbeit machen, als das Telefon läutete; es war die Vermittlung.

»Herr Venner, ein Hauptkommissar Härtelmüller will Sie sprechen.«

»Härtelmüller«, meldete sich der Polizist. »Herr Venner, ich hätte da ein paar Fragen. Wenn Sie gerade Zeit haben, kommen Sie bitte vorbei. Vielleicht in einer halben Stunde? Ich denke, Sie sollten auf jeden Fall Zeit haben! Bis dann.« Der Kommissar legte auf.

Was war nun schon wieder, dachte Venner. Das klang so, als würde ihn Härtelmüller erneut irgendwelcher Mordgeschichten verdächtigen. Kurz checkte er seine E-Mails, von Jörg Melcher lag keine Antwort vor, dafür eine Mail aus Tübingen, die ihn über eine Archivtagung im Marbach am Neckar informierte. Dann machte er sich zu Fuß auf den Weg zum Kommissariat.

Der Hauptkommissar ließ ihn sofort in sein Büro führen. Kaum hatte Venner sich gesetzt, kam Härtelmüller zur Sache.

»Ist das Ihr Stift, Herr Venner?«, fragte er und legte vor ihn auf die

Tischplatte einen silberfarbenen Kugelschreiber. »Er müsste Ihnen gehören, Ihr Name ist eingraviert.«

»Dann ist das mein Stift«, antwortete Venner. »Ich vermisse ihn seit ein paar Tagen. Wo haben Sie ihn gefunden? Hoffentlich nicht bei einer Leiche, das wäre mir unangenehm.«

»An Ihrer Stelle würde ich damit keine Scherze machen«, entgegnete der Kommissar ruhig. »Auch wenn es am Fundort des Stiftes keine Tote gab, lassen die Umstände darauf schließen, dass dort etwas passiert sein muss. Wissen Sie, Herr Venner, wo sich Frau Isabel Meinhard befindet?«

»Nein, und das ist Ihnen nicht neu. Ich habe Sie selbst über Isabels Verschwinden informiert und dass ich mir Sorgen mache.«

»Dieser Stift wurde in der Fuldaer Wohnung Frau Meinhards in der Friedrichsstraße gefunden«, erklärte Härtelmüller. »Die Tür war aufgebrochen, die Zimmer durchwühlt und es zeigten sich Blutspuren.«

»Um Gotteswillen, was ist mit Isabel?«, rief Venner.

»Wir haben keine Informationen darüber, was mit Frau Meinhard geschehen ist oder wo sie sich befindet. Die Kollegen in Fulda wurden heute früh von Nachbarn gerufen. Frau Meinhard ist spurlos verschwunden. Ich habe gehofft, Sie könnten uns Auskunft über ihren Aufenthaltsort geben.«

»Was meinen Sie, warum ich mit Ihnen gestern über Frau Meinhard gesprochen habe?«, gab Venner zornig zurück. »Sie nahmen meine Befürchtungen nicht ernst! Nochmals, ist ihr etwas passiert?«

»Es gibt ein paar Blutflecken, doch wir wissen nichts Genaues«, gab Härtelmüller widerwillig zu. »Jedenfalls kommen wir so nicht weiter«, fuhr er fort. »Geben Sie mir eine plausible Erklärung für den Stift, und ich werde Sie nicht weiter behelligen.«

Venner zwang sich zur Ruhe. »Ich habe für Ihren Fund keine Erklärung«, antwortete er. »Ich war nie in der Wohnung in der Friedrichsstraße. Ich wusste nicht einmal, dass Isabel dort und nicht in der

Leipziger Straße wohnt. Für mich ist wichtiger, was wirklich passiert ist.«

Der Hauptkommissar ging darauf nicht ein. »Wir haben in der Friedrichsstraße verschiedene genetische Spuren gefunden«, sagte er, »die nicht von Frau Meinhard sind. Wenn Sie wirklich nie dort waren, stimmen Sie einem DNA-Abgleich zu, und Ihre Fingerabdrücke nehmen wir am besten auch, dann sind Sie auf der sicheren Seite.«

Hans Venner überlegte kurz und willigte ein. Härtelmüller schien mit seiner Bereitwilligkeit nicht gerechnet zu haben, fing sich jedoch rasch und ließ Venner durch Inspektor Weber zur Kriminaltechnik führen. Eine Speichelprobe wurde entnommen und die Fingerabdrücke festgehalten, dann durfte Venner gehen.

»Sie lassen ihn laufen, Chef?«, fragte Weber, als sich die Tür hinter dem Archivar geschlossen hatte.

»Wir haben faktisch nichts gegen den Mann in der Hand. Es gibt keine Leiche, nichts. Wenigstens habe ich Herrn Venner dazu gebracht, freiwillig seine DNA und die Fingerabdrücke zu geben. Sorgen Sie dafür, dass ein Abgleich sowohl mit den Spuren der Friedrichsstraße als auch mit denen, die im ›wortreich‹ gefunden wurden, erfolgt«, wies Härtelmüller den Inspektor an. »Was macht unsere Untersuchung des Bekanntenkreises von Diana Herder?«

»Ich komme vorwärts«, antwortete Oberkommissarin Tüller. »Diana Herder scheint ab und zu in Fulda und in Kassel gewesen zu sein. Im ›Musikpark A7‹ und im ›S-Club‹ in Fulda. Heute Abend fahre ich dort hin.«

»Mach das, Claudia. Ich werde mich auf den Fall Sintelbach konzentrieren. Die blauen Stoffreste, die bei Frau Sintelbach unter den Nägeln gefunden wurden, sind identisch mit den winzigen Partikeln unter den Nägeln Frau Herders.«

»Die gleiche Tatwaffe, das heißt der gleiche Mörder«, rief Weber überrascht.

»So sieht es aus«, meinte Härtelmüller. »Wir sollten daher verstärkt nach weiteren Verbindungen der beiden Fälle suchen. Ich habe heute früh im Internet überraschenderweise einen Kontakt zu einem Netzwerk gefunden, in dem Frau Sintelbach offenbar bekannt war. Dem gehe ich nach. Sie, Herr Weber, versuchen, Herrn Venner im Auge zu behalten. Ich bin überzeugt, dass er heute aktiv werden wird.«

»Was meinen Sie mit ›aktiv‹?«, fragte Inspektor Weber.

»Ich denke, er wird sich auf die Suche nach Frau Meinhard machen oder versuchen, weitere Spuren zu verwischen. Ganz gleich, was der Mann tut, Sie bleiben an ihm dran.«

Was war mit Isabel geschehen? Sie schien wirklich verschwunden zu sein, und die von Härtelmüller erwähnten Blutspuren deuteten das Schlimmste an. Dann der Stift, der in Isabels wahrer Wohnung gefunden worden war. Wie war der dorthin gekommen? Seit wann hatte er den Stift vermisst? Eigentlich konnte er ihn nur in der Zeitung verloren haben. Das hieße, jemand hatte ihn im Redaktionsbüro gefunden und in Isabels Wohnung deponiert, jemand, der sie und die Wohnung kannte und der mit Isabel zu tun gehabt hatte. Ihm fiel der Mann mit dem Menjou-Bärtchen ein. Der Mann, der Isabel mutmaßlich bedrängt und niedergeschlagen hatte. Er war am Tisch Mirko Schuberts gewesen! Das musste die Verbindung sein. Aber welcher Zusammenhang bestand genau zwischen Schubert und dem Menjou-Mann? Der Kerl hatte Geld, das ganze Auftreten, der Anzug, die Filmdiven, alles deutliche Hinweise. Woher kam das Geld? Und welcher Art war die Verbindung zur Zeitung? Nadja Nanz hatte berichtet, dass die Praktikantin Diana mit Schubert in Fulda gesehen worden war. Hatte Kastmann das Paar ebenfalls gesehen? Eventuell ging es um eine reine Beziehungstat und alles andere war purer Zufall? Was sprach für die These, dass Klaus Kastmann der Täter war? Zum einen war Kastmann mit Diana in Kassel, und er war zweitens am Mordabend in der Disco gewesen. Die anderen hatten zwar erzählt, dass er nach Dianas Weggang dort geblieben sei. Doch es fiel sicher kaum auf, wenn jemand für eine halbe Stunde verschwand. Er konnte ihr gefolgt sein und hatte sie dann in einem Anfall aus Eifersucht getötet. Vielleicht war Mirko Schubert auch nicht krank gewesen und daher nicht nach Hause gefahren, sondern hatte Diana abgepasst und sie im »wortreich« ermordet. Beim Arzt war er jedenfalls erst am nächsten Morgen gewesen. Auch in seinem Fall stellte sich die Frage nach dem Warum, die Frage nach den Motiven.

Hans Venner setzte sich an seinen Schreibtisch und versuchte, seine Überlegungen in einer Mindmap zu strukturieren. Am Computer blinkte eine Mailnachricht auf. Jörg Melcher hatte geschrieben:

Du bist auf eine heiße Sache gestoßen, begann die Mail. *Die angeführten Firmen sind alle mehr oder minder direkt mit einen Netzwerk von Schleuserbanden verbunden. Jahr für Jahr reisen 500.000 Menschen illegal in den Schengen-Raum ein, zehn Milliarden US-Dollar fließen dabei in die Taschen der Banden – ein lukrativer globalisierter Menschenhandel. Deutschland, Großbritannien, Belgien, Frankreich, aber auch die nordischen Länder sind die bevorzugten Ziele. Erst im Juli hat die Polizei in einer Großrazzia eine nigerianische Schleuserbande zerschlagen: Insgesamt dreizehn Wohnungen wurden in Berlin, vor allem Neukölln und Spandau, von der Bundespolizei durchsucht. Gegen fünf mutmaßliche Mitglieder der Nigeria Connection erging Haftbefehl. Sie sollen vor allem nigerianische Frauen mit falschen Versprechen nach Berlin geschleust und sexuell ausgebeutet haben. Das gleiche schmutzige Geschäft wird mit Frauen und Jugendlichen aus Osteuropa betrieben. Nach meinen Recherchen tauchen die von dir genannten Logistikfirmen immer wieder in diesem Kontext auf, wobei ihnen bisher keine direkte Beteiligung nachgewiesen werden konnte. Mein Informant beim BKA geht allerdings davon aus, dass im Hintergrund ein komplettes Großunternehmen mit einem Stab von Anwälten, Wirtschafts- und Steuerberatern agiert, das die Fäden zieht und nach außen einen Schein der Legalität erzeugt. Wenn man die Kommunikationswege der Bande knacken könnte, wäre, laut meiner Quelle, schon viel gewonnen. Telefonüberwachungen und Trojaner haben bislang nichts gebracht, offenbar nutzt die Gruppe andere Kommunikationsformen wie Kuriere oder ähnliches. Sei unbedingt vorsichtig, es geht um viel Geld, sehr viel Geld, und das Schleuserkonsortium schreckt vor keiner Gewaltform zurück.*

Amelie Sintelbach hatte in Firmen gearbeitet, die sich möglicherweise mit Schleuserbanden in Kontakt befunden hatten! Also doch! Hans Venner fiel sein Erlebnis auf dem Autobahnrastplatz am ersten Wochenende ein. Der Raum Bad Hersfeld, Kassel, Erfurt fungierte als Schleuserdreieck. Das alles ergab durchaus Sinn, nur fand er nach wie vor keine Verbindung zur Zeitung. Er beschloss, Markus aufzusuchen und diesen über seine neuesten Erkenntnisse zu informieren. Als Herausgeber musste er Bescheid wissen, und vielleicht konnte der Vetter erkennen, was und wo sich das fehlende Verbindungsglied befand. Er ließ sich von der Sekretärin bei Markus anmelden. Der Vetter empfing ihn kurz darauf in seinem Büro. Er ließ Kaffee bringen und bat Venner, Platz zu nehmen.

»Wie weit bist du mit deinen Ermittlungen? Erzähl mir nicht, der Täter würde zur Zeitung gehören. Das wäre ziemlich unschön.«

»Wie man's nimmt«, erwiderte Venner und begann zu berichten, was er bisher herausgefunden hatte. Markus hörte zu, machte sich da und dort eine Notiz und blickte, als Venner endete, etwas betroffen drein.

»Du meinst wirklich, einer meiner Leute arbeitet für eine Schleuserbande? Aber warum und vor allem wer?«

»Ich könnte mir vorstellen, dass der Einsatz, das heißt die ganze Logistik von der Hersfelder Zeitung aus zentral gesteuert wird«, antwortete Venner.

»Die Hersfelder Zeitung als Koordinationsstelle«, sagte Markus Kromme. »Wie soll das gehen? In unserer Zeitung stehen nirgendwo Lieferaufträge für irgendwelche Rotlichtschuppen oder Schwarzarbeiterfirmen. Das gibt es bei der Hersfelder Zeitung nicht«, sagte er mit Nachdruck. »Wir besitzen auch keine Schätze, die man rauben könnte oder geheime Dossiers wie der ›Spiegel‹. Geheime Dossiers würde ich ohnehin im Tresor lagern, da käme so schnell niemand heran. Unsere Zeitung ist absolut sauber und nicht mit kriminellen Machenschaften in irgendeiner Form verbunden!«, wiederholte Kromme.

»Das alles unterstelle ich nicht. Dieses denkbare Koordinationsverfahren läuft wahrscheinlich auch ganz anders«, suchte Venner den Herausgeber zu beruhigen. »Die Geschichte muss viel subtiler über die Bühne gehen. Ich vermute, dass irgendwo in der Zeitung jemand sitzt, der, sagen wir, ein Codewort oder dergleichen weitergibt.«

»Es geht um illegale Einwanderer, organisierte Schwarzarbeit und wohl auch Prostitution«, sagte Markus nachdenklich. »Vielleicht wäre im letzteren Sektor ein Ansatz möglich, um der Sache auf den Grund zu kommen. Ich habe eine Idee.«

Er griff zum Telefon und bat Josef Holztenkamp ins Büro. Ein paar Minuten später erschien die Redakteur. »Setzen Sie sich, Herr Holztenkamp, wir brauchen Ihren fachmännischen Rat«, sagte Kromme. »Kennen Sie sich mit dem hiesigen Rotlichtmilieu aus?«, fügte er zu Venners Überraschung hinzu.

»Nein, dieses Milieu gehört nicht direkt zur Kulturlandschaft«, erwiderte Holztenkamp grinsend. »Ich habe allerdings vor einer Zeit gewisse Recherchen angestellt. Ist das katholische Fulda ›rötlicher‹ als das protestantische Bad Hersfeld? Das war der Arbeitstitel meines Artikel, wir haben den Text bislang nicht gebracht.«

»Das muss auch nicht sein«, meinte Markus Kromme, »obwohl die Idee etwas Bestechendes hat. Und sonst?«

»Wir haben in der Zeitung mehrfach über räuberische Erpressung, Körperverletzung und Freiheitsberaubung in einem Kasseler Sexclub berichtet. Auch darüber, dass der betreffende Täter zuvor von einem Bad Hersfelder Bordellbetreiber Schutzgeld verlangt hat. Und wir berichteten darüber, dass in einer Kontrolle in einem Freudenhaus an der Friedloser Straße Illegale aufgegriffen wurden. Das sind die üblichen Themen aus diesem Bereich. Ansonsten ist die Region Waldhessen ›normal‹ ausgestattet. Bei uns in Bad Hersfeld gibt es zum Beispiel den ›Palm Beach Nachtclub‹ in der Erfurter Straße und in Fulda das ›Erotikhaus‹ in der Kurfürstenstraße.«

»Werben diese Etablissements in irgendeiner Weise bei uns?«

»Natürlich nicht. Was sich allerdings alles hinter den Kleinanzeigen verbirgt, kann ich Ihnen nicht sagen. Eine Anzeige wie ›Suche schlanke Frau ohne Wohnung bis 39 J., bin Beamter, 52 J., 68 kg, 1,77 m, bitte Zuschriften mit Bild. Chiffre‹, bekommen wir öfter. Vor allem am Samstag ist der Kontaktbereich mit Anfragen überfüllt und eine derartige Annonce kann alles Mögliche bedeuten. Um Genaueres zu erfahren, sollten Sie mit der Anzeigenabteilung sprechen.«

»Danke für die Information«, sagte Markus Kromme.

Josef Holztenkamp kehrte an seinen Schreibtisch zurück.

Venner und sein Vetter blieben im Büro.

»Wenn ich dich richtig verstehe, glaubst du, die Sache läuft über Anzeigen«, sagte Hans Venner. »Die Idee hat etwas Bestechendes. Eine Leitung aus der Ferne über wechselnde, wahrscheinlich kodierte Annoncen. Wie bist du darauf gekommen?«

»Ich habe vor Jahren etwas Ähnliches bei Dorothy Sayers gelesen«, sagte Markus Kromme, »aber ich denke, unsere Organisatoren gehen anders vor. Wenn die Steuerung deutschlandweit oder sogar europaweit erfolgen soll, kann das die Hersfelder Zeitung nicht leisten. Du weist, ich habe naturgemäß eine hohe Meinung von unserer Zeitung, dass wir jedoch regelmäßig in München, Wien, Hamburg, Berlin und Warschau gelesen werden, glaube ich allerdings nicht. Wir könnten aber in der Region sozusagen das Logistikzentrum für Menschenschmuggel aller Art haben, eine pervertierte Form von Amazon. In Bad Hersfeld laufen die Nachrichten zusammen, Bestellungen werden aufgegeben und das Ganze koordiniert. Nur, wie gehen die Kerle vor?«

»Warum benutzen sie nicht das Handy?«

»Handys könnten abgehört oder verfolgt werden, das ist zu riskant.«

»Bleibt das Internet!«, sagte Venner. »Die Hersfelder Zeitung hat sicher eine eigene Homepage.«

»Das ist es, Hans«, rief Markus. »Das Ganze läuft über unsere Homepage. Der Organisator sitzt irgendwo in der Zeitung, sei es in der Redaktion, im Vertrieb oder bei den Anzeigen, und nutzt unsere Seite zur Kommunikation!«

»Jetzt müssten wir nur wissen, wer dies ist.«

»Einen Namen haben wir schon: Amelie Sintelbach! Die Frau arbeitete in der Hersfelder Zeitung, sie gehörte den Logistikfirmen an, ergo muss sie mit der Geschichte zu tun gehabt haben«, sagte der Vetter kategorisch. »Damit sind wir doch sehr weit in unseren Ermittlungen gekommen. Alles Weitere ist aus meiner Sicht eine Aufgabe der Polizei.«

»Mehr als Mutmaßungen können wir bislang nicht bieten«, gab Venner zu bedenken. »Wir müssten mehr und Konkretes wissen, bevor wir zur Polizei gehen. So einfach glauben die einem nicht.«

»Wen hast du in Verdacht?«

Hans Venner erzählte von seinen Überlegungen hinsichtlich Klaus Kastmann und Mirko Schubert. »Es könnte natürlich auch jemand ganz anderes sein. Lass mich noch bis Ende der Woche ermitteln und was immer dann vorliegt, wir gehen damit zur Polizei.«

»Abgemacht«, sagte Markus Kromme nach einigem Überlegen. »Du ermittelst bis zum Wochenende, dann ist Schluss. Wenn unsere Vermutungen stimmen, handelt es sich um einer Art Mafia, und mit solchen Leuten ist nicht gut Kirschen essen. Also, sei vorsichtig und informiere mich über alles. Ich möchte schon wissen, was in der Hersfelder Zeitung passiert. So, nun muss ich für heute Abend unseren ›Lollsempfang‹ im Hof des Hotels ›Zum Stern‹ vorbereiten. Die Zeitung erwartet zweihundertfünfzig Gäste. Wir sehen uns dort.«

Hans Venner kehrte an seinen Platz zurück. An den Lollsempfang hatte er in der Hektik der letzten Tage überhaupt nicht mehr gedacht. Natürlich ging er zum Empfang, ein derartiges Highlight konnte er sich nicht entgehen lassen. Wieder wandten sich seine Gedanken dem »Fall« zu. Mit Mutmaßungen allein kam er nicht weiter, er musste konkrete Beweise finden und vor allem herausbekommen, wer Diana umgebracht hatte. Den ganzen Nachmittag grübelte er über die Situation nach und entwarf Pläne, um diese gleich wieder zu verwerfen. Wenn er dem Täter eine Falle stellte – immerhin schien dieser zu wissen, dass Venner »herumschnüffelte«, die Schmieraktion neulich und jetzt der Versuch, ihn mit Isabel Meinhards Verschwinden in Verbindung zu bringen, waren deutliche Anzeichen. Wenn er ihm also eine Falle stellte – aber die Frage war wirklich, wie er dies bewerkstelligen könnte. Er konnte es drehen und wenden, wie er wollte, er kam nicht weiter. Plötzlich fiel ihm der Brief ein, der aus Isabels Tasche gefallen war er. Ein ganz anderes Thema, obwohl es sein konnte, dass Isabels Verschwinden mit dem anderen Fall in Verbindung stand. Hatte sie nicht erwähnt, dass sie in der Export-/ Importbranche arbeitete? Venner blickte auf die Uhr. Es war gleich fünf, ohnehin die richtige Zeit, Feierabend zu machen. Er wollte gerade aufbrechen, da kam Josef Holztenkamp zur Tür herein und steuerte seinen Platz an.

»Hör mal, Hans, was wollte Kromme mit dem Thema ›Rotlichtmilieu‹?«, fragte er neugierig. »Wir sind eine seriöse Zeitung und beschäftigen uns mit solchen Themen höchstens am Rande.«

Venner überlegte. Josef Holztenkamp gehörte zum Stamm der Zeitung und war absolut vertrauenswürdig. Nachdem er bereits Nadja Nanz als Partnerin hinzugezogen hatte, konnte es nicht schaden, ergänzend ein männliches Pendant zu gewinnen. Zumal Holztenkamp schon von Anfang an Vermutungen über seine wahre Aufgabe angestellt hatte. Er schaute sich um, die Praktikanten waren längst gegangen und sie beide allein im Raum.

»Es handelt sich um Folgendes«, begann Venner, »ich bin zwar tatsächlich Archivar, aber auch …« Nach einer guten Viertelstunde hatte er alle wesentlichen Fakten berichtet und hielt inne. Gespannt wartete er auf Holztenkamps Reaktion. Der Journalist betrachtete ihn nachdenklich.

»Das ist eine komplexe Geschichte und doch erscheint sie relativ einfach. Die Idee, eine Zeitung als Zentrale zu benutzen, hat etwas Bestechendes. Ich bin überzeugt, dass du mit deinen Überlegungen richtig liegst. Ich habe mir übrigens noch einmal das Polizeifoto von Frau Sintelbach angeschaut. Ich konnte nur wenig Ähnlichkeit zu der Sintelbach vor zwölf Jahren erkennen. Aber Menschen verändern sich. Was ist mit deiner Tanzpartnerin vom Lollsball? Ihr Verschwinden kommt mir seltsam vor, da stimmt garantiert etwas nicht. Hast du den Brief, von dem du erzählt hast, schon gelesen?«

»Ich habe ihn in meiner Unterkunft. Ich wollte gerade losgehen, da kamst du ins Zimmer. Ich weiß nicht, ob ich den Brief einfach lesen darf.«

»Ich würde ihn umgehend lesen. Vielleicht erklärt er alles und hilft dir, deine Isabel zu finden. Ansonsten stöbere ich in unserem Anzeigenarchiv. Mir als Insider fällt eher etwas auf als dir. Die beiden Kollegen halte ich übrigens für unverdächtig. Klaus Kastmann kenne ich seit Jahren, der hat mit solchen Geschichten nichts zu tun. Er mag manchmal etwas über die Stränge schlagen, vielleicht auch ein Frauenheld sein, aber deswegen bringt er keine Praktikantin um. Mirko Schubert leistet solide Arbeit und kam mit guten Zeugnissen aus Stuttgart. Der Wechsel hat mich ein bisschen verwundert, Stuttgart ist etwas größer als Bad Hersfeld. Doch man kann sich in der Stadt wohlfühlen, und vielleicht war das der Grund für ihn, hierher zu ziehen. Als Mörder kann ich ihn mir nicht vorstellen. Mit dem Tod Amelie Sintelbachs hat er sicher nichts zu tun, er kannte die Frau gar nicht.«

»So viel wir wissen.«

»Sicher, aber was wissen wir schon mit Bestimmtheit? Ich hatte allerdings den Eindruck, dass sich zwischen Mirko und Diana etwas anbahnte. Doch für ihn gilt das Gleiche wie für Klaus – an Mord aus Leidenschaft glaube ich nicht.«

»Und aus Berechnung?«

»Das kann ich nicht beantworten, dafür kenne ich den Kollegen einfach zu wenig.«

Sie beendeten das Thema. Josef Holztenkamp versprach, sich umzuhören, obwohl er glaube, ein Außenstehender sei der Mörder. Jetzt müsse er ein Interview im Riesenrad mit Annette Goss, der Veranstaltungsmanagerin der Schilde-Halle, führen.

»Heute ist der 16. Oktober, das ist Bischof Lolls Sterbedatum. In Bad Hersfeld wird des Bischofs an diesem Tag durch einen besonders kräftigen Umtrunk gedacht.«

Dazu diene heute Abend der große Empfang der Hersfelder Zeitung, erklärte Holztenkamp. »Natürlich ist die gesamte Redaktion heute dort.

Das ist das vierte Mal, dass wir unseren ›Lolls-Presse-Schoppen‹ feiern. Die Pläne fürs neue Verlagsgebäude werden vorgestellt. Der Bürgermeister von Malmesbury wird auch erscheinen, angeblich in Amtstracht und mit goldener Kette. Unser Bad Hersfelder Trompeter Björn Diehl spielt ihm zu Ehren auf der Solotrompete die englische Hymne.«

Hans Venner versprach, später nachzukommen und brach auf. Draußen wurde es langsam dunkel, und als er am Frauenberg ankam, war es Nacht geworden. Venner drehte sich mehrfach um, die ganze Zeit über, während er durch die Straßen lief, hatte er das Gefühl, als folge ihm jemand. Doch er sah niemanden und erklärte seinen Eindruck mit seiner erhöhten Anspannung. Das Haus seiner Gastgeber lag dunkel am Hang. Die ganze Familie, inklusive der Schwester Brigittes, die mit ihrem Mann extra aus Darmstadt angereist war, besuchte das Lollsfest. Er öffnete die Tür der Einliegerwohnung und betätigte den Lichtschalter. Es klickte und blieb dunkel, nur das Licht einer Straßenlaterne erhellte ein kleines Stück des Raumes. Ein bekannter Geruch stieg ihm in die Nase; doch bevor er ihn einordnen konnte, lenkte ihn ein scharrendes, kratzendes Geräusch ab.

Inspektor Weber folgte Hans Venner, seit dieser die Hersfelder Zeitung verlassen hatte. Ein paar Mal drehte sich dieser um; Weber reagierte umgehend, bückte sich oder bog in eine Einfahrt und blieb derart unentdeckt. Jetzt ließ er sich ein wenig zurückfallen. Die Straße zum Frauenberg hoch war wenig begangen, und daher konnte ein Beschatter leichter auffallen als in der Stadt. Sie näherten sich Venners derzeitiger Wohnung. Fritz Weber bezog Posten im Schatten einer Hecke und wartete geduldig. Eine halbe Stunde gab er Venner, sich zu entscheiden, ob er das Fest besuchen wollte. Dann würde der Inspektor gehen.

Menschen drängten sich im Hof des Hotels »Zum Stern«, nur einen Steinwurf vom großen Festrummel entfernt. Der Lolls-Empfang der Hersfelder Zeitung hatte begonnen. Alle waren da: die wichtigsten Anzeigenkunden, die örtliche und regionale Prominenz, Vereinsvorsitzende und Firmenbosse, der Festspielintendant nebst Gattin und andere mehr. Am Bürgermeistertisch versammelten sich die Oberhäupter von Kirchheim, Breitenbach, Niederaula, Friedewald und Eiterfeld. Am Nebentisch stand der Feuermeister im Gespräch mit dem Schaustellerpfarrer und der Riesenradchefin. Später gab es einen Sonderpreis für den Bürgermeister von Malmebury, den Markus Kromme und Bürgermeister Kehling gemeinsam überreichten. Lebkuchenherzen, volle Gläser, die »City Galerie« trifft auf das »Modezentrum«, Gäste über Gäste.

Ein Blick zum Fest: Hier herrschte Hochstimmung, wenn auch mancher den Alkohol weniger vertrug. Eine Schlägerei am Autoscooter, eine weitere Schlägerei am »Break Dance«. Die Polizei war an diesem Abend mehrfach im Einsatz.

Hans Venner trat vorsichtig einen Schritt vor und versuchte das Dunkel zu durchdringen. Im gleichen Augenblick sprang ein Schatten auf ihn zu, und er sah das Aufblitzen einer Klinge. Instinktiv drehte er sich zur Wand, ein scharfes Eisen drang in seinen Arm. Wieder blitzte das Messer, ein neuer Schmerz; eine laute Stimme rief: »Halt, stehen bleiben, Polizei!«

Die Gestalt wandte sich ab und stieß Venner zur Seite. Für einen kurzen Moment konnte er im Halbprofil ein Gesicht erkennen. Nun krachte es, er hatte den Eindruck eines Handgemenges, jemand fluchte laut. Hastige Schritte ertönten, ein Schuss fiel, es klirrte und ein weiterer Schuss folgte. Stimmen waren zu hören. Erst jetzt merkte Hans Venner, dass ihm Blut aus der Brust quoll. Ihm wurde schwindlig und die Luft immer enger, dann fiel er mit einer Drehung zu Boden.

Am Mittwoch, den 17. Oktober, saßen Hauptkommissar Härtelmüller, Oberkommissarin Tüller und Inspektor Weber im Besprechungsraum des Kommissariats und analysierten die aktuelle Lage. Frau Tüller hatte von ihren Nachforschungen im Kassler ›Musikpark A7‹ und im Fuldaer ›S-Club‹ berichtet, die beide ohne Ergebnis verlaufen waren. Auch der von Härtelmüller entdeckte »Internetkontakt« hatte sich als blinde Spur erwiesen. Anschließend sprachen sie über die Messerattacke vom Dienstag.

»Herr Venner ist wohl endgültig aus dem Schneider«, sagte gerade Härtelmüller. »Dieser Angriff auf ihn zeigt jedoch, dass er mehr von dem Geschehen weiß, als er uns gegenüber zugegeben hat.«

»Oder dass er mehr weiß, als er ahnt«, korrigierte Frau Tüller.

»Den uns vorliegenden DNA-Spuren nach könntest du recht haben, Claudia. Es gibt zwei unterschiedliche DNA-Spuren in Venners Wohnung, die identisch sind mit Funden am Tatort im ›wortreich‹ und die wir auch in Frau Meinhards Wohnung in der Friedrichsstraße in Fulda entdeckt haben. Venners eigene DNA taucht nur am Frauenberg auf.«

»Das heißt, er ist definitiv nicht der Täter und war, wie er behauptet, tatsächlich nicht in Frau Meinhards Wohnung«, sagte Inspektor Weber.

»Richtig«, bestätigte sein Chef. »Geplant war der Angriff auf ihn nicht, vielleicht war es doch ein Einbrecher. Die Tatwaffe wurde jedenfalls nicht gefunden. So oder so haben wir jetzt zwei Täterhinweise, wobei eine weitere Merkwürdigkeit hinzukommt.« Er machte eine Pause und zog ein Blatt hervor. »Das kam vorhin vom Labor. Das Blut in der Wohnung von Frau Meinhard stammt von einem Tier.«

»Was? Dann ist die Entführung womöglich nicht passiert, sondern wurde nur vorgetäuscht?«, fragte Claudia Tüller. Ehe Härtelmüller darauf antworten konnte, klopfte es. Ein Beamter brachte ein Fax.

»Herr Härtelmüller, das kam eben aus Berlin.«

Der Hauptkommissar dankte und las das Schreiben. Ungläubig schüttelte er den Kopf, dann blickte er Frau Tüller und den Inspektor an.

»Die Berliner Kollegen haben eine Wasserleiche gefunden. Dem Ausweis nach handelt es sich um Isabel Meinhard.«

Hans Venner erwachte in einem Krankenbett. Sein linker Arm schmerzte höllisch, es stach in der Brust und in seinem Kopf tobte ein wahres Lollsfeuer. Vorsichtig bewegte er sich und stöhnte unwillkürlich, als er mit dem Arm an die Bettkante stieß. Neben seinem Bett saß auf einem Stuhl eine Frau.

»Du bist wach, endlich, ich habe mir beinahe Sorgen gemacht.«

Es war Nadja Nanz, und sie lächelt ihn an.

»Hast du die ganze Zeit hier gewartet?«, fragte Venner mit rauer Stimme.

»Nein, ich habe gerade nach dir geschaut. Man sagte mir, du würdest gleich aufwachen. Ich bringe dir Blumen von der Zeitung.«

Sie deutete auf den Nachttisch, auf dem in einer Vase ein bunter Strauß stand.

Die Tür ging auf, ein Arzt und eine Schwester traten ein.

»Guten Tag, Herr Venner. Da haben wir ziemlich viel Glück gehabt. Der Stich in den Arm ist harmlos und der in die Brust hat lediglich eine Fleischwunde verursacht. Morgen Mittag, spätestens morgen Abend können Sie nach Hause. Die Schwester wird schauen, ob Sie erhöhte Temperatur haben. Sie bekommen ein Analgetikum gegen die Schmerzen. Dann schlafen wir ein wenig.«

Der Arzt ging. Die Schwester gab Venner eine Ibuprofentablette und reichte ihm ein Glas Wasser. »Nehmen Sie!«

Er schluckte brav und spülte mit dem Wasser nach.

»Gut«, lobte die Schwester und zückte nun ein Thermometer.

»Wir messen oral, stecken Sie das Gerät in den Mund, ich komme gleich wieder.« Sie verließ ebenfalls den Raum.

»Welchen Tag haben wir heute?«, fragte Venner nuschelnd.

»Heute ist Donnerstag, du hattest einiges Blut verloren und warst gestern den ganzen Tag ohne Bewusstsein.«

Venner zog das Thermometer aus dem Mund und legte es zur Seite.

»Es ist schon Donnerstag, was ist eigentlich passiert?«

»Jemand ist in deine Behausung eingebrochen, und du hast den Einbrecher offenbar überrascht. Er hat dich mit einem Messer angegriffen und verletzt, zum Glück war ein Inspektor Weber in der Nähe, der eingegriffen hat.«

»Und?«, drängte der Patient. »Hat er den Kerl erwischt?«

»Nein, dein Angreifer konnte entkommen. Er trug eine graue Kapuzenjacke und die Kapuze war über den Kopf gezogen, so dass Weber nicht erkennen konnte, wer er war.«

Für einen kurzen Moment erschien vor Venners innerem Auge das Gesicht, das er gesehen hatte. Die Augen, die Stirn, der Mund, das war Isabel … Mein Gott, er musste sich täuschen!

»Was hast du Hans?«, fragte Nadja. »Du bist auf einmal so blass!«

»Ich muss hier raus. Ich kann nicht bis morgen bleiben. Wo sind meine Sachen?«

»Vielleicht im Schrank. Willst du nicht lieber warten, bis es dir besser geht?«

»Nein, das will ich nicht«, erwiderte er bestimmt. »Es geht mir jetzt schon viel besser.«

Die Schwester kam herein und nahm das Thermometer.

»Oh, Sie sind fieberfrei. Haben Sie wirklich richtig gemessen?«

»Aber natürlich«, erwiderte Venner im Brustton der Überzeugung und mit seinem besten Schwiegermutterlächeln. Die Schwester trug etwas in eine Liste ein und verließ wieder das Zimmer.

»Los, gib mir meine Sachen!«, drängte Venner. »Dann lass uns endlich abhauen!« Mühsam erhob er sich.

Der Wagen stand vor dem Krankenhaus, etwas seitlich geparkt; eine Beobachtungsposition, ein guter Platz für die Observation. Vielleicht ergab sich später eine Gelegenheit. 15 Uhr, die Tür ging auf, und Hans Venner verließ das Krankenhaus in Begleitung einer brünetten Frau. Es war die gleiche Frau, mit der er am Montag auf dem Fest gewesen war. Das Paar ging zu einem blauen Škoda, sie stiegen ein und fuhren davon. Der Beobachter startete ebenfalls und folgte im vorsichtigen Abstand dem Wagen.

»Fahr mich erst zum Frauenberg«, bat Venner. »Ich muss etwas nachschauen.« Es dauerte heute länger als sonst, zur Wohnung zu kommen, da wegen des Festes in der Stadt einige Straßen gesperrt waren. Zehn Minuten später erreichten sie den Frauenberg. Venner stieg aus, ging hoch zum Haus und in seine Einliegerwohnung. Drinnen sah es ziemlich wüst aus. Das Bettzeug war herausgerissen, der Schreibtisch umgekippt und der Kleiderschrankinhalt lag auf dem Boden herum. Der oder die Einbrecher schienen tatsächlich etwas gesucht zu haben, wahrscheinlich den Brief. Er musste sich mit seiner Erinnerung geirrt haben, dachte Venner erleichtert. Warum sollte Isabel bei ihm einbrechen und nach dem Brief suchen, den er ihr ohnehin gegeben hätte? Und sie würde ihn auch nicht angreifen; überhaupt war sie verschwunden. Ganz sicher hatte er sich geirrt. Er griff hinter den Schrank und zog den Brief hervor, den er auf der Rückseite mit Tesafilm festgeklebt hatte. Er zögerte, vielleicht sollte er ihn gleich lesen. Vielleicht erfuhr er aus ihm etwas über Isabels Aufenthalt. Venner riss den Umschlag auf und starrte auf das Papier. Ihm zeigte sich ein Gewirr von Buchstaben und Zahlen, das Schreiben war kodiert! Das half ihm jetzt nicht weiter. Am besten, er nahm den Brief mit in die Zeitung und schloss ihn bei Markus im Tresor ein. Später konnte er versuchen, die Chiffren zu lösen. Rasch zog er sich um, legte die Kleidung aufs Bett, fürs Aufräumen war keine Zeit. Er holte eine weitere Tablette aus der Packung, die er aus dem Krankenhaus mitgenommen hatte, schluckte sie und kehrte zur wartenden Nadja zurück. Venner stieg ein und beide fuhren die Straße runter zur Stadt. Plötzlich raste von links aus Richtung Schwimmbad ein schwarzer Van mit getönten Scheiben auf sie zu. Schon glaubte Venner, das Krachen von Blech und Splittern von Glas zu hören. Im letzten Augenblick konnte Nadja das Steuer herumreißen und bremsen, sonst hätte der andere Wagen sie mit voller Wucht erwischt. Der Van schoss haarscharf an ihnen vorbei und fuhr mit hohem Tempo davon.

»So ein Spinner, der hat wohl zu viel Lolls-Feuer getrunken«, schimpfte sie. »Und fährt in einem irren Tempo einfach weiter. Das ist eine Dreißigerzone und hier spielen Kinder. Ein echter Idiot. Hast du dir das Kennzeichen gemerkt?«

»Es ging zu schnell«, sagte Venner. »Es war jedenfalls keine Nummer aus Bad Hersfeld.«

»Ich konnte nicht erkennen, wer am Steuer saß.«

»Ich leider auch nicht«, meinte Venner düster. »Ich habe das Gefühl, dass das Manöver Absicht war.«

»Das glaube ich nicht, der Kerl war wahrscheinlich betrunken«, erwiderte Nadja, »lass uns weiterfahren, die Polizei zu verständigen, bringt nichts.«

Ohne weitere Zwischenfälle erreichten sie gegen drei viertel vier die Zeitung. Dort wurde Venner freudig begrüßt und sofort im Hinblick auf seinen Überfall interviewt.

»Sie sind wirklich wieder einsatzfähig?«, fragte die Kollegin Zaplatilek. »Der Einbrecher hat Sie doch mit einem Messer attackiert. Sollten Sie nicht lieber ein paar Tage im Bett bleiben?«

»Das war halb so wild«, wiegelte Venner ab. »Ich habe mich selbst entlassen. Sagt selbst, kann man während des Lollsfests krank zu Hause liegen?«

»Natürlich nicht, aber was wir über den Überfall hörten, klang ziemlich schlimm«, sagte Uwe Stradtler. »Ich bin sicher, der Täter war ein Junkie, die gibt es leider auch in Bad Hersfeld.«

»Ich glaube nicht an einen Junkie«, erwiderte Venner. »Da steckt etwas ganz anderes dahinter.«

»Das heißt, du willst wahrscheinlich wieder unsere Alibis abprüfen«, meinte Stradtler locker. »Möglicherweise möchtest du uns sogar alle ›beriechen‹.«

»Ich rieche jedenfalls nicht, ich bin absolut sauber«, versicherte Josef Holztenkamp. »Ich war, wie alle anderen, auf dem Lolls-Empfang im ›Stern‹. Das Bier floss geradezu in Strömen.«

»Der Holzfeuergeruch, den Sie riechen«, warf Becky ein, »stammt vom Lolls-Parfüm. Klaus hat es ebenfalls gekauft und heute früh jeden und alles damit eingesprüht.«

Tatsächlich roch es überall nach »Lolls«. Und es stellte sich heraus, dass die gesamte Redaktion, inklusive der Anzeigenabteilung, des Vertriebs, des »Satzes« und der Verwaltung auf dem Fest gewesen war, wie ihm unter allerlei Scherzen erklärt wurde.

»Schade, dass Sie den Empfang und den Lulluskrammarkt verpasst haben«, sagte Frau Zaplatilek. »Überhaupt dürfen echte Lollsschwestern und Lollsbrüder keinen Tag ausfallen lassen!«

Venner stimmte zu und ging zu seinem Arbeitsplatz. »Lolls« gab ein lückenloses Alibi für die Belegschaft. Dann erinnerte er sich plötzlich an den Geruch, den er am Abend kurz vor dem Überfall im Zimmer wahrgenommen hatte. Es war nicht der Holzfeuer- und Sandelholzduft gewesen, der ihm Freitagnacht entgegengeweht war. Nein, es war ein bestimmter Geruch gewesen, ein spezieller Parfümhauch, den er kannte: Clinique. Venner merkte, wie sein alter Verdacht zurückkehrte, wollte aber jetzt darüber nicht nachdenken. Er loggte sich in seinem Computer ein und rief die E-Mails auf. Jörg Melcher hatte geschrieben, Venner öffnete die Mail.

»Das dürfte dich interessieren«, schrieb Jörg. »Ich hoffe, du bist nicht zu sehr betroffen.« In der Anlage befand sich ein gescannter Zeitungsauszug aus der Berliner Zeitung:

Tote im Landwehrkanal. Am Dienstagabend wurde der Leichnam einer Frau aus dem Landwehrkanal geborgen. Den Polizeiangaben nach handelt es sich um einen gewaltsamen Tod. Als Todesursache wird Strangulation vermutet, die Tat geschah wahrscheinlich Sonntagnacht oder Montagfrüh. Den aufgefundenen Papieren nach handelt es sich um Isabel M. aus Fulda …

Ihn durchfuhr ein regelrechter Schlag. »Isabel M. aus Fulda« konnte nur seine Isabel sein. Sie war tot, war ebenfalls ermordet worden! Sein ganzer Verdacht war unsinnig gewesen, völlig unsinnig – Isabel lebte nicht mehr. Wie war sie nach Berlin gekommen? Hatte man sie entführt? Wer hatte sie entführt und warum? Eine Vermutung packte ihn: Da steckte der blasse Mann dahinter, der bereits in Bad Hersfeld Isabel überfallen hatte. Venner ergriff ein wilder, unbändiger Zorn. Er sprang auf und verließ ohne Erklärung die Redaktion. Die Kollegen sahen ihm überrascht nach. Auf der Treppe rannte er beinahe Markus um.

»Hans, du bist ja wieder da. Was ist los?«

»Das erkläre ich dir später.« Venner riss den geöffneten Brief aus der Tasche und drückte ihn dem verdutzten Vetter in die Hand. »Verwahr das bitte für mich in deinem Tresor auf.« Schon eilte er weiter. Nur ein Gedanke erfüllte ihn. Er musste zu Kommissar Härtelmüller. Der Mann hatte ihm nicht geglaubt, sondern im Gegenteil ihn wiederholt verdächtigt und es nicht verhindert, dass Isabel ermordet worden war. Den Kerl würde er sich kaufen!

Als Venner das Kommissariat erreichte, wurde ihm wieder so richtig übel. Der Kopf dröhnte, und die Schmerzen meldeten sich mit Vehemenz zurück. Mit Mühe schaffte er es hinein und ließ sich auf einen Stuhl im Gang fallen.

6. Lollstrubel

Er hob es auf; es war ein spitzes Messer, auf dem deutlich dunkle Flecken zu sehen waren. Wahrscheinlich handelte es sich um Blut, menschliches Blut. Eingetrocknet und hässlich …

Dort fand ihn Kommissarin Claudia Tüller.

»Herr Venner, was wollen Sie denn hier? Ich dachte, Sie wären im Krankenhaus und, ehrlich gesagt, so wie Sie aussehen, gehören Sie auch dort hin oder zumindest ins Bett.«

»Ich wollte zu Kommissar Härtelmüller«, brachte der Archivar mit Mühe hervor. »Isabel Meinhard ist tot, und er ist daran schuld. Wenn er mir geglaubt hätte, statt mich immer wieder neu zu verdächtigen …«

»Kommen Sie erst einmal mit in mein Büro. Mein Kollege ist im Augenblick nicht im Hause, vielleicht können Sie mir erzählen, was Sie ihm mitteilen wollten. Ich bin eine Frau und kann besser zuhören.«

In seinem dösigen Zustand war Hans Venner alles egal, und er ließ sich in Claudia Tüllers Zimmer bugsieren. Dort setzte er sich und schloss die Augen. Die Frau hatte recht, er hätte nicht kommen sollen, sondern im Krankenhaus bleiben. Isabel war tot, daran konnte er nichts ändern, und wer der Mörder war, hatte er auch nicht herausgefunden. Er hatte nur herumspekuliert und wenn auch alles, was er herausgefunden hatte, sehr plausibel klang, so konnte er nichts beweisen, schon gar nicht in seinem Zustand. Er bat die rothaarige Kommissarin um ein Glas Wasser und nahm eine weitere Tablette. Einen Kaffee lehnte er ab. Zumindest subjektiv hatte er das Gefühl, dass es ihm nach der Tablette besser gehe und er setzte sich auf.

»Sie wissen vielleicht, dass ich von Herrn Kromme, dem Herausgeber der Hersfelder Zeitung, gebeten wurde, die Gründungsgeschichte der Zeitung zu untersuchen und dabei sozusagen ›undercover‹ in der Redaktion zu ermitteln. Die ermordete Frau Sintelbach war vor Jahren in der Hersfelder Zeitung tätig und Markus, Herr Kromme ist mein Vetter, fürchtete einen Zusammenhang zwischen dieser Tatsache und dem Mordgeschehen in der Gegenwart.«

Die Kommissarin nickte, soweit war ihnen die Geschichte durchaus bekannt.

»Bei meinen Recherchen«, fuhr Venner fort, »bin ich eigentlich nicht sehr weit gekommen. Das heißt, die Fakten, die ich herausgefunden habe, sind mehr oder minder spekulativ.«

»Aber es muss an Ihren Erkenntnissen etwas dran sein«, unterbrach ihn Frau Tüller. »Sie werden zweimal Opfer eines Überfalls. Dazu wird eine weitere Praktikantin ermordet und, wie es aussieht, auch Frau Meinhard, die Ihnen zweimal ein Alibi gegeben hat und mit der Sie mehrfach gesehen worden sind, das ist mehr als deutlich. Ich will Ihnen aber nicht verheimlichen, dass der Tod von Frau Meinhard Sie in den Augen meines Kollegen Härtelmüller wieder verdächtig macht. Er hatte sich aufgrund der Faktenlage gerade dazu durchgerungen, an Ihre Unschuld zu glauben. Jetzt aber vermutet er, Frau Meinhard habe sterben müssen, da sie sonst Ihre Alibis hätte platzen lassen. Woher wissen Sie übrigens, dass sie tot ist? Wir bekamen die Information erst gestern per Fax, und da lagen Sie im Krankenhaus.«

»Ein Freund von mir hat den entsprechenden Artikel in der Berliner Zeitung entdeckt und mir diesen zugemailt.«

»Das könnte sein«, gab Frau Tüller zu. »Doch Sie wollten von Ihren Recherchen erzählen.«

Das tat Venner, und Frau Tüller machte sich eifrig Notizen. Als er seine Darstellungen beendete, blätterte sie noch einmal ihre Mitschrift durch, dann sah sie den Archivar direkt an.

»Ich glaube, Herr Venner, Sie haben wirklich ein gehöriges Stück

Arbeit geleistet. Die Überlegungen, die Sie und Herr Kromme im Hinblick auf die Schleuserbande angestellt haben, scheinen mir logisch und plausibel. Natürlich ist bisher nichts bewiesen, und wir wissen nicht, wenn Sie recht haben, wer derjenige ist, der aus der Hersfelder Zeitung heraus den Einsatz der Bande leitet. Logischerweise müsste er der Mörder sein, wobei ich nach wie vor glaube, dass es auch andere Motive geben könnte und eventuell die Morde nicht zusammenhängen.«

»Alles spricht dafür«, entgegnete Venner matt. Eine ungeheure Müdigkeit erfasste ihn plötzlich.

»Sie sind ja völlig fertig. Kommen Sie, ich fahre Sie rasch nach Hause«, sagte Frau Tüller, der das Nachlassen seiner Kräfte nicht entgangen war. »Sie legen sich erst einmal hin und ruhen sich aus. Sie haben genug getan, lassen Sie jetzt die Profis an den Fall ran, das ist sicherer und auch effektiver.«

Sie brachte ihn mit dem Wagen zum Frauenberg, wo sich Brigitte, seine Gastgeberin, um ihn kümmerte. Sie räumte das Chaos auf und steckte ihn mit einer Wärmflasche ins Bett. Dort verblieb Hans Venner bis zum Samstag. Zwischendurch schaute Nadja Nanz nach ihm, was ihn überraschte und freute.

Samstag, 20. Oktober. »Bad Hersfeld dreht am Rad«, verkündete die Hersfelder Zeitung und brachte einen engagierten Bericht voller Alliterationen »Kämpfer, Kritik, Kandidaten – und der Lolls-Frieden« sowie einen Artikel fürs Herz über den Bürgermeister und seine Lebensgefährtin.

An diesem Vormittag, er war gerade aufgestanden, erhielt Venner überraschenden Besuch. Es klopfte an der Außentür, und als er öffnete, standen draußen Jörg Melcher und ein über das ganze Gesicht grinsender Uwe Stradtler.

»Es gibt Neuigkeiten, alter Freund«, sagte Jörg, als Venner ihn verblüfft anstarrte. »Lass uns herein und wir werden dir alles berichten.«

»Wieso bist du in Bad Hersfeld?«, fragte Venner. »Im Übrigen bin ich noch im Morgenmantel.«

»Hör mal, Hans. Jörg ist gestern extra aus Berlin gekommen, um dich zu informieren.«

»Gestern schon? Du bist seit gestern in Bad Hersfeld?«

»Ja, wir haben ein bisschen gefeiert, etwas ›Lollus‹, pardon ›Lols‹ musste schon sein, das gibt es in Berlin nicht. Und du warst zudem außer Gefecht. Uwe hat mir alles gezeigt.«

»›Uwe‹, ihr beide kennt euch?«

»Natürlich kennen wir uns. Uwe war in Berlin einige Monate bei der taz, zur gleichen Zeit, als ich auch dort gearbeitet habe. Alles trifft sich in Berlin, das ist doch bekannt. Hier sind Brötchen, lass uns endlich rein. Es ist kalt.«

Dann saßen die drei Männer bei einem improvisierten Frühstück, und Jörg Melcher legte los.

»Was ich euch jetzt erzähle, weiß noch niemand. Haltet euch fest: Euer Mirko Schubert ist nicht der Schubert von der SZ! Er hat dort nie gearbeitet!«

»Das kann nicht sein«, sagte Uwe Stradtler überrascht. »Ich habe seine Zeugnisse gesehen. Er war lange Jahre bei der Stuttgarter Zeitung. Wie kommst du auf die Behauptung? Woher nimmst du überhaupt dein Wissen?«

»Ich habe Schubert, den richtigen Schubert wohlgemerkt, am Donnerstag auf einer Pressetagung getroffen und gefragt, wie es denn in Bad Hersfeld sei. Er arbeite in Stuttgart bei der SZ, antwortete er. Von einem Ort namens Bad Hersfeld habe er noch nie im Leben gehört.«

»Eine arrogante Type«, entfuhr es Stradtler.

»Du sagst es«, erwiderte Melcher lässig. »Arrogant und eingebildet. Ein echter Schwabe, wie wir ihn in Berlin so lieben. Dieser Stuttgarter-Zeitungs-Schubert sieht eurem Schubert zwar vom Typus ähnlich, aber er ist es nicht. Vor allem wäre ihm das Ressort, für das

Mirko Schubert in der HZ zuständig ist, ziemlich fremd. Er hat sich nie mit Politik beschäftigt, sondern schreibt hauptsächlich über Fußball und hat ein- oder zweimal irgendetwas über die Bildungspolitik verzapft, wovon der Mann keine Ahnung hat. Aber ganz gleich, ob man Schubert mag oder nicht, er ist nicht euer Mann. Er heißt übrigens Marko, nicht Mirko. Es gibt noch andere Schuberts in der Branche. Einen Günter Schubert, der ist weit über achtzig. Einen freien Berliner Kollegen namens Uli Schubert im Alter Mirkos, den ich persönlich kenne und andere wie Thomas, Torsten oder Sascha Schubert, aber niemand von denen ist Mirko.«

»Das ist ein Ding, Mirko Schubert hat sich mit falschen Papieren bei uns eingeschlichen.«

»Oder er wurde eingeschleust«, sagte Venner. »Auf jeden Fall heißt das, er ist der Mörder Dianas. Sie wird herausgefunden haben, dass seine Angaben falsch sind und wurde deswegen von ihm getötet.«

»Das müsste bewiesen werden«, meinte Melcher.

»Warum bist du nicht gleich damit zur Polizei?«, fragte Uwe Stradtler.

»Ihr kennt mich, ich recherchiere gern auf eigene Faust. Im Übrigen war euer falscher Schubert seit Donnerstag nicht mehr in der Redaktion, wie mir eure Sekretärin sagte.«

»Das stimmt«, gab Stradtler zu. »Seit Hans am Donnerstag überraschend wieder in der HZ erschien, ist Mirko Schubert, oder wie immer er heißt, untergetaucht.«

»Der Mann weiß, was die Stunde geschlagen hat und entzieht sich der Festnahme.«

»Und nun?«, fragte Venner. »Was sollen wir jetzt tun?«

»Wir informieren die Polizei und feiern dann ›Lolls‹«, sagte Jörg Melcher fröhlich.

»Ich möchte vorher meinem Vetter Bescheid sagen«, wandte Hans Venner ein. »Als Herausgeber der Zeitung hat er das Recht, als Erster zu erfahren, dass der Fall aufgeklärt ist. Ob ich später mit euch feiere, weiß ich nicht. Mir liegt der Tod Isabels schwer im Magen. Zwischen uns ist nicht viel geschehen, und wir haben uns nur dreimal getroffen, dennoch hat sie mir einiges bedeutet.«

»Zieh dich erst mal an und komm mit«, sagte Jörg Melcher. »Dann sehen wir weiter.«

»Am Lolls soll keiner Trübsal blasen«, ergänzte Uwe Stradtler.

Venner kleidete sich an, und die drei Männer fuhren in das Zeitungsgebäude, wo, wie Uwe Stradtler wusste, Markus Kromme heute Vormittag einen Termin wegen des geplanten Neubaus hatte. Das Gespräch mit dem Architekten war schon beendet. Hans Venner informierte Markus über ihre neuen Erkenntnisse. Markus Kromme war über die Wendung, die der Fall genommen hatte, sichtlich überrascht. Dass Mirko Schubert nicht »echt« war, hätte er nie vermutet. Der Vetter war jedoch froh, dass die Angelegenheit sich endlich zu klären schien und dass niemand vom eigentlichen Stammpersonal mit der Geschichte zu tun hatte.

»Du hast einen wichtigen Teil zur Klärung beigetragen«, sagte er zu Hans Venner, während sie zu viert in Krommes Büro beim Kaffee saßen. »Dazu wurdest du zweimal direkt von dem Täter angegriffen. Dennoch hat dich dieser Kriminalkommissar mehrfach verdächtigt. Ich denke, da ist eine dicke Entschuldigung fällig. Wie auch immer, der Fall ist gelöst.« Er trank einen Schluck Kaffee. »Bist du eigentlich auch zu den Nachforschungen über den Zeitungsgründer gekommen?«, fragte der Vetter dann. »Der Teil deiner Arbeit ist für die Zeitung fast ebenso wichtig.«

Hauptkommissar Härtelmüller wurde aus seinem freien »Lollswochenende« geholt. Von großer Dankbarkeit war bei ihm nichts zu spüren. Mit finsterem Gesicht hörte er Venners Geschichte an. Dann schüttelte er missmutig den Kopf.

»Ihre ›Schubert-Lösung‹ überzeugt mich nicht, Herr Venner«,

meinte er. »Ich danke Ihnen und Herrn Melcher natürlich für Ihre Informationen«, fuhr Härtelmüller fort. »Was Sie berichten, mag stimmig klingen, aber bisher sind das alles nur Annahmen. Dennoch, es könnte sich um Tatsachen handeln und das bedeutet, dass die Leute, um die es geht, äußerst gefährlich und unberechenbar sind. Also halten Sie sich ab jetzt aus der Polizeiarbeit absolut heraus.«

Während die Herrn Amateure selbstzufrieden feiern, fügte er hinzu, beginnt für die Kripo die eigentliche Arbeit. Dann komplimentierte er beide hinaus.

»Wir müssen diesen Herrn Schubert finden und ihm beweisen, dass er tatsächlich Diana Herder und wahrscheinlich auch Isabel Meinhard sowie Amelie Sintelbach ermordet hat«, sagte Härtelmüller später zu Claudia Tüller und Inspektor Weber, die er von Zuhause zu einer Sondersitzung ins Kommissariat gerufen und über Venners Aussagen und Mutmaßungen informiert hatte. »So einfach, wie sich das die selbst ernannten Privatdetektive vorstellen, ist das Ganze leider nicht.«

»Was ist mit dem DNA-Abgleich?«, fragte Weber. »Wenn der sogenannte Schubert der Täter ist, müsste seine DNA überall zu finden sein.«

»Die KTU wurde bereits verständigt und wird uns bis heute Nachmittag informieren«, entgegnete sein Chef trocken.

»Wir sollten umgehend eine Hausdurchsuchung vornehmen«, schlug Claudia Tüller vor. »Mit oder ohne richterliche Verfügung, es ist Gefahr in Verzug.«

»Ich habe das lieber amtlich«, erwiderte Härtelmüller und wählte die Nummer des Staatsanwalts. Wilker war zum Glück erreichbar und reagierte sofort.

»In einer halben Stunde haben Sie die Durchsuchungsanordnung«, versprach er. »Sie können schon Ihre Leute zusammentrommeln.«

Um 13:20 Uhr Ortszeit bogen mehrere Einsatzfahrzeuge in den Zellersgrund ein, wo »Mirko Schubert« in einer Zweizimmerwohnung lebte. Keiner öffnete, und die Beamten brachen die Tür auf. Schubert fanden sie nicht. Der Vogel war längst ausgeflogen.

Der Kommissar sah sich um. Die Zimmer waren sparsam möbliert und der Kleiderschrank nahezu leer. Es sah aus, als habe »Schubert« die Räume kaum genutzt. Aber es gab einen Schreibtisch mit einem Computer und etlichen Ordnern. Bis 15:30 Uhr war die gesamte Wohnung vollständig auf den Kopf gestellt und jedes Blatt Papier, das auffindbar gewesen war, zudem der PC mit allen Datenträgern, in Kartons verladen und abtransportiert worden. Eine besondere Ausbeute versprach die Kamera des falschen Journalisten. Beim ersten Sichten hatte Inspektor Weber mehrere Dutzend Aufnahmen von Diana Herder entdeckt, die auf ein enges Verhältnis zu »Mirko Schubert« hinwiesen. Dann fanden die Polizisten unter Schuberts Papieren ein Blatt mit dem gleichen Text wie der des Drohbriefs, den Markus Kromme im Sommer erhalten hatte. Nähere Angaben zur wahren Identität oder zur Rolle »Schuberts« im angenommenen Schleusergeschäft schien es allerdings nicht zu geben. Schließlich entdeckten die Fahnder im hintersten Eck eines Schrankes ein spitzes Messer, auf dem deutlich dunkle Flecken zu sehen waren, wahrscheinlich Blut. Mit einem solchen Messer war auf Hans Venner eingestochen worden! Ob es dasselbe war und ob es sich bei den Flecken wirklich um Blut handelte, würde das Labor herausfinden. Auch »Schuberts« PC aus der Zeitung wurde zur Auswertung mitgenommen. Auf Hauptkommissar Härtelmüller und seine Mannschaft wartete an diesem Samstag in der Tat Arbeit, sehr viel Arbeit.

Es wurde Abend. Nach einigem Hin und Her ließ sich Venner überreden, mit Jörg Melcher, Uwe Stradtler, Timo Montfort und Josef Holztenkamp zur Feier des Erfolges auf das Fest zu gehen. Klaus Kastmann und Holger Nenzer waren auch dabei. Nenzer, eigentlich mehr ein ruhiger Typ, feierte in seinen Geburtstag hinein und war entsprechend aufgedreht. Am Treffpunkt Lollsfeuer hatte er bereits kräftig zugelangt; mit Mühe und Not konnten ihn die Kollegen davon abhalten, bei seinem wilden Tun ins Feuer zu fallen.

»Heute besuchst du endlich einmal ›Krumm und Schief‹, das wird dich auf andere Gedanken bringen«, meinte Jörg zu Hans, nachdem sie ebenfalls da und dort »getankt« hatten. »Wenn du auf einem Fest bist, musst du alles mitmachen.«

»Ich weiß nicht, ob ich die ›lustigste Baustelle der Welt‹ genauso lustig finde wie ihr«, gab Venner zurück.

»Probiere es einfach aus«, meinte Uwe Stradtler.

Draußen war es dunkel. Bisher hatte sie alles richtig gemacht. Das Messer musste längst entdeckt worden sein, er saß wie eine Ratte in der Falle. Nur waren Ratten in der Falle besonders angriffslustig, und er hatte einen letzten, verzweifelten Angriff gestartet. Der verdammte Brief! Obwohl ihn nur jemand verstand, der in alles eingeweiht war und den Code knacken konnte. Trotzdem wäre es besser gewesen, wenn sie den Brief wiedergehabt hätte. Sie trat ans Fenster und blickte über die Dächer der alten Stadt. In der Ferne sah sie das Leuchten und Blinken des Riesenrades, es war Zeit zu gehen. Der nächste Teil ihres Planes hatte begonnen. Die Frau zog die Handschuhe an und steckte die Beretta ein. Dann verließ sie die Wohnung und lief die Treppen hinab.

Fritz Weber schlenderte mit seiner Freundin Jutta Hand in Hand über das Fest. Endlich war er aus dem Kommissariat gekommen. Heute hatte er wahrhaftig genug getan, nun genoss er die fünfte Hersfelder Jahreszeit in vollen Zügen. Jutta trug stolz die Rose, die er ihr geschossen hatte und schmiegte sich zärtlich an ihn. »Was hältst du von einer Fahrt in der ›Wilden Maus‹?«, schlug Weber gerade vor, da sah er den Mann schräg vor sich, der sie heute Mittag derart beschäftigt hatte: Mirko Schubert oder wie immer er hieß! Das Profil entsprach exakt dem Fahndungsfoto.

»Ich bin gleich wieder da«, entschuldigte er sich bei Jutta. Inspektor Weber löste sich aus ihrem Arm und sprintete davon. Sprachlos starrte Jutta ihm nach.

Die Männer standen vor einer nachgeahmten Großbaustelle mit einem Kran, einem Bauwagen, einer Art von Haus und verschiedenen Gerüsten und Röhren. Überall blinkten bunte Lichter, und es waren Schreie und Gelächter aus dem Innern der »Baustelle« zu hören. Venner spürte, dass ihm die »Attraktion« schon jetzt wenig zusagte. Seine Proteste halfen nichts, die Kollegen drängten ihn geradezu hinein, und kurz darauf war er mitten im wackligen Geschehen. Nachdem er die verschiedensten »schiefen« Situationen ausgekostet hatte und hin und zur Genüge her getaumelt war, gelangte er endlich in eine Art Spiegellabyrinth. Er wollte rasch hindurchlaufen, stieß aber gleich schmerzhaft gegen eine der Glasflächen. Solche Späße mochte er nicht; Venner wäre am liebsten umgehend aus dem Kabinett verschwunden. Doch, er wusste nicht wieso, vielleicht war das bereits getrunkene Festbier daran schuld oder das von Uwe Stradtler und Timo Montfort mitgebrachte »Lullus-Feuerwasser«, vielleicht war das Labyrinth auch komplexer, als er gedacht hatte; er schien sich wirklich verirrt zu haben! Natürlich nicht wirklich, wie Venner sich gleich beruhigte. Die Fläche des Labyrinths war überschaubar und mit etwas Nachdenken und zwei, drei Versuchen würde er sogleich zum Ausgang finden. Dennoch überraschte ihn sein mangelnder Orientierungssinn, das kannte er von sich nicht. Vorsichtig, um nicht wieder eine glasharte Erfahrung zu machen, bewegte er sich nach links und dann nach rechts. Es war insgesamt eine Banalität, dachte Venner – und hielt mitten in der Bewegung inne. Direkt vor ihm zeigte der Spiegel das lächelnde Gesicht Isabel Meinhards. Das waren ihre Augen, ihr Mund, die geschwungenen Lippen, keine Frage, sie war es. Unmöglich, sie konnte es nicht sein. Isabel war ermordet worden, sie war tot. Auch hatte das Spiegelbild blonde Haare. Was er sah, war ein Trugbild, eine Spiegelung seiner Fantasie, ein Produkt seiner unbewussten Wünsche. Wieder starrte er auf das Bild im Spiegel. Nein, er irrte sich nicht, da stand wirklich Isabel! Sie trug ein helles Kleid, als ob wieder Sommer wäre, und dazu einen kleinen weißen Hut. Wie in Trance fand er den Weg zum Ausgang. Draußen schaute er sich hastig um. Dort drüben die Frau musste Isabel sein! Er lief an Uwe Stradtler vorbei, der irgendetwas sagte oder fragte und folgte dem hellen Tupfen, der, wie er glaubte, wie er hoffte, zu Isabel gehörte. Venner schob sich durch die Menge, lief an »Fantasia« und »Night Style«, an Karussellen und Imbissbuden vorbei. Menschen über Menschen. Kurz verlor er sie aus den Augen, suchte verzweifelt und fand sie zum Glück wieder. Ein Mann war jetzt bei ihr. Der Mann kam Venner bekannt vor, aber er konnte im Gedränge nicht erkennen, wer er war. Sie lief neben ihm, ganz dicht an seiner Seite, einmal auch direkt hinter dem Mann, sodass sie ihn nahezu vollständig verdeckte. Nun waren die beiden am Riesenrad und stiegen in eine Gondel. Venner drängte sich hinzu, es dauerte einige Augenblicke, bis er die dichte Menge durchquert hatte. Schon drehte sich die Kabine weiter und fuhr langsam hoch in die schwindelnde Höhe. Er stand unten und schaute dem blinkenden Drehen nach. Eine eigenartige Erinnerung überkam ihn, er dachte an das Riesenrad im Wiener Prater und ihm war, als höre er die klagenden Zitterklänge aus dem dritten Mann. Uwe Stradtler und Josef Holztenkamp tauchten neben ihm auf, kurz danach ein schnaufender Timo Montfort – und Inspektor Weber.

»Mensch, was ist los? Du saust plötzlich davon, als ob dich eine Tarantel gestochen hätte.«

Venner antwortete nicht, er starrte nur nach oben.

Das »Bellevue-Riesenrad« hielt an und die innere Musik verstummte. Venner hatte den Eindruck, dass alles auf einmal zu schweigen schien. Über das ganze Fest legte sich eine tiefe, bedrückende Stille. Eine lautlose, geradezu tödliche Stille – mitten in dieses Schweigen hinein krachten zwei Schüsse. Die Kabinentür der obersten Gondel öffnete sich wie von Geisterhand. Eine dunkle Gestalt fiel heraus und stürzte in rasender Geschwindigkeit wie ein Stein senkrecht in die Tiefe. Eine Frau schrie gellend, dann löste sich die bleierne Zeit um Venner auf. Das Tosen und Lärmen kam als eine riesige Welle zurück und ergoss sich als schäumende Gischt über den Festplatz.

»Ein Unfall«, rief Stradtler, »jemand ist aus der Gondel gestürzt!«, und griff zum Handy.

»Das ist unmöglich«, sagte Josef Holztenkamp. »Während der Fahrt sind die Türen der Gondeln verriegelt. Da kann niemand herausstürzen.«

Inspektor Weber drängte sich vorbei und eilte zur Gestalt am Boden.

Hans Venner schwieg und trat zur Seite. Dort stand er noch, als die oberste Gondel den Boden erreichte. Die hell gekleidete Frau stieg aus, es war tatsächlich Isabel Meinhard! Inspektor Weber trat auf sie zu und sprach mit ihr. Dann wurde sie von zwei hinzugekommenen Polizeibeamten durch die gaffende Menge geführt und zu einem Einsatzwagen gebracht. Der Wagen fuhr davon. Venner ballte die Fäuste, drehte sich um und verließ, gegen die heranströmende Menge ankämpfend, mit schweren Schritten das Fest.

Eine Stunde später saßen Isabel Meinhard, Hauptkommissar Härtelmüller und Oberkommissarin Tüller sowie Inspektor Weber im Vernehmungsraum des Kommissariats. Härtelmüller nannte die Formalien, schaltete ein Aufnahmegerät an und begann das Verhör.

»Frau Meinhard. Wir haben aus Berlin die Mitteilung erhalten, dass Ihre angebliche Leiche am Dienstag im Landwehrkanal aufgefunden worden sei. Vier Tage später werden Sie, getarnt durch eine blonde Perücke, auf dem Lullusfest angetroffen. Dort fahren Sie mit dem angeblichen Mirko Schubert allein in einer Riesenradgondel. Zwei Schüsse fallen, und Herr Schubert stürzt, trotz geschlossener Gondel, mit einem Projektil in der Brust in die Tiefe. Können Sie uns das Ganze erklären? Vielleicht beginnen Sie mit Ihrem Erklärungsversuch am letzten Sonntag, den 14. Oktober. Das ist der Tag, an dem Sie angeblich verschwunden sind.«

Isabel Meinhard, die völlig apathisch in sich zusammengesunken dasaß, fuhr wie aus Gedanken auf.

»Ich war an dem besagten Sonntagabend mit Hans, also mit Herrn Venner, in Bad Hersfeld verabredet«, begann sie mit zitternder Stimme ihre Aussage. »Ich bin von meiner Wohnung in Fulda aus mit meinem Auto losgefahren und habe gemerkt, dass mich ein Wagen verfolgte. Es war eine dunkle Limousine. Deswegen fuhr ich nicht über die Bundesstraße, sondern nahm die Autobahn. Irgendwie gelang es mir, den Verfolger auf der A 7 mit Hilfe einer Behelfsausfahrt abzuhängen. Ich hatte aber Angst, weiter nach Bad Hersfeld zu fahren und bin zurück nach Fulda. Als ich zu meiner Wohnung kam, war dort die Etagentür aufgebrochen und alles durchsucht worden; auf dem Boden befand sich eine Blutpfütze. Ich bekam Panik. Ich raffte ein paar Sachen zusammen und fuhr wieder los, diesmal nach Frankfurt. Ich übernachtete am Flughafen und flog von dort am Montagmorgen kurz vor sieben direkt nach Berlin. In Berlin besuchte ich meine Freundin Swetlana, die mir anbot, sich einfach für mich auszugeben und die Verfolger, falls die mir noch auf den Fersen wären, in die Irre zu führen. Sie sieht mir sehr ähnlich. Ich hatte das Gefühl, dass ich wirklich weiterhin gejagt würde, da mir ein Mann aufgefallen war, der auch in Berlin immer dort auftauchte, wo ich war und den ich schon in Fulda und Bad Hersfeld gesehen zu haben meinte. Ich nahm ihren Vorschlag an und tauschte mit Swetlana die Rolle. Ich gab ihr meinen Ausweis, ich hatte ja noch meinen Reisepass. Sie zog meine Sachen an und verließ in meinem Mantel und mit meiner Reisetasche das Haus. Ich kehrte in ihren Sachen und mit blonder Perücke als ›Swetlana‹ am gleichen Nachmittag über Frankfurt nach Bad Hersfeld zurück, um mich bei einer anderen Freundin, die im Zellersgrund lebt, zu verstecken.«

»Sie wussten nicht, dass dort auch der angebliche Mirko Schubert wohnte?«, fragte Härtelmüller scharf.

»Nein, ich kannte den Namen des Mannes gar nicht!«, rief Isabel Meinhard. »Ich hatte zwar einige Male beobachtet, dass jemand vor meinem Haus stand, doch erst als ich in Berlin war, habe ich den Mann richtig gesehen und mir sein Gesicht einprägen können. Es war, wie ich heute weiß, dieser Mirko Schubert. Das müssen Sie mir glauben!«

»Und die Hausdurchsuchung heute im Zellersgrund? Die Wohnung Ihrer Freundin liegt genau gegenüber. Was dachten Sie, als die Durchsuchung ablief, oder behaupten Sie, Sie hätten das Ganze nicht mitbekommen?«

»Ich bekam natürlich mit, dass die Polizei vor dem Haus vorgefahren ist«, sagte Isabel Meinhard mit leiser Stimme. »Ich brachte dies aber nicht mit dem Mann, den Sie Mirko Schubert nennen, in Verbindung.«

»Aha«, erwiderte der Hauptkommissar skeptisch. »Kommen wir nochmals auf die Abläufe zu sprechen. Wie ging es nach Ihrer Rückkehr aus Berlin weiter?«

»Ich kehrte am Montagnachmittag zurück …«, fuhr Isabel Meinhard fort.

»Das war der 15. Oktober, richtig?«, unterbrach sie Härtelmüller.

»Ja, das war der 15. Oktober. Am Montagabend«, sprach sie weiter, »glaubte ich, ich könnte es wagen, trotz allem in die Stadt zu gehen. Ich dachte, während des Anzündens des Lullusfeuers auf dem Marktplatz herrsche ein solches Gedränge, dass ich nicht auffallen würde. Und ich hoffte, vielleicht Herrn Venner zu begegnen.«

»Sie wussten nicht, wo Herr Venner wohnte?«

»Das wusste ich schon. Ich war sogar einmal bei ihm. Ich traf ihn aber nicht an und kehrte in die Wohnung meiner Freundin zurück. Die ganze Zeit über hatte ich wieder den Eindruck, mir folge jemand. Am Dienstag und Mittwoch blieb ich daher im Haus. Am Donnerstag hielt ich es nicht mehr aus und rief in der Zeitung an. Ich wollte mit Hans sprechen und ihn um Hilfe bitten. Ich erfuhr, dass Herr Venner in seiner Unterkunft überfallen worden sei. Man war misstrauisch, wollte mir keine nähere Auskunft geben und fragte nach meinem Namen. Ich legte voller panischer Angst auf. Ich bekam diese Angst nicht in den Griff und wagte mich nur für kurze Einkäufe aus dem Haus, wobei ich immer das Gefühl hatte, ich werde verfolgt. Erst heute überwand ich die Furcht und fuhr mit dem Bus in die Stadt. Sicherheitshalber hatte ich wieder die Perücke aufgezogen und einen Hut aufgesetzt. Niemand schien mich zu erkennen oder mir zu folgen. Ich fühlte mich gerade etwas wohler und lief eben über den Markt, als mich, mitten im Gedränge, eine Faust packte und mich hart vorwärts stieß. Gleichzeitig fühlte ich, wie mir ein Pistolenlauf in den Leib gedrückt wurde. Es war der Fremde, der gleiche, der mir offenbar seit Tagen gefolgt war. Heute weiß ich, dass er Mirko Schubert hieß. Er lenkte mich durch den Druck seiner Waffe zum Riesenrad. Den Rest wissen Sie.«

»Erzählen Sie bis zum Ende«, bat der Hauptkommissar.

»Wir fuhren in einer Gondel, ganz allein, denn dieser Schubert zwang mich, dem Kartenabreißer zu sagen, wir seien ein Paar und wollten nur zu zweit fahren. Er würde für die gesamte Gondel zahlen. Ich wusste nicht, was der Mann von mir wollte, ich bat ihn flehentlich, mich laufen zu lassen. Ich hätte ihm nichts getan, sagte ich. Er entgegnete, ich hätte alles aufgedeckt und an Herrn Venner verraten. Er werde sich rächen und mir werde es ähnlich gehen wie Swetlana. Venner würde er beim nächsten Mal auch erwischen.«

An dieser Stelle begann Isabel Meinhard zu weinen.

»Ich wusste nicht, was in Berlin passiert war«, stieß sie unter

Schluchzen hervor. »Ich machte mir große Sorgen um Swetlana, hoffte aber, ihr sei nichts Ernsthaftes passiert. Erst als Sie vorhin sagten, man hätte meinen Tod gemeldet, ahnte ich, dass sie an meiner Stelle sterben musste.«

»Was meinte der angebliche Schubert mit den Wörtern ›aufgedeckt‹ und ›verraten‹?«, fragte Härtelmüller ungerührt weiter.

»Ich arbeitete bis vor Kurzem in einem Fuhrunternehmen, Import-Export. Da habe ich meinen Chef vor etwa drei Wochen auf eine Buchungsunregelmäßigkeit hingewiesen. Das könnte es gewesen sein, mehr weiß ich nicht. Und mit Herrn Venner habe ich über ganz andere Dinge gesprochen.«

»Was passierte dann?«

»Wir waren ganz oben, hoch über der Stadt. Das Rad stoppte. Der grässliche Mann zog seine Waffe, ich sprang mit dem Mut der Verzweifelung vor. Der Schuss krachte und ging zum Glück daneben. Wir rangen miteinander und wieder löste sich ein Schuss. Dieser muss Schubert selbst getroffen haben, er ließ mich los und, ehe ich etwas machen konnte, stieß er gegen die Tür der Kabine, die aufsprang, und er kippte nach hinten in die Tiefe.«

Mit diesen Worten brach Isabel Meinhard endgültig weinend zusammen und musste in die Klinik gebracht werden. Die Vernehmung war damit beendet.

»So, wie die Frau die Geschichte erzählt, könnte es in der Tat gewesen sein«, meinte Claudia Tüller nachdenklich. »Dass die Kabinentür aufsprang, ist schon ein großer Zufall. Die KTU prüft gerade, ob das die Folge des ersten Schusses gewesen sein kann.«

»So könnte es gewesen sein«, wiederholte der Hauptkommissar nachdenklich. »Wahrscheinlich ist es auch so gewesen«, sagte er dann. »Wir müssen natürlich alle Angaben überprüfen, aber was Frau Meinhard aussagte, wirkt auf mich insgesamt schlüssig.«

»Offenbar hat man sie verwechselt oder wegen unseres Herrn Venner aufs Korn genommen«, überlegte seine Kollegin weiter. »Sie war nach ihren Angaben einmal in seiner Wohnung, was ihre dortige DNA-Spur erklären könnte.«

»Allerdings nicht die im ›wortreich‹«, erwiderte Härtelmüller.

»Ein paar Haare oder ähnliche Dinge lassen sich schnell irgendwo deponieren«, warf Weber ein. »Den Stift des Herrn Venners hat dieser angebliche Schubert auch als vermeintliche Spur ausgelegt, um uns in die Irre zu führen. Nur Schubert kann der Angreifer gewesen sein, ich habe die Gestalt gesehen. Von der schmalen Statur und der Körpergröße passt er genau. Und das Blut am Messer aus Schuberts Wohnung ist das Herrn Venners. Schuberts DNA findet sich ebenfalls an allen ›Tatorten‹. Der Mann und niemand sonst ist es gewesen!«

»Wie hat er diese Swetlana umgebracht?«

»Er war in Berlin, das hat Frau Meinhard selbst erzählt. Er ist sicher hinterher geflogen, wir werden das ebenfalls überprüfen, die Kollegen vor Ort sind bereits informiert«, schloss Härtelmüller. »Es gab dort vor ein, zwei Wochen einen mysteriösen Todesfall in der U-Bahnstation Alexanderplatz. Ein Pole wurde auf die Schienen gestoßen und von der Bahn überrollt. Die Überwachungskamera zeigte einen Mann im Trenchcoat, leider nur von hinten. Der Statur nach könnte das ebenfalls Schubert gewesen sein. Obwohl, so ganz sicher ist das nicht. Einen Trenchcoat haben wir bei ihm nicht gefunden und einen eindeutigen Beweis, dass er damals in Berlin war, haben wir auch nicht. Sonst scheint alles zu passen; Mirko Schubert ist unser Mann! Das Einzige, was mich stört, ist, dass wir aufgrund von ›Mirko Schuberts‹ Tod nicht näher an die Hintermänner der Schleusergeschäfte herankommen. Die Papiere, die er dabei hatte, sind deutlich, aber helfen uns nicht wirklich weiter. Ich verstehe einfach nicht, warum sich Frau Meinhard nicht gleich an uns gewandt hat.«

»Sie hatte Angst, und sie war in Panik«, erklärte Claudia. »Das ist doch eindeutig.«

»Na ja, so ganz verstehe ich ihr Verhalten trotzdem nicht.«

Härtelmüller stand auf und dehnte sich.

»Es ist spät. Das reicht für heute. Herr Weber, Sie überprüfen bitte bis morgen Mittag die Flugdaten. Stellen Sie jemanden als Schutz vor Frau Meinhards Krankenhaustür. Sicher ist sicher.«

Sonntagabend, 21. Oktober. Hans Venner lief durch die festlich beleuchteten Straßen der alten Stadt. Es war ein sehr warmer Tag gewesen, bei den fast schon sommerlichen Temperaturen strömten seit Mittag zahlreiche Besucher aus allen Richtungen in die Innenstadt. Vor den Eisdielen waren fast alle Plätze besetzt gewesen und an den Eistheken standen die Kunden Schlange. Viele Zuhörer zog auch die australische Band *The Wishing Well* an, die auf dem Linggplatz mit ihren Folk-, Pop- und Rock-Songs zum Verweilen und Mitwippen einlud. Vor der Puppenbühne auf dem Rathausplatz drängten sich vor allem die jüngeren Besucher.

Heute Abend folgte zum Abschluss des Lullusfestes ein großes Feuerwerk, und heute war auch Venners vorerst letzter Abend in der Stadt. Er hatte sich von Vetter Markus verabschiedet, der sich nochmals für alles herzlich bedankt hatte. Die »Kollegen« aus der Redaktion wollte er nachher noch einmal treffen. Eigentlich hätte Venner schon auf dem Heimweg sein sollen, aber er konnte sich nicht von der Stadt und von der Geschichte, in die er geraten war, lösen und würde erst morgen Vormittag nach Tübingen fahren. Selbst das schien ihm zu früh zu sei. Zu vieles war ihm noch unklar, auch wenn angeblich alles geklärt war. Vor allem die Sache mit Isabel. Er hatte sie am Mittag im Krankenhaus besuchen wollen, doch sie war bereits fort – ohne eine Nachricht zu hinterlassen. An Telefon und Handy ging sie nicht, und in Fulda, wohin Venner extra fuhr, war sie nicht anzutreffen. Wahrscheinlich hatte sie sich nach Berlin abgesetzt. Inspektor Weber, der ihn später aufsuchte und einiges im Zusammenhang mit Isabel fragte, teilte ihm allerdings mit, Frau Meinhard habe das gestrige Geschehen und auch sonst alles plausibel erklären können. Sie hätten alles überprüft, ihre Angaben seien vollständig bestätigt worden. Dann verabschiedete sich der Polizist. Hans Venner aber traute Isabels Geschichte nicht, auch wenn die Polizei ihr offenbar Glauben schenkte. Für ihn gab es in dem ganzen Ablauf einfach zu viele Ungereimtheiten und Widersprüche. Er konnte ihr nicht mehr vertrauen, dachte Venner trübe. Ihm fiel ihre Begegnung am Anfang seiner Bad Hersfelder Zeit ein. Der nette Abend in dem italienischen Restaurant »Garda«. Zu einem Essen im Hotel »Zum Stern« war es nicht mehr gekommen. Schade, und jetzt war sie fort – ein dummes, ein hässliches Ende eines scheinbar schönen Beginns.

Auch das Fest ging zu Ende, das Lullusfeuer war gelöscht, der Feuermeister Udo Rosenberger hatte seine letzte Rede gehalten. Die Stadt war voller Menschen, die heute Abend das letzte Mal für dieses Jahr fröhlich den Ausklang des »Lolls« feierten. Hans Venner erreichte das »News Café«, wo er sich mit den Kollegen für acht Uhr verabredet hatte. Sie wollten Venner mit einem kleinen Umtrunk verabschieden und dann gemeinsam mit dem Feuerwerk das Fest ausklingen lassen. Uwe Stradtler, Timo Montfort, Josef Holztenkamp sowie Klaus Kastmann und alle anderen waren gekommen. Nur Frau Zaplatilek und Nadja Nanz hatten sich entschuldigen lassen, was Venner bedauerte.

Die Gruppe saß bereits eine Weile und hatte die Ereignisse der letzten Wochen Revue passieren lassen und eifrig über Mirko Schubert und die Rolle Isabels diskutiert, als Venner bei einem zufälligen Blick aus dem Fenster eine dunkle Gestalt auffiel.

Draußen stand Isabel Meinhard, ganz in einen schwarzen Mantel gehüllt, und es schien fast, als warte sie auf ihn! Venner entschuldigte sich bei den erstaunten Kollegen, stand auf und lief eilig nach draußen. Ehe Venner Isabel erreichte, drehte sie sich um und eilte davon. Er folgte ihr auf dem Fuße. Doch so sehr er sich bemühte, er konnte nicht zu ihr aufschließen oder den Abstand verringern. Stets blieb sie knapp vor ihm, immer hart am Rande des Sichtfelds. Sie liefen und liefen. Durch nächtliche Straßen und über das alte Pflaster. Eine schiere Ewigkeit schienen sie unterwegs zu sein. Schließlich bog Isabel in eine Toreinfahrt. Im schwachen Licht der Hauslampe sah Venner für einen kurzen Augenblick ihr Gesicht. Es wirkte blass und melancholisch, fast wie entrückt. Isabel schlüpfte ins Haus. Ihm gelang es, gerade noch hineinzukommen, bevor sich das Eingangstor krachend schloss.

Ihre Absätze klapperten mehrere Treppen empor. Vorsichtig folgte er ihr. Oben im zweiten Stock endeten die Geräusche. Eine Tür quietschte. Dann wurde es still.

Hans Venner stieg langsam weiter die Treppe empor, bis er die oberste Etage erreichte. Eine Tür auf der linken Seite war halb geöffnet. Er drückte sie langsam weiter auf und trat in die dahinter befindliche Wohnung. Vor ihm lag ein langer, dämmriger Flur. An seinem Ende schien ein schmales Lichtband. Venner lief auf den Schein zu. Das Licht fiel aus einem Türspalt. Vorsichtig berührte er die Tür. Sie schwang ins Innere des Raumes.

Er trat hinein. In der Mitte des Zimmers standen zwei Sessel und ein Tisch. Auf dem Tisch befand sich ein Tablett mit Sektkelchen und einer Flasche Pommery. Ein Dutzend Kerzen verbreiteten ein warmes, angenehmes Licht. Ein Hauch von Clinique lag in der Luft. Am Fenster lehnte Isabel. Sie hatte den Mantel abgelegt und trug jetzt ein schulterfreies, tief ausgeschnittenes Abendkleid aus schwarzer, glänzender Seide. Ihren Hals schmückte eine einfache Perlenkette. Sie sah hinreißend aus.

Isabel schien auf ihn gewartet zu haben. Sie nickte ihm zu. »Guten Abend, Hans«, begrüßte sie ihn und wies einladend auf die Sessel. »Setzen wir uns! Ein Glas Champagner?«

»Danke«, antwortete Venner. »Vielleicht später, jetzt möchte ich nichts.«

»Dann eben später«, sagte sie leichthin und schenkte sich ein. Sie hob ihr Glas. »Santé!«

Sie nahmen Platz. Isabel trank einen winzigen Schluck und schaute ihn fragend an. »Warum bist du mir gefolgt?«

»Du hast mich doch erwartet, und außerdem will ich wissen, was wirklich passiert ist. Das kannst du dir doch denken!«

»Gut«, sagte Isabel. »Ich erzähle dir, was wirklich passiert ist.«

Venner lehnte sich zurück.

»Ich fange mit dem letzten Sonntag an«, begann sie. »Ich wollte gegen 7 Uhr losfahren, um dich an der Schilde-Halle zu treffen. Ich wollte dir alles erzählen. Alles, was sich bis dahin ereignet hatte. Doch ich kam nicht dazu, bereits an der Tür fing mich Mirko Schubert ab und bedrohte mich mit einer Waffe.«

»Du kanntest den Mann?«, fragte Venner überrascht. »Er hieß übrigens nicht Schubert.«

»Das wusste ich nicht«, antwortete sie leise. »Ja, ich kannte ihn. Er hat mich vor etwa einem dreiviertel Jahr in meiner Firma aufgesucht und bestimmte Auskünfte verlangt. Als ich ihm das Gewünschte nicht geben wollte, drohte er mir, er würde meinem Chef etwas über meine Vergangenheit erzählen. Ich habe in jungen Jahren einmal einen großen Fehler gemacht, den zum Glück keiner merkte und den ich mit Hilfe einer guten Freundin ausbügeln konnte. Versteh' mich bitte, ich will jetzt nicht darüber sprechen. Schubert wusste jedenfalls davon und drohte mir, er würde alles aufdecken. Ich gab nach, so wichtig erschienen die Informationen nicht, die er verlangte. Und ehe ich mich versah, war ich mitten in einen dunklen Handel verwickelt. Schubert organisierte von Bad Hersfeld und Fulda aus die Fahrten und Einsätze einer Schleuserbande, die sich verschiedener Logistikunternehmen bediente, um billige Arbeitskräfte und Flüchtlinge aus Osteuropa ins Land zu bringen.«

Hans Venner erinnerte sich an die Kopien der Arbeitszeugnisse Amelie Sintelbachs, die er im Kommissariat mitgenommen hatte. Auf einmal fügten sich die Puzzleteile zusammen und ihm wurde die Wahrheit klar, eine erschreckende Wahrheit.

»Kanntest du auch Amelie Sintelbach?«, unterbrach er Isabel mitten in ihrer Darstellung.

Isabel Meinhard zögerte kurz, dann nickte sie.

»Amelie war die Freundin, die mir damals geholfen hat.«

»Hast du Amelie getötet?«

Isabel Meinhard schwieg. Sie errötete und senkte rasch den Kopf. Wenn sie ihm die ganze Wahrheit sagte, was würde er tun? Wie würde er handeln?

Vor ihrem inneren Auge lief das Geschehen der letzten Wochen wie ein rasender Film ab. Der brütendheiße Sommertag im Juli, Amelies Anruf und ihr provokantes Lachen. Wie sie gedacht hatte, alles sei geklärt und was dann geschehen war. Amelie hatte Forderungen gestellt, sehr hohe Forderungen. Sie hatte handeln müssen – und es geschafft, noch in der gleichen Nacht alles Belastende aus Amelies Wohnung zu entfernen. Darauf glaubte sie, nun werde alles wieder ins Lot kommen. Der herrliche Sommer, der folgte, die schönen Tage am Meer, schienen ihr recht zu geben. Dann war Hans Venner erneut nach Bad Hersfeld gekommen, der Mann, der Amelie gefunden hatte, und das Ganze hatte von vorn begonnen. Wieder begann der Druck, wieder wurde sie erpresst, die alte Angst kehrte zurück. Bilder über Bilder rauschten vorbei, dann stoppte der »Film«; der Sonntagabend: Schubert, der Lakai Pawels, war zum Angriff übergegangen. Erst hatte der angebliche Kranke sich die Daten aus Diana Herders PC besorgt – und dabei Hans Venner niedergeschlagen, dann wandte er sich ihr zu. Schubert hatte an jenem verhängnisvollen Abend ihre Tür mit dem Dietrich geöffnet, doch sie erwartete ihn bereits mit der Beretta im Anschlag. Sie »bat« ihn freundlich herein und informierte Schubert, dass sie den Mord im »wortreich« mit angesehen hatte und dies jederzeit bezeugen würde. Er war völlig überrumpelt gewesen; mit der Waffe in der Hand war es leicht, ihn zu den nächsten Schritten zu »überreden«. Er unterschrieb das fertig aufgesetzte Geständnis. Dann fuhren sie zum Flughafen nach Frankfurt. Am frühen Morgen landete ihre Maschine in Berlin. Eine große Stadt, etwas größer als das beschauliche Bad Hersfeld. Ein passendes Double war schnell gefunden, eines dieser Weiber aus einem Dorf in Moldawien, rothaarig, aber das ließ sich ändern. Jetzt war sie tot, rot und tot, das passte. Sie kehrte zusammen mit Schubert am gleichen Tag nachmittags nach Frankfurt zurück. Dort ließ sie Schubert laufen, das war ihr erster Fehler gewesen, wie sich später zeigte. Sie selbst fuhr zurück nach Bad Hersfeld, zog abends eine blonde Perücke auf und ging zum Fest. Eine Dummheit, der zweite Fehler, sie hatte sich von ihren Gefühlen leiten lassen. Auf dem Fest hatte sie Hans mit der anderen Frau gesehen. Beide saßen in einer Gondel und schienen sich bestens zu amüsieren. Aus den Augen, aus dem Sinn. Sie überlegte, was sie nun tun konnte. Am besten sollte sie für immer aus Bad Hersfeld verschwinden. Doch sie brauchte den Brief, Hans hatte noch immer den Brief, den hatte sie völlig vergessen. Das war der dritte Fehler, einer, der alles zerstören konnte. Am nächsten Abend eilte sie in seine Wohnung, um nach dem Brief zu suchen. Sie fand ihn in der Hektik nicht, und er kam früher als erwartet zurück. Er roch nach der fremden Frau, sie hatte rot gesehen. Es war eine unüberlegte Attacke gewesen; gut, dass der Polizist sie störte. Sie hätte seinen Tod wirklich bedauert. Nun hätte sie verschwinden können, mit neuer Identität und neuer Aufgabe. Da meldete sich Schubert zurück. Er sei, sagte er, sie wusste nicht wie, an den Brief gelangt, und drohte jetzt, den Spieß umzudrehen. Jetzt musste sie bleiben und auch dieses Problem lösen und zwar so, dass ihre Unschuld deutlich wurde. Ihr Handeln mochte riskant gewesen sein, doch sie liebte es, mit dem Risiko zu spielen. Alles Übrige würde erklärt werden können und sie würde am Ende gewinnen, das war immer so gewesen. Die Polizei hatte ihr geglaubt. Der Kommissar würde demnächst Mirkos Geständnis erhalten und dann war alles gut.

»Hast du Amelie getötet?«, wiederholte Hans Venner die Frage. »Und Diana Herder? Ich habe in der Wohnung in der Leipziger

Straße einen blauen Schal gesehen, und ich weiß, dass Amelie Sintelbach blaue Stofffetzen unter ihren Nägeln hatte. Mich hast du mit einem Messer angegriffen, oder? Da war dein Duft im Raum, der Geruch deines Parfüms – und ich habe dein Gesicht gesehen. Einen Augenblick nur, doch er genügte.«

Sie schwieg immer noch, sah ihn mit ihren schönen Augen nur traurig an und blieb stumm.

»Ich habe dich auch im Spiegelkabinett gesehen«, sprach Venner weiter. »Erst dachte ich, ich würde mich irren, da die Polizei von deinem Tod berichtet hatte und du die blonde Perücke trugst. Ich war sehr traurig, als ich die Nachricht bekam, traurig und voller Zorn. Dann sah ich dich wieder und war mir, trotz der Perücke, sicher, dass du es sein musstest. Ich folgte dir und wurde Zeuge, wie du auf Mirko Schubert zugingst, ihn ansprachst und wie er mitging, so als ob ihr beide ein Paar wäret. Du warst ganz nah hinter ihm, hinter, nicht vor ihm. Weißt du, ich glaube, dass du ihn bedroht hast und nicht er dich. Du bist mit ihm in die Gondel gestiegen und ihr fuhrt bis zum höchsten Punkt des Rades, wo die Gondel hielt. Dort oben hast du ihn in aller Öffentlichkeit erschossen, irgendwie die Tür aufgebrochen und Schubert aus der Gondel gestürzt.«

»Du bist ein Träumer, Hans«, sagte Isabel jetzt und lachte leise. »Warum soll ich das alles getan haben?«

»Aus Angst? Vielleicht wusste Amelie etwas von dir? Vielleicht hatte Diana etwas entdeckt? Vielleicht wusste Schubert, was in dem Brief stand, den du bei mir gesucht hast, und verstand auch, was der Inhalt bedeutete?«

»Du hast ihn gelesen?«, fragte Isabel scharf.

»Ich habe ihn geöffnet, aber der Inhalt ist codiert. Keine Sorge, ich habe ihn nicht verstanden. Der Brief liegt im Tresor der Zeitung.«

»Schubert hat gelogen«, flüsterte Isabel und ihre Hände verkrampften sich.

»Du kanntest also Schubert doch! Wie gut kanntest du ihn?«

Isabel antwortete nicht, sondern schwieg eine Weile.

»Draußen beginnt gleich das Feuerwerk«, erwiderte sie schließlich und machte eine Geste, als ob sie eine Fliege verscheuchen wollte. »Lass uns zuschauen, wie das Lullusfest sein feuriges Ende nimmt.«

»Willst du mir nicht antworten, Isabel?«

»Vielleicht später, das Leben ist zu kurz, als dass wir uns ständig mit Fragen quälen sollten. Komm, Hans!«

Isabel erhob sich in einer fließenden Bewegung und trat ans Fenster. Venner folgte ihr. Er stand neben Isabel, ganz nahe. Er fühlte ihren Leib an seiner Seite, spürte ihre Wärme und ein leichtes Beben. Sie lehnte sich an ihn und zeigte hinaus in die Nacht. Es knallte, das Feuerwerk begann.

»Es geht schon los. Siehst du, der Goldschweif der Rakete und drüben der Silberregen, wunderschön, nicht?«

Sie öffnete das Fenster und beugte sich hinaus. Aus der Ferne war das Krachen und Zischen der Raketen zu hören. Über den Himmel flogen silberne, rote und gold-gelbe Sterne. Venner sah ihren schlanken Rücken, ihre Schulterblätter schienen zu zittern.

»Da feiern die Menschen, lachen und lieben und tanzen ihren alltäglichen Totentanz«, sagte sie mit brüchiger Stimme. »Alles vergeblich und vergänglich – vanitas, vanitas!«

Isabel schloss das Fenster wieder, löste sich von ihm und trat zurück in den Raum. Sie griff zum Glas und leerte es, wies dann auf den Tisch, auf dem noch immer die Flasche Pommery und der andere Sektkelch standen.

»Sei so gut und schenke mir nach und gieß dir vielleicht auch ein Glas ein«, sagte sie mit müde klingender Stimme und reichte ihm ihren Kelch.

Irritiert von ihrer scheinbaren Ruhe kam Venner dem Wunsch nach. Diesmal nahm auch er ein Glas. Sie stießen an, dabei schaute sie ihm tief in die Augen. Und in diesen Augen lag etwas Dunkles, etwas gleichzeitig Trauriges und fast Böses. Wie eine dunkle Wolke überflutete ihn der Blick und ihn schauderte. Er stellte das Glas unberührt zur Seite. Sie lächelte, lächelte schmerzhaft wie die Travestie einer schwarzen Pieta.

»Ich habe Diana Herder getötet, Mirko konnte das nicht. Er hatte mich angerufen, als wir im Fulda waren und gesagt, was er vorhabe. Ich bin gleich los. Ich fuhr wie der Teufel und kam gerade noch rechtzeitig an. Ich sah, wie beide ins ›wortreich‹ gingen und folgte ihnen. Diana hatte zufällig ein Fahrverzeichnis, das Mirko herumliegen ließ, gesehen und stellte Fragen. Das ganze Liefergeschäft wurde über die HZ-Seite abgewickelt. Diana Herder verstand das sofort, sie war nicht dumm, und forderte von Mirko, den sie liebte, er solle das Ganze beenden, sich stellen und alles offenbaren. Also musste sie mundtot gemacht werden. Er hatte ihr etwas gegeben, das sie völlig außer Gefecht setzte. Aber er konnte sie nicht töten. Als ich kam, stand er völlig apathisch vor ihr, also half ich ihm und verschwand ungesehen. Wie es mit Schubert weiterging, hast du selbst herausgefunden. Was ich dir vorhin erzählte, stimmt weitgehend. Ich wollte aussteigen, aber er behauptete, er habe den Brief, sagte etwas von einem ›offenen Tresor‹, wodurch dieser in seine Hand gekommen sei. Jedenfalls sah ich einen Brief in seiner Hand. Doch offenbar hat er mich belogen. Dafür hat er bezahlt, denn ich inszenierte die Szene am Riesenrad und erschoss ihn am höchsten Punkt«, sagte sie mit kalter Stimme.

Venner schauderte, Isabel war tatsächlich eine mehrfache Mörderin. Sie war sogar extra von ihrem Fuldaer Treffen aufgebrochen, um kaltblütig zu morden. Erneut lief ihm ein Schauer über den Rücken. Aber jetzt musste er alles wissen.

»Und Amelie Sintelbach?«, wiederholte er seine erste Frage. »Hast du sie auch getötet?«

»Wenn ich dir das alles beantworte, was meinst du, was dann geschieht?«, fragte Isabel zurück.

»Du wirst versuchen, mich ebenfalls umzubringen?«

»Ach, Hans«, erwiderte Isabel und lächelte traurig. »Du weißt wirklich nichts von mir und was in mir vorgeht. Ich habe Amelie Sintelbach nicht getötet«, sagte sie dann mit fester Stimme. »Ich konnte sie gar nicht töten, denn ich bin Amelie. Ich war vor Jahren als Redakteurin zur Probe bei der Hersfelder Zeitung. Als es während dieser Zeit Probleme gab, es ging um Geld, es geht immer um Geld, tauschten Isabel, die auch Probleme hatte, allerdings mehr privater Natur, und ich unsere Namen. Wir lebten beide gut damit, es war, als wäre alles, was vorher gewesen war, von uns abgefallen. Isabel ging es blendend und sie zog weg. Ich übernahm ihre komplette Identität, ich habe sogar ihren Onkel Herbert beerbt, zum Glück hat er mich nie gesehen. Alles war gut und hätte gut bleiben können. Doch durch irgendetwas muss Mirko Schubert auf unsere Spur gekommen sein. Er versprach Isabel Geld oder etwas anderes, ich weiß nicht was, wenn sie mich mit der Aufdeckung des Identitätstausches konfrontieren würde.«

»Isabel« hielt inne. Ein Krampf oder Schauder schien sie zu durchlaufen. Sie schloss für einen Augenblick die Augen, fing sich wieder und sprach weiter. Ihre Worte wirkten jetzt gehetzt und gleichzeitig seltsam gedehnt, so als ob ihr die Zeit davonliefe.

»Sie rief mich an«, fuhr »Isabel« fort, »die Nummer hatte ihr wohl Mirko gegeben. Wir wollten uns an dem Abend treffen. Ich war in einer Gruppe unterwegs. Wir begegneten dem Mönch, und ich erkannte sie sofort. Ich hatte mich sehr verändert, daher erkannte sie mich nicht. Da ergriff ich die Chance. Ich setzte mich von der Gruppe ab, folgte ihr und erwürgte Isabel mit meinem blauen Schal. Ich verbarg ihren Leichnam, damit er nicht gleich gefunden würde. So wie ich mich über Jahre verborgen habe. Aber jetzt spüre ich, dass alles vergeblich, alles sinnlos war und ist. Ja, ich tötete Isabel, wie ich Isabel jetzt erneut töte.

Sie stürzte das Glas hinunter, griff zu dem seinen und leerte auch dieses auf einen Zug, ehe Venner sie an ihrem Tun hindern konnte.

Sie schwankte und stürzte mit einem Aufschrei zu Boden, das Glas zerbrach klirrend. Isabel zuckte wie im Krampf und blieb dann leblos liegen. Gift! Venner sprang zu ihr, packte ihre Schultern, drehte sie um und versuchte, sie zum Erbrechen des Getrunkenen zu bringen. Vergeblich, sie regte sich nicht mehr und ihr Körper hing schlaff in seinen Armen. Kein Pulsschlag, kein Herzschlag, kein Atem mehr; »Isabel« war tot! Langsam richtete Venner sich auf. Er starrte eine Weile auf die Frau mit den beiden Namen, auf Isabel oder Amelie, auf die schöne Tote. Da lag sie vor ihm, halb zur Seite gerollt. Flecken auf ihrem dunklen Kleid, ein Träger war bei seinen Hilfsbemühungen über die Schulter gerutscht und entblößte ihre makellose Brust. Die nackte Haut schimmerte silbern im Schein der flackernden Kerzen. Hans Venner kniete erneut neben ihr nieder und beugte sich über sie. Er drehte sie vorsichtig zur Seite. In ihrem Gesicht zeigte sich eine Mischung von Angst und Trauer. Er schloss sacht ihre Augen und richtete sorgfältig ihr Kleid. Dann erhob er sich wieder. Er zog ein Taschentuch hervor, ergriff das zweite Glas und roch an ihm. Ein unangenehmer Hauch von etwas Bitterem stieg ihm in die Nase. Offenbar hatte sie ihrem Leben mit einer Art Blausäure ein Ende gesetzt. Und wenn er nicht gezögert hätte … Es wäre kein schöner Tod gewesen, wahrhaftig nicht. Hans Venner seufzte und griff zum Handy. Er wollte den Polizeinotruf tippen – und hielt inne. Ob Kommissar Härtelmüller ihm diesmal glauben würde? Vielleicht sollte er besser das Glas nehmen und verschwinden. Da fiel sein Blick auf einen Umschlag, der ebenfalls auf dem Tisch lag und der ihm vorher entgangen war. Venner ergriff den Umschlag und öffnete ihn. Er zog einen eng, in weiblicher Handschrift beschriebenen Bogen hervor und begann zu lesen:

»Ich, Amelie Sintelbach, habe Isabel Meinhard, mit der ich vor zwölf Jahren meine Identität tauschte, mit meinem Schal ermordet …«

Montag, 22. Oktober

»Das Fierche ist aus – der Feuermeister geht« gab die Hersfelder Zeitung bekannt und zeigte ein Bild Udo Rosenbergs bei seiner letzten Amtshandlung. Das Lullusfest war vorbei, Venners Zeit in Bad Hersfeld und die Geschichte, in der er mitgewirkt und die er erlebt hatte, war ebenfalls zu Ende. Hans Venner fuhr auf der Autobahn nach Süden, zurück nach Tübingen, zurück in seine kleine Welt der Archivalien und Aktenbestände. Alles war jetzt geklärt, das Geständnis ist eindeutig, hatte Hauptkommissar Härtelmüller gesagt und sich tatsächlich bei ihm bedankt! War wirklich alles geklärt? Isabel – oder sollte er besser Amelie sagen? Er blieb in seinen Gedanken bei Isabel. Isabel also hatte sich selbst getötet, nachdem sie drei oder vielleicht sogar vier Menschen ermordet hatte. Sie schien bereits vor zwölf Jahren dem Reiz des Kriminellen erlegen zu sein. Worum es damals gegangen war, hatte ihm keiner sagen können, alle Unterlagen waren fort und wohl von »Mirko Schubert« vernichtet worden. Jedenfalls tauschten Amelie und Isabel ihre Identitäten. Die neue »Isabel« stieg bald ganz groß ins Schleusergeschäft ein. Vor einem Jahr etwa wurde der falsche Schubert in der Hersfelder Zeitung implantiert, um von dort aus das Geschäft unauffällig zu steuern. Dazu musste es ihm gelungen sein, unter den Deckmantel journalistischer Recherchen an brisante Polizeiinformationen zu gelangen und sich über die Hersfelder Zeitung ins interne Polizeinetz zu hacken. Dann war nach Jahren die Freundin »Amelie« nach Bad Hersfeld zurückgekehrt und anscheinend in Kontakt mit »Mirko Schubert« gekommen. Beide versuchten, ihr Wissen zusammenzulegen, um einen größeren Teil des Kuchens an Land zu ziehen. Dann beschloss »Isabel« aufs Ganze zu gehen, er hatte es erlebt. Ihr gelang es tatsächlich, obwohl sie vor aller Augen mordete, jeglichen Verdacht von sich abzuwenden und ihr Opfer »Mirko Schubert« zum Täter werden zu lassen. Doch obwohl ihr die Polizei glaubte, hatte sie sich umgebracht. Waren ihr Schuldeingeständnis und der Selbstmord ein Akt der Buße gewesen? Oder war die Tat seinetwegen geschehen? War ihr klar gewesen, dass, nachdem er Bescheid wusste, zwischen ihnen alles vorbei war? Hatte sie ihn deswegen ebenfalls töten wollen? Ein Mord und ein Selbstmord aus Liebe? Was für ein pervertiertes Denken, nein, er verstand ihr letztes Tun nicht. Er wusste nur, er hatte mal wieder kein Glück mit den Frauen gehabt. Das Leben geht mitunter seltsame Wege, dachte Hans Venner. Wege, die nie wieder begangen werden konnten.

Er fuhr heim. Aber nach Bad Hersfeld würde er zurückkehren. Im Frühjahr zum Richtfest des neuen Zeitungsgebäudes und natürlich auch zur 250. Jahresfeier. Ganz sicher aber zum nächsten Lolls.

7. Epilog

Bericht der Hersfelder Zeitung vom 5. März 2013:

KASSEL. Eine Menge Namen hatte der Staatsanwalt vorzulesen – ukrainische vor allem, aber auch chinesische, afghanische und einige irakische. 799 Namen waren es insgesamt. Die hinter diesen Namen stehenden Schicksale, Geschichten von Flucht und Vertreibung, interessierten ihn allerdings nicht. Denn an diesem Morgen im Kasseler Landgericht ging es nicht um die Flüchtlinge, sondern um einen der Menschen, der ihnen – gegen gute Bezahlung – den Weg über die deutsche Grenze ermöglichen wollte. Verantworten musste sich der 39-jährige Pawel Z., der laut Anklage als »Kopf einer deutsch-polnischen Schleuserbande« zwischen Oktober 2010 und Oktober 2012 siebzehn Sattelzüge mit Flüchtlingen über die polnisch-deutsche Grenze geschickt haben soll. Zwischen 600 und 1500 US-Dollar pro Kopf habe er dafür kassiert, 950 000 Dollar insgesamt. Die Polizei war dem Mann auf die Spur gekommen, nachdem sie den entscheidenden Hinweis durch die Hersfelder Zeitung bekommen hatte und dadurch eine Schleusung im Raum Bad Hersfeld-Erfurt aufgeflogen war. Im Oktober 2012 stoppten die Beamten bei Bad Hersfeld einen Lastwagen, der kurz zuvor – wie es seit zwei Jahren regelmäßig geschah – 60 Flüchtlinge abgesetzt und noch weitere 25 Menschen an Bord hatte (wir berichteten darüber). Der Fahrer packte aus und benannte den heute 39-Jährigen als Drahtzieher. Dieser steuerte das Ganze über die Online-Seite der Hersfelder Zeitung, in die es ihm gelungen war, unter dem Namen Mirko S. einen Mittäter als Redakteur einzuschleusen. Als seinem Tun intern und extern die Aufdeckung drohte, ermordete Mirko S. in der Folge drei Frauen. Trotzdem kam die Polizei auf seine Spur und war kurz davor, ihn festzunehmen. Mirko S. versuchte, sich der drohenden Verhaftung durch Flucht zu entziehen, wobei er ums Leben kann (die HZ berichtete ausführlich über das Geschehen). Weitere

Hinweise deuten darauf, dass Pawel Z. auch für den Mord an einem polnischen Staatsbürger, der im Oktober in Berlin vor eine U-Bahn gestoßen wurde, verantwortlich ist. Der Angeklagte leugnete, von den Morden gewusst oder diese in Auftrag gegeben zu haben. Die Beweislast war und ist allerdings erdrückend. Staatsanwalt Treschkow plädierte daher wegen Beihilfe zum mehrfachen Mord für lebenslänglich. Das Urteil im Fall wird für morgen erwartet.

8. Spezialteil: Bad Hersfelder Morde

Der Tod und die Stracke

Hersfelder Zeitung vom 7. September 2012

Taugt eine Wurst als Mordwaffe? Der Kriminalschriftsteller Dr. Heiger Ostertag macht die Probe aufs Exempel.

Tatort: Hersfelder Zeitung. Der Kriminalschriftsteller Dr. Heiger Ostertag plant einen Mord. Und die altehrwürdige Hersfelder Zeitung wird im 250. Jahr ihres Bestehens zum Tatort. In dieser Woche war der Autor mal wieder zur Recherche in der Stadt. Bei der Redaktionskonferenz unserer Zeitung hielt er nach geeigneten Opfern Ausschau. Seine düsteren Gedanken über die geeignete Mordwaffe hat er – als kleinen Vorgeschmack auf den eigentlichen Krimi, der im kommenden Jahr erscheinen soll – schon mal zu Papier gebracht:

Während er eine Serie von reizvollen Bikinibildern betrachtete und Tagträumen von sonnigen Stränden nachhing, kam Herbert plötzlich seine Gattin Hertha in den Sinn. Im Vergleich zu den in den Journalen gezeigten jungen Damen hatten sich Herthas Formen in den letzten Jahren sehr üppig entwickelt. Parallel dazu war auch ihre Befehlsgewalt gewachsen, wie er sich eingestehen musste. Eigentlich lebte er unter einem riesigen Pantoffel. Schön war das nicht. Herbert blätterte seufzend weiter. Er las selten, natürlich die örtliche Zeitung, sonst aber wenig. Daher machte die kleine Geschichte, auf die er nun stieß, einen besonderen Eindruck auf ihn. Es ging um Mord. Ein präziser Schlag mit einer gefrorenen Hammelkeule hatte ein gewisses Problem akkurat gelöst und dann war das Corpus Delicti einfach in den Ofen geschoben und den Ermittlern vorgesetzt und verzehrt worden. Diese Art von Problemlösung ließe sich doch auch auf Hertha übertragen.

Eine Idee begann sich in seinem Kopf zu entwickeln, eine mordsmäßig gute, wie Herbert fand. Er stand auf und verließ hastig das Wartezimmer seines Arztes. Schnellen Schrittes eilte er zum Marktplatz, um in einem dort angesiedelten Fachgeschäft die von ihm erwählte Tatwaffe, eine Stracke, zu erwerben. Er wählte aus den dort hängenden Strackewürsten ein schweres, keulenförmiges Objekt, welches ihm ideal gerundet und bestens zum Schlag geeignet schien; obendrein war eine solche Stracke noch wohlschmeckend und nahrhaft. Nachdem er den Kauf zu seiner Zufriedenheit erledigt hatte, überkamen Herbert plötzlich jähe Zweifel. Sollte er Hertha wirklich mit einer Stracken erlegen? Was, wenn die Waffe entgegen seinen Erwartungen sich als nicht hinreichend erwies? Schludereien durfte es in diesem Zusammenhang nicht geben, das war er Hertha nach bald zwanzig Jahren Ehe mehr als schuldig. Er musste sichergehen; Herbert überlegte ein wenig und entschied sich für eine kleine Testserie.

An einem der folgenden Augustabende schlich er sich also aus dem Haus und legte sich im schmalen Kettengäßchen auf die Lauer. Es war gegen halb elf, als Herbert im Eingang zur Geschäftsstelle der »Grünen« Deckung suchte. Er musste nicht lange warten, schon nach fünf Minuten kam ein Nachtschwärmer vorbei. Herbert holte aus und schlug zu; da bückte sich das Opfer, um einen Schnürsenkel zu binden. Der Schwung riss Herbert nach vorne, und er knallte gegen die gegenüberliegende Hausmauer. »Oh, Entschuldigung, ich habe Sie nicht gesehen«, sagte der Schnürsenkelbinder. »Haben Sie sich verletzt?« Nein, das hatte Herbert nicht, nur die Stracke war entzwei.

Einmal war keinmal, und Herbert war kein Mensch, der so schnell aufgab. Am nächsten Tag besorgte er sich eine »Ahle Worscht« vom Hof Hählgans, die ihm kräftiger erschien, verließ abends heimlich das Haus und legte sich erneut auf die Lauer. Diesmal am Durchgang vom Rathaus zum Kirchplatz und etwas früher, damit er sehen konnte, wen und was er erschlug. Als Vorsichtsmaßnahme zog Herbert heute eine Kapuzenjacke an, sicher war sicher. Gerade hatte er sich in der Nähe des Durchlasses auf der Kirchplatzseite postiert, da kam schon jemand auf ihn zu. Allerdings von der Kirche und somit von der falschen Seite. Es war eine fröhliche Rentnergruppe, die offenbar vorher im »Alten Brauhaus« gewesen und entsprechend angeheitert war.

»Ah«, rief eine ältere Dame mit grauen Löckchen, »ein Kapuzenmann. Sagen Sie es gleich, Sie wollen uns überfallen. Wie aufregend!«

»Nein, das ist nicht meine Absicht«, beteuerte Herbert. »Glauben Sie mir!« »Keine Ausflüchte, junger Mann«, mischte sich jetzt ein rüstiger Herr um die fünfundsiebzig ein. »Jeder Beruf ist ehrenwert und wenn Sie ein Räuber sind, seien Sie ein Mann und stehen Sie dazu.« »Das ist ein Missverständnis«, rief Herbert im gedämpften Ton, denn soeben näherte sich der Kirche eine Polizeistreife. »Ich mache nur Reklame für«, er zögerte kurz, hielt dann aber geistesgegenwärtig die Wurst in die Luft, »für die gute Hersfelder Stracke«, fügte er lauter hinzu. »Wollen Sie ein Stück probieren?«

Aller guten Dinge sind drei. Am folgenden Tag besorgte Herbert die dritte Wurst. Er fuhr, um nicht aufzufallen, extra nach Reilos, einem Ortsteil von Ludwigsau, außerhalb der Stadt. Am späten Abend begab er sich erneut auf die Suche nach einem geeigneten Tatort. Diesmal entschied er sich für einen Platz in der Nähe der Abtei, wo er zur nächtlichen Stunde im Schatten der dunklen Mauern unterkroch. Hertha war heute viel später als sonst zu Bett gegangen, fast war es, als habe sie Verdacht geschöpft, doch dann fiel sie in ihren üblichen Schlaf, wie er bald deutlich hörte. Sachte stand er auf und verließ auf Zehenspitzen die Wohnung. Nun schlug es bereits halb zwölf, dann drei viertel. Niemand zeigte sich, und Herbert wurde allmählich müde. Schließlich, er war kurz davor, gähnend den Heimweg anzutreten, kam eine einzelne Person um die Ecke. Es war ein großer, dicker Mann mit breiten Schultern. Herthas Masse erschien ihm von der Breite ähnlich zu sein, auch wenn der Bursche gefährlich aussah, war er die ideale Testperson. Als der Kerl seinen Schatten passierte, holte Herbert kräftig aus und schlug zu. Die Stracke traf den Dicken an der Schulter und zerbrach. »He, was soll das?« Der Kerl drehte sich mit einer überraschenden Bewegung zu ihm hin. »Willst du Ärger?«, fragte der Hüne und kam bedrohlich auf ihn zu. »Nein, ein Irrtum. Ich habe Sie verwechselt«, rief Herbert, ließ das restliche Strackestück fallen und gab Fersengeld.

Zum Glück war er gut zu Fuß. Nach einem wilden Lauf kreuz und quer durch die nächtlich stillen Straßen gelang es ihm, in der Rittergasse den wütenden Verfolger abzuschütteln. Langsam und schwer atmend wanderte er die Weinstraße hoch zum Marktplatz zurück, in dessen Nähe seine Wohnung lag. Um sich zu beruhigen, kehrte Herbert noch auf einen Drink in der »Havana Bar« ein. Als er am Tresen einen Pinky Colada schlürfte, schien ihm das ganze Vorhaben auf einmal völlig blödsinnig zu sein, zumal alle drei Testversuche daneben gegangen waren. Die Stracke taugte einfach nicht zur Mordwaffe! Dann würde er eben weiter mit Hertha und ihren Launen leben, entschied er großzügig. Eigentlich musste man sich nur ein wenig arrangieren und sich ihrem Willen beugen.

Nach dem nächsten Cocktail wankte Herbert zufrieden nach Hause. Es war halb zwei, als er vorsichtig die Tür aufschloss und in den dunklen Flur stolperte. »Du verdammter Herumtreiber!« Ein fürchterlicher Schlag traf seinen Schädel und löste im Nu all seine Probleme. Ein Nudelholz besaß eine deutlich festere Konsistenz als eine Stracke, wie Hertha mit grimmigem Blick feststellte.

Eine flüchtige Bekanntschaft

Hersfelder Zeitung vom 17. November 2012

Rudolf blickte hinaus. Der November machte seinem Namen alle Ehre; es war neblig, ungemütlich und bitterkalt. Gut, hier mit Freunden im warmen Gastraum des Hotels »Zum Stern« zu sitzen. Da sah er sie im gelblichen Schein einer Laterne auf der gegenüberliegenden Seite des Linggplatzes stehen. Eine Frau mit langem Haar, dessen Farbe er im diffusen Licht nur schlecht ausmachen konnte. Etwas an der Gestalt kam ihm vertraut vor und plötzlich wusste er, wer sie war …

Rudolf hatte die Frau in einer Fuldaer Kellerkneipe kennen gelernt. Eine dieser kleinen Bars mit einer Theke, ein paar Stühlen und Tischen in Nischen. Schmuddelig und kalt, Jazzmusik aus der Konserve. Sie sah umwerfend aus, langes blondes Haar bis auf die Hüften und tiefgrüne Augen. Sie war höchstens Mitte zwanzig, wie er schätzte. Sie zogen weiter, tranken in einer anderen Bar Champagner und aßen Austern. Der Abend endete, wie er enden musste.

Am nächsten Morgen wachte Rudolf in einem schäbigen Hotelzimmer auf. Die Frau war weg und sein Geld auch. Und sein Kopf schmerzte.

Eine Woche später begegnete er ihr wieder. In Bad Hersfeld und in einer anderen Kneipe. Mit einem anderen Mann. Rudolf kannte ihn von früher, sie hatten mehrfach gegeneinander im TC Blau-Weiß gespielt. Aber er sagte nichts. Er wollte sehen, wie es dem Anderen mit der Frau ergehen würde. Gegen eins zogen beide ab. Zwei Tage danach sah er das Bild des Bekannten in der Zeitung. Ein früher Spaziergänger hatte ihn im Kurpark aufgefunden. Mit der eigenen Krawatte erdrosselt. Das war unschön. Fast fühlte Rudolf sich schuldig. Die Polizei suchte Zeugen und dann nach der Blonden. Vergeblich.

Ein Monat verging.

An einem Freitag sah er die Frau erneut. Im »News Café«. Zumindest glaubte Rudolf, dass sie es sei. Ihr Haar hatte sie nachtschwarz gefärbt. Fast hätte er sie nicht erkannt. Aber wie sie sich durchs Haar fuhr, daran erinnerte er sich. Er setzte sich in eine Ecke des Cafés und achtete darauf, von ihr nicht gesehen zu werden. Sie schien auf jemanden zu warten, wirkte unruhig. Schließlich zahlte sie und brach auf. Rudolf warf einen Geldschein auf den Tisch und folgte. Auf der Straße trat ein älterer Mann im grauen Anzug auf die junge Frau zu. Sie umarmte ihn, er schien sich zu entschuldigen. Sie hakte sich bei ihm ein und beide gingen die Weinstraße hinunter und davon. Rudolf verzichtete darauf, ihnen zu folgen. Wahrscheinlich hatte er sich auch geirrt. Am Montag war das Bild des Mannes in Grau in der Hersfelder Zeitung. Er war tot, erwürgt mit seiner eigenen Krawatte. Die Sache wurde unheimlich.

Noch vor Ablauf der Woche traf er die Frau ein drittes Mal. Diesmal im Foyer des Cineplexes. Ihre Haare waren jetzt schulterlang geschnitten und kastanienbraun. Auch Kleidungsstil und Typus schienen völlig verändert. Doch an der Geste erkannte er sie. Ihr forschender Blick streifte ihn kurz. Hielt prüfend inne und glitt dann weiter. Betont gelangweilt schaute Rudolf zur Seite. Auch heute war sie nicht allein, wie er aus den Augenwinkeln feststellte. Einen Moment erwog er, die Polizei zu verständigen. Was aber, wenn er sich irrte und alles harmlos war? Und irgendwie wollte er schon wissen, ob sie auch diesmal … Jedenfalls trug der Mann eine Krawatte. Rudolf prägte sich Gesicht und Erscheinung ihres Begleiters genau ein.

Zwei Tage später sah er sein Foto in den Abendnachrichten des Hessischen Rundfunks. Der dritte Krawattenmord! Der Täter, ein Psychopath?, hieß es. Von der Frau war nicht die Rede. Trotzdem, er täuschte sich nicht. Sie musste es gewesen sein. Dreimal hatte sie gemordet, vielleicht sogar öfter. Wer konnte sagen, wen sie sonst noch auf dem Gewissen hatte? Mit ihr auszugehen, war offenbar tödlich! Aber warum hatte sie nicht auch ihn ermordet?

Rudolf merkte, wie ihm die Frage zu schaffen machte. Wählte sie ihre Opfer nach ganz bestimmten Kriterien aus? Hatte er diesen nicht entsprochen, nicht ihren qualitativen Vorstellungen genügt? Was hatten die anderen gehabt, was er nicht hatte? Rudolf beschloss, den Fragen nachzugehen. Beim nächsten Mal, wenn er sie wieder sehen sollte, würde er einfach auf die Frau zugehen und sie fragen. Irgendwie war das eine eigenartige Vorstellung. Er wollte das Gespräch mit einer Mörderin führen, um sich zu beschweren, dass sie ihn nicht auch … Nein, das waren Hirngespinste. Ein wahrer Blödsinn – aber irgendwie interessierte es ihn schon, nach welchen Kriterien die Frau ihre Opfer ausgewählt hatte.

Zu seinem Bedauern ergab sich so schnell keine Gelegenheit, der mutmaßlichen Täterin bohrende Fragen zu stellen. Wochen vergingen, dann Monate. Die Aufregung über die Krawattenmorde ließ nach und schlief endlich gänzlich ein. Rudolf dachte längst nicht mehr an die junge Frau und ihre tödlichen Neigungen.

Wieder wurde es Herbst. An einem dieser nebligen Abende, an dem von der Fulda her graue Schleier in die Stadt ziehen, besuchte Rudolf mit Freunden eine Theaterpremiere in der Stadthalle. Anschließend ging die Gruppe in das Hotel »Zum Stern«. Sie bestellten Wein und unterhielten sich über die Inszenierung. Zufällig schaute Rudolf durch ein Fenster auf den Linggplatz. Er stutzte.

Im gelblichen Schein einer Laterne sah er eine Gestalt stehen. Eine Frau mit langem Haar, vielleicht blond, doch er konnte die Farbe im diffusen Licht nur schlecht ausmachen. Sie kam ihm jedenfalls vertraut vor. Plötzlich durchfuhr es ihn. Das war sie, die Frau mit den Krawatten! Wartete sie auf jemanden? Diesmal würde und musste er handeln. Rudolf zahlte, verabschiedete sich von den erstaunten Freunden und eilte nach draußen.

Der Nebel hatte sich verdichtet. Kaum, dass er die Frau unter der Laterne erkennen konnte. Sie hob die rechte Hand wie zum Gruß, fast schien es, als habe sie auf ihn gewartet. Aber ehe Rudolf sie erreichte, drehte sie sich um und glitt im Nebel davon. Rudolf folgte ihr auf dem Fuße. Doch so sehr er sich eilte, er konnte nicht zu ihr aufschließen oder den Abstand verringern. Stets blieb sie knapp vor ihm, immer hart am Rande des Sichtfelds. Sie liefen und liefen. Durch diese nebligen, grauen Straßen. Eine schiere Ewigkeit schienen sie unterwegs zu sein. Schließlich bog die Frau in eine Toreinfahrt. Im schwachen Licht der Hauslampe sah Rudolf für einen kurzen Augenblick ihr Gesicht. Er täuschte sich nicht, sie war es. Die Frau schlüpfte ins Haus. Ihm gelang es gerade noch hineinzukommen, bevor sich das Eingangstor krachend schloss.

Die Absätze der Frau klapperten mehrere Treppen empor. Vorsichtig folgte er ihr. Oben im zweiten oder dritten Stock endeten die Geräusche. Eine Tür quietschte. Dann wurde es still.

Rudolf stieg langsam weiter die Treppe empor, bis er die oberste Etage erreichte. Eine Tür auf der linken Seite war halb geöffnet. Er drückte sie langsam weiter auf und trat in die dahinter liegende Wohnung. Vor ihm lag ein dämmriger Flur. An seinem Ende schien ein schmales Lichtband. Rudolf lief auf den Schein zu. Das Licht fiel aus einem Türspalt. Vorsichtig berührte er die Tür. Sie schwang ins Innere des Raumes.

Rudolf trat hinein. In der Mitte des Zimmers standen zwei Sessel und ein Tisch. Darauf befand sich ein Tablett mit Sektkelchen und einer Flasche Pommery. Ein Dutzend Kerzen verbreitete ein warmes Licht. Am Fenster stand die junge Frau, ganz in Schwarz. Sie schien wirklich auf ihn gewartet zu haben. Sie drehte sich zu ihm um und wies auf die Sessel.

»Setzen wir uns! Ein Glas Champagner?«

»Gern.«

Sie schenkte ein, hob ihr Glas. »Santé!«

Beide tranken. Sie schaute ihn fragend an. »Warum sind Sie mir gefolgt?«

»Können Sie sich das nicht denken?«

»Wollen Sie Geld oder was?«

»Nur eine Antwort.«

»Eine Antwort?«

Rudolf nickte.

»Und Ihre Frage?«

»Warum nicht ich?«

Die Frau lachte. »Sie wollen wissen, warum ich Sie nicht getötet habe? Deswegen sind Sie mir gefolgt?«

Rudolf nickte erneut.

»Ganz einfach, damals trugen Sie keine Krawatte.«

»Sie töten nur, wenn Ihr Opfer eine Krawatte trägt?«

»Richtig, am liebsten benutze ich Krawatten. Banal, nicht?« Sie wies mit dem Glas auf ihn. »Heute Abend sind Sie allerdings korrekt gekleidet.«

»Was meinen Sie damit?«, wollte Rudolf fragen, doch seine Zunge war wie gelähmt und er konnte nur ein Gurgeln hervorstoßen.

»Es gibt noch andere Methoden, einen lästigen Menschen loszuwerden«, hörte er sie noch sagen, bevor er sein Glas umstieß und nach vorne kippte. Um Rudolf wurde es dunkel.

Festliche Wünsche

Hersfelder Zeitung vom 15. Dezember 2012

»Sie wollen sich also von Ihrer Frau trennen, bevorzugen aber eine andere Lösung als die einer herkömmlichen Scheidung?«

Heinz Schmadtke schaute sich im »News Café« um, ob ihm wirklich niemand zuhörte. Doch die Kellnerin werkelte lautstark an der Kaffeemaschine, zudem war das *News* um diese frühe Stunde noch leer. Schmadtke nickte. Sein Gesprächspartner, ein untersetzter Mann mittleren Alters mit leichtem Bauchansatz namens »Müller« zückte einen Bleistift.

»Dann sollten Sie mir einige Fragen beantworteten, damit die von Ihnen erstrebte Lösung unauffällig und ohne Probleme vollzogen werden kann.«

»Ja, natürlich. Aber …«, Heinz zögerte. »Was ist mit mir? Also, ich meine, keiner darf mich mit dem Geschehen in Verbindung bringen …«

»Das ist selbstverständlich ein Teil unserer Serviceleistung«, unterbrach ihn der andere. »Wir vereinbaren das Wann und Wo, und Sie sind an dem entsprechenden Termin weit weg und anderswo. Alles problemlos und ohne Gefahren.«

»Gut«, bestätigte Heinz Schmadtke. »Das überzeugt mich. Was brauchen Sie für Informationen?«

»Nun zunächst einmal sollten wir uns auf den Tag der Trennung einigen. Was halten Sie vom 8. November?«

»Das ist ein schlechter Termin, am 8. November ist Ellens Geburtstag und das möchte ich wirklich nicht …«

»Kein Problem. Dann nehmen wir den 15. November. Nicht jeder, Herr Schmadtke, wenn ich das einmal so sagen darf, ist derart zartfühlend, in diesem Zusammenhang an den Geburtstag seiner Frau zu denken.« Der Untersetzte notierte das Datum. »Jetzt wäre die Ortsfrage zu klären. Was halten Sie von einem netten Autounfall? Drüben an der Auffahrt zur Frankfurter Straße oder auf der Kreuzung Reichsstraße/Bahnhofstraße?«

Heinz überlegte einen Augenblick und schüttelte dann den Kopf. »Der Wagen ist fast neu. Ich würde ihn gern noch ein paar Jahre fahren. Einen Unfall so direkt in Stadtzentrum finde ich auch irgendwie unpassend.«

»Schön, dann sagen wir ein Überfall in einer einsamen Straße drüben in Unterhaun. Wir haben da einen Totschlägerspezialisten.«

»Mit einem Totschläger auf Ellen? Nein, das möchte ich nicht. Das ist mir, wie soll ich sagen, zu brutal. Überhaupt, was soll Ellen auch in Unterhaun? Dorthin gehen wir nie!«

»Kein Problem«, meinte der Mann von der Serviceagentur. »Dann wählen wir eine unauffälligere Lösung.«

»Und die wäre?«, fragte Heinz neugierig. »Was haben Sie sich denn so vorgestellt?«

»Bedauere«, erwiderte »Müller«. »Darüber kann ich Ihnen leider keine Auskunft geben. Ein Geschäftsgeheimnis, gerade in unserer Branche muss man in diesen Dingen sehr auf Diskretion achten.«

»Ich verstehe«, bestätigte Heinz und nickte.

»Dann wären wir uns einig.« Der Servicemann notierte etwas auf seinem Block. »Jetzt brauche ich noch einige ergänzende Angaben. Wo kauft Ihre Frau Kleidung ein?«

Heinz Schmadtke dachte kurz nach. »Da gibt es die ›Modetruhe‹ in der Weinstraße und das ›Modecentrum Sauer‹. Manchmal kauft Ellen auch im ›Bekleidungsgeschäft Knotheb‹.«

»Ah, sehr gut, und die Schuhe? In welchem Laden kauft Ihre Frau Schuhe?«

»Beim ›Schuhhaus Prenntzell‹, kam die prompte Antwort. »Danach geht Ellen meist ins Café; im Sommer ins ›Eis-Café Pergola‹. In dieser Jahreszeit besucht Ellen allerdings die ›Konditorei Klingelhöfer‹ am Linggplatz. Sie liebt Kuchen über alles, vor allem Schokosahnecreme«, ergänzte Schmadtke.

»Gratuliere, Herr Schmadtke. Kaum einer unserer Kunden kennt sich so gut mit den Gepflogenheiten seiner Ehefrau aus wie Sie.«

Heinz lächelte stolz.

»Haben Sie ein Bild Ihrer Frau?«

»Ein Bild möchte ich ungern aus der Hand geben …«, meinte Heinz gedehnt. »Wer weiß, wo dieses landet.«

»Kein Problem, wir verstehen Ihr Sicherheitsbedürfnis. Dann beschreiben Sie mir einfach Ihre verehrte Frau Gemahlin«, forderte der Agenturmann ihn auf. Heinz Schmadtke beschrieb.

»Blond, rosiges Gesicht, Stupsnase, grüne Augen, füllige Gestalt. 39 Jahre alt …«

Am 17. November kam Heinz Schmadtke von seiner Geschäftsreise zurück. Als er den Schlüssel ins Schloss steckte, wurde ihm geöffnet – und in der Tür stand seine Frau Ellen.

»Heinz, gut dass du kommst. Rate mal, was Claudia Schreckliches passiert ist. Morgens war sie noch beim Friseur …« Sie stürzte weinend in seine Arme.

So rasch es ging, nahm Heinz, der sich das Ganze nicht erklären konnte, mit der Serviceagentur Kontakt auf.

»Ein Missverständnis, Herr Schmadtke«, versicherte »Müller«. »Wir bitten unseren Irrtum zu entschuldigen. Das Opfer kam aus dem ›Schuhhaus Prenntzell‹, lief die Weinstraße hoch, besuchte die ›Mode-Truhe‹ und steuerte dann die ›Konditorei Klingelhöfer‹ an. Dort bestellte die Dame eine Schokocremetorte. Sie sehen, alles stimmte, auch das Aussehen: Blond, rosiges Gesicht, Stupsnase, grüne Augen, füllige Gestalt.«

Heinz Schmadtke nickte verständnisvoll. Claudia, Ellens Freundin, hatte genau die gleichen Angewohnheiten. Und sie sah Ellen sehr ähnlich, bis auf die Haarfarbe. Pech für Claudia, dass sie sich am Morgen hatte blond färben lassen.

»Keine Sorge, Herr Schmadtke. Die Kosten für den Fehlversuch stellen wir natürlich nicht in Rechnung«, fuhr der Serviceagent fort. »Und wir lösen selbstverständlich Ihr Problem. Allerdings erlaube ich mir anzumerken, dass es eventuell sicherer wäre, wenn wir Ihre Frau in Ihrer Wohnung …«

»Das kommt überhaupt nicht in Frage«, widersprach Heinz ungehalten. »Ich habe keine Lust darauf, dass unser Parkett oder die Teppiche ruiniert werden. Und was sollen die Nachbarn sagen? Dazu der ganze Aufstand mit der Polizei. Nein, dann meinetwegen doch im Auto. Schweren Herzens. Es ist ein blauer Mercedes der E-Klasse. Kennzeichen: HEF – HS … Aber dem Wagen soll möglichst nichts passieren.«

»Ist das Fahrzeug denn nicht Vollkasko versichert?«, fragte »Müller«.

»Nein, darauf habe ich bisher verzichtet. Unnötige Kosten, Sie verstehen?«

»Selbstverständlich, Herr Schmadtke. Aber vielleicht sollten Sie dieses eine Mal …«

Heinz überlegte. Er schloss konzentriert die Augen und rechnete einen Augenblick stumm. »Sie haben mich überzeugt«, meinte er schließlich. »Ab und zu muss man schon etwas investieren. Und es ist ja auch für eine gute Sache.«

»Dann sind wir uns einig. Jetzt sollten wir nur noch das Datum besprechen.«

Am 6. Dezember kehrte Heinz Schmadtke von einer Geschäftsreise aus Berlin zurück. Es schneite kräftig und durch die Straßen stampften da und dort bärtige Nikoläuse. Als er den Schlüssel ins Türschloss seines Hauses am Frauenberg steckte, öffnet ihm seine Frau Ellen. Sie fiel ihm um den Hals.

»Heinz, gut, dass du endlich kommst. Etwas Schreckliches ist passiert! Anita hatte einen Unfall mit unserem Wagen. Totalschaden, das Auto ist völlig ausgebrannt. Wie sind wir denn versichert?«

»Vollkasko«, murmelte Heinz.

»Dann ist es ja gut«, sagte seine Frau. »Anita wäre sicher froh gewesen, zu wissen, dass ihr Unfall für uns keine weiteren Folgen haben würde …«

Heinz Schmadtke nahm mit der Serviceagentur unverzüglich Kontakt auf. Zwei Stunden später traf er den Servicemann im »Buchcafé«, das ihm von der Kulisse passend kultiviert erschien.

»Ein erneuter Irrtum, Herr Schmadtke, wir sind untröstlich und bitten, unser Missgeschick zu entschuldigen. Das Opfer kam aus Ihrem Wohnhaus am Frauenberg und stieg in Ihren blauen Mercedes. Das Kennzeichen stimmte, auch das Aussehen: Rosiges Gesicht, Stupsnase, grüne Augen, füllige Gestalt. Die Haare waren allerdings dunkelbraun. Unser Mann vor Ort dachte, diesmal sei Ihre Frau beim Friseur gewesen«, entschuldigte sich der Serviceagent.

Es stimmte, Anita hatte Ellen, bis auf die Haarfarbe, ziemlich ähnlich gesehen. Das war Heinz vorher nicht aufgefallen. Pech für Anita, dass sie sich ausgerechnet an diesem Tag ihren Mercedes hatte leihen müssen. Mochte ihre Asche sanft ruhen.

»Seien Sie ganz beruhigt, Herr Schmadtke«, versicherte »Müller«. »Kosten entstehen Ihnen nicht, selbstverständlich werden wir auch, wie vereinbart, Ihr spezielles Problem lösen. Vielleicht sollten wir aber doch die Angelegenheit in Ihrer Wohnung klären. Wir würden auch auf das Parkett und die Teppiche besonders achten.«

»Und der ganze Ärger mit der Polizei? Nein, nicht in der Wohnung. Besser, Sie nutzen zur Klärung den Keller. Der müsste sowieso bei Gelegenheit entrümpelt werden. Ich werde Ellen darauf hinweisen und mit ihr einen Termin festlegen. Am besten wäre es, wir erledigen das Ganze vor Weihnachten, wir pflegen ohnehin vor den Feiertagen das Haus aufzuräumen.«

»Eine hervorragende Idee, Herr Schmadtke«, bestätigte der Servicemann eilig. »Wenn Sie mir noch genau beschreiben könnten, wo der Eingang zu Ihrem Keller liegt, dass wir ohne neuen Irrtum aktiv werden können. Ich bin sicher, dieses Mal werden wir das Problem rasch und unbürokratisch lösen können. Vielleicht sind Sie etwas länger fort, nur so zur Sicherheit.«

Nach einem Gespräch mit Ellen, die sich für die Kellerfrage erstaunlich aufgeschlossen zeigte, flog Heinz »geschäftlich« nach Japan und von dort in die USA. Ellen nutzte die Zeit, um für einige Tage ihre Schwester im Taunus zu besuchen. Nach dem Besuch bei Birgit und ihrer Familie würde sie mit der Entrümpelung des Kellers und dem Aufräumen des Hauses beginnen. Alles sollte fertig und weihnachtlich geschmückt sein, wenn ihr Gatte von seiner Geschäftsreise nach Hause zurückkehrte. Eine hübsche weinrote Krawatte als passendes Weihnachtsgeschenk für Heinz hatte sie auch schon gefunden.

Nach zwei Wochen landete Schmadtke wieder in Frankfurt, bekam sofort einen Zuganschluss und ließ sich endlich mit dem Taxi vom Bahnhof nach Hause bringen. Es war Abend, festliche Lichter glänzten an den Häusern. Die Temperatur war auf Minus ein Grad gesunken und leise rieselte der Schnee. Heinz fühlte, wie sein Herz warm wurde und ihn fröhliche Weihnachtsstimmung erfüllte. Er freute sich auf die heimische Bescherung! Mit einem Lied auf den Lippen schloss er beschwingt die Haustür seines Hauses auf. Natürlich hätte Heinz noch ein oder zwei Tage länger fortbleiben können, aber, nachdem es drei Anläufe zur Problemlösung gebraucht hatte, war er es als guter Gatte seiner Frau schuldig, dass er ihren Leichnam als Erster entdeckte. Eine Sache der Pietät, fand Heinz Schmadtke. Er stellte seinen Koffer im Flur ab und stieg in freudiger Erwartung in den Keller hinunter. Unten wandte Heinz sich nach links. Ein Schatten sprang auf ihn zu, ein harter Schlag traf seinen Kopf. Ein hässlicher Schmerz durchzuckte ihn und das Licht erlosch.

»Es ist mir unbegreiflich, was Heinz im Keller wollte. Wo er doch gerade erst von seiner Reise zurückkam. Einmal rund um die Welt und dann stürzt er die Treppe hinunter und bricht sich das Genick. Sein Koffer stand noch oben im Flur. Die Glühbirne muss kaputt gewesen sein. Was für ein dummes Ende«, klagte Ellen Schmadtke. »Sein Geschenk habe ich auch ganz umsonst gekauft!«

»Du Ärmste bist in letzter Zeit wirklich vom Pech verfolgt«, meinte ihre Schwester Birgit und legte ihre Arme tröstend um sie. »Erst stirbt Claudia, dann kommt Anita um und jetzt stürzt dein Heinz zu Tode. Und das vier Tage vor Weihnachten; wirklich störend! Warum er wohl einen Tag früher aus den USA nach Hause gekommen ist?«

»Das werden wir nie erfahren«, schluchzte Ellen. »Ach, Heinz, ich werde dich vermissen!«

Kuchenfreuden

Hersfelder Zeitung vom 27. März 2013

Nachmittags ging Inspektor Helmert immer in das kleine Café an der Ecke. *Kuchenfroh* hieß es. Das Café war äußerlich nicht besonders auffällig, etwas Plüsch, etwas Holz, ein wenig Plastik, doch Kaffee und Kuchen waren preiswert und gut. Vor allem die hausgemachten hellbraunen Trüffel- und Nugatpralinen hatten es dem Inspektor angetan.

Um kurz nach drei, wenn er ins Café kam, saß meist eine Gruppe älterer Damen an einem der Ecktische und aß Sahnetorte oder Obstkuchen. Wenn er eintrat, grüßte er höflich und die alten Damen grüßten zurück. Ihre Namen kannte der Inspektor nicht. Aber seinem geschulten Blick war aufgefallen, dass jede von ihnen eine bestimmte modische Eigenart besaß. Die eine liebte kleine, runde Hüte, eine andere die Farbe Blau, eine dritte trug stets ein Veilchenbukett, die vierte schwarze Spitzenhandschuhe, die Fünfte liebte Lackstiefelchen und so weiter.

An einem Samstag begegnete ihm beim Einkaufen in der Stadt die ältere Dame mit der Vorliebe für Hüte. Er hätte sie trotzdem nicht erkannt, da sie aber freundlich grüßte, grüßte Helmert zurück. Er blickte ihr sinnend nach, bis er darauf kam, woher er sie kannte. Die alte Dame, eine schmale, gebrechlich wirkende Gestalt, war in Begleitung eines etwas dicklichen, jungen Mannes. Ein Enkel, dachte Helmert, und ging weiter. Ein paar Tage später erschien der junge Mann im Café, um, wie die alte Dame mit Hut stolz verkündete, seine Tante zur Bank zu fahren.

»Theo kennt sich in diesen Dingen einfach aus. Auf Theos Ratschläge kann ich mich absolut verlassen«, erklärte sie ihren Freundinnen.

Helmert betrachtete »Theo« genauer. Sein Gesicht war ebenfalls rund und die Augen steckten hinter dicken Brillengläsern. Theo merkte, dass Helmert ihn beobachtete und wurde sichtlich nervös.

In den nächsten Wochen holte Theo seine Tante des Öfteren ab. Ab und zu setzte er sich zu den alten Damen und wurde bald zu Kaffee und Kuchen eingeladen. Eines Tages sah ihn Helmert mit der *Veilchendame* aus einer Bank kommen. Tags darauf mit der *Dame in Blau* eine Sparkasse betreten. Theo schien in Sachen Finanzen der persönliche Anlageberater der kleinen Kaffeerunde geworden zu sein.

Dann starb die alte Dame mit dem Veilchenbukett. Herzversagen. Helmert hörte, wie die Runde die Diagnose genüsslich erläuterte. Tot, wie schrecklich. Sie aber lebten und bestellten rasch ein weiteres Stück Torte. »Bitte mit viel Sahne!«

Acht Tage später traf es die Dame in Blau. Wieder war es das Herz, das seinen Dienst aufgekündigt hatte. Als in der dritten Woche die Trägerin der Spitzenhandschuhe ebenfalls einem Herzschlag erlag, geriet der kleine Kreis in helle Aufregung.

»Emmy war die Sportlichste von uns allen«, ereiferte sich die Lackstiefelchenträgerin. »Wenn es Emmy erwischt hat …« Sie ließ den Satz offen. »Dabei hat Theo ihr noch letzte Woche im Garten geholfen«, meinte eine fröhliche Dame mit rotem Apfelgesicht. Theo, Inspektor Helmert sah das Bild vor sich, wie eifrig sich der Neffe um die Geldgeschäfte der alten Damen gekümmert hatte. Er beschloss, der Sache nachzugehen.

Der Sachverhalt allerdings war eindeutig. An der Diagnose, Tod durch Herzversagen, war nicht zu rütteln. Dennoch, Helmert ließ seine Beziehungen spielen. Viel kam dabei nicht heraus. In keinem der Fälle gab es Anzeichen für eine Gewalttat. Nur ein Faktum fiel dem Inspektor auf. Jede der drei alten Damen hatte auf ihrem Sparbuch bis vor kurzem durchaus stattliche, wenn auch nicht übermäßig große Summen angelegt gehabt. Die Gelder waren alle unmittelbar vor ihrem Tod abgehoben worden und nicht mehr aufgetaucht.

Theo, schoss es Helmert durch den Kopf. Doch Theos Konto war mehr im roten als im schwarzen Bereich. Wahrscheinlich hatte der Kerl das Geld anderswo geparkt, dachte Helmert grimmig.
Dann starb die fröhliche Dame mit dem roten Apfelgesicht. Natürlich ebenfalls an Herzversagen. Der Inspektor verhörte Theo nach allen Regeln der Kunst, führte sogar eine Hausdurchsuchung durch. Ohne Erfolg. Dem Kerl war nichts nachzuweisen, ein aalglatter Bursche, wie er da vor ihm saß. Dicklich und unschuldig grinsend. Helmert war gezwungen, den Mann laufen zu lassen. Er entschloss sich, die Taktik zu ändern.
Am nächsten Abend klingelte der Inspektor bei Theo und entschuldigte sich in aller Form für seinen Irrtum. Er lud ihn, als Buße sozusagen, wie Helmert lachend sagte, auf einen Wein in das »Boothaus« ein. Theo war einverstanden.
Sie saßen und tranken, Theo geradezu aufgebläht vor Stolz, dass ihn ein leibhaftiger Kriminalpolizist eingeladen hatte. Der Wein löste seine Zunge, Theo erzählte und erzählte. Aber Neues über die Todesfälle erfuhr der Inspektor nicht. Gegen Mitternacht verließen sie das Lokal, Theo wankte heim zu seiner Wohnung in der Nähe der Fulda. Helmert ging ebenfalls nach Hause. Ein nutzloser Abend.
Am nächsten Morgen entdeckte ein Angler Theos starre Leiche im schmutzig braunen Flusswasser der Fulda. Was genau passiert war, konnte nicht ermittelt werden. Wahrscheinlich war der Mann in seiner Trunkenheit fehl gegangen und in den Fluss gefallen.
Bitter, bitter, mein lieber Theo, dachte Helmert. Die alten Damen lassen grüßen. Scheinbar gab es doch so etwas wie ausgleichende Gerechtigkeit.
Mit sich zufrieden, immerhin hatte er indirekt dem Schicksal in die Hände gespielt, begann Helmert wieder, das Café aufzusuchen, das er nach den letzten Todesfällen gemieden hatte. Während er eine neue Pralinenkreation probierte, spähte der Inspektor unauffällig zum Ecktisch. Der Kreis der alten Damen hatte sich verändert. Aus

der alten Runde waren nur noch die Dame mit der Vorliebe für Lackstiefelchen und Theos Tante, jetzt ganz in Schwarz, übrig geblieben. Drei oder vier neue alte Damen hatten die Verstorbenen ersetzt.
Drei Wochen vergingen, da hörte Helmert eines Nachmittags, wie die Runde vom plötzlichen Herztod der Lackstiefeldame erzählte.
»Herzversagen und keinen Cent mehr für die Beerdigung auf dem Konto. Und ich dachte immer, Klara sei so vermögend.«
Im Innern des Inspektors keimte ein böser Verdacht. Hatte Theo etwa nichts mit den Todesfällen zu tun gehabt?
Sein Blick fiel auf das runzlige Gesicht von Theos Tante, die lächelnd die Süße eines Sahnebaisse genoss …

Bausteine

Paul lebte mit seinen Eltern in einem großen, alten Fachwerkhaus in der Nähe von Rotenburg. Im Innern gab es viel Holz, alte, knarrende Dielen und an den Wänden vom Alter abgedunkelte Täfelungen. Paul hatte dafür keinen Blick. Er saß meist in seinem Kinderzimmer und baute mit Holzklötzen. Eine Stadt sollte es werden, eine große Stadt mit einer Mauer und einem Marktplatz. Mit Prachtstraßen und mit einer Burg. Die Burg musste Paul nicht bauen. Sie stand bereits groß und mächtig am Rand der Stadt. Mit Türmen, einer Zugbrücke und hellen Fenstern. Die Burg hatte ihm der Großvater zum Geburtstag geschenkt. Paul liebte es, mit ihr zu spielen. Das Fallgitter mit Hilfe einer kleinen Kurbel in die Höhe zu ziehen. Oder es – wenn der Feind kann – in einer durchgehenden Bewegung nach unten stürzen zu lassen. Aber jetzt fehlte ihm die Stadt dazu, und er war am Bauen. Die erste der drei großen Prachtstraßen war bereits beendet. Links und rechts standen Säulen, auf denen Rundbögen ruhten. Nun war das erste Bürgerhaus dran. Paul begnügte sich damit, die Außenfassaden aufzurichten. Längsmauern, dann die ersten Fenster. Aus dem Baukasten holte er für jede Seite zwei Fenster. Hinter dem Fensterkreuz waren Scheiben aus rotem, halb durchsichtigem Papier angebracht. Wenn man eine Kerze dahinter stellte, leuchtete es geheimnisvoll. Die Mutter hatte es ihm gezeigt. Er selbst durfte nicht mit Feuer hantieren, der Vater hatte es verboten. Mit Feuer zu spielen, sei für ein Kind zu gefährlich, sagte er. Der Junge prüfte den Inhalt seiner Bausteinkiste. Ein paar Säulen und Klötze waren noch da. Um die Stadt fertig bauen zu können, würde er weitere Hölzer und Balken für den Boden benötigen. Die Häuser sollten die gleichen Dielen haben wie sein Zimmer.

Die Mutter und Tante Magda schauten zu ihm herein. »Wie schön er spielt«, sagte die Mutter. »Ein ruhiges und braves Kind!«, meinte Tante Magda.

Die Tante war oft zu Besuch. Sie war die beste Freundin der Mutter und eigentlich keine richtige Tante. Papa schien sie auch zu mögen. Neulich war Mama bei den Großeltern gewesen und Paul hatte im Garten gespielt. Tante Magda war gekommen. Sie und Papa standen am Fenster. Da hatte Papa Tante Magda umarmt und ganz fest geküsst.

Sie aßen zu Abend, dann brachte ihn die Mutter zu Bett. Sie sprachen von seiner hölzernen Stadt, und Paul erzählte, dass er noch Klötze brauche.

»Vielleicht bekommst du morgen neue Klötze«, versprach Mama. Paul war beruhigt. Trotzdem konnte er nicht einschlafen. Die Eltern sprachen laut miteinander, sehr laut. Irgendwie ging es um Tante Magda. Das meiste verstand er nicht. Etwas krachte, Paul hörte einen Schrei. War das Mama? Dann kehrte Stille ein, nichts war mehr zu hören. Schließlich schlief Paul ein.

Am nächsten Morgen war Mama fort, einfach weg. Sie war gegangen, obwohl sie ihm versprochen hatte, dass er Holzklötze bekommen solle. Ohne Klötze konnte Paul die Stadt nicht fertig bauen. Der Vater brachte ihn zum Opa. Paul durfte ihm in der Schreinerei helfen, und der Tag verging schnell. Auch der nächste. Dann holte ihn Papa wieder nach Hause. Paul lief in sein Kinderzimmer und stutzte. Das Bett und der Schrank standen jetzt nebeneinander an der Wand.

»Da hast du mehr Platz zum Spielen«, erklärte Papa.

In der nächsten Zeit besuchten sie viele fremde Leute. Sie sprachen mit dem Vater und schauten in alle Zimmer. Eine Frau in blauer Kleidung kam auch zu ihm.

Er saß auf dem Dielenboden und baute. Die Frau fragte ihn, wie er heiße. »Ich heiße Paul«, sagte er. Sie fragte noch andere Dinge. Nach Mama und Papa und Tante Magda. Paul sagte nicht viel. Er hatte seine Arbeit und die musste erledigt werden, da konnte er sich nicht auf Gespräche einlassen. Nachdem die Frau ihm eine Weile beim Bauen zugeschaut hatte, ging sie wieder.

Die Tage reihten sich aneinander. Paul saß meist im Zimmer und baute. Wenn er Durst hatte, brachte ihm Tante Magda, die jetzt bei Papa wohnte, Milch oder Himbeersaft. Manchmal trug er kurze Hosen, manchmal längere. Sonst schien alles in einen warmen Gleichlauf gehüllt. Manchmal spielte er im Garten, doch meist mit seinen Holzklötzen im Zimmer. Tante Magda schenkte ihm einen weiteren Kasten voller Bausteine. Einen Kasten, wie ihn Mama versprochen hatte. Sie sei jetzt seine neue Mama, sagte Tante Magda. Die Tante roch gut, aber Mama hatte er sehr lieb gehabt. Wo Mama wohl war?, dachte er. Papa hatte gesagt, sie sei weit fort gegangen und er solle nicht mehr an sie denken. Doch in seinem Zimmer hatte er das Gefühl, als ob sie bei ihm sei.

Es wurde kalt, draußen fielen die Blätter und an manchen Tagen war es neblig.

»Es ist Herbst«, sagte Papa.

An einem Abend wollten er und Tante Magda ausgehen.

»Meinst du, wir können Paul wirklich allein lassen?«, fragte Papa Tante Magda.

»Ganz sicher, er ist doch ein braver Junge!«, lächelte sie und strich Paul übers Haar. Er mochte es nicht, wenn Tante Magda ihn berührte und schüttelte den Kopf. Papa meinte, er solle nicht bockig sein. Er schärfte ihm ein, brav zu spielen und in seinem Zimmer zu bleiben. Er dürfe länger aufbleiben, er sei ein großer Junge und könne auf sich selbst aufpassen. Sie stellten Paul einen Teller mit belegten Broten hin. Dann gingen beide.

Paul schaute ihnen aus dem Fenster nach, bis sie um die Ecke verschwanden. Er war jetzt ganz allein; Mama hatte ihn früher nie allein gelassen.

Er wandte sich vom Fenster ab und holte seine Holzklötze hervor. Heute wollte er ein Haus bauen wie das, in dem sie wohnten. Mit acht runden roten Fenstern aus dem Kasten von Tante Magda. Er baute und baute. Es wurde dunkel, Paul machte Licht. Die Arbeit machte hungrig und durstig. Paul aß seine Brote. Dann stand er auf, um nach unten in die Küche zu gehen und sich dort etwas zu trinken zu holen. Die Treppenstufen knarrten, sonst war es still im Haus. Aber Paul hatte keine Angst, er war bereits groß, in zwei Jahren sollte er schon in die Schule kommen.

Auf der Küchenkommode standen Teelichter und daneben lagen Streichhölzer. Ihm fiel ein, er könne sein Haus beleuchten, so wie es ihm Mama einmal gezeigt hatte. Der Vater hatte es verboten, aber Papa war mit Tante Magda aus. Er nahm sich die Teelichter und die Streichhölzer. Da hörte er unten die Haustür gehen. Tante Magda und der Vater kamen zurück. Rasch lief Paul in sein Zimmer und versteckte Streichhölzer und Teelichter in seinem Bett. Kurz danach öffnete Papa die Tür.

»Paul, du bist ja noch wach. Genug gespielt, jetzt geht es ins Bett.«

Paul zog sich aus, wusch sich und legte sich hin. Er schloss brav die Augen und wartete. Doch er konnte nicht einschlafen, er dachte dauernd an Mama. Er hatte wieder das Gefühl, als sei sie ganz nahe bei ihm. Aber er konnte sie nicht sehen.

Eine Uhr schlug. Paul schlief nicht. Schließlich stand er leise auf und ging zur Stubentür. Er zog sie sachte auf, trat auf den Flur und lauschte. Alles war still. Das Schlafzimmer von Papa und Tante Magda lag am hinteren Ende des Ganges. Er hörte keinen Laut. Beide schienen zu schlafen. Paul glitt zurück in sein Zimmer und holte die Kerzen und die Streichhölzer hervor. Wenn alle schliefen, konnte er ruhig sein Haus beleuchten. Niemand würde ihn stören. Er zündete die Lichter an, wie er es bei Mama gesehen hatte, und stellte sie hinter die Fenster. Eines kam in die Burg. Das Licht brannte hell und knisternd. Paul legte sich ins Bett und sah dem Leuchten zu. Schon wollten ihm die Augen zufallen, da merkte Paul, wie durstig er noch war. Er hatte vorhin völlig vergessen, etwas zu trinken. Paul stand wieder auf. Er öffnete erneut die Tür, schlich vorsichtig über die knarrenden Dielen zur Treppe und stieg nach unten.

»Dass wir den Kleinen unverletzt retten konnten, grenzt an ein Wunder«, sagte einer der Feuerwehrleute. »So ein Fachwerkhaus ist voller Holz und brennt, wenn es Feuer gefangen hat, wie Zunder.«

»Der Junge saß unten in der Küche und schlief seelenruhig, während das Haus oben lichterloh brannte«, meinte der andere. »Er muss einen Schutzengel gehabt haben.«

»Sein Vater und die Stiefmutter hatten nicht so viel Glück. Bei lebendigem Leib zu verbrennen. Schrecklich! Aber vielleicht sind sie auch vorher am Rauchgas erstickt.«

Ein weiterer Feuerwehrmann kam aus der Brandruine gerannt. »Stellt euch vor, was ich gefunden habe!«, rief er. »Noch eine Tote, direkt unter den Dielen!«

Marvins Gedankenspiele

Hersfelder Zeitung vom 8. Januar 2013

Marvin liebte Gedankenspiele. Er lebte in der englischen Stadt Malmesbury und war ein wahrer Träumer. Stundenlang konnte er sich die Zeit mit der gedanklichen Konstruktion von Situationen vertreiben, in denen er seine besonderen Fähigkeiten zur Geltung brachte. Er sah die Szene direkt vor sich. Er saß, wie sein literarisches Vorbild Sherlock Holmes, am Kamin im Sessel. Zog genüsslich an seiner Pfeife, völlig vertieft in komplizierte Deduktionsketten, die den aktuellen, außergewöhnlichen Fall betrafen – da klingelte es. Eine Haushälterin hatte Marvin nicht, daher öffnete er selbst die Haustür. Herein stürzte eine atemberaubende Blondine, die sich verzweifelt in seine Arme warf.

»Nur Sie können mir helfen, Mr. Marvin. Ich werde verfolgt!«

Beim Klang ihrer Stimme durchfuhr ihn ein ganz eigener Schauer. Aber er ließ sich nichts anmerken. »Nehmen Sie doch Platz, Madame«, schlug Marvin seiner Klientin vor, löste sich aus ihrer Umklammerung und schob der Blonden einen Sessel zu.

Völlig klar, in welche Richtung sich die Geschichte weiter entwickelte: Üble Erpresser bedrohten die Schönheit. Drohten sogar an, sie zu entführen und umzubringen. Unter Anwendung eines einfachen, aber genialen Tricks gelang es ihm, den Burschen eine unmissverständliche Lektion zu erteilen und die Kerle für immer auszuschalten. Seine Klientin war gerettet und überglücklich. Zum Dank lud sie ihn zu einem privaten Dinner ein. Das Mahl endete in einer sehr reizvollen Form … Hier begannen seine Tagträume an Konturen zu verlieren. Bislang hatte der eher rundliche Marvin keine großen Erfahrungen mit Blondinen verbuchen können. Auch seine Sherlock Holmes Lektüre half ihm nicht besonders weiter. Doch er konnte sich einiges vorstellen.

Marvin hatte von einer Tante ein gewisses Vermögen geerbt und im Besitz dieser kleinen Unabhängigkeit beschlossen, auf den Spuren seines Vorbildes zu wandeln und eine Detektei aufzumachen. Dazu mietete er ein paar Büroräume, möblierte diese und ließ außen ein Schild mit seinem Namen anbringen. Das war vor zwei Monaten gewesen, und seitdem verbrachte er hier täglich die Zeit von 9 bis 12 Uhr sowie von 14 bis 17 Uhr. Bislang war ihm noch kein Fall übertragen worden und seine Erfolge waren gedankliche Fiktion geblieben. Vielleicht, so dachte Marvin, lag das daran, dass er Wohn- und Arbeitsbereich voneinander getrennt hatte. Bei Sherlock Holmes war dies, soweit er wusste, nicht der Fall gewesen.

Heute, an einem kalten Winterabend, saß Marvin zu Hause im warmen Wohnzimmer und erholte sich bei einer Flasche Portwein von seinem wöchentlichen Warten. Es war Mitte Januar, draußen herrschte ein unangenehmes englisches Nebelwinterwetter. Marvin nippte bedächtig an seinem Portwein und blätterte ohne großes Interesse in Charles Dickens Roman *Das Geheimnis des Edwin Drood*. Er legte das Buch schließlich zur Seite und schloss ermüdet die Augen. Marvin war gerade am Einnicken, da läutete das Telefon. Er schreckte hoch und griff zum Hörer, zum Glück stand der Apparat direkt neben seinem Sessel.

»Hier Marvin.«

Eine raue Stimme meldete sich auf der anderen Seite: »Hören Sie, Mr. Marvin. Es ist dringend. Wir brauchen umgehend Ihre Unterstützung.«

»Worum geht es und wer sind Sie?«

»Namen tun nichts zur Sache. Zu gefährlich, wir werden wahrscheinlich abgehört. Sie kennen das Gasthaus *Smoking Dog* in der High Street?«

»Ja, aber …«

»Kommen Sie unverzüglich dort hin. Fragen Sie den Kellner nach Herrn H. und Dr. W. Er wird Sie weiterleiten.«

»Worum geht es denn?«, fragte Marvin noch einmal.

»Keine Zeit für Fragen. Wir erwarten Sie!« Der Fremde legte auf.

Ein mysteriöser Fall, endlich! Marvin sprang auf und blieb in der Bewegung stehen. Für seinen Geschmack schien das Ganze fast zu mystisch zu sein. Ein unbehagliches Gefühl überkam ihn. Vielleicht sollte er erst einmal – ein erneutes Klingeln unterbrach seine Überlegung. Diesmal war es die Türglocke, die geläutet hatte. Marvin ging zur Haustür und öffnete. Vor ihm stand ein älterer, hagerer Mann, der in eine Art von graublauer Uniform gekleidet war. »Mr. Marvin?«

»Der bin ich. Um was geht es?«

»Ich soll Sie abholen und zum *Smoking Dog* bringen.«

»Mich?«

»Mir wurde gesagt, Sie wüssten Bescheid. Sie sind doch Mr. Marvin?«

»Natürlich!«

»Dann ist alles klar, wenn Sie mir bitte folgen!«

Völlig überrascht und leicht verwirrt griff Marvin zu Hut und Mantel und folgte dem Hageren. Die nächste Überraschung erwartete ihn auf der Straße. Direkt vorm Hauseingang stand eine dunkle Kutsche mit zwei Pferden. Der Mann in der graublauen Uniform öffnete den Kutschschlag. »Steigen Sie bitte ein, Mr. Marvin. Gleich fahren wir los!«

Eine Pferdedroschke aus dem 19. Jahrhundert! Eindeutig, Marvin war in einem Abenteuer gelandet. Eine Kutsche mit zwei Pferden. Zwei englische Rappen, echte Vollblüter, wie ihm sein Blick verriet. Das hatte etwas ungemein Romantisches und Marvin stieg, ohne zu zögern, ein. Kaum saß er im Innern, wurde die Tür zugeworfen und die Pferde trabten an. Marvin lehnte sich zurück. Die wiegende Bewegung lullte ihn schon ein, da wurde er von einem plötzlichen Ruck geweckt, die Kutsche hielt. Marvin schob den Vorhang am Fenster zur Seite und spähte hinaus. Sein Gefährt stand direkt vor der Einfahrt zu einem Gasthof. Es war das *Smoking Dog*, der Name war mit schwarzen Buchstaben auf ein weißes Schild gepinselt. Merkwürdig, Marvin hatte das Gasthaus eigentlich in anderer Erinnerung. Er blieb sitzen und wartete, was kommen würde. Zwei, drei Minuten vergingen und nichts geschah. Und vorhin hatte alles so schnell gehen müssen. Marvin beschloss auszusteigen. Er verließ die Kutsche und trat durch das Eingangstor in den Hof des Gasthauses.

Der Hof war menschenleer und wirkte völlig verwahrlost. Nur eine schwarze Katze umstrich schnurrend Marvins Beine. Er öffnete die Haustür und trat in einen schlecht erleuchteten Gang. Hier drinnen war alles still. Beängstigend still, wie Marvin fand. Am Ende befand sich eine weitere Tür, die er ebenfalls öffnete. Vor ihm zeigte sich der eigentliche Schankraum. In einem großen Kamin brannte ein Feuer, dessen Licht offenbar die einzige Beleuchtung darstellte. Sonst schien der Raum völlig leer zu sein. Marvin ging zur Theke und klopfte auf den Tresen. Keine Reaktion. Gerade wollte er laut nach dem Wirt rufen, da ließ ihn ein Räuspern in seinem Rücken herumfahren. Vor ihm stand ein sehr dünner Mann um die vierzig. Er trug einen schäbigen Kellnerfrack. Überhaupt wirkte die ganze Gestalt ziemlich heruntergekommen.

»Der Herr wünscht?«

»Ich …«, Marvin stockte, begann dann noch einmal. »Die Herren H. und W. erwarten mich!«

»Dr. W.«, korrigierte der Dünne. »Wenn der gnädige Herr mir bitte folgen würde.«

Der Mann drehte sich um und schritt auf eine Tür am anderen Ende des Gastraumes zu. In seiner linken Hand trug er eine Art Kandelaber mit brennenden Kerzen. Marvin hätte schwören mögen, dass der Kellner vorher keinen Leuchter getragen hatte. »Kommen Sie, kommen Sie!«, forderte der Kellner ihn auf. Ob Leuchter oder nicht, Marvin folgte ihm. Der Mann führte ihn durch verschiedene Räume. Dunkle Räume, die mit Möbeln und Kisten vollgestellt schienen und muffig rochen. Ein paar Mal ging es über schmale Treppen nach oben und in lange Flure. Dann wieder führten einzelne Stufen über enge Gänge in unten gelegene Etagen. Ein Hin und Her und Auf und Ab. Schließlich hätte Marvin nicht mehr sagen können, wo er sich gerade befand. Da öffnete der dünne Mann eine letzte Pforte und bat Marvin mit einer Geste, einzutreten.

Hinter Marvin schloss sich die schwere Tür mit einem Krachen.

Der Raum, in dem er sich jetzt befand, unterschied sich wohltuend von den anderen Zimmern. Er war gut ausgeleuchtet und behaglich möbliert. Vor dem hell flackernden Kaminfeuer standen zwei breite Ledersessel. Aus dem einen erhob sich eine große, hagere Gestalt. Das Gesicht mit der Adlernase und der obligaten Pfeife hätte Marvin unter Tausenden wiedererkannt: Sherlock Holmes! Auf der anderen Seite des Zimmers lehnte eine zweite Gestalt an der Wand. Das musste Dr. John Hamish Watson sein, der Freund und sozusagen privater Hofbiograph des großen Detektivs! Holmes richtete das Wort an ihn.

»Guten Abend, Mr. Marvin. Mein Name ist Holmes, Sherlock Holmes. Ihren Blicken entnehme ich, dass Sie mich sogleich erkannt haben. Nehmen Sie bitte Platz. Ich freue mich, Sie hier in London in der Baker Street 221b begrüßen zu dürfen. Sie haben vermutlich gemerkt, dass über das *Smoking Dog* ein direkter Zugang zur Baker Street möglich ist. Etwas zu trinken?« Holmes goss aus einer Kristallkaraffe eine bernsteinfarbene Flüssigkeit in ein Glas und reichte es Marvin. Marvin, der sich inzwischen in einen der Sessel gesetzt hatte, nahm das Glas und trank einen kräftigen Schluck. Vor ihm stand Sherlock Holmes, ohne Zweifel! Während er das feststellte, regte sich in seinem Kopf ein kleiner, eigenartiger Gedanke. Was er sah, konnte nicht wahr sein. Holmes und Watson waren Romanfiguren, keine realen Erscheinungen. Da stimmte etwas nicht, das Ganze war völlig unsinnig! Die Stimme von Sherlock Holmes unterbrach seine Überlegungen.

»Sie haben recht, mein lieber Mr. Marvin«, sagte er, »das Ganze scheint in der Tat unwirklich und höchst unsinnig zu sein.«

»Völlig unsinnig!«, antworte Marvin. Erst dann kam ihm zu Bewusstsein, dass Holmes seine innersten Gedanken ausgesprochen hatte; er fuhr im Sessel hoch und starrte ihn an.

»Was sagten Sie eben, Mr. Holmes? Das übersteigt meinen Verstand.«

Holmes und Watson lachten herzlich über Marvins Fassungslosigkeit. Der Detektiv wandte sich wieder an Marvin. »Dem Menschen wurden Gesichtszüge gegeben, seine Gefühlsregungen auszudrücken – und die Ihren sind ein sehr zuverlässige Diener.«

»Wollen Sie damit etwa sagen, Sie hätten meine Gedanken von meinem Gesicht abgelesen?«

»Genau das, besonders von Ihren Augen. Vielleicht drückten Sie nicht in Worten aus, was Sie dachten, mein Lieber, Ihre Augenbrauen jedoch ließen keinen Zweifel!«

Holmes legte die Pfeife sorgfältig ab. Er schenkte sich ebenfalls ein Glas ein und trank.

»Ein simples Experiment, mein Lieber, aber kommen wir zum Grund Ihres Hierseins!« Holmes nahm einen weiteren Schluck und blickte zu seinem Freund Dr. Watson. Dann räusperte er sich und sprach weiter. »Es geht um einen schwierigen Fall. Einen Fall, der so schwierig ist, dass selbst ich ihn nicht zu lösen vermag. Vielleicht handelt es sich auch um eine medizinische Angelegenheit. Mein Freund Watson als alter Militärarzt vermutet dies. Ich teile allerdings seine Ansicht nicht.«

Er griff zur Pfeife und zündete diese umständlich an. Marvin hatte den Eindruck, als wolle Holmes damit Zeit gewinnen. Worum konnte es nur gehen, dass der Meister seine Hilfe wünschte? Schreckte Holmes ein neuer Professor Moriarty? Oder drohte eine Wiederauflage des Skandals in Böhmen? Handelte es sich etwa um eine Baskerville-Situation?

Sherlock Holmes, dessen Augen die ganze Zeit auf Marvins Gesicht geruht hatten, schüttelte den Kopf. »Nein, mein Bester, keiner der alten Fälle reicht an die ungeheure Problematik der Gegenwart heran.«

Noch einmal schaute er in Richtung Dr. Watson, dabei wirkte sein Blick fast hilfesuchend. Die Pfeife brannte mittlerweile und Holmes begann mit großen Schritten im Raum auf und ab zu laufen. Plötzlich blieb er stehen und deutete mit der Pfeife auf Marvin.

»Ihre erste Überlegung, Mr. Marvin, war völlig korrekt. Es ist unsinnig, dass wir beide, mein lieber Freund Watson und ich, hier in Ihrer Gegenwart auftauchen. In vier Romanen und sechsundfünfzig Kurzgeschichten hat Sir Arthur Ignatius Conan Doyle über unser Leben berichtet. Er ließ mich 1893 sterben und 1901 wieder auferstehen. Doyle selbst starb 1930. Heute schreiben wir das Jahr 2013. Es ist völlig unsinnig!«, Holmes schrie es fast. »Wir können gar nicht am Leben sein, nicht im Jahre 2013 oder sonst wann. Weil weder Watson noch ich je existiert haben!« Holmes wischte sich den Schweiß von der Stirn. »Das, mein lieber Mr. Marvin, das ist das Problem, zu dessen Lösung wir um Ihre Unterstützung bitten.«

Dr. Watson hatte die ganze Zeit geschwiegen. Jetzt trat er an den Rauchtisch, wo die Karaffe stand und schenkte sich ebenfalls einen großzügigen Drink ein.

Er blickte in das Kaminfeuer und fing an zu sprechen. »Das ist ein grotesker Traum, John Watson, habe ich mir gesagt. Wenn du erwachst, bist du zu Hause bei deiner Frau und in deiner Praxis. Das ist wie damals im zweiten Englisch-Afghanischen Krieg in der Schlacht von Maiwand, am 27. Juli 1880. Als ich an der linken Schulter und am Bein schwer verwundet wurde. Alles wurde schwarz – und dann erwachte ich wieder.«

»Wo wollen Sie denn erwachen, wenn es Sie gar nicht gibt?«, fragte Marvin vorsichtig nach. Watson zuckte die Schultern. »Das ist mir gleich. Hauptsache, dieser verrückte Alptraum endet!«

»Wir waren draußen«, erklärte Holmes. »Mitten in diesem Chaos. Überall Lärm und merkwürdige Maschinen. Nein, das ist nicht unsere Welt. Wenn Sie daher so freundlich sein würden. Wir zeigen uns auch erkenntlich …«

Holmes beendete den Satz nicht.

In Marvins Kopf drehte sich alles. Die Geschichte war absolut unmöglich und querab jeglicher Logik. Und die Situation passte überhaupt nicht zu Sherlock Holmes. Sein ganzes Auftreten, diese Unsicherheit, das Zittern in seiner Stimme. Aber, vielleicht gab es doch eine Erklärung für das Paradoxon. Schon kurz nach seiner ersten Sherlock Holmes Geschichte hatte sein Schöpfer Doyle eine Erzählung geschrieben, »The Mystery Of Cloomber«, in der er die Möglichkeit eines Weiterlebens nach dem Tod thematisierte. Der Hang zum Spirituellen nahm im Leben des Autors einen immer größeren Platz ein. Nach dem Tod seiner ersten Frau Louisa und besonders nach dem seines Sohnes Kingsley, der als Soldat im Ersten Weltkrieg fiel, begann er, sich intensiv mit dem Übersinnlichen auseinanderzusetzen. Er wurde Mitglied der »Gesellschaft für Parapsychologie«. Seine zweite Frau teilte diesen Hang für das Unerklärliche. Sie beschäftigte sich mit Gedankenübertragung und begleitete Doyle bei den Reisen, die er auf den Spuren des Okkulten unternahm.

Sollte das Tun des Autors sich auf seine Romanfiguren ausgewirkt haben? Aber, wie konnte dies vonstatten gegangen sein? In Form einer besonderen, gleichsam literarischen Gedankenübertragung?

»Nun, kommen Sie weiter in Ihren Überlegungen? Ich will Sie nicht drängen, aber wäre es nicht an der Zeit, zu einer Entscheidung zu kommen?«, wandte sich Holmes an ihn. »Wenn Sie keine Idee haben, mache ich Ihnen einen Vorschlag: Sie erschießen uns!«

Mit diesen Worten schob er Marvin einen Revolver zu. »Die Waffe ist geladen und entsichert, Sie müssen nur noch abdrücken!«

»Ich kann doch niemanden töten«, wehrte Marvin entsetzt ab.

»Warum nicht?«, schaltete sich Dr. Watson ein. »Wir sind doch nicht echt!«

Zögerlich griff Marvin zur Waffe. Er schloss die Augen und richtete den Revolver in die Richtung, in der er Holmes vermutete. Sein Zeigefinger berührte den Abzug, dann hielt er inne. »Es geht nicht«, stieß er kläglich hervor. »Ich bin kein Mörder!«

»Unsinn, jetzt schießen Sie endlich, los!«, kommandierte Holmes mit barscher Stimme. Marvin begann zu zittern, und plötzlich, er wusste nicht wieso, krachte es zweimal ohrenbetäubend. Die Schüsse verhallten in immer weiterer Ferne. Vor Marvins Augen begann sich alles zu drehen. Das Licht wurde rötlich, dann blau und violett – und erlosch endlich völlig.

Alles war dunkel und still.

Dann ein hohes Tönen. Marvin fuhr aus seinem Sessel hoch, das schrillende Geräusch hatte ihn geweckt. Er schaute sich um – und fand sich in seinen eigenen vier Wänden wieder! Ein Traum, er hatte das alles nur geträumt. Er hatte niemanden getötet! Sherlock Holmes, Dr. Watson, die Bakerstreet, der Revolver, alles Fantasie und Fiktion. Es war schon verrückt, was sein Unterbewusstsein alles zusammengebracht hatte. Das Geräusch, das ihn geweckt hatte, wiederholte sich. Es läutete an der Haustür.

Marvin erhob sich und ging zum Eingang, um zu öffnen. Herein stürzte eine atemberaubende Blondine und warf sich in seine Arme. »Helfen Sie mir, Mr. Marvin. Ich werde bedroht!«

Der Klang ihrer Stimme ließ ihn erschauern. »Nehmen Sie doch Platz, Madame«, schlug Marvin seiner Klientin vor, löste sich aus ihrer Umarmung und schob der Blonden einen Sessel zu. »Kann ich Ihnen etwas anbieten?«

»Bitte einen Whiskey«, hauchte sie.

Marvin ging zur Hausbar, um ihr einen Drink zu holen. Sein Blick fiel auf ein Stück Papier, das dort lag. *Es hat geklappt! Mein Dank müsste Sie bereits erreicht haben. S.H.* Mr. Marvin musste sich setzen.

Die Federn des Engels

Hersfelder Zeitung vom 9. Februar 2013

Ulrich saß im News Café und trank bereits seinen dritten Kaffee. Um ihn herum herrschten Jubel und Trubel. Es war Faschingszeit; nur er allein blies Trübsal, Greta hatte ihn mal wieder versetzt. Um halb vier waren sie verabredet gewesen, jetzt gingen die Zeiger der Uhr auf fünf. Genug mit dem Kaffee; er schob die Tasse zur Seite und bestellte ein Bier. Während er auf seine Bestellung wartete, betrachtete Ulrich missmutig das bunte Gewimmel. Es herrschte Hochbetrieb in der Stadt, ein geradezu südlicher Frohsinn. Faschingsdienstag. Überall liefen Kostümierte umher, Kinder spielten Cowboy und Indianer, Clown und Prinzessin. Überall lachte und lärmte es.

Eine Gruppe von jungen Damen mit Teufelshörnern im Haar drang soeben ins Café. In ihrer Mitte führten die Teufelinnen mehrere durch Heiligenschein und Flügel gekennzeichnete Engel als »Gefangene« mit. Die muntere Brut legte eine Trinkpause ein und bestellte eine Runde teuflisch scharfer Getränke. Die hübschen Mädels waren sehr aufgekratzt, offenbar hatten sie schon einiges »Feuerwasser« zu sich genommen. Während sie umherwirbelten und die Gäste mit allerlei Schabernack behelligten, nutzte einer der gefangenen Engel die Gelegenheit, um seiner teuflischen Umgebung zu entfliehen. Er entschlüpfte der Meute – und kam an Ulrichs Tisch. Ohne weiter zu fragen, setzte sich das engelhafte Wesen zu ihm. Der Engel löste seine Flügel und ließ sie achtlos zu Boden sinken. Nun griff er sich ins Haar und entfernte den dortigen Heiligenschein. Im Nu hatte sich das neutrale Wesen in eine junge, hübsche Frau verwandelt. Sie wischte sich den Schweiß von der Stirn und atmete tief durch.

Ulrich betrachtete neugierig seine Tischgefährtin. Selten war er Engeln so nahe gewesen, eigentlich nie. Was er sah, gefiel ihm gut.

Engel haben bekanntlich lange blonde Haare, blaue Augen und einen roten Mund. Und Engel sind natürlich wunderschön. Das Haar dieses Engels war blond, nahezu goldblond und seine Augen reinstes Meerblau. Auch alles andere stimmte. Ein Bilderbuchwesen, direkt von ganz oben! Er fasste sich ein Herz, um den Engel zu fragen, wieso er ihn als Gesellschaft auserwählt habe, als sich sein Gegenüber plötzlich unter den Tisch duckte.

»Psst, nichts verraten!«, flüsterte sie.

Dann verschwand sie. Ulrich schwieg verwundert und drehte sich vorsichtig um. Was mochte seinen Engelsgast zum Abtauchen bewogen haben? Die Antwort war leicht, die teuflische Begleitrotte hatte gerade bemerkt, dass einer ihrer himmlischen Gefangenen entkommen war. Aufgeregt schwärmten die jungen Teufelinnen nach allen Seiten aus, um ihr Opfer aufzuspüren und neu einzufangen. Eine von ihnen kam an Ulrichs Tisch vorbei, ein Duft stieg ihm in die Nase. Aber Schwefel war das nicht, eher Vanitas von Versace. Überhaupt war das Teufelsweib in seinem kurzen Röckchen und der knappen Kostümierung durchaus attraktiv. Ein Zettel entfiel ihr, ohne dass sie es merkte. Dann verschwand das Teufelchen wieder in der Menge. Den Engel hatte der Teufel nicht entdeckt. Ulrich hob neugierig den Zettel auf. Letzter Tag in Freiheit!, las er. Jetzt verstand er das ganze Geschehen. Es handelte sich offenbar um einen »Junggesellinnenabend«, um eine letzte freiheitliche Aktion vor der Hochzeit. Eine Hochzeit am Aschermittwoch, das würde eine wilde Ehe werden! Ein Blick aus den Augenwinkeln zeigte ihm, dass sein Engel vorsichtig unter dem Tisch hervorspähte.

»Sind sie weg?«, fragte die Engelin. Ulrich schaute sich um. Keine Teufelshörner mehr zu sehen.

»Du kannst aufstehen, alle Teufel sind gebannt.«

Langsam kam sie nach oben. Ulrich fand erst jetzt Gelegenheit, ihre restliche Kostümierung zu betrachten. Im Wesentlichen glich sie denen ihrer hellen und dunklen Genossinnen. Nur dass ihre Farbe absolut weiß war, sonst war alles ähnlich sparsam drapiert und bestand hauptsächlich aus Federn. Ein netter Anblick, zumal der Engel vor ihm geradezu himmlisch lange Beine besaß.

»Bist du die Braut?«

»Nein«, erwiderte sie kurz. »Lass uns rasch gehen, irgendwohin«, bat sie dann.

Er warf einen Schein auf den Tisch und stand auf.

»Irgendwohin?«

»Ja, aber schnell, sie kommen bestimmt gleich zurück.«

Der Engel hakte sich bei Ulrich ein, und er führte das schöne Wesen dorthin, wo sein Wagen parkte. Gut, dass er nur an seinem Bier genippt hatte. Im Gegensatz zu dem Wesen an seiner Seite: Beim Laufen stützte sich der Engel schwer auf seinen Arm. Die jungen Damen mussten in der Tat einiges an teuflischen Getränken zu sich genommen haben. Sein Engel jedenfalls hatte eine ziemliche Fahne. Vorher am Tisch war ihm das nicht aufgefallen. Das erklärte die Situation. Gut, dass der Engel wenigstens die Flügel freiwillig abgelegt hatte. Ulrich ging davon aus, dass dort, wo Engel normalerweise zu Hause sind, es sonst sicher Probleme geben würde. Nach einigem Schwanken und Hin und Her kamen sie zum Parkplatz. Er setzte seine himmlische Fracht in sein Auto, stieg dann selbst ein.

»Wohin?«

»Ist mir ganz egal«, stöhnte seine Beifahrerin. »Ich muss mich nur kurz hinlegen.«

Ulrich fuhr los. Er ließ auf ihrer Seite etwas die Scheibe runter. Eine Brise Februarwind mochte seinem Engelswesen gut tun. Er nahm die Strecke durch die Stadt, sie schloss die Augen und sank nach hinten. Als sie endlich an seinem Zuhause angekommen waren, schlief sie fest. Er trug die Schlafende auf den Armen hoch in die Wohnung. Sie war ein leichter Engel, eindeutig ein fedriges Wesen. Oben zog Ulrich ihr die Schuhe aus, dann brachte er sie ins Schlafzimmer. Auf dem Weg warf ihr Kostüm die Federn ab und löste sich auf. Kleine weiße Flaumfedern markierten, wo er mit seiner schönen Last gegangen war. Vorsichtig und sacht legte er sie auf das Bett und deckte die junge Frau sanft zu. Ein Döschen fiel zu Boden, Ulrich hob es auf und stellte es auf den Nachttisch. Leise verließ er den Raum, ging ins Wohnzimmer und von dort auf den Balkon. Er stellte sich ans Geländer und schaute hinaus in den Abend. Langsam wurde es dunkel, die Nacht zog auf und es wurde kühler.

Drinnen rumorte es und der Vorhang, der den Balkon vom Zimmer trennte, bewegte sich. Sein Gast schaute hinaus. Sein Engel, den er vor den kleinen Teufelsgestalten gerettet und hier in sein Heim gebracht hatte. Sie stand vor ihm, hatte ein Laken schützend um den Leib gewickelt.

»Du bist aufgewacht?«

Sie nickte. »Da war ein Geräusch.«

»Komm heraus!«

»Draußen ist es mir zu kalt.«

»Dann komme ich zu dir hinein.«

Sie saßen drinnen auf dem Sofa. Die junge Frau reckte sich wohlig. Ein süßer, unbekannter Duft ging von ihr aus.

»Der Schlaf tat gut, ich musste mich nur ein wenig ausruhen, jetzt bin ich wieder munter.«

Sie schaute sich im Raum um. »Nett hast du's.«

Sie zögerte kurz, sprach dann weiter. »Entschuldige, dass ich frage. Es klingt blöd, aber wie bin ich hierher gekommen?«

»Du hast dich verflogen«, neckte sie Ulrich .

»Verflogen?«, nachdenklich schaute sie zu Boden. »Und wo sind meine Flügel?«

»Die wirst du wohl verloren haben.«

»Ach so.«

Ganz munter schien sein Engel doch noch nicht zu sein.

»Ich habe Durst«, sagte sie plötzlich. »Hast du etwas zu trinken?«

»Natürlich, was möchtest du? Wasser oder Saft?«

»Hast du nichts Richtiges?«
»Einen Rotwein oder vielleicht Sekt?«
»Sekt. Sekt klingt gut.«
Ulrich stand auf, um aus der Küche das gewünschte Getränk und Gläser zu holen. Zum Glück hatte er noch eine Flasche Mumm als besondere Reserve im Kühlschrank. Passend zu dieser merkwürdigen Nacht. Als er zurückkam, stand die junge Frau vor dem kleinen Blumenbild, das ihm ein Onkel vererbt hatte.
»Das ist hübsch, wer ist der Maler?«
»Das ist ein unbekannter, früher Manet«, behauptete er kühn. Der Engel bekam große Augen. Ulrich füllte zwei Kelche mit der prickelnden Flüssigkeit und trat zu seinem Gast. Sie drehte sich um und nahm ihm das Glas aus der Hand. Ihm war, als ließe sie etwas hineinfallen, es mochte aber auch eine Täuschung des Lichts sein. Sie hob den Kelch an ihre Lippen und während sie trank, löste sich das hüllende Laken. Das Mondlicht, das von draußen hereinfiel, umspielte ihre himmlisch schönen Formen. Ganz langsam, wie in Zeitlupe, glitt das Laken zu Boden. Mit ihm fielen die letzten Federn. Sie streckte ihm die Hände entgegen.
»Komm!«
Als Ulrich erwachte, war es draußen heller Tag. Auf der Straße tönte das geschäftige Treiben der Stadt. Unruhiges Lärmen und Tosen. Er blickte sich verwirrt um, er lag in seinem Bett auf zerwühltem Laken. Auf dem Nachttisch befanden sich eine leere Flasche und zwei Gläser. Das Fenster war weit geöffnet, kühle Morgenluft strömte herein. Stöhnend richtete Ulrich sich auf. Irgendwie tat ihm alles weh. Besonders der Kopf schmerzte, schien fast zu platzen. Aschermittwoch! Er wankte ins Bad, ging unter die Dusche. Heiß, kalt, heiß, eiskalt. Allmählich kam er zu sich und erinnerte sich an das Geschehen der letzten Nacht. Ein seltsames, traumhaftes Erleben – und dennoch greifbar und fühlbar real. Er schaute sich suchend um. Wo war sein meeräugiger Engel geblieben? Wohin war sie verschwunden?

War sie einfach so gegangen, ohne einen Gruß und ohne Abschied zu nehmen? Das konnte und wollte er nicht glauben. Ulrich lief durch die Zimmer der Wohnung. Er suchte in allen Ecken und Winkeln. Doch alles war und blieb leer, sie war wirklich davongezogen, und er blieb allein zurück. Hatte er alles nur geträumt? Wahrscheinlich nicht, dachte Ulrich. Denn nicht nur das himmlische Wesen, auch das kleine Bild, der angebliche Manet, und seine Geldbörse hatten sich in Luft aufgelöst. Ein höchst eigenartiger Engel, vielleicht waren ihm im Dunkeln die Hörner entgangen. Etwas trübsinnig kehrte er in das Schlafzimmer zurück. Da sah er auf dem Teppich eine feine, weiße Feder liegen. Ulrich hob sie behutsam auf und trat mit ihr hinaus auf den Balkon.

Von fern klang eine kleine Melodie. Er öffnete seine Hand. Ein Windstoß packte die Feder, und sie schwebte im Wind tänzelnd in weite Fernen.

Alibi oder Fetzers letzter Fall

Hersfelder Zeitung vom 13. April 2013

Die Frau war eines Abends in Fetzers schäbiges Büro gekommen. Sie schien verkleidet zu sein. Ein Kopftuch, ein weiter Mantel, der ihre Gestalt unförmig werden ließ. Dazu verdeckte eine große Sonnenbrille ihr Gesicht. Die Brille allerdings war eine Designerbrille. Die Frau kam gleich zur Sache. »Ich habe eine Freundin«, begann sie mit einem unmerklichen Zögern, »die gerät ab und zu in Schwierigkeiten, irgendwie zieht sie diese geradezu magisch an. Kurz und gut, ich möchte, dass Sie meine Freundin eine Weile, sagen wir für zwei Wochen, beschatten. Halten Sie jeden ihrer Schritte fest, rund um die Uhr. Das heißt, bleiben Sie so lange an ihr dran, bis Sie abends sicher sind, dass meine Freundin wirklich zu Bett gegangen ist und schläft. Das können Sie doch, oder?«

»Sicher«, antwortete der Privatdetektiv, »das geht schon, kostet Sie aber eine Stange Geld.«

Die Frau nickte nur und warf einem Umschlag auf den Tisch. Fetzer öffnete das Kuvert. Innen waren Bilder und ein Bündel Geldscheine. Es waren großformatige Farbfotografien, die eine sehr blonde, junge Frau zeigten. Eine Frau mit einem eindrücklichen Gesicht, blauen Augen und einem kleinen Leberfleck am Kinn. Ein schönes Gesicht, reizvoll, ein wenig geheimnisvoll, jedenfalls sehr anziehend. Während er die Bilder betrachtete, spielte die Frau nervös mit einem Bleistift.

»Reicht das Geld fürs Erste?«

Fetzer blätterte das Bündel kurz durch, 3.000 €. »Spesen kommen dazu«, antwortete er kurz.

»Gut. Ich rufe Sie in zwei Wochen an und mache einen Termin aus, an dem Sie mir einen vollständigen Bericht geben.«

Die Besucherin stand auf und trat zur Tür.

»Sie sollten mir noch den Namen Ihrer Freundin mitteilen.«

»Lesen Sie keine Zeitung?«, gab die Unbekannte zur Antwort und verließ Fetzers Büro.

Fetzer löschte das Licht, trat zum Fenster und spähte nach unten. Kurz darauf kam die Kopftuchfrau aus dem Haus. Eine dunkle Limousine fuhr vor und hielt. Die Frau öffnete die Wagentür, stieg ein und das Fahrzeug verschwand in der Nacht. Er trat vom Fenster zurück und knipste das Licht wieder an. Da sah er neben dem Schreibtisch auf dem Boden, dort, wo die Frau gesessen hatte, einen Zettel liegen. Er musste der Frau aus der Tasche gefallen sein. Fetzer hob ihn auf und betrachtete ihn. Es waren die üblichen Kritzeleien, die man aus Langweile anfertigt, drei ineinander laufende Spiralen. Nach kurzem Überlegen warf er den Zettel in den Papierkorb.

Am nächsten Morgen entdeckte Fetzer tatsächlich das Bild der Blonden in der Zeitung. Es zierte den Bericht eines Galaabends. Frau Melanie Sandner, die Frau des bekannten Industriellen Sandner, hatte einen Benefizabend zu Gunsten von UNICEF eröffnet. Die Sandners wohnten, wie Fetzer feststellte, oben am Frauenberg, der besseren Wohngegend der Stadt, genauer im Grünen Weg. Fetzer begann seine Arbeit.

Fetzer wartete im Schatten einer Toreinfahrt und fröstelte in seinem dünnen Mantel. Wie lang er schon hier stand, wusste er nicht. Eine Stunde oder mehr. Die Zeit schien ihm abhanden gekommen. Er war müde und er fror. Den ganzen Tag war er der Blonden gefolgt, seit dem Morgen. Kurz nach neun Uhr war sie aus dem Haus gegangen und in die Stadt runter gefahren. Zuerst besuchte sie einen Friseur in der Weinstraße. Er wartete unweit in einem Café, wo er den Salon im Auge behalten konnte. Geschlagene drei Stunden saß er da – und hatte es ohne Zigarette aushalten müssen. Rauchen durfte man ja nicht mehr. Auch jetzt verkniff er sich den Wunsch, eine Zigarette anzuzünden. Eine Zigarette – da konnte er gleich laut »hier«

schreien. Nicht das Licht, der Rauch würde ihn verraten. Diese Kälte. Im Café war es wenigstens warm gewesen. Es war weit über Mittag, als Melanie Sandner endlich aus dem Friseurgeschäft kam. Mit neuer Haarfarbe – erst auf den zweiten Blick hatte er sie erkannt. Ein knalliges Rot, Geschmackssache, ihm gefiel es nicht. Jedenfalls ging es endlich weiter. Die Frau besuchte einen Laden nach dem anderen. Fetzer folgte ihr durch eine Vielzahl von Boutiquen, Läden und Geschäften. Das ging schon den dritten Tag so. Gestern war er ihr sogar nach Kassel nachgefahren. Dass Frauen diese Ausdauer hatten, fand er erstaunlich.

Weiter folgte Fetzer ihr durch die Straßen. Stunden vergingen, die Energie der Frau schien sich nicht zu erschöpfen. Ein Schuhladen, eine Buchhandlung, ein Teegeschäft, ein weiterer Schuhladen, ein dritter. Schaufenster an Schaufenster. Es wurde Abend, Lichter leuchteten den Weg aus, er hielt sich, so gut es ihm möglich war, im Schatten.

Seine Zielperson betrat ein Restaurant. Er folgte, setzte sich in eine Ecke knapp am Rande ihres Blickfeldes. Eine Freundin schien auf sie gewartet zu haben. Sie umarmte die andere und begann sofort auf sie einzureden. Die beiden vertieften sich in ihre Unterhaltung und achteten nicht auf die übrigen Gäste. Ein Kellner kam und nahm ihre Bestellung auf. Brachte kurz darauf die Getränke und später eine Gemüseplatte und zwei Teller. Die beiden Frauen redeten, nippten an ihren Getränken und aßen von dem Gemüse. Die Frau, die gewartet hatte, sah der, welcher Fetzer folgte, ähnlich. Auch ihr Haar war rot, allerdings eine Nuance dunkler, doch ihr blaues Kostüm glich dem der anderen, allerdings hatte sie einen Mantel dabei. Einmal ging die zweite Frau kurz hinaus. Bei ihrem Vorübergehen gelang es ihm, einen unauffälligen Blick auf ihr Gesicht zu werfen. Sie war stark geschminkt, besaß volle Lippen und ein Lächeln, das einem verrückt machen konnte. Nicht einzuordnen, eigenartig und hintergründig und Frau Sandner sehr ähnlich.

Fetzer schoss mit dem iPod zwei, drei Fotos und lehnte sich dann zurück. Die Zeit verging quälend langsam. Zwei endlose Stunden saß er da und wartete. Endlich stand die erste Frau auf und lief ebenfalls nach hinten zum Toilettenraum. Die andere zahlte. Fetzer nutzte den Augenblick, legte einen Schein auf den Tisch und eilte hinaus. Er bezog einen Posten gegenüber. Er musste diesmal nicht lange warten, und Melanie Sandner verließ das Lokal. Sie schritt rascher aus. Sie blieb kurz unter einer Laterne stehen und blickte sich suchend um, als ob sie auf etwas wartete. Fetzer verschmolz mit den Schatten der Nacht. Die Frau zuckte mit den Achseln und lief weiter; sie hatte ihn nicht bemerkt. Zwei, drei Straßen liefen sie. Dann hielt die Frau vor einem hohen Haus an. Sie holte aus ihrer Tasche einen Schlüssel, öffnete und trat hinein. Sofort war der Verfolger an der Tür, verhinderte mit seinem Fuß, dass diese zuschlug. Er wartete eine Minute, glitt dann vorsichtig hinein. Das Treppenhauslicht erlosch. Zwei Stockwerke höher schloss eine Tür. Ohne einen Laut stieg er langsam nach oben. Drei Treppen, noch eine, Fetzer erreichte die zweite Etage. Das Licht leuchtete auf, unten wurde die Tür geöffnet, Stimmen wurden laut. Schritte stiegen die Stufen nach oben. Fetzer blickte sich rasch um. Zwei Eingangstüren führten jeweils nach links und nach rechts. Durch die matte Scheibenglasfront der linken ließ sich Licht erkennen. Er wandte sich zur Tür der anderen Seite. Er griff in die Tasche, zog einen gebogenen Draht hervor und öffnete mit einer routinierten Bewegung das Schloss. Sacht drückte er die Tür auf. Er verharrte in der Bewegung und lauschte. Die Schritte von unten erreichten die erste Etage und stiegen weiter hinauf. Fetzer wartete nicht länger und verschwand im Innern der Wohnung. Drinnen war es dunkel und still. Auf gut Glück trat er in das gleich links neben dem Eingang gelegene Zimmer. Es war ein schmaler Raum, dessen hohes Fenster zur Straße hinausging. Er ging zum Fenster, öffnete es und spähte vorsichtig hinunter. Ein flacher Sims zog sich an der Fassade des Hauses unter den Fenstern der Vorderseite entlang. Ein Geräusch ließ ihn zusammenfahren. Jemand hatte die Wohnungstür geöffnet und kam herein. Auf dem Gang wurde das Licht eingeschaltet. Ohne lange zu zögern, kletterte Fetzer hinaus auf den Sims und zog das Fenster hinter sich zu. Eng mit dem Rücken an die Mauer gepresst bewegte er sich langsam zu den Fenstern der Nebenwohnung.

Vorsichtig bewegte er den Kopf und spähte hinein. Er zuckte zurück. Drinnen stand die Frau, der er die ganze Zeit gefolgt war, und blickte hinaus. Sie schien ihn aber nicht wahrgenommen zu haben oder wurde durch etwas anderes abgelenkt. Sie drehte sich um und sprach laut zu jemandem, den er aus seinem Blickwinkel nicht erkennen konnte. Fetzer beugte sich vorsichtig vor, um besser sehen zu können. Da rutschte sein rechter Fuß auf dem schmalen Sims ab. Er fing sich sofort, brauchte aber einige Zeit, seinen Stand auszubalancieren. Dann blickte Fetzer erneut in den Raum. Jetzt saß Melanie Sandner auf einem Sofa und schien auf etwas oder jemanden zu warten. Ein Mann kam ins Zimmer. Fetzer sah kurz sein Gesicht, der Mann war ihm unbekannt. Es war jedenfalls nicht Konsul Sandner, Melanie Sandners Ehemann. Der Mann umarmte die Frau und küsste sie leidenschaftlich. Fetzer schoss rasch ein weiteres Foto. Schließlich erhob sich das Pärchen, löschte das Licht und verließ den Raum. Fetzer stieg leise zurück in das Zimmer und schlich vorsichtig aus der Wohnung und aus dem Haus.

Fetzer bezog im Schatten einer Toreinfahrt Position und wartete eine gute Stunde. Er fröstelte in seinem dünnen Mantel. Dann hatte er den Eindruck, dass die Frau bleiben wollte. Er blickte auf seine Uhr. Kurz nach elf; es reichte ihm für heute, Fetzer ging.

Die vierzehn Tage waren vorüber, die Beschattung abgeschlossen und dokumentiert, der Bericht geschrieben. Doch Fetzers Auftraggeberin meldete sich nicht. Dafür entdeckte er in der Hersfelder Zeitung einen neuen Beitrag über Melanie Sandner. »Unter Mordanklage« lautete die balkendicke Überschrift. Ein dramatisch geschriebener Artikel informierte die Leser, dass am Abend des Dritten des Monats gegen 22:30 Uhr Konsul Sandner erschossen worden sei. Der Verdacht richte sich gegen seine Frau Melanie, die am gleichen Morgen einen heftigen Streit mit ihrem Mann gehabt habe und für die Tatzeit kein Alibi angeben könne. Frau Sandner behaupte zwar, sich nicht zu Hause aufgehalten zu haben. Sie wolle aber nicht sagen, wo sie gewesen sei und wer das bezeugen könne. Fetzer schüttelte den Kopf. Eine eigenartige Geschichte, die Sandner war nicht zu Hause gewesen, das konnte er bestätigen. Warum die Frau ihr Treffen geheim halten wollte? Es hatte sich zweifellos um eine Affäre, um einen Seitensprung gehandelt. Dass sie dies nicht an die große Glocke hängen wollte, war verständlich. Doch bei einer Mordanklage war ein solches Verhalten Unsinn. Der Frau konnte jedenfalls geholfen werden. Er griff zum Telefon.

Einen Monat später döste Fetzer in einem Liegestuhl und schaute auf das blaue Meer des indischen Ozeans. Seine Aussage, die er mit Bildern und genauen Angaben stützen konnte, hatte Melanie Sandner entscheidend entlastet. Wer die Tat wirklich begangen hatte, blieb allerdings offen. Frau Sandner indes hatte für seine Hilfe und für die Fotos gehörig etwas springen lassen. Verständlich, Fetzer hatte sie vor der Anklage gerettet und war dabei diskret geblieben. Soweit schien alles in Ordnung zu sein. Nur jene Freundin, von der er ihr berichtete, die ihm den Beschattungsauftrag gegeben hatte, wollte sie nicht kennen.

Seltsam, wer hatte ihm dann den Auftrag gegeben?

Fetzers Blick glitt übers Meer. Eigentlich hatte er ganz woanders hinfahren wollen. Frau Sandner hatte er von New York vorgeschwärmt. Aber die Sonne und die Wärme siegten schließlich in seiner Planung.

Ein blauer Himmel, weiße Boote, einzelne Schwimmer. Eine herrliche Ruhe.

Er schloss die Augen.

Ein Schatten fiel auf ihn.

Er schaute auf. Eine Frau stand neben seinem Liegestuhl, eine Frau, die Fetzer kannte.

»Frau Sandner, Sie hier?« Melanie Sandner, wieder ganz in Blond, stand in einem knappen, die Figur betonenden Bikini neben seinem Liegestuhl und blickte ihn überrascht an. Fetzer war, als zöge kurz ein Schatten über ihr schönes Gesicht.

»Herr Fetzer, ich wusste nicht, dass Sie hierher wollten. Hatten Sie nicht von New York gesprochen?« Sie zögerte. »Jedenfalls ist es mir eine Freude, Sie zu sehen. Wir könnten uns vielleicht später an der Bar treffen?«

Fetzer sagte zu.

Sie verabschiedete sich rasch, setzte eine große Sonnenbrille auf und eilte den Strand entlang einem Mann entgegen, der in einiger Entfernung auf sie wartete. Fetzer beschattete die Augen und spähte dem Paar hinterher. Den Mann kannte er noch nicht. Er war auf alle Fälle nicht der Gleiche wie der, mit dem er Frau Sandner in der Mordnacht gesehen hatte. Die Dame hat einen gewissen Verbrauch, dachte er. Und fragte sich, halb im Spaß, halb im Ernst, ob er, Fetzer, sich vielleicht in Acht nehmen müsse.

Das Treffen am Abend verlief entgegen allen erhofften Erwartungen harmlos. Fetzer und Melanie Sandner unterhielten sich über Land und Leute, übers Surfen und die guten Tauchmöglichkeiten. Das Gespräch plätscherte angenehm dahin, wenn Fetzer mitunter auch das Gefühl hatte, als wäre Frau Sandner etwas nervös. Nach einer guten Stunde verabschiedete sie sich von Fetzer. Meinte, vielleicht sehe man sich morgen am Meer.

Er blickte ihr nach, wie sie mit schwingenden Hüften davon ging und bedauerte die Harmlosigkeit ihrer Begegnung. Fetzer bestellte beim Barmann eine weitere Piña Colada. Dabei fiel sein Blick auf einen Zettel, auf dem Melanie Sandner während ihrer Unterhaltung herumgekritzelt hatte. Drei ineinander laufende Spiralen. Wo hatte er das schon einmal gesehen? Er zuckte die Achseln, wenn es wichtig war, würde es ihm schon noch einfallen.

Ein Stunde später erhob sich Fetzer, verließ die Bar und ging mit etwas schweren Schritten in sein Zimmer. Er öffnete die Tür.

Etwas lag auf dem Boden. Eine menschliche Gestalt. Mit dem Gesicht auf der Erde, regungslos wie tot. Fetzer trat vorsichtig näher. Er beugte sich zum Körper hinab und drehte ihn sachte um. Da sah er das Gesicht der Frau, mit er vor zwei Stunden noch an der Bar gesessen hatte – es war das Melanie Sandners. Ihre Augen waren weit geöffnet, das Gesicht zu einer Grimasse verzogen, und in ihrer Brust steckte ein Messer. Neben ihr befand sich eine Handtasche. Sie war geöffnet und der Inhalt auf den Boden geleert. Rasch prüfte er, was dort lag. Nichts von Belang, ein Zigarettenschachtel, eine kleine Dose, der Geldbeutel, verschiedene Kosmetika und ein Handy.

Ein Geräusch ließ ihn auffahren. An der Tür stand – Frau Sandner! Nein, das konnte nicht sein. Melanie Sandner lag doch vor ihm am Boden! Irritiert starrte er die Doppelgängerin an. Sie, ebenso blond, genauso hoch gewachsen, langbeinig und umwerfend wie die Tote, hielt in ihrer Hand eine kleine, bösartig aussehende Pistole. Sie richtete den Lauf auf Fetzer. Fetzer versuchte, sich zu verteidigen.

»Das ist nicht so, wie Sie denken, ich habe die Frau nicht ermordet!«

Die Blonde lachte nur böse.

»Das weiß ich längst. Es geht um etwas anderes. Warum müssen Sie hier aufkreuzen? Sie hätten das Geld auch woanders verprassen können.«

»Frau Sandner oder wie Sie heißen, ich verstehe nicht. Wer ist die Tote? Und wer sind Sie?« »Haben Sie es noch nicht kapiert?« Die Blonde lachte erneut.

Fetzer blickte zur Toten und dann wieder auf ihr Gegenstück. Dass ihm das nicht gleich aufgefallen war, das Muttermal am Kinn der lebenden »Frau Sandner« fehlte. Sie bemerkte seinen Blick. »Ich sehe,

Sie haben kapiert. Dafür muss ich Sie sterben lassen. Notwehr, Sie verstehen!«

Sie hob die Waffe. Während sie zielte, fiel Fetzer plötzlich ein, wo er die drei ineinander laufenden Spiralen schon einmal gesehen hatte: damals in seinem Büro, Frau Sandner selbst war die unbekannte Auftraggeberin gewesen und hatte sich derart ihr Alibi verschafft!

»Wie wollen Sie diesmal davonkommen?«, stieß er hervor. »Als Toter kann ich Ihnen kein Alibi mehr geben, und Ihre Doppelgängerin haben Sie bereits ermordet.«

»Ein Akt der Notwehr«, korrigierte die Blonde. »Ansonsten brauchen Sie sich über mein Alibi keine Gedanken zu machen. Dafür ist schon gesorgt«, ergänzte sie und drückte ab. Die Kugel traf Fetzer mitten ins Herz.

Du bist min, ich bin din

Natalie hielt sich eigentlich für attraktiv. Aber obwohl sie schlank und gut gebaut war und schönes Haar besaß, sagten die Männer meist nur, sie sei interessant und wirke apart. Nach der ersten Verabredung und einigen Gesprächen war es meist vorbei. Ihr Typus stand scheinbar nicht besonders hoch im Kurs. Daher studierte sie seit einiger Zeit samstags die Kontaktanzeigen der Hersfelder Zeitung, bisher noch ohne Erfolg. Doch an diesem Samstag weckte eine Anzeige ihre Neugier: Du bist min, ich bin din, dann folgte schon die Chiffre. Natalie überlegte: Was mochte sich hinter diesen Worten verbergen?

»Das wird irgend so ein abgehobener Spinner sein«, meinte ihre Freundin Andrea. »Oder ein ältlicher Studienrat, der mit seinem Wissen protzt. Aber vielleicht möchtest du ja einen Langweiler mit Pensionsanspruch«, fügte sie lachend hinzu. Andrea hatte gut lachen, sie war blond und an den richtigen Stellen mollig, was Männer offenbar mochten. Natalie beschloss mutig zu sein und antwortete am nächsten Tag auf die Chiffre. Sie gab eine kurze Personenbeschreibung, bekannte, dass sie neugierig und an einem Kontakt interessiert sei.

Zwei Wochen vergingen, sie dachte schon nicht mehr an die Anzeige, da rief es endlich an. Der Anrufer meldete sich mit dunkler, sonorer Stimme. Er stellte sich vor und sagte, wie sehr ihn ihr Schreiben angesprochen habe. Dann bat er um ein baldiges Treffen; er müsse sie unbedingt kennen lernen. Ohne weiter nachzudenken, sagte Natalie zu. Am nächsten Samstag trafen sie sich im Hotel »Zum Stern«. Sie genoss die dortige Atmosphäre und das vorzügliche Essen: Hummer mit eingelegtem Chicorée, Tomate und grünem Spargel. Noch mehr genoss sie ihre Begleitung, den Mann mit der Chiffre. Da saß er vor ihr, groß, schlank, gut aussehend und sehr charmant, dazu vielseitig gebildet und ein wortgewandter Gesprächspartner. Warum ein solcher Mann nicht längst vergeben ist, dachte sie und fragte ihn unverblümt danach.

»Ich verstehe nicht, warum ein Mann wie Sie eine Partnerin per Annonce sucht?«

Er hob sein Weinglas, blickte nachdenklich in die gelbhelle Flüssigkeit, nahm einen Schluck, dann antwortete er: »Vielleicht bin ich zu anspruchsvoll, denn ich will das Totale, das Unwiderrufliche und Absolute, wenn ich mich auf jemanden einlasse. Die Liebe an sich, wenn Sie verstehen, was ich meine!«

»Das ist ein hoher Anspruch«, erwiderte sie, »ein sehr hoher Anspruch. Ob ich diesen Vorstellungen genügen kann, weiß ich nicht zu sagen. Wahrscheinlich nicht.«

Er schaute sie mit seinen strahlenden Augen an und lächelte.

»Ich denke, es kommt auf einen Versuch an«, antwortete er – und ihr wurde auf einmal sehr warm.

Alles Weitere ging rasend schnell. Am Ende der folgenden Woche machten sie einen Ausflug an den Edersee, und plötzlich zog er zwei Ringe hervor. »Willst du meine Frau werden?«, fragte er, und Natalie antwortete mit »Ja!«. Sieben Wochen darauf fand die Trauung statt, ganz in Weiß und in der Bad Hersfelder Stadtkirche. Wie er es geschafft hatte, so rasch einen Termin zu bekommen, blieb ihr ein Rätsel. Manchmal konnte sie gar nicht glauben, was alles passiert war. Und eigentlich, eigentlich wusste sie gar nichts über ihren Zukünftigen. Vielleicht sollte sie alles etwas langsamer angehen, dachte Natalie manchmal.

Doch ehe sie sichs versah, kam der Hochzeitstag. Die Trauungszeremonie war bewegend. Die Orgel spielte, ein Chor sang und Andrea, Natalies Brautjungfer, heulte vor Rührung wie ein Schlosshund.

»Du hast ein Glück, Natalie«, sagte sie schluchzend, »so einen fantastischen Mann getroffen zu haben, der dich auch noch heiratet. Die Männer, die ich kenne, wollen alles Mögliche, nur nicht die Ehe! Das ist fast zu schön, um wahr zu sein!«

Braut und Bräutigam fuhren dosenklappernd zum Flughafen. Der Flieger brachte das Paar weit weg auf eine Insel mitten im weiten Ozean. Dort beförderte sie ein Taxi zu ihrem Hochzeitsdomizil abseits des touristischen Treibens. Das Anwesen lag in einer einsamen Bucht direkt am Strand des ewig blauen Meeres. Der Mann, ihr Mann, trug Natalie auf Händen in das Haus. Ja, es sei ihr Haus, sagte er. Er habe es extra für Natalie und ihre Liebe gekauft. Sie machten einen Rundgang, die Zimmer waren riesig, besonders das Schlafzimmer, und die Fenster sahen hinaus in die Weite. Sie war begeistert und dankte ihm. Er nickte nur, schloss sachte die Tür, umarmte sie zärtlich und küsste innig ihren Mund …

Natalie erwachte nach der Hochzeitsnacht wie aus einem Traum. Die Welt war so herrlich und schön. Was hatte sie für ein Glück gehabt! Sie richtete sich auf. Die Sonne strahlte hell durchs Fenster, es musste gegen Mittag gehen. Natalie schaute sich um. Sie war allein im Bett, er musste bereits aufgestanden sein und wartete sicher unten schon auf sie. Natalie erhob sich, um ins Bad zu gehen. Doch die Tür zum Bad war verschlossen. Irritiert wandte sie sich zur Flurtür, diese war ebenfalls versperrt und ohne Klinke. Beunruhigt ging sie ans Fenster, doch auch das Fenster ließ sich nicht öffnen. Natalie rief, rief seinen Namen, niemand reagierte. Sie rief wieder und wieder, klopfte an Türen und Fenster, vergeblich. Keiner schien ihr Rufen und ihr Lärmen zu hören. Das Zimmer blieb verschlossen. Irgendwann ließ sich Natalie, vom Schreien und Rufen erschöpft, auf das Bett sinken. Da entdeckte sie auf dem Nachttisch ein weißes Couvert, das ihr vorher nicht aufgefallen war; ihr Name stand darauf. Natalie riss hastig den Umschlag auf, ein Zettel flatterte ihr entgegen:

Du bist min, ich bin din.
Des solst du gewis sin.
Du bist beslozzen
In minem herzen,

verlorn ist das sluzzelin:
du muost ouch immer darinne sin.

Du bist mein, ich bin dein.
Dessen sollst du dir sicher sein.
Du bist eingeschlossen
In meinem Herzen,
verloren ist das Schlüsselein:
Du musst immer drinnen sein!

Natalie mochte rütteln und klopfen, bis zur Erschöpfung betteln und schreien. Die Tür ihres Zimmers öffnete sich nicht. Schließlich brach sie weinend zusammen.

Der Mann ihrer Träume indes stand draußen auf der Terrasse und lächelte, als er aus der Ferne ihr flehentliches Rufen hörte. Seine Liebe war total und absolut; sie würde ihr nie mehr entgehen. Er beugte sich vor und warf den Schlüssel zum Zimmer weit hinaus in das wogende Meer.

Ende der Versorgung

Es war ein ganz normaler Montagmorgen. Linda Schmitt sah aus dem Fenster. Gerade stieg Kurt in seinen Opel. Natürlich drehte er sich nicht um. Wenn ihr Mann etwas tat, dann tat er nur das und nichts anderes. Das gelbe Auto fuhr mit quietschenden Reifen davon. Linda wandte sich vom Fenster ab und ging seufzend daran, den Frühstückstisch abzuräumen. Kurts Platz war mit Krümeln übersät. Das mit Marmelade beschmierte Messer hatte er achtlos auf das erst gestern frisch aufgezogene Tischtuch gelegt. Eigelb war vom Becher ebenfalls auf die weiße Decke gelaufen. Und die Zeitung war zerknickt und voller Fettflecke. Linda machte sich missmutig an die alltägliche Hausarbeit. Im Bad wartete der mit Zahnpasta beschmutzte Spiegel. Kurts gestrige Wäsche fand sich in eine Ecke geknäuelt. Im Wohnzimmer lagen neben Kurts Fernsehsessel drei leere Bierflaschen. Und so weiter und so fort … Warum war sie nur auf diesen schrecklichen Typen hereingefallen? Was hatte Linda derart kopflos werden lassen, dass sie ihren Beruf als Bürokauffrau aufgegeben hatte und nun seit Jahren ein Leben als Putzfrau, Köchin und Wäscherin führte? Ihr Job war die Dauerversorgung, täglich von 6 Uhr morgens bis 11 Uhr abends. Von den sonstigen Wünschen ihres Mannes und denen der Kinder nicht zu reden. Zum Glück waren gerade Pfingstferien. Suse und Paul besuchten für zwei Wochen die Großeltern. Energisch knallte sie den Besen in die Ecke. Schluss mit der Putzerei, es wurde Zeit, dass sie endlich handelte. Linda setzte sich in den Sessel und dachte nach. Sie ließ die letzten Jahre Revue passieren; es reichte! Sie nahm sich fest vor, ihren Versorgungsjob zu beenden und Kurt, ihren Mann, zeitnah zu entsorgen! Allerdings wusste Linda noch nicht, wie sie das Entsorgungsproblem sauber und wirkungsvoll lösen konnte. Sicher war, das Geschehen musste unauffällig ablaufen, niemand durfte auf die Idee kommen, dass ein realer Entsorgungsfall vorlag.

Zunächst dachte Linda an einen Haushaltsunfall. Zum Beispiel konnte Kurt beim Fensterputzen aus dem Fenster fallen. Aber Kurt putzte nie etwas. Oder vielleicht ein Sturz, kopfüber die steile Treppe vom ersten Stock hinunter. Genickbruch oder ein Schädelbasisbruch mit folgendem Exitus. Das passiert immer wieder und konnte glatt als Unfall durchgehen. Doch Linda wusste bislang nicht, wie sie diesen Sturz unauffällig und effektiv bewerkstelligen konnte. Besonders die Frage der Effektivität machte ihr Sorgen. Nachher überlebte Kurt den Sturz und wurde ein Pflegefall. Gelähmt und sabbernd. Den Rest ihres Lebens würde sie Krankenschwester sein und ihn durch die Gegend rollen, ihn füttern und wickeln müssen. Der bloße Gedanke an einen derartigen Dauerdienst ließ Linda schaudern. Eine andere Lösung musste her. Zum Beispiel gab es die Möglichkeit eines Badezimmerunfalls. Vielleicht im Zusammenhang mit Strom? Genau, ein netter kleiner Stromschlag ereilte Kurt beim Baden. Mit einem Föhn erzeugt, der zufällig direkt in die Wanne fiel. Allerdings würde die Polizei ermitteln und sicher Fragen stellen. Linda fürchtete, in die Zange genommen zu werden. Sie würde sich im Verhör hundertprozentig verraten. Oder irgendein Zeuge tauchte auf, der alles gesehen hatte. Und wenn sie sich das Bild vorstellte. Ein zuckender, fetter Kurt in der Badewanne. Widerlich, diese Szene würde sie kaum aus ihrem Kopf herausbekommen, und wie sie Kurt kannte, würde er sie sogar als Toter in ihren Träumen verfolgen.

Mist, Linda ärgerte sich. Es musste doch eine todsichere und für Ehefrauen ungefährliche Methode geben, sich des eigenen, unnötigen Gatten zu entledigen. Sie beschloss, im Internet nachzuschauen. Linda tippte ein: sichere Mordmethoden. Überrascht stellte sie fest, dass es zu diesem Thema wirklich Informationen gab. Besonders die Seite »Taugen Pilze zum Giftmord?« schien Linda auf den ersten Blick hilfreich zu sein. Sie scrollte sich durch die Fülle der Informationen.

»Als Erstes kommt der Grüne Knollenblätterpilz in Betracht. Aber längst nicht alle Grünen Knollenblätterpilze werden als solche erkannt. Meistens wähnen weniger Kundige den Gelben Knollenblätterpilz als den vermeintlichen Mörder, einfach deshalb, weil sie den Grünen noch nie gesehen haben. Doch der Gelbe ist nicht giftig. Er riecht und schmeckt nur eklig nach Kartoffelkeller. Als Nächstes wären als kaum weniger üble Gesellen zur Beimischung und zur Wirkungsverstärkung der Orangefuchsige Raukopf oder der Spitzgebuckelte Raukopf zu nennen. Diese beiden höchst giftigen Arten haben es mit ihrem zerstörerischen Nierengift wahrlich in sich. Doch bis zum Exitus kann einige Zeit vergehen, manchmal mehr als vier Jahre! Ein Kundiger nimmt sie deswegen nicht.«

Klar, Kurt würde hinterher einen dauerhaften Organschaden haben, vielleicht eine neue Leber oder eine neue Niere brauchen. Es nützte ihr nichts, wenn seine Nierchen hin waren, der Besitzer selbst aber überlebte. Die notwendigen Ersatzorgane würde zudem einen Haufen Geld kosten. Vielleicht sollte sie beide Pilzsorten zusammen kochen, überlegte Linda. Nein, das war zu umständlich, sie las weiter.

»Ziemlich giftig ist die Frühjahrslorchel, zumindest im rohen Zustand. Man müsste sie daher – um eine sichere Giftwirkung zu erzielen – ungekocht verzehren.« Damit schied die Lorchel aus, Kurt hasste Rohkost, Salate und alles Gesunde. Was gab es noch im Angebot? »Der Riesenrötling und der Tiger-Ritterling gelten als stark giftig. Ihr Geschmack und Geruch sind jedoch derart widerlich, dass kaum jemand einen Löffel von ihnen hinunter bekäme. Auch von der Beimischung von Fliegen- und Pantherpilzen raten wir ganz entschieden ab. Wenn Ihr potentielles Opfer tatsächlich so böse ist, dass Sie es loswerden wollen, dann könnten seine Charaktereigenschaften durch die Ibotensäure und das daraus entstehende Muscimol möglicherweise verstärkt werden.«

Natürlich, Kurt würde den Pilz essen und noch mehr Kurt sein. Ein widerlicher, fetter und aggressiver Kurt. Selbst wenn er auf die

Pilze reagierte und in die Klinik gehen müsste. Bestimmt würde er gegen den Arzt oder die Krankenschwestern handgreiflich werden und teure Instrumente zerstören. Linda müsste für den von ihm im cholerischen Vollrausch angerichteten Schaden später aufkommen. Nein, die Pilze taugten allesamt nichts. Und andere Gifte? Linda suchte weiter:

»Arsen. Eine chronische Arsenbelastung kann Krankheiten der Haut und Schäden an den Blutgefäßen hervorrufen, was zum Absterben der betroffenen Regionen sowie zu bösartigen Tumoren der Haut, Lunge, Leber und Harnblase führt.« Ein von roten Flecken und Pusteln übersäter Kurt, wie unästhetisch! Arsen kam nicht in Frage.

»Blausäure. Da viele Nahrungsmittel Cyanwasserstoff in geringen Konzentrationen enthalten, besitzt der Mensch das Enzym Rhodanase, welches Blausäure in den ungefährlichen Stoff Rhodanid umwandelt.« Auch Blausäure schien zu unsicher zu sein. Wie sie Kurt kannte, hatte der bestimmt Abwehrstoffe entwickelt. Der nächste Eintrag klang besser: »Digitalis, Fingerhut. Die in den Pflanzen enthaltenen Digitalisglykoside werden zur symptomatischen Therapie der Herzinsuffizienz eingesetzt, da sie eine positiv inotrope Wirkung am Herzen zeigen. In hohen Dosen wirken sie als Gift, welches durch verschiedene Herzrhythmusstörungen zum Tode führt.« Das klang wirklich gut. Aber auch hier gab es Komplikationen. Erstens musste Linda an diese Digitalisglykoside kommen. Zweitens hatte Kurt zu allem Unglück von Natur aus ein sehr stabiles Herz. Also würde es bei einem überraschenden Herzschlag Verhöre geben, sie würde nervös sein, die Polizei würde sie verdächtigen und sie ins Kreuzverhör nehmen. Sie würde zusammenbrechen und alles gestehen und und. Langsam begann sich Linda Sorgen zu machen. Es sah ganz danach aus, als ob Kurt davonkommen würde.

Für heute jedenfalls gab sie die Suche nach einer geeigneten Entsorgungsmethode auf. Linda fuhr den PC runter und erledigte weiter ihren Haushalt. Am Nachmittag fuhr sie zum Einkauf in die City

Galerie. Auf der Höhe des Bahnhofs nahm ihr von links ein gelber Wagen die Vorfahrt. Beide Fahrzeuge rasten aufeinander zu. Linda versuchte noch eine Vollbremsung – zu spät, es krachte entsetzlich. Ihr wurde schwarz vor den Augen.

Als Linda erwachte, lag sie in einem Krankenhauszimmer des Klinikums. Die Tür öffnete sich und ein junger Arzt trat herein.

»Wie geht es Ihnen, Frau Schmitt?«, fragte er freundlich. »Wahrscheinlich haben Sie noch Kopfschmerzen, sonst hatten Sie wirklich Glück. Das linke Bein ist gebrochen, sonst ist Ihnen nichts passiert.«

»Ich hatte einen Unfall?«

»Einen Autounfall!«

»Ich erinnere mich. Und der Fahrer des anderen Wagens?«

»Der Mann hatte weitaus weniger Glück als Sie. Wir mussten ihm beide Beine amputieren. Er wird für den Rest seines Lebens ein Pflegefall sein.«

»Entsetzlich, der arme Mann!«

»Das kommt davon«, sagte der Arzt ungerührt, »wenn man zu schnell fährt. Er hat den Unfall selbst verursacht. Er ist übrigens ein Namensvetter von Ihnen. Ein Herr Schmitt, Kurt Schmitt. Was ist Ihnen, Sie sind auf einmal so blass?«

Linda sank ohnmächtig in ihr Kissen.

Zum Abschluss der Bad Hersfelder Kurzgeschichten etwas weniger Mörderisches:

Sommerfreuden

Sommerfreuden waren Eisfreuden. Ob Himbeere, Heidelbeere, Erdbeere oder Kirsch, nicht zu sprechen von den diversen Schokoladen-, Vanille- oder Nussvarianten – alles eisig schmelzender Genuss. Cornelia liebte Eis in allen Farben und Geschmacksrichtungen. In der Waffeltüte, im Becher, am Stiel oder aus den silberkalten Schalen im Eiscafé *Venezia.* Ihr Lieblingseis war Mangoeis, eine Sorte, die es nur im *Venezia* gab. Heute war einer dieser herrlichen Frühsommertage. Ein Samstagmittag im Juni, sonnig und warm. Die Stadt füllte sich langsam wieder, die Pfingstferien gingen zu Ende und die Menschen kehrten aus ihrem Kurzurlaub zurück.

Cornelia war durch die Stadt gebummelt. Sie hatte Hosen und Schuhe anprobiert, ein neues Parfüm getestet und ein bestelltes Buch abgeholt. Jetzt saß sie draußen vor dem *Venezia* und löffelte aus einem Becher Mangoeis. Vor ihr lagen das Grün und die Wasserspiele der Breitenstraße und die zahlreichen Läden, die den Platz säumten und Kunden anlockten. Jetzt war es früher Nachmittag, die meisten Händler packten vor den Geschäften ihre Warenstände zusammen. Auf einmal spürte Cornelia, dass sie jemand beobachtete. Sie drehte langsam den Kopf in die Richtung, aus der sie die Blicke vermutete. Etwa drei Meter von ihrem Tisch entfernt stand ein kleiner, dicker Junge mit Brille, der sie geradezu durchdringend anstarrte. Kinder mochte Cornelia nur bedingt, kleine, dicke Jungen noch weniger und angestarrt zu werden schon gar nicht. Am besten, glaubte sie, ignorierte sie den Jungen, dann würde der Bengel schnell die Lust am Begucken verlieren und andere Leute mit seiner Anwesenheit beglücken. Sie wandte sich wieder ihrem Eis zu. Nach ein, zwei Minuten konnte sie es nicht lassen und schaute erneut in die Richtung des dicken Jungen. Das Kind stand an der gleichen Stelle und starrte weiterhin zu ihr herüber. Cornelia wusste, es war albern, aber die Blicke des Brillenjungen nervten sie derart, dass ihr die Freude am Eis verging. Sie winkte der Bedienung, die sich wie alle Kellnerinnen viel Zeit ließ, bis sie an Cornelias Tisch kam. Der dicke Junge dagegen war inzwischen näher an ihren Platz getreten. So nahe, dass er fast unmittelbar neben der Tischkante stand. Sie konnte nicht umhin, ihn genauer anzuschauen. Er war wirklich dick. Die kurzen Hosen zeigten kleine stämmige Beine. Das Gesicht wirkte kugelrund und der Junge, Cornelia schätzte ihn auf acht oder neun Jahre, besaß dazu ein ausgeprägtes Bäuchlein. Die Brille schien ziemlich stark zu sein, die Augen wirkten jedenfalls stark vergrößert und gaben dem Gesicht des Jungen den Ausdruck eines Frosches. Nein, Cornelia konnte nicht sagen, dass der Bengel ihr sympathisch war.

»Verschwinde!«, zischte sie ihm zu, er reagierte nicht. Die Kellnerin kam.

»Ich will auch ein Eis, du hast alles allein aufgegessen!«, sagte im gleichen Augenblick der dicke Junge. Seine Stimme hatte etwas Quengelndes und unangenehm Schrilles. »Warum sollte ich dir ein Eis spendieren? Ich kenne dich gar nicht!«, antwortete Cornelia ärgerlich. »Du willst mir kein Eis kaufen? Das ist unfair!«

Die Stimme des Jungen war lauter geworden. Die Leute vom Nebentisch wurden aufmerksam und schauten in ihre Richtung. Cornelia reichte es. Sie würde mit diesem Kind nicht weiter diskutierten. Sie schob der Bedienung einen Geldschein zu, stand auf und verließ schnell den Cafébereich. Sie lief zwanzig, dreißig Meter, blickte kurz zurück. Vom Jungen keine Spur, er schien sich ein neues Opfer gesucht zu haben. Cornelia atmete auf. Der Auftritt war ihr unangenehm gewesen. Sie bog um die nächste Ecke, lief langsamer weiter und blieb schließlich vor der Schaufensterscheibe eines Schmuckladens stehen. In der Auslage waren verschiedenen Ketten und Armbänder. Das eine oder andere Schmuckstück gefiel ihr, vor allem das Armband aus Bergkristall. Vielleicht sollte sie sich …

»Ich habe mir ein großes Schokoladeneis geholt. Die Frau hat gesagt, das Wechselgeld würde dafür gut reichen.«

Neben ihr stand der dicke Junge mit einer großen Eiswaffel in der Hand.

Ihr Wechselgeld! Sie hatte es in der Eile des Aufbruchs ganz vergessen. Vier Euro und der Bengel hatte sich dafür Eis gekauft! Ein unverschämtes Kind – und statt zu verschwinden, war er ihr auch noch nachgelaufen. Sie blickte zu dem Dreikäsehoch hinab. Der stand neben ihr, starrte sie aus seinen Brillenfroschaugen an, leckte sein Eis und grinste breit. Um seinen Mund hatten sich Schokoladenlinien gebildet und das Eis tropfte. Unwillkürlich trat Cornelia einen Schritt zurück.

»Komm mir nicht zu nahe mit deinem Gekleckere!«

Der dicke Junge beachtete ihre Aufforderung nicht. Er schob sich näher an sie heran und zeigte mit seiner freien Hand auf das Schaufenster.

»Magst du das da?«, fragte er und deutete mit seinen dicken Fingern auf das Bergkristallarmband. »Ich wüsste nicht, was dich das angeht!«, antwortete Cornelia scharf. Aber da meldete sich ihr Gewissen. Wenn der dicke Junge auch lästig war, er war doch ein Kind und konnte nichts dafür, dass er so war. Außerdem hatte er sie freundlich gefragt. Sie sollte ihn nicht so anfahren. Der kleine dicke Junge schien jedoch von ihrem Ton unberührt. Er schaute sie mit seinen großen Brillengläsern weiterhin fragend an. Offenbar erwartete er eine Antwort. Cornelia gab sich einem Ruck.

»Das Armband ist nett«, antwortete sie. »Und jetzt muss ich wirklich weiter.«

Sie wandte sich vom Jungen ab und lief mit großen Schritten davon. Als sie sich an der nächsten Straßenecke umdrehte, war ihr kleiner Verfolger verschwunden. Cornelia seufzte erleichtert und ging nach Hause. Mehrmals blieb sie stehen und blickte sich um. Aber der dicke Junge schien es endgültig aufgegeben zu haben, ihr nachzulaufen.

Den Sonntag verbrachte sie mit Freunden und dachte nicht mehr an das »Eisabenteuer«. Sie machten einen Ausflug an den Fuldasee. Es war wieder ein heißer Tag, sodass sie ausgiebig badeten.

Als Cornelia spät am Abend nach Hause kam, lag vor ihrer Tür ein Briefumschlag. Sie bückte sich und hob den Umschlag auf. Kein Absender, keine Anschrift. In ihrer Wohnung öffnete sie den Umschlag. In ihm waren das Bergkristallarmband aus dem Schaufenster und ein kleiner, schmutziger Zettel. Auf diesem stand in krakeliger Kinderschrift: »Villen Dank fürs Eis!«

Materialien (ein kleiner Auszug)

Mail vom Juli 2012:

Böse Konkurrenz gibt es immer, doch wollen wir die besser nicht in Fulda ansiedeln. Vielleicht so: Ein gieriger Medienkonzern mit Sitz in Hamburg hat Thüringen längst in der Tasche und greift nun über die hessische Landesgrenze nach dem kleinen, aber feinen Filetstück, das »Hersfelder Zeitung« heißt, um sich von dort aus in einer Zangenbewegung weiter nach Westdeutschland vorzuarbeiten, welches er sich bereits von Norden aus auch vorgenommen hat. Doch wir haben den Braten längst gerochen und fühlen uns wirtschaftlich stark genug, im Verbund mit unserer Zeitungsgruppe die Gefahr abzuwehren. Um seine perfiden Ziele zu erreichen, könnte der mächtige Angreifer versuchen, unseren Vertriebsapparat zu unterlaufen, indem er sich mit einem Bad Hersfelder Magnaten verbündet, der als Subunternehmer der Branchenriesen Amazon und Libri, Schenker und GLS etc. unseren Zustellern schmutzige Angebote für die Arbeit bei den örtlichen Logistikern unterbreitet (ohne deren Wissen, natürlich), damit wir die Zeitung nicht mehr pünktlich und zuverlässig »an den Mann« bringen – doch zur Not stehen ja Chefredakteur und Geschäftsführer morgens um vier selbst auf, um die Lücken zu stopfen. Mit Hilfe des Archivars, der in einem Nebenstrang auch dieses Komplott aufdeckt, wird die Gefahr gebannt, der Medienriese zieht sich wieder zurück, der 250. Geburtstag der Hersfelder Zeitung kann fröhlich gefeiert werden mit Ministerpräsident, befreundeten Verlegern, Leserinnen und Lesern und allem PiPaPo. Naja, so oder vielleicht ähnlich …

Mail vom Oktober 2012:

Der gesuchte Mohr war kein städtischer Bürger, sondern ein Universitätsbürger. Deshalb ist er in den Matrikeln der Universität unter Nr. 33862 aufgeführt. Möglicherweise gibt es mehr Informationen im Universitätsarchiv Tübingen.

Wir empfehlen Ihnen, sich dorthin zu wenden.

In den Datenbanken zu unseren Beständen konnte Georg Christoph Mohr nicht ermittelt werden. Der Kollege Venner war mir bisher leider nicht bekannt. Ob Herr Rauch den Kollegen kannte, weiß ich nicht, da er derzeit in Urlaub ist.

Mit freundlichen Grüßen
Antje Z. Stadtarchiv Tübingen

Vom Autor sind im SWB-Verlag u. a. erschienen:

Venners tödliche Träume.
Stuttgart 2010
ISBN: 978-3-938719-299

sowie aus der »Melcher-Reihe«:

Tod im Sud.
Stuttgart 2011 (2. Auflage),
ISBN 978-3-938719-26-8

Bittersüßer Tod
Stuttgart 2010
ISBN: 978-3-938719-886

Tödliches Spiel
Stuttgart 2011
ISBN: 978-3-942661-58-9

Operntod
Stuttgart 2012 (2. Auflage)
ISBN: 978-3-942661-072

Ebenfalls neu:

Operation Mauerfall – Berlin 1962
Stuttgart 2013
ISBN: 978-3-942661-508